서양 유토피아의 흐름

1. 플라톤에서 모어까지 (고대 – 르네상스 초기)

이 저서는 2015년 정부 (교육부)의 재원으로 한국연구재단의 지원을 받아 수행된 연구임.
(NRF-2015S1A6A401009196)

서양 유토피아의 흐름

플라톤에서 모어까지:
고대 - 르네상스 초기

1

필자 박설호

울력

ⓒ 박설호, 2019

서양 유토피아의 흐름
1. 플라톤에서 모어까지 (고대 – 르네상스 초기)

지은이 | 박설호
펴낸이 | 강동호
펴낸곳 | 도서출판 울력
1판 1쇄 | 2019년 11월 25일
등록번호 | 제25100-2002-000004호(2002. 12. 03)
주소 | 서울시 구로구 경인로35길 129, 4층 (고척동)
전화 | 02-2614-4054
팩스 | 0502-500-4055
E-mail | ulyuck@hanmail.net
정가 | 18,000원

ISBN | 979-11-85136-53-0 94800
       979-11-85136-52-3 (전5권)

이 도서의 국립중앙도서관 출판예정도서목록(CIP)은
서지정보유통지원시스템 홈페이지(http://seoji.nl.go.kr)와
국가자료종합목록 구축시스템(http://kolis-net.nl.go.kr)에서 이용하실 수 있습니다.
(CIP제어번호 : CIP2019045259)

차례

서문

"유토피아는 문학적 가상이라는 면사포를 쓰고 있다." (Servier)

"인간을 움직이게 하는 것은 행위가 아니라, 행위에 관한 말씀이다."
(Epiktet)

본서는 고대부터 현대에 이르는 서양 유토피아의 흐름을 개진하려고
합니다. 따라서 본서에 서술되는 학문적 영역은 서양 사상사에 속하지
만, 필자는 학제적 차원에서 모든 것을 서술하려고 합니다. 카를 마르크
스는 대표적 저작물 『자본』에서 19세기 독일에서 자본가들이 어떻게 잉
여가치를 창출해 내는가를 치밀하고도 세밀하게 구명하였습니다. 마르
크스는 냉엄한 현실 분석에 방대한 페이지를 할애한 반면에, 미래 사회
의 열광적 기대감에 관해서는 다음과 같은 짤막한 암시만을 던졌습니
다. "자유의 나라는 궁핍함과 외부적 합목적성에 의해서 행해지는 노동
이 중단되는 곳에서 비로소 시작될 것이다"(Karl Marx: Das Kapital, MEW,
Bd 25; Dietz 1973, 826). 여기서 자유의 나라에 관한 마르크스의 상은 "더
나은 삶에 관한 꿈"에 해당합니다. 그런데 서양 유토피아의 흐름 속에
나타난 문학 유토피아의 서술 방식은 마르크스의 그것과는 정반대됩니
다. 가령 문학 유토피아는 주로 어떤 이상적인 사회에 관한 세부적 사항
을 치밀하고 상세하게 서술하지만, 주어진 현실과 시대를 비판할 때에는

짤막한 함축으로 일관하고 있습니다. 힘없는 지식인으로서 시대의 문제점을 지적하고 이에 대한 대안을 제시하는 것은 차제에 어떤 정치적 핍박을 감내해야 할지 모릅니다. 유토피아 서술자들은 은폐의 수단으로 문학적 가상을 활용할 수밖에 없었던 것입니다. 바로 이러한 까닭에 유토피아는 비유적으로 말해 문학적 가상이라는 면사포를 쓰고 있습니다. 따라서 유토피아를 연구할 때 우리는 일차적으로 겉으로 드러난 판타지의 면사포를 벗겨야 하며, 배후에 숨어 있는 시대 비판이라는 진면목을 통찰해야 할 것입니다. 나아가 유토피아의 사고는 직접적으로 행위를 추동하지 않습니다. 역사는 그것이 다만 행위를 촉발시키는 사고에 자극을 가한다는 사실을 전해 줍니다. 유토피아는 행위가 아니라, 인간을 움직이게 하는 동인, 다시 말해 어떤 실천을 자극하는 사고입니다.

제1권은 고대 그리스로부터 토머스 모어의 시대까지 유토피아의 문헌을 다루고 있습니다. 서양 유토피아의 역사에서 모어의 『유토피아』는 효시와 같은 작품입니다. 본서는 모어의 유토피아를 가장 중요한 문헌으로 설정하면서도, 고대의 유토피아의 특징을 약술할 수밖에 없었습니다. 왜냐하면 우리는 고대 사람들과 중세 사람들의 사회적 갈망을 좌시할 수 없기 때문입니다. 예를 들면, 우리는 축복의 섬 내지는 황금시대에 관한 고대인들의 갈망을 언급하지 않을 수 없습니다. 이는 억압과 강제 노동이 없는 사회적 삶에 관한 수동적 갈망에서 비롯된 것입니다. 미리 말씀드리건대, 플라톤의 문헌은 유토피아의 근원적 모델로서 합당하지 않습니다. 이에 대한 몇 가지 논거는 다음과 같습니다. 첫째로 그것은 지배계급, 군인 계급 그리고 평민계급이라는 계급 차이를 용인하고 있습니다. 이 경우, 평등의 개념은 오로지 특정 계급 내에서의 평등을 지칭할 뿐, 만인의 평등을 의미하지는 않습니다. 둘째로 플라톤은 처음부터 하나의 규범이 되는 당위성의 모델을 설계하였습니다. 그렇기에 이것은 주어진 현실에 대한 비판을 전제로 한 게 아니라, 당위성의 필연적 모델일 뿐입니다. 셋째로 『국가』는 명령적이고 상명하달의 정신을 강요하고 있습니다. 플라톤은 실제 현실에서 바람직한 상을 도출해 낸 게 아니라, 국가를 다스리는 철학자의 관점에서 모든 것을 사변적으로 구상하였습니다.

고대의 유토피아는 몇 가지 특징을 표방합니다. 가령 그것은 현세 중심적이며, 노예경제와 도시국가의 구도에 바탕을 두고 있습니다. 가령 그 배경으로서 찬란한 남쪽으로 설정되어 있다는 것도 의미심장합니다. 왜냐하면 남쪽 열대 지역은 노동 내지 생산양식에 대한 구체적 설계가 필요 없는 공간이기 때문입니다. 이곳의 삶은 고대 그리스의 세계관과 상응하는 숙명론을 보여 줍니다. 그 밖에 도시국가의 존립이야말로 개개인의 삶의 행복보다도 중요한 관건이었습니다. 고대인들의 느슨한 일부일처제 내지 가족제도의 폐지 등은 이와 관련됩니다. 그러나 기독교가 도래하면서 일부일처제의 금욕적 생활은 하나의 기준으로 정착되었습니다.

고대에 나타난 남녀의 사랑은 점성술의 관점에서 해와 달의 만남, 즉 삭망으로 비유되는데, 이러한 "성스러운 결혼식"은 기독교 신앙이 정착된 이후에 "그리스도의 몸"과 "교회(ἐκκλησία)"의 조우라는 어떤 근본적인 의미 변화를 이룩하게 되었습니다. 또 한 가지 지적해야 할 사항은 기독교 사상 속에 도사린 종말론적인 기대감입니다. 이는 그 의향에 있어서 "재기억(ἀνάμνησις)"과는 근본적으로 반대되며, 지금 여기에 지상의 천국을 건설하려는 갈망의 상으로 발전되었습니다. 종말론적 기대감은 오랜 기간 동안 "마지막 운명(Eschton)"으로서 지상의 천국의 건설을 상정하도록 작용하였습니다. 유대주의와 기독교의 메시아사상은 아우구스티누스와 조아키노의 역사철학에 그대로 반영되고 있습니다. 기독교 사상 속에는 종말론 내지 오메가로서의 새로운 예루살렘의 상이 자리하고 있는데, 이는 먼 훗날 핍박당하는 사람들의 마음속에 혁명의 불씨를 지피게 하였습니다. 이는 가령 뮌처의 농민 혁명에서 잘 나타나고 있습니다. 여기서 종교인의 종말론적 기대감 속에는 모델로서의 유토피아 대신에, 유토피아의 성분이 도사리고 있습니다.

1. 가상에서 비판으로, 비판에서 실천으로: 이 장은 본서의 전반적 특성을 드러낸다는 점에서 일러두기와 같습니다. 여기서는 네 가지 사항이 요약되고 있습니다. (1) 국가 소설에 반영된 사회 유토피아는 어떤 사회적 시스템과 관련되는 유토피아의 모델입니다. (2) 천년왕국설 그리고 인간 주체의 갈망의 상은 유토피아의 의향으로 정의 내릴 수 있습니다. (3) 디스토피아는 19세기 말에 출현한 문학 유토피아로서 경고의 사회적 상으로 이해됩니다. (4) 생태주의 유토피아는 20세기 후반부에 출현한 유토피아로서 자치, 자활 그리고 자생을 추구합니다.

2. 신화와 유토피아, 그 일치성과 불일치성: 이 장에서 필자는 제반 신화들이 어째서 유토피아의 기능을 제대로 수행할 수 없는가를 구명하였습니다. 신화는 문헌이 아니라, 구전(口傳)되어 온 것이기 때문에 초시대적인 우화 내지 알레고리로 설명될 수 있습니다. 문헌이 충분하지 않은 관계로 우리는 신화를 처음으로 언급한 사람이 누구인지, 어떠한 버전이 가장 정확한지 알 수 없습니다. 그렇기에 신화가 탄생할 시기의 발설자의 갈망의 상을 정확히 파악할 방도가 주어져 있지 않습니다. 다만 신화 수용의 역사 속에서 우리는 신화를 수용한 사람들의 갈망을 부분적으로 도출해 낼 수는 있습니다.

3. 국가주의와 비국가주의의 유토피아 모델: 국가주의의 유토피아 모델은 국가의 체제를 우선으로 중시합니다. 이에 반해 비-국가주의의 모델은 자연적 무위의 법칙을 강조하고, 국가 체제를 가급적이면 벗어나려는 경향을 지니고 있습니다. 가령 황금시대의 상이라든가 놀고먹는 사회에 관한 상상은 비-국가주의 모델의 전형적인 특성으로 나타납니다. 중요한 것은 이러한 유토피아 모델의 구분이 아나키즘 그리고 국가 중심주

의의 정치성과는 다른 차원에서 이해된다는 사실입니다. 다시 말해, 두 개의 서로 다른 모델은 세계관 내지 정치적 견해와는 무관하게 유토피아 연구에서 별도로 구명해야 할 사안입니다.

4. **플라톤의 『국가』:** 플라톤의 『국가(Πo$\lambda$$\iota$$\tau$$\epsilon$$\iota$$\alpha$)』는 향락과 즐거움을 배제한 이상 국가의 모델로서, 초시대적 범례를 지닌 국가의 상입니다. 나아가 권위주의의 계층적 질서를 고수한다는 점에서 국가주의에 근거하는 관료주의의 사상적 모델로 규정될 수 있습니다. 사회 계층이 천부적으로 확정되어 있다는 점에서, 논의의 어조가 명령적이라는 이유에서, 『국가』는 유토피아 연구의 효시가 되는 작품으로 적절하지 않습니다. 그렇지만 "모든 게 공유적이다(Omnia sint communia)"라는 플라톤의 말은 16세기에 뮌처에 의해서 놀랍게 왜곡되어 평등사상의 토대로 채택되었습니다.

5. **플루타르코스의 『리쿠르고스의 삶』:** 플루타르코스의 문헌은 유토피아의 연구 내용과 부합되는 것은 아닙니다. 왜냐하면 여기에는 역사를 서술하는 데 있어서 사실뿐 아니라, 가설 내지는 추측 등이 첨부되어 있기 때문입니다. 이 문헌은 특히 스파르타의 사회상 내지 실제 역사에 있어서의 세부적 사항, 특히 고대인들의 갈망의 상을 연구하는 데 있어서 필수불가결한 내용을 전해 주고 있습니다. 플루타르코스는 고대인의 구체적 삶의 방식을 세부적으로 묘사하였습니다. 따라서 우리는 문헌을 통하여 고대인들의 구체적인 생활상을 어느 정도 간파할 수 있습니다.

6. **아리스토파네스의 「새들」:** 아리스토파네스는 그리스인들이 시칠리아섬을 식민지로 삼으려는 그들의 제국주의적 의도를 비난하기 위해서 극작품을 완성하였습니다. 천국의 도시에서는 적개심, 폭력 그리고 탐욕 등이 활개를 치고 있다는 것입니다. 실제로 「새들」은 아리스토파네스의 관료주의의 입장과 황금시대에 관한 일반 사람들의 허황된 갈망을 비판하고 있습니다. 작품은 플루타르코스의 작품과 마찬가지로 고대인의 갈

망의 상을 연구하는 데 어느 정도 도움이 되고 있습니다.

7. 스토아 사상과 세계국가 유토피아: 스토아 사상은 귀족 학자들에 의해서 진척된 것으로서 사유제산제도, 노예제도, 가족제도에 대한 개혁을 직접적으로 꿈꾸지는 않았습니다. 대신에 스토아 사상은 개인의 내면적 자세에 관해 많은 가르침을 남겼습니다. 우리가 주목해야 할 것은 가능한 세계국가에 관한 그들의 기대감입니다. 초기 스토아 사상가들의 경우와는 달리, 파나이티오스와 같은 중기 스토아 학자들은 기원후의 시점부터 특히 거대 로마제국에 합당한 찬란한 세계국가의 가능성을 타진했다는 점에서 소규모 도시국가의 차원을 확장시키는 데 기여했습니다.

8. 이암불로스의 태양 국가와 헬레니즘 유토피아: 이 장은 고대의 문헌, 에우혜메로스의 『성스러운 비문』과 이암불로스의 「태양 국가」를 다루고 있습니다. 에우혜메로스는 축복의 섬, "판차이아"에서 출현한 축제의 이상 국가를 묘사하였습니다. 이상 국가의 주민들은 신들의 특성을 드러내고 있습니다. 이암불로스는 찬란한 남쪽의 섬을 설정하여, 강제 노동이 필요 없는 평등한 사회적 삶을 형상화하였습니다. 「태양 국가」는 가족제도의 폐지라는 측면에서 도니와 캄파넬라에게 커다란 영향을 끼쳤습니다. 마지막 대목에서 필자는 고대사회의 유토피아의 특성을 요약 정리해 보았습니다.

9. 키케로의 『국가론』: 키케로의 국가론은 고대인들의 세계관을 반영한 마지막 문헌입니다. 여기에는 군주제, 과두제 그리고 민주제의 장단점이 언급될 뿐 아니라, 고대인들의 정치사상이 거론되고 있습니다. 고대인들이 고찰한 여러 가지 정치제도는 오늘날의 의미와는 조금씩 다릅니다. 여기서 가장 중요한 것은 — 마지막 장 「스키피오의 꿈」에서 나타나고 있듯이 — 훌륭한 덕목을 지닌 지도자에 대한 키케로의 갈망입니다. 정치적 혼돈을 극복하기 위해서 필요한 것은 불세출의 영웅이 내려다보는 광대무변한 우주론적 시각이라고 합니다.

10. 기독교 사상 속에 도사린 유토피아: 이 장은 에른스트 블로흐가 파악한 기독교 속에 도사린 사랑의 공산주의를 요약한 것입니다. 블로흐는 예수의 종말론에 커다란 의미를 부여하고, 기독교 사상 속에 도사리고 있는 역동적 특성과 오메가로서의 묵시록을 강조하였습니다. 인간에게 가장 중요한 문제는 사회적 제반 관련성 속에 은폐되어 있습니다. 지상의 천국으로서 "하늘나라"의 방향은 갈망의 의향을 고려할 때, "한울나라"(윤노빈)의 방향과 거의 일치하는데, 마르크스가 말하는 "자유의 나라"의 내용과 거의 동일합니다.

11. 아우구스티누스의 『신국론』: 아우구스티누스는 이른바 마니교에서 언급되는 선악의 이원론 사상을 발전시켜서, 이른바 악마의 국가를 극복한 신의 국가를 설계하려고 했습니다. 이에 비하면 로마제국은 이른바 중간 단계에 위치한 국가입니다. 여기서 가장 중요한 것은 아우구스티누스가 파악한 국가의 이상입니다. 아우구스티누스는 사도 바울과는 달리 지상에 신의 국가를 탄생시키는 과업이 어느 정도 가능하다고 파악하였습니다. 7이라는 숫자의 의미대로 해방의 일요일에 변화 내지 전복은 실제 현실에 출현할 수 있다는 것이었습니다.

12. 조아키노의 제3의 제국: 조아키노는 오리게네스의 성서 독해의 세 가지 방법을 발전시켜서, 기독교 사상 속의 역사철학적 의미를 도출해 내었습니다. 그것은 성부, 성자 그리고 성신의 역사를 가리킵니다. 역사의 세 번째 단계인 성신, 다시 말해서 성령의 역사가 시작되면, 계급이 필요 없는 평등한 사회가 도래하리라는 것입니다. 여기서 중요한 것은 메시아사상과 천년왕국설을 이해하는 일입니다. 평등한 "제3의 제국"에 대한 갈망은 중세부터 근대에 이르기까지 가난한 자들에게 굶주림을 떨칠 수 있는 찬란한 나라를 갈구하도록 작용했습니다.

13. 천년왕국의 사고와 유토피아: 천년왕국의 사고는 현대적 유토피아의 갈망의 상을 미리 선취하고 있습니다. 천국의 장소는 수동적이며 불

변하는 상인데 반해, 유토피아는 인간의 노력에 의해서 성취되는 결과로 이해됩니다. 천년왕국의 사고에서 중요한 것은 사고의 과정 내지 분석이 아니라, 비논리적으로 출현하는 상의 결합입니다. 더 나은 삶을 갈구하는 인간의 의식 속에 결집되는 "지금 시간(Jetzt-Zeit)" 속에는 모든 기대감과 혁명적 의식이 응축되어 있습니다. 이에 비하면 유토피아는 합리적 설계에 바탕을 두고 있는, 주어진 현실에 대한 반대급부의 상으로 이해될 수 있습니다.

14. 뮌처가 실천한 천년왕국의 혁명: 이 장에서 필자는 독일에서 농민혁명을 주도한 토마스 뮌처의 삶과 사상을 조명했습니다. 뮌처는 신의 과업과 인간의 과업을 분명히 구분할 줄 알았습니다. 바로 이러한 이유에서 자신이 할 수 있는 것은 신의 과업에 동참하는 일이 아니라, 오로지 사회 정치적인 측면에서 정의를 바로 세우는 일밖에 없다고 천명했던 것입니다. 그렇다고 뮌처가 무조건 자신의 과업이 신의 뜻에 의해서 좌우된다고 믿지는 않았습니다. 뮌처는 실제 현실에서 신의 뜻을 외면하는 사악한 인간들에 대항하여 투쟁하려고 하였습니다.

15. 토머스 모어의 자유 유토피아: 『유토피아』는 주지하다시피 유토피아 문헌의 효시에 해당하는 작품입니다. 모어는 인간의 세 가지 악덕인 나태, 탐욕 그리고 자만을 극복하고, 핍박당하는 인민의 행복을 극대화한, 찬란한 섬을 묘사하였습니다. 사유재산제도는 철폐되어 있습니다. 하루 6시간 노동으로 살아가는 사람들의 삶의 목표는 자유의 실천으로 요약될 수 있습니다. 비록 노예제도가 존속되고 있지만, 만인은 자유롭고 평등하게 살아갑니다. 캄파넬라의 유토피아가 점성술에 입각한 질서의 유토피아라면, 모어의 유토피아는 연금술에 근거한 자유의 정신을 내세우고 있습니다.

끝으로 사족의 말씀을 첨부합니다. 도합 다섯 권으로 이루어진 『서양 유토피아의 흐름』은 나의 정신적 자식입니다. 자식을 출산하기 위해서 꼬박 13년의 시간을 보냈습니다. 그동안 38권의 저역서를 출간할 때마다 마치 "병자가 밤중에 아이를 낳은 뒤에 황급히 불을 들어 살펴보는 (厲之人夜半生其子 遽取火而視之)" 것처럼 부끄러움이 앞섰던 게 사실입니다. 일천한 지식에서 비롯한 오류가 행여나 자식의 얼굴에 새겨져 있을까 꺼림칙했던 것이었지요. 그러나 출산일 하루만큼은 커다란 기쁨을 만끽하고 싶습니다. 집필 과정에서 국내외의 많은 분들로부터 커다란 도움을 받았습니다. 그분들의 이름을 거명하지는 않지만, 베풀어 주신 은혜를 이 책으로써 결초보은하려고 합니다. 뮌헨의 독일문화원, 프리드리히 나우만 재단(Friedrich Naumann Stiftung), 한국연구재단, 한신대학교 측의 도움이 컸습니다. 나의 책에 관심을 기울여 준 도서출판 울력 측에 깊이 감사드립니다. 마지막으로 『서양 유토피아의 흐름』이 앞으로의 유토피아 연구에 하나의 초석으로 작용하기를 바랍니다.

안산의 우거에서
필자 박설호

1. 가상에서 비판으로, 비판에서 실천으로

1. 더 나은 삶에 관한 꿈: 인간의 갈망 가운데 가장 중요한 것은 더 나은 삶에 관한 백일몽일 것입니다. 이것은 태초부터 현대에 이르기까지 여러 가지 양태로 끝없이 이어져 왔습니다. 더 나은 삶에 관한 백일몽은 애초부터 사회적·심리적 차원에서 나타날 수 있는, 어떤 가능성을 전제로 할 수밖에 없습니다. 왜냐하면 어떤 식으로든 인간은 사회적 차원에서 다른 사람들과 함께 어울려 살아야 하며, 심리적 차원에서 자신의 욕망을 충족해야 하기 때문입니다. 이를 고려해 보면, 서양 유토피아의 흐름 속에 일차적으로 더 나은 공동체에 관한 어떤 설계가 담겨 있다는 사실은 당연해집니다. 그런데 우리는 더 나은 사회나 공동체의 설계 속에 비단 최상의 국가에 관한 구도뿐 아니라, 새로운 사랑의 삶에 관한 가능성 또한 선취되고 있음을 볼 수 있습니다. 왜냐하면 인간의 식욕, 성욕, 수면욕, 재물욕 그리고 명예욕은 어떤 바람직한 사회의 틀 속에서, 욕망 해소를 위한 사회심리적 제약 속에서, 나아가 그것들이 만족될 만큼의 범위를 통해서 충족될 수 있기 때문입니다. 요컨대 유토피아의 흐름은 인간이 과연 어떠한 사회심리적 조건 속에서 자신이 갈구하는 자유와 평등을 최상으로 누릴 수 있는가 하는 물음과 관련되며, 근본적으로는 이

러한 물음을 충족시키려는 시도들과 결부되어 있습니다.

2. 주어진 현실에서 경험론적으로 찾아낸 가능한 상으로서의 유토피아: 유토피아는 주어진 현실에서 경험론적으로 추적해 낸 갈망의 상입니다. 그러나 그것은 플라톤의 『국가(Πολιτεία)』에 나타나 있는 것처럼 연역적으로 도출된 상은 아닙니다. 오히려 유토피아는 제각기 주어진 경험의 현실로부터 파생된 갈망의 상입니다. 그렇기에 유토피아는 주어진 현실을 불변 상태로 확정하지 않으므로, 주어진 현재를 얼마든지 상대화할 수 있습니다(바우만: 16). 바꾸어 말해, 주어진 현재가 올바르지 않다는 것을 인식하는 자는 더 나은 삶에 관한 가능성을 의식합니다. 이른바 국가 소설과 같은 문학 유토피아에서 묘사된 현실상은 가상적이지만 실현 가능한 하나의 상으로 이해됩니다. 유토피아는 문학적 가상이라는 면사포를 쓰고 있는 셈입니다(Servier 289). 이러한 까닭에 유토피아는 전체적으로 고찰할 때 경험적 현실에서 도출된 상으로서 제각기 주어진 특정한 시대정신을 반영하고 있습니다. 특정 문학 유토피아가 언제, 어디서 출현하였는가 하는 물음을 집요하게 추적하는 작업은 그러므로 매우 중요합니다. 이는 그 작업이 특정한 유토피아와 특정한 시대에 대한 작가의 비판 사이의 상호 관련성을 파악하게 해 주기 때문입니다.

3. 유토피아는 시대 비판의 반대급부의 상이다: 우리는 따라서 일단 다음과 같이 정의해 볼 수 있습니다. 즉, 유토피아는 주어진 시대와 특정 인간이 갈구하는 구체적 형상을 반영하고 있다고 말입니다. 그것은 나쁜 현재 상태 내지 비판받을 만한 현재에 대한 반대급부의 상입니다. 주어진 시대에는 으레 어떤 참담한 사회적 모순이 도사리고 있습니다. 어떤 결핍의 상태는 무언가를 가지고 싶은 욕구를 불러일으키기 마련입니다. 예컨대 "유토피아는 위기 상태에서 점화된다"는 까닭도 바로 그 때문이

지요(Nipperdey: 362). 어떤 부자유나 불행은 당사자의 마음속에 자유 내지 어떤 행복에 관한 갈망의 상을 부추깁니다. 마찬가지로 어떤 위기 상태는 우리로 하여금 위기의 극복을 심도 있게 고뇌하도록 합니다. 어떤 유토피아의 긍정적인 혹은 부정적인 상 내부에는 작가가 의도하는 어떤 사회 비판적인 무엇이 암시되어 있습니다. 의도적이든 아니든 간에 유토피아는 제각기 주어져 있는 현실의 근본 문제 내지 특정 시대의 근본적 갈등, 혹은 모순과 관련되는데, 이때 그것은 "효모(Ferment)" 내지 "촉매제"라는 수단에 의해서 걸러집니다. 이 점을 고려할 때, 우리는 표면적으로 드러난 갈망의 상도 중요히 살펴야 하지만, 작품의 저변에 깔려 있는, 유토피아 설계자들의 시대 비판을 더욱 중요하게 수용해야 할 것입니다. 그렇게 한다면 우리는 찬란한, 혹은 끔찍한 상의 배후에 도사린, 어떤 시대 비판의 징후나 흔적을 예리하게 투시할 수 있을 것입니다. 주어진 삶은 인간의 모든 갈망을 속속들이 실현시켜 주지 않습니다. 그래서 역사는 "감금된 예언"(칼라일)입니다. 따라서 유토피아 역사의 문헌은 행과 행 사이의 어떤 예리한 독해를 요구합니다. 요컨대 유토피아의 상은 현재의 나쁜 현실에 대한 반대급부로서의 답변과 같습니다. 유토피아의 역사는 그 자체 주어진 사회의 결핍의 역사이며, 처참한 현실상을 역으로 투시하고 있습니다.

4. 유토피아의 역사철학적 의미: 유토피아는 — 넓은 의미에서 볼 때 — "시대에 의해 조건이 정해지는, 경험적으로 그 자체 변형될 수 있는 개념이며, 이후의 시대에 영향을 끼칠 수 있는, 즉 영향을 끼칠지도 모르는" 개념입니다. 첫 번째 명제, 유토피아가 경험적으로 변형될 수 있는 개념이라는 말은 그 자체 자명합니다. 유토피아는 토머스 모어의 『유토피아』에서 드러나듯이, 처음부터 연역적으로 도출해 낸 범례가 아닙니다. 그것은 주어진 시대의 구체적인 현실적 문제점에서 파생된 갈망의 상입

니다. 그렇다면 유토피아가 나중의 시대에 영향을 끼치는, 혹은 영향을 끼칠지도 모르는 개념이라는 말은 무슨 뜻을 담고 있을까요? 이데올로기와 유토피아는 사회학의 영역에서 논의되는 계급에 관한 이분법적 이론인데, 마르크스가 아니라 막스 셸러(Max Scheler)에 의해서 비롯됐다는 주장도 있습니다(전재국: 219). 어쨌든 유토피아는 나중의 시대에 직접적으로나 간접적으로 영향을 끼칠 수 있지만, 현실의 변화에 의해서 결과론적으로 추후에 그 가치가 평가되는 하나의 이념은 결코 아닙니다. 카를 만하임(Karl Mannheim)도 『이데올로기와 유토피아』 제4장, 「유토피아의 의식」에서 분명히 규정한 바 있듯이, 유토피아의 사고는 분명 주어진 현실을 자극하여 이를 직접적으로 변화시키는 역할을 담당합니다. 만하임은 이를 "존재의 초월적 특성" 내지 "존재 일탈적 특성"으로 해명하려고 한 바 있습니다(만하임: 327, 343). 유토피아의 사고는 그러나 결과론만을 통해서 본연의 가치 유무가 결정되는 것은 아닙니다. 그 이유는 무엇일까요?

유토피아의 사고는 주어진 현실을 자극하여 모순점을 인식하게 하고, 이를 극복하는 데 도움을 줍니다. 그렇기에 그것은 시대 변화를 촉진시키는 효모, 혹은 주어진 현실의 근본적 문제점을 해결하는 자극제 내지 매개체의 역할을 담당합니다. 그렇지만 유토피아는 시대적 변화나 불변하는 현재 상태를 스스로 책임지지는 않습니다. 이는 마치 지진계가 지진 발생을 알려 줄 뿐, 지진 발생에 대해 스스로 책임질 수 없는 것과 같습니다(Kunert: 385). 유토피아는 사회변혁의 효모 내지 자극제이지만, 어떤 사회변혁의 실패에 대한 책임을 스스로 떠안을 수는 없습니다. 여기서 문제가 되는 것은 현재의 입장에서 과거에 출현했던 유토피아의 개념과 기능에 어떤 결과론적인 의미를 부여하는 처사입니다. 나중의 결과가 좋지 않았기 때문에, 이전의 원인 내지 인간의 갈망의 의향 역시 모조리 파기되어야 한다는 견해는 그 자체 단선적 실용성에 근거하고 있습니다. 지금까지 출현한 유토피아들은 좋거나 나쁜, 놀랍거나 지루한 착상을 담고 있는데, 대부분의 경우 전적으로 실현되지 않은 사고들입니다 (Polak: 381). 따라서 우리는 과거에 출현했던 유토피아의 개념과 기능을 당시에 주어져 있던 사회 현실적 조건 내지 시대정신과 일차적으로 비교해야 할 것입니다.

따라서 우리는 다음과 같은 질문에 대해 과도한 의미를 부여할 수는 없습니다. 가령 "더 나은 세계를 만들려고 노력하던 파우스트의 엄청난 열정을 담은 노력은 결국에 이르러서는 자신의 묘혈을 파도록 하는 결과를 초래하였다"라든가 "보다 창의적이고 능률적인 노동을 추구하기 위해서 노력하던 이반 데니소비치는 자신을 결국에는 감옥에 갇히게 하였다." 등과 같은, 우리를 처음부터 맥 빠지게 만드는 역사철학적 절망의 발언을 생각해 보십시오(Glucksmann: 15). 물론 우리의 주위에는 패배주의 내지 체념을 불러일으키는 범례들은 수없이 많습니다. 인간의 역사는 거룩한 이상이 언제나 나쁜 실천에 의해서, 혹은 나쁜 자의 실천에 의해서 파괴되는 양상을 수없이 보여 주었습니다. 몇몇 사람들은 더 나은 삶을 위한 노력이 궁극적으로 언제나 죽음을 초래한다고 냉소적으로 일갈하기도 합니다. 그렇지만 세상을 더 나은 공간으로 변화시키려는 모든 노력이 언제나 신학적 결정론자 내지는 정치적 보수주의자들이 설치한 체념의 덫에 갇혀 무의미한 허사로 곡해되는 경우가 있습니다.

발터 벤야민은 「역사의 개념에 관하여(Über den Begriff der Geschichte)」에서 신학적 결정론과 변증법 사이의 대립을 설정한 바 있는데, 이에 관한 비유가 우리에게 많은 사상적 단초를 전해 줍니다(Benjamin: 696f). 벤야민은 자신이 처했던 40년대 유럽에 나타난 파국적 상황을 전제로 하여 기발한 비유를 담은 소논문을 집필하였지만, 후세 사람들은 어처구니없게도 그 글을 초시대적으로 유효한 추상적 사변 이론으로 수용했습니다. 하나의 명제라는 것이 시대와 장소를 초월하여 객관 타당한 것일 수 없으며, 반드시 그 명제가 출현한 구체적 현실과의 관련성 속에서 진위가 결정되어야 하는데도 불구하고, 벤야민의 소논문의 경우는 그렇게 정리되지 못했습니다. 어쨌든 우리는 과거에 나타났던 모든 시도를 실패했다는 이유로 무조건 파기하지는 말아야 할 것입니다. 역사 속에서 중요하게 기능하는 것은 패배 자체가 아니라, "우리의 손자들은 우리보다 더 훌륭하게 싸울 것이다"라는, 독일 혁명에 가담했던 농부들의 단호한 절규였습니다(박설호 2013: 35). 우리는 어떤 특정한 유토피아의 사고를 그것이 태동한 현실적 조건과 일차적으로 비교해야 하며, 어떤 결과론을 근거로 하여 추후에 마구잡이로 그 사고의 근원적 의미를 훼손시키지 말아야 합니다. 그렇지 않을 경우 실패로 끝난 모든 노력은 더 이상 정신사적으로 본래의 가치를 인정받을 수 없을 것입니다. 더 나은 삶에 관한 갈망은 마냥 미래로 연기되는, 아무런 소득 없는 사고라고 파기될 것이 아니라, 아직 보상받지 못한, 아직 실현되지 않은 의향으로 이해될 수 있습니다.

5. (부설) 가능성과 희망이 과연 학문의 연구 대상일 수 있는가?: 만약 희망이 더 나은 삶을 위한 틀 내지 형식이라면, 희망의 내용은 무엇일까요? 특히 사회과학 연구자들은 희망의 내용을 가시적으로 대할 수 있는 명사적 토대, 다시 말해 고체와도 같은 어떤 것으로 이해하곤 하였습니다. 블로흐의 경우, 희망의 내용은 다양합니다. 구체적으로 단언할 수는 없지만, 그것은 자유롭고 평등하게 살 수 있는 행복한 삶의 바탕일 수 있으며, 어쩌면 마르크스주의의 바람직한 실천일 수 있고, 동지애로 함께 살아가는 코뮌의 협동적 삶일 수도 있습니다. 블로흐는 아비켄나(Avicenna)와 아베로에스(Averroes)의 물질 이론을 연구하면서 세계의 경향적 변화 과정으로서의 가능성을 언급한 바 있습니다. 이 경우, 아직 세상에 이루어지지 않은 무엇, 존재론적인 "새로움(Novum)"은 희망의

내용을 상징하는 것들입니다. 요컨대 희망은 마르크스주의의 바람직한 실천 내지 평등한 코뮌의 삶에 관한 어떤 가능성을 그 내용으로 삼습니다. 아리스토텔레스와 블로흐를 제외하면 지금까지 어느 누구도 '미래' 와 '가능성'을 학문 연구의 대상으로 설정하지 않았습니다. 어쩌면 실용주의자들은 당장 다음과 같이 일갈할 것입니다. 문학 유토피아 속에 묘사된 가능한 사회상은 그 자체 어설픈 상상에 불과하다고 말입니다.

6. 희망은 환멸을 전제로 한다: 유토피아는 마치 누워서 감 떨어지기를 바라는 것과 같은, 무작정 찬란한 미래를 수동적으로 갈구하는 사고는 아닙니다. 오히려 그것은 어떤 불가능을 사전에 차단시킬 때 자신의 역동적인 에너지를 보다 효율적으로 활용할 수 있습니다. 더 나은 무엇을 추구하는 데 있어 불가능한 무엇을 사전에 하나씩 제거해 나가는 비판적 작업이 수동적이고 몽환적인 기대감보다는 더 나을 수 있습니다. 게다가 불가능성은 근본적으로 난해성과는 다릅니다. 몽환적이고 비현실적인 갈망은 주어진 현실 속에서 자체적으로 파기되기 마련입니다. 이에 반해 현실적으로 가능한 갈망은 "지금 그리고 여기(hic et nunc)"의 현실에서 하나의 검증을 받게 됩니다. 따라서 유토피아의 사고는 주어진 참담한 현실에서 파생된 것으로서 그 자체 하나의 갈망의 상을 담고 있지만, 끊임없이 "지금 그리고 여기"에서 환멸과 조우한다고 말입니다. 나아가 유토피아의 본질적 의미는 찬란하고 긍정적인 상을 통해서보다는, 오히려 이와는 반대로 비참하고 부정적인 사항에 대한 거부를 통해서 극명하게 드러날 수 있습니다. 때문에 중요한 것은 유토피아의 상 내부에 도사린 시대 비판이며, 나아가 그 속에 반영된 갈망의 상을 주어진 현재와 비교하는 작업일 것입니다. 이와 관련하여 블로흐는 "의식된 희망(docta spes)"으로서의 "구체적 유토피아"를 언급하면서, 이 개념을 실제 현실에서 그리고 인간의 의식 속에서 수없이 파기되는 갈망들과 구

분하였습니다. 유토피아는 ─ 사회학자, 아른헬름 노이쮜스(Arnhelm Neusüss)도 지적한 바 있듯 ─ 때로는 "부정의 부정"이라는 변증법적 관점에서 기능하며(Neusüss: 33), 주어진 현실에서 끝없이 단련되고 첨예화될 수밖에 없습니다.

7. **성취의 우울, 실현의 아포리아:** 인간이 추구하는 유토피아는 완전성을 추구하지만, 어떤 완전무결함은 주어진 현실 속에서는 실현되지 않으며, 대부분의 경우 파기되거나 시간적으로 연기되곤 합니다. 마치 어떤 아이가 행복의 무지개에 가까이 다가가면, 무지개는 언제나 그의 곁을 벗어나듯 말입니다. 그럼에도 불구하고 중요한 것은 인간이 ─ 칸트의 용어를 빌리자면 ─ 인간 삶에서 완전으로 향해 부단히 "가장 가까이 근접하려는(approximativ)" 노력일 것입니다. 그런데 인간의 행복이 바로 지금, 바로 여기에 전적으로 인지되지 않는 것처럼 느껴지는 이유는 무엇일까요? 어떤 실현의 순간, 우리의 마음속에는 성취의 희열과 병행하여 마치 썰물과 같이 나타나는 우울한 정조가 출현합니다. 애타게 기다리던 사랑이 실현되는 순간, 혹은 그렇게 열정적으로 바라던 혁명이 성공을 거두는 순간, 당사자는 기쁨의 눈물을 흘리면서도 어떤 말 못할 허망함을 감지하게 됩니다. "아, 이따위 것을 획득하기 위해 그토록 노심초사하며 애간장을 태웠다니." 하는 느낌을 생각해 보세요. 이는 이를테면 바스티유 감옥을 폭파한 다음 춤을 추고 있는 혁명가의 마음속에 솟아나는 감정일 수 있습니다. 블로흐는 이러한 감정을 "성취의 우울(Melancholie des Erfüllens)"로 표현하면서, 이를 위해 음악가 베를리오즈, 후고 폰 호프만슈탈의 극작품 「헬레나」 등을 언급한 바 있습니다(블로흐: 366쪽 이하).

여기서 우리는 다음의 사실을 주의 깊게 살펴볼 필요가 있습니다. 즉, 어떤 것을 성취하려는 갈망의 강도가 그것을 성취할 때 느끼는 충족의 강도보다 훨씬 더 강하다는 사실 말입니다. 토마스 아퀴나스에 의하면, "사물들은 그 자체로서보다는 인간의 마음속에서 더욱 고상하게 비치(Res nobiliores in mente quam in se ipse)"는 법입니다. 그 까닭은 바로 갈망의 강도가 우리가 예상하는 것보다 훨씬 크기 때문입니다(블로흐: 2903). 이는 "성취의 우울"이 인간 삶에서 출현하는 이유 가운데 하나입니다. 놀랍게도 난관이나 장애물은 인간의 삶 속에서 우리 인간의 의지를 더욱 강렬하고 첨예하게 단련시킵니다. 성취의 우울이 발생하는 또 하나의 이유는 인간의 욕망이 어떤 실현의 순간에도 중단되지 않는다는 심리적 속성 때문입니다. 갈구해 온 것이 실현되려는 순간, 묘하게도 당사자의 내면에서는 또 다른 갈망이 출현합니다. 실현의 순간 당사자의 마음속에 솟구치는 새로운 욕망이 실현의 희열과 즐거움을 방해합니다. 바로 이러한 교차된 심적 상태를 블로흐는 "실현의 아포리아(Aporie des Erfüllens)"라는 용어로 해명하려 했습니다. 두 개의 혹은 서로 다른 여러 갈망들이 서로 부딪치며 방해 작용을 일으키면서, 실현된 갈망과 새로운 갈망들을 서로 충돌하게 하고 교란시킨다는 것입니다. 바로 이러한 방해 작용으로 인해 인간은 한편으로는 어떤 실현의 순간에도 완전한 행복감을 만끽하지 못하며, 다른 한편으로는 새로운 갈망으로 인한 불만에 사로잡히게 되는 것입니다. 인간의 갈망이 차단되거나 그치지 않고 다른 특성을 지닌 채 계속 이어지는 까닭은 바로 그 때문입니다.

8. 유토피아 연구의 세 가지 경향: 지금까지 유토피아 연구는 세 가지 경향을 표방해 왔습니다. 그 첫째로 우리는 토머스 모어의 유토피아가 이후의 문학 유토피아에서 장르의 측면, 그리고 영향의 측면에서 어떻게 이어져 왔는가 하는 점에 주목해야 할 것입니다. 더 나은 사회적 삶에 관한 설계는 지구상에서 멀리 떨어진 섬, 즉 최상의 국가 체제 속에서 가능했습니다. 이는 콜럼버스의 신대륙 발견에 자극 받은 것으로서, 이후 탄

생하게 될 수많은 국가 소설의 틀로 작용하게 됩니다. 유토피아는 말 그대로 "최상의 공간(Eu+Topie)"일 뿐 아니라, "없는 곳(U+Topie)," 즉 최악의 공간일 수 있습니다. 유토피아의 개념 속에 도사리고 있는 이러한 모순성과 병행하여 모어 이후 시대의 사람들은 긍정적인 혹은 부정적인 장소 유토피아를 설계하였습니다. 17세기 이후, 사람들은 지구상에 더 이상 발견될 공간이 없다는 사실을 확인하게 되는데, 그리하여 최상의 삶의 조건을 갖춘 공간이 "미래의 바로 여기"에 실현될 수 있다고 믿기 시작합니다. 이로써 출현한 것이 바로 유토피아에서 "우크로니아"로의 방향 전환, 다시 말해 "장소 유토피아에서 시간 유토피아로의 패러다임 전환"(Koselleck)입니다. 18세기 프랑스 혁명 이후로 사람들은 지상의 천국이 미래의 바로 이곳에서 얼마든지 건설될 수 있다고 확신하게 되었던 것입니다. 요컨대 사람들은 더 나은 사회적인 삶이 — 국가든, 소규모의 공동체든 간에 — 하나의 가능한 사회구조의 틀에 근거한 유토피아의 설계를 통해 가능한 것으로 보았습니다. 이러한 패러다임의 전환은 전통적 차원에서 이어져 온 "국가 소설"의 틀 속에 문학적으로 반영되었습니다.

둘째로 사회 변화에 직접적 촉매제 역할을 담당한 것은 천년왕국설 속에 도사리고 있는 종말론적 기대감이었습니다. 구약성서의 예언서는 고대인들로 하여금 메시아의 출현에 대한 기대감을 불러일으켰으며, 기독교인들 역시 최후의 심판의 날이 도래하면 정의가 마침내 승리를 구가하게 되고, 선택받은 자가 성스러운 축복을 받게 되리라 믿어 왔습니다. 놀라운 것은 19세기에 이르러 고통 속에 살아가던 프롤레타리아들이 자신의 혁명적 기대감을 고수하면서 사회적 전복을 갈구했다는 사실입니다. 그들의 응축된 시간 개념은 기존의 사회적 질서를 하루아침에 무너뜨리고 새로운 세상을 열도록 하는 데 커다란 자극제로 작용하게 됩니다. 이러한 사실을 고려할 때, 사회 변화를 촉구하려는 욕망은 천년왕국설 속에 도사리고 있는 종말론적 기대감으로 확장될 수 있습니다. 왜냐하면 그것은 종교적 이념의 열망을 넘어, 사회 정치적 영역에서의 사회혁명에 기여하고 시대의 변화에 영향을 끼치기 때문입니다. 따라서 우리는 다음과 같이 말할 수 있습니다. 토머스 모어의 전통적 유토피아가 합리적으로 설계된 최상의 국가 모델이라면, 블로흐가 예의주시한 종말론 속에는 현실적 가능성을 추구하는 주체의 갈망이 도사리고 있다고 말입니다. 전자가 유토피아의 모델로서 "국가 소설" 속에 유형화되어 있다면, 후자는 예술 전반에서 창조적 에너지로 작용하는 유토피아의 성분으로 정착될 수 있습니다. 특히 후자의 경우, 현실적 가능성의 카테고리와 접목된 인간 주체의 갈망의 상이라는 점에서 더욱더 포괄적인 의미 영역을 지닙니다(Kufeld: 12).

유토피아 연구의 세 번째 경향으로는 디스토피아의 문학적 유형을 예로 들 수 있습니다. 특히 20세기 초 러시아 작가 자먀찐(Samjatin)의 소설 『우리들』(1920) 이후로 바람직하지 않은 사회적 진보에 대해 일침을 가하는 작품들이 속출하였습니다. 올더스 헉슬리의 『멋진 신세계』(1932), 카린 보이어의 『칼로카인』(1940), 조지 오웰의 『1984년』(1948)이 이에 해당하며, 이 작품들은 이후 디스토피아 문학의 범례로 자리매김하게 됩니다. 이러한 작품들은 미래에 출현할 수 있는 끔찍한 상을 드러냄으로써, 제각각 현대인들에게 무언가를 경고하고 있습니다. 그런데 디스토피아 문학 연구에서 작가의 의도와 관련해 두 가지 관점이 출현합니다. 즉, 작가가 끔찍한 미래의 상을 제시하면서 우리에게 경고 내지 경종을 울리려고 의도하는가, 아니면 처음부터 유토피아에 대한 갈망의 상이 무가치하며 이를 추구하는 자세 자체가 가장 끔찍한 갈등을 촉발시킨다고 주장하는가 하는 두 가지 물음을 생각해 보십시오. 필자는 이 책에서 전자의 경우를 "디스토피아(Dystopie)"로, 후자의 경우는 "안티유토피아(Anti-Utopie)"로 규정할 것입니다. 여러분들은 앞서 언급한 두 가지 물음을 예의 주시해야 합니다. 이는 전자가 부정적인 현실을 언급함으로써 독자의 내면에 비판적 입장을 불러일으키게 하는 잠재적 계몽의 기능을 지닌다면, 후자는 더 나은 삶에 관한 갈망 자체에 이의를 제기하면서 유토피아에 대한 사고의 가치를 처음부터 부정하기 때문입니다.

9. 카를 하인츠 보러의 안티-유토피아: 카를 하인츠 보러(Karl Heinz Bohrer)는 20세기 초에 출현한 끔찍한 경고의 문학작품을 예로 들면서 유토피아의 사고 속에 얼마나 많은 문제점이 도사리고 있는지를 지적해 왔습니다. 지금까지 사람들은 진보에 대한 희망을 품으면서, 근대와 현대의 시대를 살아왔습니다. 가령 1789년의 프랑스 혁명과 1917년의 소련 볼셰비키 혁명을 통해 혁명에 의한 낙관적 미래주의가 실현되는 것처럼 보였는데, 보러에 의하면 이 사건들이 다시금 끔찍한 폭력과 살육의 사건을 불러일으켰다는 것입니다(Bohrer 1981: 185). 보러는 20세기에 이르러 수많은 디스토피아 문학이 출현했다는 것 자체가 인간의 역사적 진보를 의심할 만한 결정적 증거라고 보았습니다. 이와 관련하여 보러는 모어의 『유토피아』와 반대되는 모델로 대니얼 디포(Daniel Defoe)의 『로빈슨 크루소』를 설정합니다(Bohrer 1973: 34). 그는 거친 바다에서 난파된 로빈슨 크루소의 모습을 거의 파손돼 버린 이상의 사고에 대한 그럴듯한 구상적 범례로 여겼습니다. 더 나은 공간을 찾으려는 인간의 노력은 어차피 좌절될 것이며, 인간은 로빈슨 크루소처럼 아무런 외부의 도움 없이 어렵사리 혼자 살아가야 한다고 말입니다. 이러한 예를 통하여 보러는 유토피아를 단지 어떤 상황이나 순간적인 영향 정도만을 끼치는 작은 갈망으로 축소시키고 있습니다.

10. 유토피아에 대한 비판, 전체주의의 의혹: 보러는 더 나은 삶을 위한 공동의 노력이 언제나 전체주의의 폭력을 동반하므로 인류에게 끔찍한 불행을 안겨 준다고 확신하고 있습니다. 이와 관련하여 모어의 『유토피

아』(1516)는 20세기에 이르러 전체주의의 폭력이라는 의혹을 받게 되었습니다. 우리는 모어의 작품에서 다음의 특성을 발견할 수 있습니다. "1. 모든 이야기는 어느 여행자의 여행기 형식으로 기술되고 있다. 2. 최상의 국가는 미지의 섬이라는 틀 속에 축조되어 있다. 3. 사유재산제도는 그 자체 악덕으로서 인간의 삶을 패륜으로 몰아간다. 4. 돈, 금과 같은 보석의 가치는 철저하게 박탈되고 있다. 5. 모든 건축물이 기하학적으로 평등하게 건축되어 있다. 6. 노동시간은 대폭 감축되고 있다. 7. 이상 사회에서 살아가는 사람들은 노동력을 극대화시키며, 주어진 자원을 최대한 활용한다. 8. 불필요한 물품들의 생산은 처음부터 금지되어 있다"(Kamlah: 24f). 이렇듯 모든 사항이 국가의 전체주의적 정책으로 수행되고 있습니다. 많은 사람들은 애초부터 유토피아 속에 전체주의적 속성이 내재해 있으므로, 결국 거대한 폭력을 부추긴다고 믿고 있습니다.

11. 모어의 유토피아는 전체주의적 폭력과는 무관하다: 모어의 유토피아는 전체주의적 폭력과 직접적으로 관련되지는 않습니다. 첫째로 모어의 유토피아는 처음부터 세계사의 과정에서 어떤 궁극적 목표를 설정하지 않았습니다. 오늘날 누군가 가장 신빙성 있는 유토피아를 설계한다고 하더라도, 그 또한 그것을 역사의 최종 상태라고 감히 단언할 수는 없을 것입니다. 왜냐하면 오늘날 합리적으로 판단하는 사람이라면 더 이상 "세상이 역사철학적으로 진보할 테니 나를 따르라"라는 독재자의 결정주의의 시각을 따르지 않기 때문입니다. 이와 관련하여 유토피아의 사회적 모델은 다원주의의 관점으로 접근 가능하게 되었습니다. 사회 내에 새로운 코뮌 형태의 공동체가 결성된다고 한다면, 사람들은 이를 수많은 사회적 가능성들 가운데 하나라고 믿게 될 것입니다. 둘째로 모어는 ― 토마스 뮌처와는 달리 ― 어떤 미래 시점을 언급하면서 기존의 사회를 전복시키려는 사회혁명적인 슬로건을 명시적으로 내세우지 않았습니

다. 마찬가지로 그는 자신이 제시한 사회 모델이 오늘날 반드시 실현되어야 한다는 요구 사항을 전하지도 않았습니다.

12. 유토피아의 역사는 시대정신의 증언이다: 물론 모어의 유토피아 모델이 사회 정치적으로 어떤 행동을 옮길 때 방향 설정의 측면에서 도움이 되는 것은 사실입니다. 앞으로 필자가 이 책에서 다루게 될 캄파넬라(Campanella)의 유토피아인 『태양의 나라』, 데자크(Déjaque)의 아나키즘 유토피아 그리고 노이만(Neumann)의 유토피아인 『레본나』 또한 이러한 방향 설정에 도움이 될 것입니다. 따라서 모든 유형의 유토피아가 기존 현실의 모든 질서 내지 기준 등을 파기하기 위한 폭력적 수단으로 사용된다고 말할 수는 없을 것입니다. 셋째로 모어의 유토피아 모델 역시 어떤 대체 불가능한 필연성으로서보다는 미래 사회를 위한 하나의 가능한 범례로서 수용될 필요가 있습니다. 이를테면 작품 속 등장인물 히틀로데우스는 유토피아의 삶을 찬양하고 있지만, 그 역시 다른 등장인물로부터 비판받습니다. 모어의 유토피아 모델은 하나의 가상적 틀에서 제시되는 가능한 현실상일 뿐, 결코 필연적 당위성을 가진 철두철미한 원칙으로 이해될 수는 없습니다.

13. 포스트 유토피아의 사고가 제기하는 두 가지 논거와 그에 대한 반론: 혹자는 『유토피아』에 드러난 토머스 모어의 사고가 인간의 치졸한 갈망을 반영한 것이며, 감히 신의 예정조화설에 이의를 제기하는 불순한 사상이라고 주장합니다. 이러한 입장은 16세기 이후로 끊임없이 제기되었으며, 오늘날에는 "신정론(Theodizee)"을 표방하는 보수적 신학자들이 그렇게 주장합니다. 포스트 유토피아의 입장은 유독 21세기에 많은 사람들의 공감을 받고 있는데, 그 이유는 두 가지 논거에 바탕하고 있습니다. 그 첫 번째 논거는 정치적 차원의 유토피아가 20세기 후반 소련의

붕괴를 통해 종언을 고했다는 사실입니다. 소련과 동구는 그러나 자본주의 사회를 근본적으로 파기하지 못했으며, 그럴 수도 없었습니다. 기존 사회주의 국가들이 겉으로는 사회주의를 표방했다고 할지라도, 근본적으로는 시민사회의 상품 생산 구조를 답습하고 있었으며, 무엇보다도 엘리트 관료주의에 충실했기 때문입니다. 따라서 그들은 결국 기존의 자본주의적 생산양식을 그것과는 근본적으로 다른 어떤 것으로 대치시킬 수가 없었던 것입니다. 소련과 동구의 사회주의 국가들은 자본주의 시대라는 큰 틀 안에서 자유 진영 국가들과 공존했던, 약간 이질적인 국가 형태의 발전 단계에 속하는 나라였을 뿐이라는 주장도 있습니다(Münz-Kroenen: 20). 사회주의의 평등에 관한 인간의 갈망이 반드시 국가 중심으로, 다시 말해 과거의 전체주의 국가의 틀에 의해 형성되어야만 한다는 생각은 하나의 고정관념에 불과합니다. 왜냐하면 우리는 작은 범주의 코뮌 구조 안에서도 사회주의의 평등과 자유로운 삶을 실험할 수 있기 때문입니다. 2008년 세계 금융 위기에 즈음하여 알랭 바디우와 슬라보예 지젝 등의 철학자들은 새로운 유형의 공산주의 시스템을 제안하고 있으며, 그에 따라 우리는 일차적으로 작은 범위의 공동체를 통해 사회주의의 평등과 자유로운 삶을 실험해 볼 수도 있을 것입니다. 원하든 원하지 않든, 우리는 유토피아를 "불가능해 보이는 어떤 것의 힘겨운 가능성"으로 이해할 수 있습니다. 그것은 가능한 가능성을 가시적으로 만들도록 작용하는 무엇입니다(Seel: 748).

포스트 유토피아의 입장이 오늘날 공감을 받고 있는 두 번째 논거는 과학기술의 발전과 밀접한 관련이 있습니다. 허버트 마르쿠제나 헬무트 셸스키(Helmut Schelsky) 등이 다음과 같은 견해를 표방한 바 있습니다. 그들은 과학기술이 과거 유토피아의 사고가 행하던 기능을 대신해 줄 것이라고 주장합니다. 인간이 갈망해 왔던 더 나은 사회적 삶에 대한 꿈을 첨단 과학기술이 실현시켜 주리라는 것입니다(Schelsky: 15). 이들의 견해는 그러나 21세기의 생태계 위기 상황이나 핵에너지의 사용이 야기한 재앙적 사건들을 상기해 보기만 해도 그 한계가 명백해집니다. 지금까지 현대의 기술 문명에서 기술 발전을 위해 필수적이었던 에너지 동력은 화석 연료나 핵에너지에 바탕을 두고 있지만, 화석 연료와 핵에너지의 무분별한 사용이 생태계 파괴를 가속화했으며, 체르노빌과 후쿠시마에 원전 사고를 일으켰기 때문입니다. 따라서 과학기술 만능주의가 모든 유형의 유토피아의 사고를 대체할 것이라는 견해는 결코 객관적 타당성을 획득하기 어렵습니다. 따라서 나날이 가속화하고 있는 생태계 파괴 상황을 해결해 나가기 위해서 우리는 과학기술주의에 의존할 수밖에 없습니다. 그렇다 할지라도 오로지 과학기술만이 인간 삶의 모든 갈등을 해결해 줄 수 있으며 미래의 더 나은 삶을 보장해 주리라는 사고는 앞선 이유들 때문에라도 더 이상 설득력을 지니기 어려울 것입니다.

14. 리얼 유토피아, 혹은 생태 공동체: 우리는 21세기 초에 전 지구적으로 확산된 독점 자본주의의 횡포를 맞이하고 있습니다. 국가 간 빈부 격차가 극심해진 상황이며, 생태계 파괴로 인한 자연재해 또한 갈수록 빈번해지고 있습니다. 대부분의 국가가 신분제를 철폐했다고 하지만, 경제적 신분 차이는 여전히 존재하고 있으며, 나날이 그 골이 깊어지고 있는 실정입니다. 지금도 세계 곳곳에서 벌어지고 있는 각종 분쟁과 테러, 그로부터 촉발된 국지전 등이 우리로 하여금 더 나은 사회의 삶을 갈망해야 한다고 자극하고 있습니다. 이러한 시점에서 우리가 주목할 만한 사항은 20세기 후반부터 지구상에 출현한 소규모 생태 공동체 운동일 수 있습니다. 이 운동은 그 자체 리얼 유토피아로서, 현대를 살아가는 우리가 거대한 자본주의 국가의 폭력에 저항하고 새로운 대안의 삶을 모색할 수 있도록 한다는 점에서 혁신적 내용을 드러내고 있습니다. 그것은 자본주의 경제 시스템 속에서도 실천이 가능한 일종의 틈새 전략과도

같습니다. 이에 관해서 필자는 본문에서 자세하게 언급하려고 합니다.

15. 유토피아의 역사 서술에서 세 가지 이질적인 문헌들: 마지막으로, 유토피아의 흐름에 관한 필자의 서술 방식을 언급해 보겠습니다. 본서는 그 내용과 주제에 따라 세 가지 이질적 유형들로 범주화할 수 있는 다양한 유토피아 관련 문헌들을 정리하는 쪽으로 방향을 정했습니다. 첫째는 "문학 유토피아," 둘째는 유토피아의 특징을 담은 "사고," 셋째는 패러디 내지 풍자의 "문학작품"입니다. 먼저, 문학 유토피아는 하나의 가상적인 현실상을 전제로 어떤 최상의, 혹은 최악의 현실상을 반영하고 있는 유토피아입니다. 그것은 대체로 "국가 소설"에 나타나듯 국가라는 거대한 구도를 포괄하지만, 때로는 소규모의 아나키즘 공동체와 같은 모습을 문학적으로 형상화한 것입니다. 문학 유토피아는 하나의 있을 수 있는 이야기, 즉 문학적 특성을 전제로 합니다. 그것은 한편으로는 더 나은, 혹은 더 나쁜 사회상에 관한 구체적인 틀 내지 구조를 분명하게 드러내고 있어야 하며, 다른 한편으로는 소설의 줄거리를 포함하고 있어야 합니다. 둘째로 필자는 부분적으로 유토피아의 사상을 추적해 보려 합니다. 이는 특정한 시대에 나타난 유토피아의 사고로서 역사 발전과 정신사의 측면에서 언급되어야 하는 사항이기 때문입니다.

셋째로 필자는 패러디, 혹은 현실 풍자의 문학작품 또한 부분적으로나마 다루어 보았습니다. 유토피아의 상 내지 현실을 풍자하는 문학작품은 수없이 많아서, 필자는 극히 일부의 작품만을 선별적으로 다루어야 했습니다. 이를테면 아리스토파네스의 「새들」은 패러디 내지 현실 풍자의 상으로 이해될 수 있는데, 이는 작품 속에 구체적인 사회상 내지 사회적 틀에 관한 세밀한 묘사가 생략되어 있기 때문입니다. 필자는 이 책에서 "문학 유토피아"를 가장 중요한 사항으로 설정하기 때문에 두 번째와 세 번째 사항은 부수적으로 다루게 될 것입니다. 마지막으로 한 가지 첨언해 둘 사항이 있습니다. 패러디 내지 현실 풍자를 담은 문학작품은 종종 문학 유토피아와 엄밀하게 구분되지 않는 경우가 있습니다. 이는 유토피아 문헌 가운데에는 더 나은 사회의 구체적인 틀 내지 구조가 불분명하게 다루어지고 있는 경우, 혹은 등장인물이나 스토리 자체가 아예 생략되어 있는 경우도 있기 때문입니다. 이러한 경우에는 문학 유토피아와 문학작품의 범주를 명확하게 구분하기 어려웠습니다. 독자들께서는 필자가 문학 유토피아와 유토피아에 관한 패러디 작품을 큰 틀에서만 대강의 구분으로 나누었을 뿐 엄밀하고 엄격하게 구분하는 데에는 실패하였음을 유의해 주시기 바랍니다.

16. 문학 유토피아의 서술: 볼프강 비스터펠트(Wolfgang Biesterfeld)는 1982년에 출간한 연구서에서 문학 유토피아를 서술함에 있어 아홉 가지 기준을 차례로 제시하였습니다. 1. 지정학적 위치, 2. 외부 세계와의 접촉, 3. 정치적 체제, 4. 가족과 (성)도덕, 5. 노동과 경제, 6. 교육, 7. 학문, 8. 일상적 삶, 9. 언어 · 예술 · 종교 등이 그것입니다(Biesterfeld: 26). 첫째, 지정학적 위치라는 것은 비단 유토피아가 어디에 위치하는가 하는 물음만을 다루는 것이 아니며, 경제와 관련된 자연 조건을 포괄합니다. 둘째, 외부 세계와의 접촉 내지 교류는 문화적 독자성 내지 교역의 문제를 파악하는 데 매우 중요한 요소입니다. 비스터펠트는 세 번째와 네 번째 사항을 별도로 다루고 있지만, 이러한 요소들은 사실 한꺼번에 다룰 수 있는 성질의 것들입니다. 성과 가족에 관련된 제도는 무엇보다도 그 자체 정치적 특성을 내포하고 있기 때문입니다. 가장을 중심으로 하는 가정 체제는 국가가 추구하는 관습, 도덕 그리고 법을 실천하는 하부조직의 체제로 볼 수 있음을 고려해 보십시오. 다섯째의 노동과 경제는 매우 중요합니다. 사람들이 어떤 노동에 종사하는가, 하루 몇 시간 노동에 임하는가, 물품의 분배는 어떤 방식으로 이루어지는가 하는 문제와 사

유재산제도에 관한 문제는 공동체의 존립을 좌우하는 가장 결정적인 물음이 아닐 수 없기 때문입니다. 그 밖의 사항들은 특정 문학 유토피아가 어떠한 사항을 가장 중요하게 여기는가 하는 물음에 따라 중요하기도 하고 지엽적인 사항으로 평가되기도 합니다.

17. 본서에서 다룰 문헌의 내용과 순서: 그렇다면 이제 역사적으로 나타난 문학 유토피아들, 유토피아 사상들, 유토피아와 관련된 패러디 작품들을 어떻게 고찰하고 분석해야 하는가 하는 물음이 남습니다. 앞에서 필자는 모어의 『유토피아』가 유토피아 및 유토피아 연구의 효시라는 점을 분명히 하였습니다만, 그럼에도 불구하고 르네상스 시대부터 논의를 개진할 수는 없었습니다. 왜냐하면 고대인들 또한 더 나은 삶을 지속적으로 갈구하였으며, 이는 크든 작든 간에 중세를 거쳐 르네상스와 근대에 이르기까지 지속적인 영향을 끼쳤기 때문입니다. 게다가 유토피아가 더 나은 사회에 관한 꿈임을 고려해 보았을 때, 천년왕국설 등과 같이 중세부터 근대로 이어져 온 종말론적인 기대감을 배제할 수 없었습니다. 이러한 까닭에 필자는 고대로부터 현대로 이어지는 서양의 역사에서 출현한 유토피아의 문헌들을 시간 순으로 하나씩 천착하고 분석하였습니다.

18. 본서에서 개진되는 문학 유토피아: 그렇다면 어떠한 시금석을 통해 문학 유토피아를 서술하는 게 바람직할까요? 이 책에서는 일단 비스터펠트가 채택한 문학 유토피아를 일차적으로 수용하기로 합니다. 다만 교육, 학문, 일상적 삶 그리고 언어, 예술, 종교를 뭉뚱그려 다루는 대신, 시대 비판, 문학 유토피아의 취약점과 후세의 영향력을 추가로 설정하여 이에 관하여 세밀하게 고찰해 보기로 하겠습니다. 이는 문학 유토피아의 시대 비판, 취약점 그리고 후세의 영향력은 주어진 시대정신과의 비교에서 도출해 낼 수 있는 매우 중요한 사안이기 때문입니다. 따라서 필자는

작품의 줄거리 외에도 다음과 같은 기준에 의해 문학 유토피아에 관한 논의를 개진해 보기로 하겠습니다. 1. 위치와 배경, 2. 구조와 크기, 3. 경제, 4. 정치, 5. 법적 사항, 6. 일상적 삶, 7. 시대 비판, 8. 취약점, 9. 영향력.

첫째로, "위치와 배경"은 특정 유토피아가 (지구상의, 혹은 우주의) 어디에 위치하는지, 그리고 주위 환경은 어떠한가 하는 물음과 관련됩니다. 둘째로, "크기"는 지정학적 위치를 나타내지만, 문학 유토피아에서는 인구, 땅의 넓이, 그리고 건축 구조 내지 건축 양식 그리고 주위 환경 등이 포괄적으로 관련됩니다. 셋째, "경제"의 경우 노동시간, 생산되는 물품의 종류, 노동의 환경, 물품의 분배와 관련된 사항이 논의될 것입니다. 그 밖에 시장(市場)의 존립 여부와 교역 등에 관한 사항 역시 부수적으로 첨가될 수 있습니다. 넷째, "정치"는 두 가지 사항으로 나뉩니다. 그 하나가 행정 체제 내지 권력의 지배 구조가 평등한가, 아닌가 하는 물음과 관련된다면, 다른 하나는 일부일처제가 고수되고 있는가 하는 물음, 즉 가족제도와 성의 문제에 관련됩니다. 다섯 번째는 법과 법적 제도와 결부된 것입니다. 그 밖에도 형법과 민법의 중요한 특성, 감옥, 사형 제도 등과 같은 문제를 다루게 됩니다. 여섯 번째는 일상적 삶을 지칭하는데, 주로 의식주와 결부된 사항을 거론하게 될 것입니다. 여기서 특히 중요하게 고찰된 사항은 여가에 관한 것입니다. 일곱 번째는 "시대 비판"과 관련됩니다. 여기서 시대 비판이란 특정 문학 유토피아가 출현한 구체적인 현실에 대한 작가의 비판을 가리킵니다. 이는 과연 더 나은 가능성의 삶의 배후에는 주어진 현실에 대한 작가의 어떠한 비판이 도사리는가 하는 점을 추적함으로써 밝혀질 것입니다. 여덟 번째 "취약점"의 항목에서 필자는 특정 문학 유토피아의 한계 내지 문제점을 비판적 시각으로 논평해 볼 것입니다. 이 점에 관해서는 가급적이면 신중하고 조심스럽게 접근하였습니다. 그렇지 않을 경우, 특정 유토피아의 취약점 내지 하자를 지적하는 일이 자칫 결과론적 판단 내지 결과에만 의거한 평가로서 낙인 찍기가 될 수 있기 때문입니다. 예컨대 우리는 과거의 사람들이 연금술을 맹신했다든가, 지구중심설을 주장했다고 해서 그들의 행동을 유치하고 터무니없다고 매도할 수는 없습니다. 아홉 번째, "영향력"은 특정 문학 유토피아가 과연 과거의 어떤 사상과 문헌의 영향을 받았으며, 그 영향이 후세에는 어떻게 작용했는가 하는 물음과 관련됩니다. 이러한 언급을 통해 우리는 문학 유토피아들을 문헌학적 차원에서 서로 비교함으로써, 그것들 사이에 어떤 동질성과 이질성 등이 존재하는지 발견할 수 있을 것입니다.

참고 문헌

만하임, 칼 (1991): 이데올로기와 유토피아, 임석진 역, 청아.

바우만, 지그문트 (2016): 사회주의, 생동하는 유토피아. 저 너머를 향한 대담한 탐험, 윤태준 역, 오월의 봄.

박설호 (2013): 박설호 편역, 마르크스, 뮌처, 혹은 악마의 궁둥이. 에른스트 블로흐 읽기 II, 울력.

블로흐, 에른스트 (2004): 희망의 원리, 5권, 열린책들.

전재국 (1987): 칼 만하임의 유토피아 개념, 실린 곳: 외국문학, 1987년 가을호, 210-225.

Benjamin, Walter (1985): Gesammelte Schriften, Bd. 1. Frankfurt a.. M,.

Biestefeld, Wolfgang (1982): Die literarische Utopie, Stuttgart.

Bohrer, Karl Heinz (1973): Der Lauf des Freitag: Die lädierte Utopie und die Dichter. Eine Analyse, München.

Bohrer, Karl Heinz (1981): Plötzlichkeit. Zum Augenblick des ästhetischen Scheins, Frankfurt a. M, 180-218.

Bookchin, Murray (1996): Von der Politik zur Staatsraison, Sozialökologie der Verstädterung, Leitlinien für eine neue Kommunalpolitik, Interview mit Bookchin), Grafenau.

Gluckamann, Andre (1986): http://www.zeit.de/1986/im-palast-derdummheit-ist-platz-fuer-jedermann/seite15

Kamlah, Wilhelm (1969): Utopie, Eschatologie, Geschichtsteleologie. Kritische Untersuchungen zum Ursprung und zum futuristischen Denken der Neuzeit, Mannheim.

Kufeld, Klaus (2011): Zeit für Utopie, in: Nida-Rümelin, Klaus Kufeld (hrsg.): Die Gegenwart der Utopie, Zeitkritik und Denkwende, Freiburg, 9-24.

Kunert, Günter (1982): Warum schreiben?, München.

Mannheim, Karl (1985): Ideologie und Utopie,, 7 Aufl., Frankfurt a. M..

Marcuse, Herbert (1967): Das Ende der Utopie, Berlin.

Münz-Koenen, Inge (1993): Ende der Utopie = Ende der Geschichte?, in:

Weimarer Beiträge, 1/1993, 14-22.

Neusüss (1985): Neusüss, Arnhelm (hrsg.), Utopie. Begriff und Phänomen des Utopischen, Neuwied 1985.

Nipperdey, Thomas (1962): Die Funktion der Utopie im politischen Denken der Neuzeit, in: Archive für Kulturgeschichte 44 (1962), 357-378.

Polak, Fred (1985): Wandel und bleibende Aufgabe der Utopie, in: Arnhelm Neusüss (hrsg.), Utopie. Begriff und Phänomen des Utopischen, 3. Aufl., Neuwied, 361-386.

Schelsky, Helmut (1969): Über die Abstraktion des Planungsbegriffes in den Sozialwissenschaften, in: Zur Theorie der allgemeinen und der regionalen Planung, Bielefeld, 9-24.

Seel, Martin (2001): Drei Regeln für Utopisten, in: Merkur-Sonderheft, 747-755.

Servier, Jean (1971): Der Traum von der großen Harmonie. Eing Geschichte der Utopie, München.

2. 신화와 유토피아, 그 일치성과 불일치성

1. 고대 유토피아의 두 가지 방향: 신화와 유토피아 사이의 관련성은 아직도 학문적으로 논란을 불러일으키는 주제입니다. 서양의 신화가 과연 어느 정도의 범위에서 유토피아와 상관관계를 지니는가 하는 물음에 대한 정확한 답변을 찾기는 어렵습니다. 고대의 유토피아를 구명하는 과정에서 두 가지 방향이 채택되었습니다. 첫째로 유토피아의 모범으로 인정받고 있는 토머스 모어의 『유토피아』는 많은 부분에 있어 플라톤의 『국가』의 특성을 적극적으로 수용하고 있습니다. 이로써 사람들은 고대의 많은 범례에서 "국가주의 유토피아(archistische Utopie)"의 틀을 도출해 낼 수 있습니다. 이는 더 나은 삶의 실천이 무엇보다도 어떤 바람직한 국가의 시스템을 통해서 가능하다는 관점입니다. 그렇지만 유토피아의 근원적 모델은 플라톤의 『국가』가 아니라, 토머스 모어의 『유토피아』에서 발견할 수 있습니다. 그 까닭은 이어지는 장에서 세부적으로 언급되겠지만, 플라톤의 작품 속에 계층주의 내지 관료주의의 특성 그리고 결정론적인 요소가 도사리고 있기 때문입니다.

둘째로 고대의 갈망의 상의 수많은 범례와 유토피아의 기능은 플라톤의 『국가』 속에서보다는, 오히려 고대의 신화 속에서 상당 부분 발견할 수 있습니다. 예컨대 우리는 황금시대에 관한 고대인들의 갈망을 생각해 볼 수 있습니다. 물론 고대인들의 그러한 갈망은 주로 가난한 천민들에 의해서 유래한 것입니다(블로흐: 958). 고대의 특권층은 대부분 글을 읽고 쓸 줄 알았기 때문에, 굳이 "놀고먹는 나라(Schlaraffenland)"와 같은 황금시대의 상에 관해서 꿈꿀 필요가 없었습니다. 기껏해야 아리스토파네스의 작품에서 황금시대에 관한 일반 사람들의 갈망을 부분적으로 유추해 볼 수 있을 정도입니다. 황금시대를 꿈꾸는 자들은 대부분 당대의 가난한 사람들이었고, 그들은 글을 알지 못했습니다. 바로 이 점이 어째서 가난과 착취가 없는 세계를 그리는 문헌이 고대사회에 많이 발견되지 않는가에 대한 대답이기도 합니다. "놀고먹는 나라"에 관한 전설은 다양한 형태와 내용으로 구전되어 왔고, 르네상스 시대에 이르러 한스 작스의 작품 속에 처음 기록의 형태로 소개된 바 있습니다. "놀고먹는 나라"는 "게으른 원숭이의 나라"라는 어원을 지니고 있습니다.

2. 신화와 유토피아 사이의 관련성: 신화와 유토피아 사이의 기능을 추적할 때 우리는 한 가지 물음에 봉착합니다. 즉, "신화에 반영된 유토피아의 상은 어떻게 이해될 수 있으며, 이는 유토피아 연구에서 어떠한 척도로 규정될 수 있는가?" 하는 물음 말입니다. 여기서 중요한 것은 신화와 유토피아의 사고가 서로 어떤 관련성을 맺고 있는가 하는 문제입니다. 신화와 유토피아를 구분하고자 할 때, 일차적으로 우리는 분명 시간이라는 전제 조건을 인정해야 할 것입니다. 서양의 신화는 주로 고대나 중세 사회에서 태동한 신(들)에 관한 이야기이기 때문입니다. 우리가 유토피아라는 것을 더 나은 삶에 관한 긍정적인 혹은 부정적인 꿈이라고 정의 내릴 수 있다 할지라도, 이러한 꿈은 특정 인간이 처해 있는 구체적 현실을 전제로 하는 것입니다. 이러한 유형의 꿈으로서 유토피아는 나중에라도 부분적으로나마 실현될 가능성이 충분히 주어져 있습니다.

그렇지만 유토피아 속에 도사린 실현 가능성이 나중에 실패로 돌아간다고 하더라도, 우리는 그것을 결과론적으로만 추적하여 유토피아가 품고 있는 모든 가능성을 평가절하 할 수는 없을 것입니다. 이에 반해 신화는 다른 특성으로 요약될 수 있습니다. 물론 신화 속에도 인간의 원초적 갈망이 도사린 것은 사실이고, 이 점에 있어 신화는 부분적으로 유토피아의 요소를 포괄하고 있습니다. 그러나 신화는 다른 여러 가지 측면에서 유토피아와는 전적으로 이질적인 특성을 보입니다. 이 장에서 신화와 황금시대를 추적하는 동안 필자의 일차적 관심은 바로 이 점을 염두에 둘 것입니다. 그렇다면 신화 속에 담겨 있는, 유토피아와는 다른 신화만의 고유한 특성은 과연 무엇일까요?

3. **황금시대, 태고에 관한 찬란한 상:** 고대 사람들 역시 더 나은 세상에 관한 꿈을 꾸었습니다. 이와 관련하여 우리는 동양의 대동(大同)에 관한 사고와 무릉도원의 상을 떠올릴 수 있습니다(진정염: 124). 서양의 경우에는 황금시대, 아틀란티스 그리고 성서의 에덴동산 등에 관한 신화를 범례로 채택해 볼 수 있습니다. 헤시오도스는 기원전 700년경에 황금시대에 관한 신화를 언급했습니다. 이에 관한 이야기는 가장 오래된 상으로서 고대의 문학작품에 자주 언급됩니다. 우리가 중시해야 할 사항은 신화와 전설 속에 도사린 고대인들의 갈망을 일차적으로 이해하는 일일 것입니다. 황금시대에 관한 이야기는 기원전 3세기에 활약한 고대 작가, 솔로이 출신의 아라토스(Aratos)가 지은 교훈시 『천체의 형상(Phainomena)』에서 발견할 수 있습니다. 스토아 사상을 연구했으나 물리학에도 각별한 관심을 기울였던 아라토스는 크니도스 출신의 수학자이자 천문학자인 에우독소스(Eudoxos)의 천문학 이론에서 어떤 힌트를 찾아낸 바 있습니다(Erren: 36). 플라톤 역시 황금시대에 관한 이야기들의 다양한 버전을 알고 있었으며, 로마 시대의 오비디우스 또한 걱정 없

는 삶을 가능하게 했던 태고 시절의 찬란한 삶을 자신의 『변신 이야기(Metamorphoses)』에서 시적으로 묘사한 바 있습니다. 오비디우스는 『변신 이야기』 제1권에서 황금시대가 은의 시대와 청동의 시대를 거쳐 철의 시대로 변했다는 이야기를 서술하고 있습니다(오비드: 25). 그 밖에 찬란한 삶에 관한 전설이라고 한다면 아무래도 성서에 등장하는 에덴동산의 이야기를 들 수 있을 것입니다. 에덴동산의 인간은 아무런 노력과 수고 없이 얼마든지 지상의 열매를 따먹고 살아갑니다.

4. 죽음 이후의 상과 종교의 탄생: 인간은 누구든 행복하고 안락한 삶을 갈구하며 이러한 삶이 죽음 이후에도 이어지기를 애타게 바랍니다. 그리하여 출현한 것이 바로 죽음 이후의 세계와 영생에 대한 갈망의 상입니다. 광대무변한 자연과 기후변화에 직면하여 거대한 두려움을 느꼈던 원시인들은, 어떤 믿음을 통해 그들의 근심과 미래에 대한 걱정을 달래 보려 하였습니다. 종교의 탄생 또한 바로 이러한 불안을 극복하고 영원히 편안하게 살아가고 싶은 인간의 갈망과 무관하지 않습니다. 다시 말해, 죽음에 대한 두려움과 영생에 대한 갈망이 인간으로 하여금 영원한 삶을 꿈꾸게 했으며, 이로 인하여 종교가 탄생했다고 말할 수 있습니다. 그 대표적 예로서는 기원전 2700년경에 나타난 길가메시(Gilgamesh)의 서사시를 들 수 있습니다. 수메르 왕국의 실존했던 왕으로 알려져 있는 길가메시는 서사시 이전에는 지하 세계에서 죽음을 관장하는 신으로 활약하였습니다(김유동: 239쪽 이하). 고대 이집트 문명, 메소포타미아 문명 등과 같은 태고의 문명은 영원한 삶을 갈구하는 믿음과 종교 없이는 더 이상 생각할 수 없을 정도로 신, 죽음 그리고 신앙 등과 직결되어 있습니다. 요컨대 찬란한 삶에 대한 기억은 태고 시절의 삶으로 떠올랐으며, 찬란한 삶에 대한 기대감은 죽음 이후의 세계를 상상하게 하였던 것입니다.

5. 축복의 섬에 관한 문헌들: 고대문학에서는 황금시대에 관한 찬란한 상으로서 어떤 축복의 섬이 종종 형상화되었습니다. 호메로스 또한 기이한 섬을 묘사한 바 있는데, 요정 키르케가 머무르는 아이올리아 섬과 외눈박이 거인이 사는 섬 그리고 모든 근심이 사라진다는 연꽃 섬 등이 그의 『오디세이아』에 차례로 다루어지고 있습니다. 그렇지만 축복의 섬이 문학적으로 훌륭하게 형상화된 것은 기원전 2세기에 활동했던 사모사타 출신의 루키아노스의 『참된 이야기(Άληθή διηγήματα)』를 통해서입니다(Jens 10: 680f.). 루키아노스에 따르면, 축복의 섬은 대서양 어디엔가 위치하고 있는데, 그곳에는 육체 없는 에테르와 같은 존재들이 살고 있습니다. 수도의 물품들은 온통 금과 은으로 이루어져 있으며, 건물의 벽에는 온갖 보석들이 박힌 채 찬란한 빛을 발하고 있습니다. 밀이 자라는 들판에서는 저절로 완성된 빵이 튕겨져 나오며 우유와 치즈가 풍족하게 주어져 있습니다. 그 밖에도 그는 디오니소스 섬을 묘사하기도 하였습니다. 디오니소스 섬은 포도나무로 뒤덮여 있는데, 그곳 개울에서는 언제나 사향포도주가 흐른다고 합니다. 그렇다고 섬이라는 장소가 고대문학에서 항상 축복의 공간으로만 묘사된 것은 아니었습니다. 로마의 시인 베르길리우스는 서사시 『아이네이스』에서 망망대해 속의 어떤 섬을 악덕과 적개심, 폭력과 투기 내지는 질투가 자리하는 공간으로 묘사하기도 하였습니다. 주인공 아이네이스는 지하 명부의 하데스 세계, 영웅의 천국이라고 할 수 있는 이상향을 차례대로 방문하고 있습니다(베르길리우스: 35쪽 이하). 축복의 섬에 관한 상은 고대 이후에도 끊임없이 반복되어 나타납니다. 가령 16세기 프랑스에서는 『파뉘르제의 항해(Les navigantion de Parnurge)』라는 작자 미상의 작품이 발표된 바 있는데, 여기에도 "풍요와 행복의 섬(des isles fortunées & heureuses)"이 문학적으로 형상화되고 있습니다(유석호: 106).

6. **아틀란티스에 관한 전설:** 솔론과 밀레토스 출신의 디오니시우스는 이상적인 사회에 관한 가장 막강한 원형으로서 아틀란티스를 서술하였습니다. 플라톤은 이에 관해서 보고하고 있습니다. 약 9000년 전, 아테네와 아틀란티스 왕국 사이에 거대한 전쟁이 있었습니다. 아틀란티스 왕국은 지브롤터 해협으로부터 멀리 떨어져 있는 약 5800평방마일의 거대한 섬이었다고 합니다. 거대한 권력의 제국을 형성한 아틀란티스는 심지어 이집트와 그리스를 위협할 정도였는데, 거대한 지진으로 인하여 섬의 절반 이상이 파괴되었습니다. 섬의 수도, 아틀란티스는 거대한 곡식 창고와 막강한 병기고를 자랑하고 있었습니다. 이후 출현한 문학작품들에 묘사된 바에 의하면, 아틀란티스의 학자들은 인위적으로 음식과 음료수를 생산해 냈다고 합니다. 그곳 사람들은 자신의 텔레파시를 활용하여 찬란한 황금시대를 떠올리면서 모든 재화와 곡물을 풍요롭게 마련하였습니다. 가라앉은 섬이나 가라앉은 대륙에 관한 신화는 놀라울 만큼 오랫동안 전해져 왔으며, 유토피아의 이상 국가에 대한 매우 현실적이고 구체적인 상을 제공하고 있습니다. 플라톤은 『국가』를 집필할 때 언제나 오래전에 대서양에서 가라앉은 아틀란티스를 표상했습니다. 이상 도시는 8각형으로 이루어진 상으로 구성되어 있습니다. 나중에 르네상스 시기에 밀라노의 공작 프란체스코 스포르차(Francesco Sforza)는 이러한 이상 도시를 구상한 바 있습니다. 이상 도시는 정팔각형의 도시의 모습으로 설계되었습니다. 스포르차가 구상한 이상 도시는 한 번도 축조되지 않았는데, 이탈리아 동북부의 도시 팔마노바는 이러한 구조를 어느 정도 답습하고 있습니다(Krüger: 41). 단테는 인간 동물에게는 전제군주제가 최상이라고 주장하였습니다. 요약하건대, 8각형의 이상 도시는 전제군주제를 전제로 한 계층 사회로 구성되어 있는데, 이는 근본적으로 플라톤의 아틀란티스 상에서 유래하는 것입니다.

7. 주어진 현실에 대한 반대급부로서의 가상적인 상: 인간은 무언가를 소유하지 못하기 때문에, 그 무언가를 갈망합니다. 그것이 보물인가, 사랑인가 하는 물음은 부차적인 의미를 지닙니다. 찬란한 장소에 대한 인간의 꿈 역시 당사자가 처한 처지가 힘들고 각박하기 때문에 뇌리에 떠오르는 것입니다. 이렇듯 유토피아의 상 배후에는 언제나 지금 여기에 온존하는 나쁜 현실에 대한 비판적 사고가 도사리고 있습니다. 이와 관련하여 우리는 축복의 섬이나 아틀란티스와 같은 이야기들과 신화 등을 주어진 현실적 정황으로부터 격리하여 독자적인 무엇으로 이해해서는 안 될 것입니다. 전설과 신화의 내용은 어떤 방식으로든 주어진 현실의 문제를 간접적으로 반영하고 있습니다. 따라서 우리는 개별 신화들과 전설들을 그 자체 폐쇄적으로 고립시켜 개별적으로 이해할 것이 아니라, 그것들이 출현한 현실적 조건을 충분히 고려하면서 그것들을 추적해야 할 것입니다. 문제는 대부분의 신화와 전설의 저자가 알려지지 않은 경우가 많으며, 신화 내지 전설이 출현하게 된 배경으로서 주어진 구체적 현실에 대한 조건을 알 수 없는 경우가 태반이라는 사실입니다. 가령 문헌이 보존되고 있는 경우에 한해서도 우리는 신화적 내용이 어떤 바탕 하에서 출현하였으며, 무엇을 위해 등장하였는가 하는 사실을 기껏해야 부분적인 정도만 파악할 수 있을 뿐입니다.

8. 유토피아와 신화 사이의 차이점 (1): 이제 유토피아와 신화의 차이점 세 가지를 언급하고자 합니다. 첫 번째는 신화가 지니는 숙명론적 특징과 유토피아가 지니는 변화 가능성의 특징의 차이입니다. 가령 토머스모어 이후에 묘사된 사회 유토피아에는 황금시대의 상 내지 풍요로운 자연의 혜택을 만끽하는 천국의 상이 도입되지는 않습니다. 그렇다고 해서 그 속에 에덴동산에서 쫓겨난 이야기만 다뤄지는 것도 아닙니다. 헤시오도스는 인간의 몰락에 관한 핵심적 모티프를 언급하고 있는데, 그

에 따르면 황금시대 다음으로, 은의 시대와 철의 시대가 이어지며, 네 번째, 다섯 번째의 시대가 연속적으로 이어진다고 합니다. "지금 인류는 철의 시대를 지나고 있다. 인간은 낮 동안에는 결코 힘든 노동의 고통으로부터 벗어나지 못할 것이다"(Hesiod: 82). 헤시오도스는 자신에게 주어진 현실을 고려하면서 모든 것을 기록하고자 했으나, 여기서 문제점으로 드러나는 것은 어떤 신화적, 역사적 유형의 파멸 이론입니다. 이러한 이론에 의하면, 태초에 찬란한 삶이 존재했으며, 역사가 진척되는 동안 인류의 삶은 파멸을 향하여 나락에 빠진다는 것입니다.

9. 근원적 의미로서의 유토피아: 신화적, 역사적 유형의 파멸 이론을 내세운 사람 가운데 우리는 헝가리 출신의 신화 연구가 카를 케레니(Karl Kerényi)를 예로 들 수 있습니다. 케레니는 고대 그리스의 유토피아를 "근원적 의미"라고 명명합니다. 역사란 케레니에 의하면 이러한 근원적 의미가 불법적으로 파괴되어 온 과정이라고 할 수 있습니다. 근원적 의미라는 것은 인간이 자신의 힘으로는 도저히 도달할 수 없는 갈망을 무제한적으로 성취하려고 하는 무엇입니다. 이러한 근원적 의미를 인간이 억지로 역사 속에서 성취하려고 하니, 역사의 전개가 보다 나쁜 방향으로 흐르게 된다는 것입니다. 이와 관련하여 그는 진보에 대한 무조건적인 믿음을 "공상주의(Utopismos)"라는 조어로 규정하고 있습니다(Kerényi: 17). 케레니는 쇼펜하우어, 바흐오펜 그리고 니체의 시민사회 역사 이론을 탐구하면서, 역사 발전은 진보로 귀결되는 게 아니라, 황금시대에서 철의 시대로 끝없이 추락해 간다는 것을 확인해 냈습니다. 그의 이론은 제2차 세계대전에서 그 정당한 논거를 찾는 것처럼 보입니다. 케레니의 신화 연구가 마르크스주의 신화 연구가인 조지 D. 톰슨(George D. Thomson)의 그것과는 반대로 "찬란한 과거로 거슬러 올라가려는 인간의 갈망"을 반영한 것은 바로 그 때문입니다.

10. 신화적, 역사적 유형의 파멸 이론: 물론 신화 연구가들 가운데에는 과거의 찬란한 삶을 동경하여, 최상의 삶의 조건들을 찾으려는 학자들이 더러 있습니다. 이들은 주어진 현실을 하나의 끔찍한 파국으로 설정하고 이에 대한 근본적인 원인을 찾기 위해 역사를 비판적으로 거슬러 올라가려고 합니다. 이러한 방법론 자체에 문제가 있는 것은 아닙니다. 오히려 이들의 자세 속에 처음부터 현대의 파멸의 역사를 염두에 둔, 찬란한 과거에 대한 무의식적 동경 내지는 갈망이 자리하고 있다는 것이 문제입니다. 이들의 공통점은 19세기 중엽에 출현한 마르크스의 진보 이론을 처음부터 부정하고, 시민사회의 이상을 고대 그리스에서 발견하려는 과거지향적 반동주의를 고수하는 자세입니다. 고대사회가 계층 사회 내지 노예경제에 바탕을 두고 있었다는 사실이 이들에게는 그다지 중요하지 않습니다.

11. 신화는 학문적 논의로 밝혀질 수 없다: 신화들은 엄밀히 따지면 학문적 논의로 명징하게 밝혀질 수 없는 것들입니다. 그것들은 신들에 관한 이야기들로서 합리적 논의를 거쳐 진리로 확정될 수도 없습니다. 예컨대 헤시오도스의 이야기는 세계의 탄생, 신들의 행위와 업적 그리고 자연과의 상호 관련성 등을 내용으로 하고 있는데, 이렇듯 신화는 세계의 근원을 우의적으로, 즉 알레고리의 방식으로 서술하며, 세계가 신의 의지의 소산이라고 규정합니다. 신화적 관점에서 고찰하면 세계는 무엇보다도 신의 의지에 의해 탄생한 것이므로, 세계와 인간에 관련된 모든 것은 근본적으로 고대의 숙명론을 벗어날 수 없습니다. 신들의 권능 내지 인간 세계에 대한 그들의 권한이 가장 중요한 관건으로 이해되기 때문입니다. 그렇기에 인간은 근본적으로 자신에게 주어진 운명을 벗어나지 못하며, 주어진 삶의 의미를 이해하고 이를 감내하는 수밖에 없습니다. 이에 반해 사회 유토피아는 사회 정치적 측면에서 합리적 구도를 통

해 하나의 가상적인 세계를 설계합니다. 그것은 처음부터 인간에 의해 고안된 것이며, 인간의 노력에 의해서 얼마든지 변화될 수 있고 파기될 수 있는 성질의 것입니다. 바로 이러한 이유에서 유토피아는 근본적으로 개방적이고 역동적인 특성을 지닙니다. 사회 유토피아에서는 신들이 매사에 개입하지 않으므로, 그곳에서의 삶과 시스템은 전적으로 신의 영향력으로부터 벗어나 있다는 것, 이 점이 유토피아가 신화와 구분되는 첫 번째 차이점이라고 말할 수 있습니다.

12. **유토피아와 신화 사이의 차이점 (2):** 신화와 유토피아를 가르는 두 번째 차이점은 다음과 같이 요약해 볼 수 있습니다. 즉, 신화는 대개 과거지향적이고 수동적인 특성을 지니고 있지만, 유토피아는 미래지향적이고 역동적인 특성을 드러낸다는 것입니다. 우리는 황금시대에 관한 신화를 유토피아의 사고의 이전 형태라고 정의 내릴 수 있습니다. 황금시대 혹은 에덴동산에 관한 신화는 인간의 상상에 의해 출현한 상이지만, 주어진 시대에 대한 반대급부로서 떠오른 상이기도 합니다. 다시 말해, 찬란한 삶에 관한 갈망은 신화 속에도 수동적으로 반영되고 있으며, 이는 주어진 시대에 대한 비판적 관점에서 기인하는 것입니다. 그렇지만 우리는 특정 신화를 떠올리는 당사자의 구체적인 현실이 어떠했는지 학문적으로 거슬러 올라갈 수 없습니다. 이는 우리가 신화를 생각해 낸 태고 시대의 현실에 관해 구체적으로, 다시 말해 해당 문헌을 찾아내어 그것을 문헌학으로 고증해 낼 수 없기 때문입니다. 어쨌든 한 가지 특징적인 것은 고대인들이 자신의 이상을 과거로, 다시 말해서 태고 시절로 설정해 놓고 있다는 사실입니다. 이로써 인간의 원초적 행복은 노동과 강제 노동이 전혀 필요 없었다고 하는 태초의 시점으로 되돌려지게 된 것입니다. 신화의 경우에는 이렇듯 찬란한 삶이 무조건 과거의 시간으로 이전되어 있습니다. 현실도피적인 자세를 취하면서 사람들은 태초의 시

대를 막연히 과거지향적으로 동경해 왔습니다. 이는 이후의 장에서 자세히 설명되겠지만, 찬란한 삶을 수동적으로 기다리는 태도로서 유토피아의 특성과는 본질적으로 다릅니다.

13. 유토피아는 미래로 향하는 능동적 시각의 상을 제시한다: 토머스 모어는 과거지향적인 시각 대신, 찬란한 삶을 위해 앞을 향하는 미래지향적인 시각을 견지합니다. 모어가 창조한 유토피아라는 섬은 16세기 영국의 현실에 대한 반대급부의 상으로서, 합리적 질서의 상으로 축조되어 있습니다. 이로써 인간은, 비록 제한된 능력이지만, 이성을 최대한 활용하여 자신의 권리를 되찾으려 시도합니다. 합리적 구도에 의해 설계된 『유토피아』는 토머스 모어의 시대 비판 및 미래 사회에 대한 비전을 선취하고 있는 상으로 이해할 수 있습니다. 미래를 향한 유토피아의 시각은 그러한 한에서 과거지향적인 신화적 시각과는 근본적으로 다르다고 할 수 있습니다. 신화를 생각하는 사람들은 에덴동산과 같은 천국의 삶이라든가 황금시대를 막연히 과거지향적이며 수동적으로 동경합니다. 따라서 유토피아에 등장하는 사람들의 미래지향적이고 능동적인 자세는 신화에 출현하는 사람들의 사고와는 근본적으로 이질적인 것입니다. 물론 여기서 한 가지 예외 사항을 지적하지 않을 수 없습니다. 즉, 찬란한 태초를 바탕으로 미래를 설계하려는 계몽주의의 유토피아라든가 황금시대를 바탕으로 미래의 구원을 갈구하는 천년왕국의 기대감은 근본적으로 신화적 내용을 과거지향적이고 수동적으로 고찰하려는 "퇴행(Regression)"의 방식과 일차적으로 구분되어야 한다는 사항 말입니다. 그것은 목표로서 선취의 상을 황금시대로 설정하지만, 과정 내지 수단으로서 미래의 더 나은 삶의 실현 가능성을 적극적으로 기대하고 있습니다. 이는 과거 속에서 미래를 찾으려는 방법론의 한 양상으로 이해될 수 있습니다. 따라서 신화적으로 착색되어 있다 할지라도 천년왕국의 기대

감은 그 의향에 있어서는 부분적으로나마 유토피아의 성분을 담고 있다고 말할 수 있습니다. 그러므로 그것은 주어진 현실을 하나의 파국으로 설정하고, 과거의 찬란한 삶을 수동적으로 동경하는 패배주의나 문화 비관주의의 시각과는 근본적으로 다릅니다.

14. 유토피아와 신화 사이의 차이점 (3): 셋째로 유토피아의 문헌을 연구하는 사람에게는 문헌의 발표 시점이 매우 중요합니다. 유토피아의 상에 저자가 처한 현실적 모순이 어느 정도 간접적으로 반영되어 있기 때문입니다. 이미 언급했듯, 유토피아의 역사는 본질적으로 "주어진 사회의 결핍된 사항"을 반추하는 역사입니다. 겉보기에는 휘황찬란할 정도로 멋지고 기발한 면모를 드러내 보이는 유토피아지만, 속으로는 작가가 처해 있는 비참한 현실상을 드러내고 비판합니다. 신화의 경우에는 그러나 이를 고증할 문헌이 결핍되어 있으므로, 사람들은 특정 신화가 구체적으로 언제 어떠한 현실적 토대에서 출현했는지 파악할 수 없습니다. 신화는 문헌에 의해 전해 내려오는 게 아니라, 구전된 이야기로서 그 속에는 신의 권능과 관련된 초시대적 알레고리가 담겨 있습니다. 그렇기에 신화를 바탕으로 신화가 탄생한 현실의 구체적 문제점을 도출해 내기란 거의 불가능합니다. 신화는 그 저자가 불분명하고, 그것의 출현 시점과 그 배경을 분명하게 간파할 수 없기 때문입니다.

15. 신화 수용의 역사에 관한 비교 연구: 물론 우리는 여기서 한 가지 예외적 사례를 인정해야 할 것입니다. 그것은 신화 연구 자체가 아닌, 이후의 시대에 나타난 신화 수용사의 연구에서 나타나는 예외 사항입니다. 우리는 신화 수용의 역사 연구에서 그 수용 시점의 시대정신과 결부된 신화의 수용에 나타나는 차이점을 "통시적으로(diachronisch)" 비교할 수 있습니다. 다시 말해서, 특정한 시대에 왜 특정한 신화가 유독 활발하

게 수용되었는가 하는 문제를 검토하면, 우리는 신화가 특정한 시대에 끼친 영향 그리고 신화와 주어진 현실 사이의 상호 관계를 도출해 낼 수 있습니다(Jørgensen: 301). 이를테면 왜 유독 괴테의 시대에 프로메테우스의 신화가 활발히 수용되었으며, 헤라클레스 신화는 어떠한 이유로 구동독에서 자주 문학적 소재로 등장했는가 하는 물음을 생각해 보세요. 이러한 물음들에는 특정한 시대에 발생했던 문제점과 더불어 그 시대의 시대정신이 결부되어 있습니다. 바로 이러한 까닭에 우리는 예컨대 플루타르코스의 『리쿠르고스의 삶』과 같은 문헌을 유토피아 연구의 문헌으로 직접 활용할 수 없습니다. 비록 그것이 스파르타의 찬란한 국가 체제를 세부적으로 설명하고 있다 하더라도, 리쿠르고스라는 등장인물이 실존 인물인지 아닌지를 우리가 확인할 수는 없기 때문입니다. 따라서 플루타르코스가 과연 어떠한 구체적이고 현실적인 문제를 지적하기 위해서 리쿠르고스의 이야기를 전하고 있는지 우리는 정확히 판단할 수 없습니다. 『리쿠르고스의 삶』이 엄밀한 의미에서는 문학 유토피아가 아닌, 더 나은 국가에 관한 갈망의 범례 내지 판타지로 분류되는 것도 바로 그 때문입니다.

16. 요약: 이 장에서 우리는 유토피아와 신화의 기능적 차이에 관해서 살펴보았습니다. 유토피아는 "지금 그리고 여기"의 비참한 삶을 의식하면서, 어떤 찬란한, 혹은 끔찍한 가능성의 현실상으로 이해될 수 있습니다. 그것은 장래에 반드시 실현된다고 장담할 수는 없지만, 특정한 때와 기회를 통해서라면 실현될 수도 있는 갈망의 상입니다. 그렇기에 그것은 역동성, 개방성 그리고 어떤 미래지향적 특성을 표방합니다. 이에 반해 신화 속에는 특정한 역사와는 무관한 인간의 오욕칠정, 갈망 그리고 해원(解冤)의 정서가 초시대적으로 거의 빠짐없이 녹아들어 있습니다. 그것은 대체로 찬란한 과거를 수동적으로 동경하는 욕구 내지 의향에 근

거합니다. 즉, 신화는 그 자체 초시대적으로 작동되는 우화 내지 알레고리로 기능하는 것이라 볼 수 있습니다. 우리가 신화를 알레고리의 틀 속에서 이해할 수밖에 없는 까닭은 신화 자체만으로는 신화를 의식하고 창안한 사람들이 처했던 구체적인 현실을 학문적으로 정확히 파악할 수 없기 때문입니다.

필자는 그러나 여기에 한 가지 예외적 사례가 있음을 언급한 바 있습니다. 그것은 신화가 비록 초시대적으로 작동되는 우화라 하더라도, 신화 수용의 역사를 통해 특정 시대에 특정 신화가 수용된 배경과 기능을 통시적으로, 즉 시대적 차이를 드러내는 특징들과 서로 비교할 수는 있다는 것입니다. 다시 말해, 우리는 역사 시대 이후 여러 신화들이 어떻게 활발하게 수용되어 왔는가 하는 문제를 구명하면서, 신화 수용의 역사를 학문적으로 추적해 볼 수 있습니다. 앞선 예와 다른 한 가지 예를 더 언급해 보자면, 르네상스 시대와 나폴레옹 시대에 프로메테우스 신화가 유독 활발히 수용된 것을 들 수 있습니다. 프로메테우스 신화는 거대한 권능을 지닌 신에 대한 인간 내지 반신의 저항을 강하게 부각시키고 있습니다. 신의 권능에 맞서거나 대적할 수 있는 인간 본위적인 위대함 — 이러한 오만하고 자기중심적인 인간적 기개는 유독 르네상스 시대에 찬란한 빛으로 등장하기도 했습니다(Blumenberg: 546). 이는 르네상스 사람들이 세상의 주인은 인간 주체이며, 그 능력과 가능성은 신이 아니라, 인간 자신에 의해 얼마든지 자발적으로 개척될 수 있다고 믿었기 때문입니다. 한마디로 우리는 특정한 시대에 강조되고 있는 특정한 유형의 신화를 재발견함으로써, 신화 수용에서 나타난 그 특정한 시대의 중요한 문제의식이라든가 시대정신의 특수성 등을 명징하게 이해할 수 있는 것입니다.

참고 문헌

김유동 (2011): 충적세 문명, 1만년 인간문화의 비교문화 구조학적 성찰, 길.

베르길리우스 (2007): 아이네이스, 천병희 역, 숲.

블로흐, 에른스트 (2004): 희망의 원리, 5권, 열린책들.

오비드 신화집 (1993), 변신이야기, 김명복 역, 솔.

유석호 (2015): 라블레 소설의 모델들 (III), 실린 곳: 프랑스 고전문학연구, 제18집,
91-123.

진정염 (1993): 진정염 외, 중국의 유토피아 사상, 이성규 역, 지식산업사.

Blumenberg, Hans (1984): Arbeit am Mythos, 3. Aufl. Frankfurt a. M..

Erren, Manfred (1970): Aratos: Phainomena, Sternbilder und Wetterzeichen,
München.

Hesiod (1974): Sämtliche Theogonie, Werke und Tage u.a. Wiesbaden.

Jens, Walter (hrsg.)(2001): Kindlers neues Literaturlexikon, 21 Bde. München.

Jørgensen, S. A. (1984).: Mythos und Utopie, Über die Vereinbarkeit des
Unvereinbaren, in: Orbis Litterarum, 39, 291-307.

Kerényi, Karl (1964): Ursinn der Utopie, in: Eranosjahrbuch, 1963, Zürich.

Krüger, Kersten (2004): Die Idealstadt in der frühen Neuzeit, in: Frank Braun
(hrsg.), Städtesystem und Urbanisierung im Ostseeraum in der frühen
Neuzeit, Münster.

Plutarch (1954): Große Griechen und Römer, Bd. 1, Zürich, 125-167.

Thomson, George D. (1985): Aischylos und Athen, Eine Untersuchung der
gesellschaftlichen Ursprünge des Dramas, Berlin.

3. 국가주의와 비-국가주의의 유토피아 모델

1. **가상적 내용을 담은 문헌:** 고대의 상당히 많은 문헌들은 오늘날 유실되었습니다. 고대의 유토피아를 학문적으로 깊이 연구한 근대와 현대의 문헌들 가운데에서도 상당히 많은 부분이 상상력에 의존하고 있습니다. 그나마 현존하는 문헌들이라고 하더라도 우리는 거기서 상상 속의 현실과 역사적 현실 사이의 한계성이 불분명하다는 것을 인식할 수 있습니다. 이를테면 플라톤의 『티마이오스(Τίμαιος)』라든가 『크리티아스(Κριτίας)』를 예로 들 수 있습니다. 플라톤은 신화의 사회와 이상적인 공동체를 나름대로 서술하고 있지만, 내용상 사실과 가상 사이를 오가고 있으므로, 고대의 유토피아 모델을 파악하기에는 어떤 한계성을 지니고 있는 문헌들입니다. 아리스토텔레스 역시도 이상적인 법이라든가, 그리스 국가를 다스리던 제도에 관하여 깊이 추적하였으며, 디오도루스 시쿨루스(Diodorus Siculus)는 태고의 공동체 사회라든가 황금시대에 관한 이야기를 서술하고 있지만(Saage 32), 이 역시 고대의 유토피아 모델로서의 특성을 분명하게 제시하지는 못했습니다.

2. **인물을 기대해야 하는가, 제도를 개선해야 하는가?:** 이미 언급했듯이,

플라톤은 어떤 바람직한 제도를 통해서 더 나은 국가를 건설할 수 있다고 확신했습니다. 여기에는 황금시대 내지는 선하고 현명한 왕에 대한 갈망은 배제되어 있습니다. 고대인들 가운데에는 선하고 현명한 왕을 옹립함으로써 최상의 국가가 출현할 수 있다고 믿었던 사람들이 의외로 많았습니다. 그러한 믿음을 가진 예로서 우리는 그리스의 정치가, 군인이자 작가인 크세노폰(Xenophon)을 들 수 있습니다. 그의 역사소설은 드물게 상상에 의존하지만, 대체로 자신의 경험에 근거하는 것이었습니다. 또한 크세노폰은 군인으로서 여행자로서 많은 경험을 쌓았고, 실제 사실을 충실하게 있는 그대로 서술하려고 노력했습니다. 그의 책, 『키로스 왕의 교육(Kyropädie)』은 "원정 이야기(ἀνάβασις)"로서, 선하고 현명한 왕에 대한 고대인들의 갈망을 반영할 뿐 아니라, 놀랍게도 관료주의 국가와 민주주의 국가 체제를 옹호하기도 하였습니다. 이러한 주장은 수미일관 파라오의 이집트 군주 국가를 노골적으로 찬양한 변론술의 대가, 이소크라테스(Isokrates)의 그것과는 전적으로 대비되는 것입니다. 크세노폰의 『키로스 왕의 교육』은 제왕의 덕목과 교육을 담당한다는 점에서 페늘롱(Fénelon)의 『텔레마크의 모험』에 영향을 끼쳤습니다(Heyer: 31). 또 한 가지 놀라운 점은 다음과 같습니다. 즉, 크세노폰은 그리스 문명이 독자적으로 발전된 게 아니라, 소아시아의 제반 문화가 유입됨으로써 풍요롭게 성장했다는 사실을 증명해 내고 있습니다. 만일 그리스 사람들이 아라비아인들이 활동하던 소아시아와의 문화적 교류가 없었더라면, 고대 그리스는 그렇게 찬란한 문화를 구가하지 못했을 것입니다. 요약하건대, 고대인들은 찬란한 국가를 이룩하려면 한편으로는 국가의 제도를 수정해야 한다고 믿었으며, 다른 한편으로는 좋은 지도자를 추대하는 게 바람직하다고 확신하였습니다.

3. 처음에는 인물과 제도의 중요성이 혼재되어 있었다: 플라톤 이전에

나타난 국가에 관한 이야기 가운데 가장 오래된 것은 밀레 출신의 역사가, 헤카타이오스(Hekataios)의 『여행기(Περίηισς)』라고 여겨집니다. 헤카타이오스는 소아시아와 이집트 등을 여행하면서 여러 지역의 에피소드와 역사를 기술하였습니다. 그는 이집트 국가를 그럴듯하게 "묘사"하였는데, 이 나라는 실재하던 이집트와는 다른, 가상적인 이상 국가를 가리킵니다. 헤카타이오스는 이상 국가의 계층을 여섯 가지로 나누었습니다. 1. 왕족, 2. 사제 계급, 3. 군인 계급, 4. 목자, 5. 농부, 6. 생업 종사자 등이 바로 그 계층들입니다. 여섯 번째 계층인 생업 종사자는 노예들과 거의 동일한 일을 수행한다는 의미에서 노예 계급이라고 해도 과언이 아닙니다. 모든 인간은 출생 시에 자신의 계층이 정해집니다. 이 점은 플라톤의 국가의 세습 원칙과는 분명히 다릅니다. 모든 계층은 헤카타이오스에 의하면 천부적인 것이 아니라 후천적으로 결정되는데, 이는 고대의 일반적 세계관과는 다른 것이었습니다. 헤카타이오스가 이런 식으로 여섯 계층으로 구분한 것은 공동체의 질서를 잡기 위한 것이었습니다. 왜냐하면 개개인의 탐욕은 헤카타이오스에 의하면 공동체의 보편적인 안녕보다 중요하지 않기 때문이라고 합니다. 그런데 놀라운 것은 다음의 사항입니다. 즉, 헤카타이오스는 국가를 지배하는 자가 반드시 도덕적이고 이성적이며 현명한 사람이어야 한다고 못 박았습니다. 여기서 우리는 고대사회에서 인물과 제도의 중요성이 혼재되어 있었음을 알 수 있습니다.

4. 국가주의와 비국가주의의 개념: 그렇다면 우리는 최상의 국가를 건설하기 위해서 인간의 본성에 기대를 걸어야 할까요, 아니면 올바른 제도를 정립시켜야 할까요? 이는 닭이 먼저냐, 달걀이 먼저냐 하는 물음과 같이 섣불리 대답하기가 어려운 질문입니다. 차라리 우리는 다음과 같이 묻는 게 나을 것 같습니다. 즉, 고대의 유토피아 모델에서 나타나는 국가주의 내지 비국가주의의 특성에 관한 물음 말입니다. "국가주의 유

토피아"란 말 그대로 국가를 통해서 인간의 인간에 대한 지배를 정당화하는 유토피아 모델입니다. 국가주의 유토피아 모델 속에서 국가 체제는 필수적 토대로 설정되어 있습니다. 이에 반해서 "비-국가주의 유토피아"란 인간의 인간에 대한 지배를 거부하며, 이를 용납하지 않는 유토피아 모델입니다(Voigt: 17, 21). 후자의 경우 "무정부주의의 내지 반-정부주의의(anarchistisch)"라는 용어가 사용되는데, 비-국가주의라는 개념은 근대에 출현한 아나키즘 사상과는 차원이 다릅니다. 아나키즘이 국가를 인정하지 않는 이념 내지 무정부주의의 세계관을 가리킨다면, "비-국가주의"는 유토피아 모델에 국한되는 전문 용어로서 국가 체제 대신에 지배 체제와 무관한 공동체를 전제로 하는 사고입니다. 아나키즘이 국가의 구도 전체를 하나의 죄악으로 규정하고 이를 용인하지 않는 사고라면, 비-국가주의는 유토피아의 모델 가운데 국가 권력이 배제되거나 축소된 유토피아의 틀로 설명될 수 있습니다. 전자가 이념이라면, 후자는 카테고리의 의미로 이해될 수 있습니다. 이 점을 명확하게 설정하지 않으면, 어처구니없게도 비국가주의 모델 전체가 아나키즘 사상으로 오해될 수밖에 없습니다. 이에 관한 사항은 나중에 이암불로스, 푸아니, 오언, 푸리에 그리고 모리스의 유토피아를 다룰 때 다시 언급될 것입니다.

5. 국가주의 모델의 근원으로서의 자연: 고대의 유토피아 속에는 두 가지 모델의 원칙적 가능성이 존재했습니다. 예컨대 플라톤의 『국가』가 국가주의 유토피아의 모델이라면, 기원전 4세기의 그리스 역사가, 치오스 출신의 테오폼포스(Theopompos)가 묘사한 시골 유토피아, 「메로피스인의 땅(Μεροπίς γε)」은 비-국가주의 유토피아의 모델이라고 말할 수 있습니다. 왜냐하면 후자의 경우 정치적 체제 대신에 개인의 사적인 삶과 윤리적 측면이 강하게 부각되기 때문입니다. 가령 인간적 품성, 개별 인간의 삶의 다양성 등에서 자족하며 살아가는 어떤 삶의 이상을 다루었습

니다(임성철: 242). 그렇다면 두 가지 모델의 원칙적 가능성은 과연 어디에서 그 토대를 이루고 있을까요? 그것은 한마디로 말해 주위 환경 내지 자연에 대한 인간의 두 가지 이질적인 태도에서 비롯하는 것입니다. 여기서 말하는 자연의 개념은 넓은 의미에서 인간과 생명체의 삶의 조건을 지칭합니다. 가령 자연의 외부적 조건으로서 기후, 날씨, 토양 그리고 지형 등이 언급될 수 있다면, 자연의 내부적 조건으로서 우리는 에로스, 사랑과 성 그리고 본능의 특성을 거론할 수 있습니다. 그렇기에 "자연(natura)"의 개념은 "인간의 본성(natura)"이라는 개념과 혼용될 수밖에 없었습니다. 자연은 고대인들에게 인간을 위협하는 제어할 수 없는 힘으로 각인되어 있었습니다. 따라서 고대인들이 자연의 영역을 하나의 "혼돈(χάος)"으로 이해한 것은 당연한 귀결입니다. 주위의 환경으로부터 자신을 보존하기 위해서 개개인들은 서로 뭉쳐서 자연과 싸울 필요성을 느꼈습니다. 인간은 주위 환경과 인위적으로 싸워야 생존할 수 있고, 더 나은 삶을 누릴 수 있습니다. 이로써 자연이라는 외부적 폭력에 맞서는 투쟁이라는 에너지야말로 지배 구조로서의 국가를 필연적인 체제로 확정하는 동인으로 자리하게 됩니다. 이로써 국가주의의 모델이 형성될 수 있었습니다.

6. 비국가주의 모델의 근원으로서의 자연: 그렇다면 두 번째 유토피아로서 비-국가주의 모델은 어떻게 설명될 수 있을까요? 그것은 첫 번째와 정반대되는 사고입니다. 만약 인간이 자연에 대항해서 싸우지 않고 자연에 순응한다면 어떻게 될까요? 그런 태도를 취하면, 인간은 자연과 함께 살거나 자연에 동화되어 살 수 있을 것입니다. 만약 인간이 스스로 자연의 일부라고 여긴다면 어떻게 될까요? 모든 유형의 프로메테우스의 저항을 포기하고, 자신의 몸과 마음을 자연의 품에 맡긴다면, 인간은 자연의 지혜에 친숙하게 되며, 스스로 자연의 일부가 될 것입니다. "자연은

순응을 통해서 정복될 수 있다(Natura parendo vincitur)"라는 프랜시스 베이컨의 말을 생각해 보세요. 인간이 자연의 일부가 되면, 인간이 자연을 지배하리라는 생각은 처음부터 불필요할 것입니다. 나아가 적대적 폭력으로서의 외부의 적 역시 존재할 리 만무할 것입니다. 이러한 두 번째 사고는 황금시대에 관한 사고와 연결되었으며, 헤시오도스 이후의 문학 작품 속에서 간헐적이나마 지속적으로 이어졌습니다.

7. 히포다모스의 국가 시스템: 고대의 국가주의 모델에 해당하는 가상적 유토피아를 생각할 때, 우리는 일차적으로 기원전 5세기에 활동한 그리스의 도시 계획가이자 국가 이론가인 히포다모스(Hippodamos)가 축조한 피타고라스의 관료주의의 이상 도시를 연상할 수 있습니다. 이 도시는 원래 아티카의 항구도시인 피레우스가 파괴된 이후에 그 본을 따서 남부 이탈리아에서 다시 축조된 것입니다. 히포다모스는 도시를 기하학적으로 구획하여, 마치 장기판과 같은 방식으로 거리를 분할한 다음에 건물을 축조하였습니다. 이로써 강조되는 것은 유용성과 합리성이며, 모든 도로는 직선으로 뻗어 있으며, 건물은 계층적·기하학적 구도를 표방하고 있습니다(Servier 25). 한복판에는 "아고라(ἀγορά)"라는 광장이 위치하는데, 사람들은 그곳에 모여서 토론하거나 관리를 직접 선출하곤 하였습니다. 이것은 기하학적 모델에 근거한 이상적 도시국가의 상으로서, 플라톤이 국가를 서술할 때 언제나 떠올린 구도였습니다. 아리스토텔레스가 『정치학(Πολιτικά)』 제2권에서 언급한 바 있듯이, 히포다모스는 국민의 수를 10,000명으로 국한시키고, 이들을 군인, 농부 그리고 수공업자로 구분하였습니다. 마찬가지로 그는 국가를 삼등분하여, 사원의 땅, 국가의 땅 그리고 개인의 땅으로 분할하였다고 합니다. 아리스토텔레스는 이를 다음과 같이 소상하게 설명합니다. 즉, 사원의 땅에서는 전통적 예식을 치르고, 국가의 땅에서는 군인들의 생계를 책임질 수 있는 경

작지로 활용되며, 개인의 땅에서는 농부들이 농사를 짓고, 수공업자들이 제품을 만들게 됩니다. 그렇지만 이 역시 국가 중심주의의 시스템에 해당합니다(Aristoteles: 1267b). 모든 수확물은 삼등분으로 나누어집니다. 이를테면 수확물의 삼분의 일은 신들의 제물로 바치고, 다른 삼분의 일은 관리와 군인들의 몫으로 배분되고, 나머지 삼분의 일은 농부와 수공업자들이 나누어 가지게 됩니다. 요약하건대 히포다모스의 건축 시스템은 고대사회에서 어떤 국가주의에 근거한 도시의 건축 체계로 확정된 것입니다.

8. 비국가주의의 가상적 유토피아: 그렇다면 비-국가주의의 가상적 유토피아는 어떻게 설명될 수 있을까요? 그것은 국가의 체제가 존재하지 않는 황금시대에 관한 상으로 떠올릴 수 있습니다. 고대 사람들은 이러한 국가 중심의 이상 도시만 갈구한 게 아니라, 국가 없는 상태 속에서 이른바 "고결한 야만인"이 찬란하게 살아가던 황금시대를 오랫동안 꿈꾸었습니다(Saage 2008: 58). 태곳적 사람들이 황금시대에 누렸던 찬란한 삶은 물질적으로 풍요로운 도시국가에서 가능한 게 아니라, 인위적 제도와는 상관이 없는 자연 속에서 가능한 것으로 이해되었습니다. 구체적으로 말해서, 사람들은 찬란한 무위의 삶을 살아갈 수 있는 공간이 도시가 아니라, 오히려 지방 내지 시골이라고 확신하였습니다. 이와 관련하여 많은 고대인들은 시골에서 자연에 합당하게 살아갈 수 있다고 생각했습니다. 이러한 사고는 고대 로마까지 계속 이어졌습니다.

9. 베르길리우스가 찬양한 자연과 전원적 농촌: 베르길리우스는 『전원시(Eclogae)』(BC 43-39) 등의 작품에서 이를 묘사하였습니다. 베르길리우스는 도시를 폭정, 탐욕, 사치, 선동, 명예욕, 형제 살인 등이 횡행하는 공간으로 묘사한 반면에, 농촌을 무소유의 삶을 실천할 수 있는 공간으

로 다루곤 하였습니다. 베르길리우스에 의하면, 도시는 "폭정의 장소"이며, 탐욕, 사치, 선동, 과시욕 그리고 형제 살인이 판치는 곳이라고 합니다(Vergilius: 505-512). 땅의 경작을 내용으로 하는 그의 작품 『게오르기카(Georgica)』는 인간이 자연의 질서에 따라야 한다고 설파하고 있습니다. 그런 한에서 그것은 정치적 전언의 의미를 강하게 드러냅니다. 로마의 위대함은 경작, 다시 말해서 농촌의 농업을 통해서 이룩된 것이며, 경제적·사회적 상태는 곡식을 수확함으로써 새롭게 정리되었다고 합니다. 소박하고 경건하게 살아가는 시골에서의 삶은 고대 로마인들이 자신의 미덕을 연마하고 실천할 수 있는 방식이라고 했습니다. 농부가 행복을 느끼는 것은 시골에서의 여유롭고 평화롭고 정의로운 삶을 통해서 가능하다고 합니다. 이로써 베르길리우스는 살인과 폭정과 같은 파괴적인 사건으로 점철되어 있는 도시와 반대되는 상으로서 시골의 삶의 모습을 강조하였습니다. 이를 고려한다면, 황금시대에 관한 상은 베르길리우스의 경우 헤시오도스와 분명한 차이를 드러냅니다. 헤시오도스가 황금시대를 지나간 어떤 시점으로 확정시키는 반면에, 베르길리우스는 그것을 시간 개념이 아니라 "황금시대의 양상"으로 파악하였습니다(고경주: 159). 이로써 황금시대는 과거지향적이 아니라, 현세에 출현 가능한 아르카디아의 유토피아로 이해되고 있습니다.

10. 국가 없이 살아가는 찬란한 삶: 찬란한 황금시대에서 살아가는 사람들을 문학적으로 처음 묘사한 자는 기원전 7세기에 살았던 헤시오도스였습니다. 그곳 사람들은 전쟁을 알지 못한 채 평화롭게 살아갑니다. 남자와 여자들은 여유로운 집에서 행복하게 생활합니다. 굶주림과 가난은 이곳에서는 전혀 발견되지 않습니다. 왜냐하면 풍요로운 자연에서 수확되는 곡식과 과일 그리고 수많은 종류의 채소 등이 사람들에게 사시사철 먹을 것을 제공하기 때문입니다. 황금시대를 찬란하게 묘사한 사

람은 베르길리우스와 오비디우스뿐 아니라, 키티온 출신의 제논(Zenon)과 이암불로스(Iambulos)도 있습니다. 황금시대의 찬란한 공간에서는 동물들도 평화로운 무위의 삶을 이어 갑니다. 이를테면 사유재산제도로 인한 고통이라든가 부자유도, 노예도 없는 이상향이 바로 이곳입니다. 강에서 흐르는 것은 물과 우유 그리고 신의 음료수 "넥타"입니다. 실제로 황금시대는 국가의 지배 없이 살아가는 이상적 삶에 대한 가장 오래된 범례와 같습니다.

11. 제논과 이암불로스의 경우: 키티온 출신의 제논과 이암불로스는 여성과 아이들의 공동체를 아름답게 묘사한 바 있습니다. 이곳에서 국가라는 체제는 처음부터 존재하지 않습니다. 물론 제논의 경우 우리는 만인의 무조건적 평등을 떠올릴 수는 없습니다. 왜냐하면 제논은 선택받은 소수에게만 완전한 자유를 부여하고 있기 때문입니다. 그렇지만 제논은 플라톤의 국가와 같은 시스템을 처음부터 용납하지 않습니다. 그는 전통적 의미의 도시국가와 같은 시스템이 지상에서 깡그리 사라져야 한다고 설파합니다. 가장 중요한 것은 개개인을 억압하는 국가의 기능이 사멸되어야 한다는 것입니다. 제논은 실제로 사원, 법정, 경찰, 학교, 결혼 제도 그리고 화폐 등을 용인하지 않았습니다. 이와 관련하여 제논은 국가 중심의 강제적 신앙, 국가 중심의 강제적 법정 그리고 국가에 의해 조종되는 학교 제도 등을 철폐하려 하였습니다. 그 밖에 제논은 시민의 강제적 제도로서의 혼인을 용인하지 않습니다. 그렇다고 해서 특정 남자가 아무런 제약 없이 특정 여자와 성행위를 할 수 있는 것은 아닙니다. 개개인의 사생활은 국가의 엄격한 규정에 의해서 조절되는데, 이는 플라톤의 경우와 유사합니다. 이암불로스의 경우에도 국가의 강제적 장치는 배제되어 있습니다. 나중에 자세히 언급하겠지만, 우리는 「태양 국가」(BC. 3세기)의 경우 씨족 중심으로 영위되는 섬의 공동체를 상상할 수 있습니

다. 이암블로스가 열대의 섬에서 평화롭게 살아가는 사람들을 통해서 만인의 평등을 무조건 찬양한 것은 아닙니다(Swoboda: 35). 사람들의 서열은 오로지 나이 차이로 구성되어 있습니다. 이로써 우리는 다음의 사실을 확인할 수 있습니다. 고대의 가상적 유토피아에서는 하나의 무조건적 평등이 유토피아의 전제 조건은 아니라는 사실 말입니다. 고대인들은 계층 차이를 천부적인 것으로 받아들였고, 계층을 벗어난 삶 자체를 처음부터 의식하지 못했습니다.

12. **"황금시대"의 상과 "놀고먹는 사회"의 상의 차이:** 비-국가주의의 이상적 생활 방식이라고 하더라도, 고대 사람들은 무조건 사치스러울 정도로 풍요로운 삶 자체를 동경하지는 않았습니다. 아리스토파네스 등과 같이 관료주의 극작가는 놀고먹는 사회에 관한 상 자체를 처음부터 혐오하였습니다. 노력하지 않고 무위도식하는 자는 사회에서 불필요하다는 것입니다. 그렇지만 황금시대의 삶은 엄밀히 말하자면 풍요로움과 사치 그리고 흥청망청 살아가는 자의 삶과는 분명히 구분됩니다. 예컨대 고대 작가들은 강에는 죽과 수프가 흘러가고, 강가에는 포도주, 우유 그리고 꿀이 졸졸 흐른다고 묘사했습니다. 공중의 새들이 땅에 떨어져서 맛있게 구워지고, 맛있는 빵과 생선이 조리된다고 서술했습니다. 그런데 이러한 서술은 순수한 상상력의 소산이며, 황금시대의 상과 전적으로 일치된다고 말할 수는 없습니다. 왜냐하면 행복이 오로지 물질적 풍요로움과 향락적인 삶만으로 실천된다고 말할 수 없기 때문입니다. 어쨌든 상기한 식의 "놀고먹는 사회"를 떠올린 사람들은 주로 로마의 노예들이었다는 점 그리고 "토성신 축제"에서 나타나는 가치 전도된 사회의 상이라는 점은 매우 중요합니다. 기원전 5세기, 로마의 농부들은 12월 17일부터 12월 23일까지의 기간 동안 도시로 몰려와서 토성신의 축제를 개최하였습니다. 축제 동안에는 군주와 노예 사이의 계층 차이가 사라졌습

니다. 사람들은 축제 동안에 "토성신의 왕(Saturnalicus princeps)"을 계층에 관계없이 무작위로 선출했습니다. 토성신 축제는 처음에는 결실에 대한 감사를 토성신에게 바치는 제사였는데, 민속 축제의 전통으로 자리매김하게 됩니다.

13. 자발적 노동과 강제 노동의 차이: 비-국가주의에 입각한 가상적 유토피아의 상은 싫든 좋든 간에 상기한 방식으로 금욕주의를 떨치고 방탕하게 살아가는 삶을 떠올리곤 하였습니다. 그것은 억압과 강제 노동이 없는 사회에 대한 갈망에서 유래하는 것입니다. 중요한 것은 다음의 사항입니다. 즉, 비판의 대상은 강제 노동에 있을 뿐, 노동 자체에 있는 것은 아니라는 사실입니다. 즉, 노동은 생존을 위한 투쟁의 필연적 행위가 아니라, 하나의 미덕이라고 합니다. 누군가 억지로 노동에 임할 때 고통과 갈등이 발생할 뿐이지, 자발적 노동은 그 자체 창조적인 게 아닐 수 없습니다. 그런데 국가가 개인에게 강제로 요구하는 노동의 경우는 이와는 다릅니다. 나중에 언급되겠지만, 플라톤과 리쿠르고스는 노동의 강제적 특성을 강조하였습니다. 그들은 육체노동이 건전한 시민의 일감이 아니라, 농부와 수공업자, 그리고 무엇보다도 노예와 전쟁 포로 노예들이 감당해야 하는 일감이라고 단언하고 있습니다.

14. 노예제도의 철폐에 관하여: 고대 사람들은 노예제도에 관해 심각하게 고심하지는 않았습니다. 계층 차이 내지 노예제도는 그야말로 천부적인 것이며, 이를 거역할 규정은 처음부터 존재하지 않는다는 것이었습니다. 이 점을 고려할 때에도 우리는 비-국가주의의 가상적 유토피아에서 나타나는 다음과 같은 특징을 간파할 수 있습니다. 즉, 고대의 유토피아는 대체로 인간의 완전하고도 절대적인 평등을 강하게 내세우지 않는다는 특징 말입니다. 그렇기에 고대사회의 모든 자유와 평등은 오로지 특

정 계층의 내부에만 해당하는 사항이었습니다. 계층을 벗어나는 완전무결한 평등은 고대사회에서는 한 번도 의식되지 않았습니다. 물론 이암불로스의 「태양 국가」에서는 거의 예외적으로 노예제도가 폐지되어 있지만, 천한 사람들은 다음과 같은 방식으로 봉사하고 있습니다. 한 사람이 다른 사람을 시중들 때, 다른 사람은 고기를 잡으며, 한 사람이 수공업에 몰두할 때, 다른 사람은 유익한 일을 행합니다. 나이 든 사람은 봉사의 일감에서 면제되지만, 나머지 사람들은 순번제로 돌아가면서 자신의 일을 자발적으로 맡아서 행합니다. 노예제도가 폐지되는 대신에, 섬의 사람들은 원시적인 경제 수준에 만족하면서 살아가야 합니다.

15. 요약: 지금까지 언급한 사항을 바탕으로 비-국가주의의 가상적 유토피아를 요약하겠습니다. 그것은 고대의 두 가지 가상적 유토피아 가운데 하나에 해당하는데, 국가의 모든 기관 내지 기관의 통제나 간섭을 용인하지 않습니다. 개인이 행하는 노동은 강제적 특성을 상실하게 됩니다. 국가의 강제적 규정이 사라진 대신에 사람들은 스스로 일함으로써 최소한의 욕망을 충족시키는 데 만족하면서 살아가게 됩니다. 이러한 특성은 르네상스 시대에 이르러 적극적으로 수용되지 않았습니다. 토머스 모어와 르네상스 시대의 유토피아주의자들은 이와는 정반대되는 국가주의적인 시스템으로서 유토피아를 주도적으로 설계하게 됩니다. 이어지는 장에서 필자는 일차적으로 플라톤의 『국가』, 플루타르코스의 『리쿠르고스의 삶』을 거론하려고 합니다. 이는 고대사회의 가상적 유토피아의 모델에 관한 세부적 사항을 전해 주리라고 생각되며, 아리스토파네스의 극작품 「새들("Ορνιθες, Ornithes)」(BC. 414)은 찬란한 이상 사회에 관한 고대인들의 상상에 관한 범례를 제시해 주리라고 여겨집니다.

참고 문헌

고경주 (2001): 베르길리우스의 황금시대관, 실린 곳: 서양고전학연구, 제17집, 133–154.

임성철 (2011): 테오폼포스의 "메로피스 인의 땅" 서술 의도에 나타난 유토피아 사상 고찰, 서강인문논총, 제30집, 239–264.

Aristoteles (1968): Politik, Reinbek bei Hamburg.

Heyer, Andreas (2009): Sozialutopien der Neuzeit. Bibliographisches Handbuch, Münster.

Iambulos (1987): Die Sonneninseln, in: der Traum vom besten Staat. Texte aus Utopien von Platon bis Morris, München.

Platon (1984): Politeia, in: ders., Sämtliche Werke, Reinbek bei Hamburg.

Saage, Richard (2008): Utopieforschung, Bd. II, An der Schwelle des 21. Jahrhunderts. Liti Münster.

Saage, Richard (2009): Utopische Profile I, Renaissance und Reformation, 2. korrigierte Aufl., Münster.

Servier, Jean (1971): Der Traum von der grossen Utopie. Eine Geschichte der Utopie, München.

Swoboda (1975): Schwoboda, Helmut (hrsg.), Der Traum vom besten Staat. Texte aus Utopien von PLaton bis Morris, München.

Vergilius Maro (1994): Georgica. Vom Landleben, Stuttgart.

Voigt, Andreas (1906): Die sozialen Utopier, Fünf Vorträge, Leipzig.

Xenophon (1986): Kyropädie, Reclam, Stuttgart 1986.

4. 플라톤의 『국가』

(BC. 380 - 370)

1. 『국가』는 유토피아의 효시가 아니다: 서문에서 언급했듯이, 플라톤의 『국가(Πολιτεία)』는 유토피아 연구에 있어서 참고 서적일 뿐, 유토피아의 모델로서 부적절한 문헌입니다. 그 이유는 세 가지 사항으로 요약할 수 있습니다. 첫째로 『국가』는 진정한 의미에서의 평등 사회를 지향하지 않습니다. 『국가』 속의 모든 인간은 지배계급, 군인 계급 그리고 평민계급으로 나누어져 있으며, 계급은 천부적인 것으로 세습되고 있습니다. 평민으로 태어난 자는 군인 내지 지배자가 될 가능성은 전혀 없습니다. 둘째로 혹자는 플라톤의 『국가』가 당시의 도시국가, 스파르타를 의식하고, 이와 반대되는 국가의 틀을 축조하였다고 주장하는데, 이는 사실과 다릅니다. 스파르타는 플라톤의 눈에는 패배한 아테네가 본을 받아야 하는, 승리한 도시국가로 비쳤을 뿐입니다. 플라톤은 『국가』를 집필할 당시에 대서양 아래로 가라앉은 아틀란티스만을 뇌리에 떠올렸습니다. 따라서 플라톤의 작품은 실제의 정황이 고려된, "우연에 좌우되는 (stochastisch)" 모델이 아니라, "처음부터 결정되어 있는" 규범적 모델로 평가받을 수 있습니다. 이러한 특징은 소크라테스의 또 다른 제자, 크세노폰의 경우와는 상반되는 것입니다. 크세노폰은 『키로스 왕의 교육』

(BC. 370)에서 자신의 실제 경험에 근거하여 키로스 왕이 약 28년에 걸쳐 추진한 역사를 생동감 넘치게 서술한 바 있습니다.

셋째로 『국가』는 처음부터 어떤 바람직한 국가의 모델을 논리적 당위성에 근거하여 도출해 내고 있습니다. 주어진 현실적 조건에서 파생될 수 있는 수많은 개연성들은 플라톤의 작품에서는 당위와 필연성의 논리에 의해서 처음부터 차단되고 있습니다. 나아가 모든 논의는 일반 사람들의 평범하고 단순한 시각이 아니라, 오로지 국가를 다스리는 철학자의 관점에 의해 개진되고 있습니다. 그렇기에 『국가』는 시종일관 명령적이고, 위로부터 아래로, 즉 상명하달의 방식으로 규율과 법령을 강권하고 있습니다. 따라서 플라톤의 문헌은 일반인으로서 도저히 범접할 수 없는 모델로 이해될 수 있습니다. 상기한 세 가지 이유에서 플라톤의 작품은 문학 유토피아의 효시로서 적절하지 않습니다. 대부분의 유토피아 연구가들은 유토피아의 효시가 되는 문헌을 토머스 모어의 『유토피아』로 규정하는 데 동의합니다(Doren: 165).

2. **플라톤의 문헌, 『국가』:** 그럼에도 불구하고 우리는 플라톤의 작품을 언급하지 않을 수 없습니다. 왜냐하면 이 책은 후세에 좋은 영향과 나쁜 영향을 끼쳤지만, 유토피아의 시각을 발전시키는 데 일조했기 때문입니다. 작품은 기원전 380년에서 370년 사이에 집필되었습니다. 그러나 정작 도서로 발표되어 후세에 전해진 것은 르네상스 시대(1482-1484)의 라틴어 판이었습니다. 이 두툼한 책이 구체적으로 언제 어디서, 어떠한 계기에 의해서 완성되었는가는 명확하게 알려져 있지 않습니다. 분명한 것은 『국가』가 플라톤의 장년기에 집필되었다는 사실입니다. 나아가 이 책은 교육적 효과를 고려하여 대화 형식으로 이루어져 있습니다. 『국가』는 도합 10권으로 구분되는데, 첫째 권의 서술 형식은 플라톤의 초기 작품을 연상하게 합니다. 따라서 우리는 첫째 권이 이후의 시점에 추가로 첨

부되었음을 추측할 수 있습니다.

3. 제1권, 정의란 무엇인가?: 첫째 권을 살펴보면 우리는 다음과 같은 계기를 도출해 낼 수 있습니다. 소크라테스는 벤디스 축제의 기간에 자신의 제자이며 플라톤의 동생인 글라우콘과 함께 아테네에서 피레우스로 여행을 떠났는데, 케팔로스라는 부자의 집에 거주하면서 여러 식객들과 정의에 관해서 토론하게 됩니다. 그곳에 참석한 사람들은 프로타고라스, 이온, 에우튀프론, 라헤스, 카르미데스 그리고 뤼시스 등입니다. 대화는 처음에는 조심스럽게 이어지지만, 논객들은 제각기 자신의 관점에서 정의에 관하여 언급합니다. 그래서 참석자들은 서로 어긋나는 견해를 주고받다가, 결국에는 아무런 결론을 맺지 못합니다. 논의는 하나의 아포리아로 종결됩니다. 이를테면 정의는 사회의 보편적인 선의 개념으로 이해되지만, 급진적 소피스트로 알려진 트라시마코스의 견해에 의하면 강자의 힘으로 설명되기도 합니다. 다수는 정의를 추상적 개념으로 이해하는 반면, 트라시마코스는 마키아벨리식의 권력론과 유사하게 정의의 개념을 피력합니다. 정의는 강자에게 이로운 것이며, 정의롭지 않은 삶이 개개인에게 이롭다는 것입니다. 실용적이며 자기중심적인 이러한 사고는 당시 도시국가에 살던 사람들의 외교의 정책으로 정착된 것입니다 (김남두A: 169). 플라톤은 이러한 견해를 객관에 합당하지 않다고 평가합니다.

4. 정의로움에 관한 추상적 논증은 의미가 없다: 플라톤은 「메논(Menon)」과 「고르기아스(Gorgias)」에서 정의를 다룰 때 사용한 바 있는 새로운 문학적 방식을 도입합니다. 그것은 자신이 과거에 언급했던 말을 재인용하는 방식입니다. 이로써 플라톤은 정의에 관한 추상적 논증만으로는 정의를 명징하게 해명할 수 없다는 점을 분명히 밝힙니다. 그 까닭은 정의

로움은 플라톤에 의하면 무엇보다도 개인들의 "행복감(Ευδεμονια)"과 관련되기 때문입니다. 이렇게 주장함으로써 플라톤은 미덕과 정의에 관한 소피스트들의 경박한 말장난으로부터 벗어나려 했습니다. 정의에 관한 문제는 플라톤에 의하면 보다 높은 관점에서 실천될 수 있습니다. 이를테면 존재 지시적이고 통합적 가르침이라는 관점을 고려해 보세요. 언제나 그렇듯이 하나의 명제는 특정한 현실적 조건에 의해서 참과 거짓으로 드러날 수 있습니다. 주어진 장소와 시간이라는 구체적인 정황이 전제되지 않는다면, 정의의 개념은 얼마든지 추상성의 의미 영역 속에서 다양하고 복합적으로 설명될 수밖에 없습니다. 이 점을 고려한다면, 제1권은 정의에 관한 아포리아를 교묘하게 반박하면서 다른 문제를 도입하기 위한 서문과 같습니다.

5. 문제는 취향에 관한 지엽적 발언이 아니라, 제도에 있다: 상기한 견해는 두 번째 권의 첫 부분, 글라우콘, 아다이만토스와 소크라테스 사이의 대화에서 드러납니다. 그들의 대화는 단순히 정의가 불의보다 우월하다는 사실을 증명해 내는 것을 목적으로 하지 않습니다. 대화자들은 오히려 인간의 행복 추구의 의미가 과연 무엇인지를 분명히 밝히려고 합니다. 그들은 우선 축복의 감정 내지 행복감의 본질을 확정하려 하며, 그 작용 및 유용성을 개진하려고 합니다. 국가에 관한 논의는 바로 이러한 논증 과정을 거쳐서 나타납니다. 축복과 행복감의 본질과 관련되는 이중적인 의향은 가령 『향연(Symposion)』에서의 소크라테스의 연설과 『파이드로스(Phaidros)』에서 이미 출현한 바 있습니다. 어쩌면 행복감의 본질과 그 기능을 파악하는 작업은 인간의 능력으로 행해질 수 없는 것일지 모릅니다. 그래서 소크라테스는 토론자들에게 어떤 사고의 전환을 촉구합니다. 즉, 사람들은 정의로움의 현상을 개별적 인간들의 심리적 영역 속에서 찾지 말고, 정의로움과 관련되는 모든 것이 담길 수 있는 하

나의 규범적 모델을 찾아야 한다는 것입니다. 이 모델이 이른바 도시 형태를 지닌 국가입니다. 그런데 국가는 등장인물인 소크라테스에 의하면 결코 역사적 현실에서 발견되는 게 아니라, 오히려 상상 속의 이상적 모델이라고 합니다. 그렇기에 그것은 경험적으로 주어진 게 아니라, 하나의 이상으로 결정되어 있는 모델입니다.

6. 결코 범접할 수 없는 세 가지 계층: 소크라테스와 글라우콘 그리고 아다이만토스 사이의 대화는 제3권에서 계속됩니다. 이들의 대화는 계층 국가 내의 국가관을 위한 "교육(paideia)"의 문제에 관한 것입니다. 국가에는 세 가지 계급이 있습니다. 그것은 다름 아니라 농부와 "수공업자($\Delta \epsilon \mu \iota \upsilon \rho \gamma o \iota$)"의 계급, "파수꾼($\Phi \lambda \alpha \kappa \epsilon \varsigma$)"의 계급, "지배자($A \rho \chi o \nu \tau \epsilon \varsigma$)"의 계급입니다. 지배자의 수는 적은 반면에 농부와 수공업자의 수는 많으며, 그들은 공동체를 영위하기 위한 필수적인 생업에 종사합니다. 소크라테스는 정의와 행복감과 관련하여 이들의 개별적인 삶에 관해서 세부적으로 언급하지 않았습니다. 그 까닭은 두 가지로 설명됩니다. 첫째로 플라톤은 자신의 출신 성분과 역사적·사회적 조건을 고려할 때 처음부터 사회적 정의에 대해서 그다지 커다란 관심을 기울이지 않았습니다. 둘째로 세 가지 계층으로 축조된 이상 국가가 건설되면, 하층계급 역시 자동적으로 행복한 삶을 만끽할 수 있으리라고 막연히 믿었습니다. 이를 위해서는 하층계급 역시 특정한 범위에 한해서 교육받아야 한다고 판단하였습니다.

7. 황금시대의 찬란한 삶의 부정: 소크라테스는 천민들이 애타게 갈구하는 천민 국가의 상을 처음부터 끝까지 신랄하게 비판합니다. 소크라테스의 제자, 글라우콘의 견해에 의하면, 극기주의자들의 국가는 욕망을 억제하는 삶의 방식 때문에 결코 바람직한 게 아니라고 합니다. 이에 대

해 소크라테스는 미식가들의 향락적인 태도에 관해서 맹렬하게 비난을 가합니다. "우리는 그림이나 황금 그리고 상아와 같은 것을 얻으려고 애써야 하네. (…) 그러기 위해서는 모든 사냥꾼들, 모방 예술가들, 시인들과 하인들, 음유 시인들과 극작가들, 무용수들, 연극 제작자들, 여러 분야의 예술가들 그리고 무엇보다도 여자들의 치장을 담당하는 예술가들이 이에 가담해야 하네." 당시의 사람들은 자신이 처한 상황을 어떤 고매한 지식을 쌓는 데 유리하다는 점에서 황금시대를 막연히 하나의 고상한 현실로 수용했을 뿐입니다. 소크라테스 역시 그러한 입장을 취하면서, 자연적 카니발, 인공적이며 풍요로운 축제 등을 전혀 긍정적으로 받아들이지 않았습니다. 남아 있는 것은 냉정한 질서, 완전히 통제된 세상 그리고 불변하는 나라의 이성적인 국가의 상밖에 없습니다(블로흐: 985).

8. 군인들을 위한 교육, 음악과 체조: 플라톤은 이상 국가 내에서의 교육과 관련하여 중간 계급인 파수꾼들에 대한 교육을 집중적으로 언급합니다. 파수꾼들, 다시 말해서 군인들은 플라톤에 의하면 용맹심과 분별력을 지녀야 할 뿐 아니라, 나름대로의 철학적 식견도 지녀야 합니다. 그들은 무엇보다도 음악을 첫 번째 중요한 과목으로 선택해야 합니다. 두 번째 중요한 과목으로서, 플라톤은 육체를 강건하게 하는 체조 훈련을 제시합니다. 피교육자들은 음악과 병행하여 문학을 공부해야 하는데, 문학 교육에 있어서 한 가지 제한 사항이 첨부되어 있습니다. 예컨대 저자는 호메로스의 신에 관한 이야기를 절대로 (국가 내의 인민들을 교육시키는 재료로) 사용하지 말도록 경고합니다. 플라톤에 의하면, 신에 관한 이야기, 즉 신화들은 — 인간이 근접하기 어렵기 때문에 — 결코 교육을 위한 소재로 채택될 수 없다고 합니다. 게다가 신화에 관한 이야기를 접하는 군인은 신화의 나쁜 영향을 받는다고 합니다. 그렇게 되면 몇몇 군인들은 경박한 사고를 본받고, 기강이 해이해진 채 신들의 장난기 내지 어떤

제어할 수 없는 분위기에 휩싸이게 되므로, 군인 본연의 의무를 다할 수 없다고 합니다. 또한 전쟁 발발 시 정책을 총괄하는 자는 군인들 가운데에서만 배출될 수 있다고 합니다. 파수꾼, 즉 군인 계급은 재물, 거주지 등을 공동으로 소유하고, 공동으로 식사합니다. 이들은 어떠한 경우에도 재물을 탐하지 않고, 공명정대하게 처신하는 것을 하나의 명예로 여깁니다.

9. 세 가지 계층에 속하는 사람들의 덕목: 네 번째 권에서 플라톤은 각 계층이 지니고 있는 특수한 덕목을 언급합니다. 지배자는 무엇보다도 지혜를, 파수꾼(군인)은 용감성을, 수공업자는 사려 깊은 태도로 척도를 지켜야 합니다. 세 계층에 속하는 사람들은 한결같이 정의로운 품성을 지녀야 하는데, 오로지 이들이 정의로움을 지녀야만 계층 간의 결속이 굳건하게 다져지게 됩니다. 이를 따라서, 정의로움을 위해서 지배자는 "이성(λογίστικον)" 내지는 철학적인 사고를, 파수꾼(군인)은 "용기(θυμοειδες)"를, 수공업자는 "열망(επίθυμήτικον)"을 제각기 고수해야 한다고 합니다. 플라톤은 인간의 심성을 인간의 신체 내지 인종으로 비유합니다. 지배자는 신체의 머리에 비유될 수 있으며, 이는 지혜를 사랑하는 그리스인들을 가리킨다고 합니다. 파수꾼 내지 군인은 신체의 몸통 부위에 비유될 수 있는데, 이는 남부 유럽 인종을 가리킨다고 합니다. 마지막으로 농부 내지 수공업자들은 신체의 사지에 비유될 수 있는데, 이는 본능적으로 행동하는 북구 인종을 가리킨다고 합니다. 어쨌든 정의로움은 국가의 조화로운 일원성을 가능하게 하는 무엇입니다. 조화로운 일원성은 사회의 구성원 모두를 합심하게 한다는 점에서 정의로움을 실현하는 데 반드시 필요한 수단이 된다고 합니다.

10. 사유재산 철폐와 국가의 방어: 다섯 번째 권은 국가에 관한 사항을

피력하고 있습니다. 그것은 무엇보다도 파수꾼(군인) 계급에 해당되는 사항으로서 두 가지 강령을 내세웁니다. 그 하나는 사유재산 철폐이며, 다른 하나는 남녀의 동등한 권한입니다. 이는 당시의 도시국가의 상황을 고려할 때 과히 혁명적 발상을 지니고 있으며, 중세를 거쳐 현대에 이르기까지 『국가』가 끼친 혁명적 영향력에 해당하는 사항입니다. 특히 사회의 모든 구성원들은 놀랍게도 여성과 아이들이 공동체에 속하게 될 때까지 공동으로 교육시킵니다. 플라톤은 오로지 가족들만의 끈끈한 결속감은 국가 체제에 도움이 되지 않는다고 판단했습니다. 남자들이 출정하거나 전선으로 떠날 때, 파수꾼 계급의 여자들은 도시를 방어할 의무를 지닙니다. 이 경우 그들은 남자들이 행하던 모든 유형의 군사적 방어에 투입됩니다.

11. 파수꾼은 경제력을 지녀서는 안 된다: 플라톤의 『국가』에서 파수꾼(군인)은 어떠한 경제력도 지니지 않으며, 부를 탐해서도 안 됩니다. 이는 마르크스주의의 관점에서 고찰하면 납득하기 어려운 대목입니다. 파수꾼들은 어떠한 사유물도 소유할 수 없으며, 금과 은을 사유물로 취해서도 안 됩니다. 플라톤은 파수꾼들이 물품의 비용을 어떻게 지불하는가 하는 물음에 대해서 구체적으로 언급하지 않고 있습니다. 추측컨대 파수꾼들은 생업에 종사하는 일반 사람들과 노예들에게서 생활에 필요한 모든 것들을 무상으로 얻는 게 분명합니다. 생업에 종사하는 사람들은 모든 경제력을 쥐고 있지만, 결코 정치적인 힘을 장악할 수는 없습니다. 국가가 언제나 전쟁의 상태에 처해 있으므로, 수공업자들은 의식주에 필요한 모든 것을 파수꾼들에게 제공해야 합니다. 왜냐하면 파수꾼들은 국가를 수호하기 위해서 헌신하기 때문이라고 합니다. 일반 사람들의 눈에 파수꾼들은 신의 권능을 지닌 사람들입니다. 따라서 일반인들이 파수꾼들을 위해 필요한 물품을 바치는 것은 당연한 것으로 간주되고 있습니

다. 그런데 문제는 여기서 발생합니다. 국가의 상태가 언제나 전쟁의 위협에 처해 있다면, 그런 국가가 어떻게 바람직한 이상 국가로 설계될 수 있는가 하는 물음을 생각해 보세요. 여기서 우리는 외부의 적과 싸우는 전쟁만을 고려해서는 안 됩니다. 평화기에 발생할 수 있는 내부의 폭동을 고려하지 않을 수 없습니다. 파수꾼들은 일반 사람들의 눈에는 신의 권능을 지닌 사람들입니다.

12. 가족제도의 폐지와 사랑: 가족제도의 폐지는 파수꾼 계급과 지배자 계급에만 해당하는 제도입니다. 농부와 수공업자 계급은 가급적이면 일부일처의 관습을 준수하면서 생활합니다. 남녀 관계는 어떠한 경우에도 공동의 삶에 부정적이고 파괴적인 영향을 끼쳐서는 안 됩니다. 플라톤은 남녀 관계의 사랑보다는 동성애의 사랑을 더욱 숭고한 것으로 용인하였습니다. 여기서 사랑은 성의 열정과는 차원이 다른, 어떤 명상적이고 음악적인 동류의식과 관련됩니다. 고대사회에서는 간통이 무거운 범죄로 간주되지 않았습니다. 일부일처제의 결혼 제도가 없으므로, 혼외정사가 무조건 부정적으로 이해되지는 않았습니다. 장년의 남자들은 젊은 미소년과의 동성애를 즐기기도 하였습니다. 그렇지만 모든 사람들은 국가의 뜻에 따라 짝을 찾고, 어떻게 해서든 자식을 늘려 나가야 합니다. 중요한 것은 정조(貞操)와 혈연이 아니라, 국가를 위해서 개개인이 봉사하는 행위였습니다. 가족제도의 폐지는 먼 훗날 캄파넬라와 푸리에 그리고 빌헬름 라이히(Wilhelm Reich)에 의해서 시민적 가족제도의 폐해를 극복할 수 있는 방안으로 계승됩니다.

13. "남자와 여자는 다르다": 플라톤은 여성의 능력을 남성의 그것과 동등하다고 생각했지만, 여성이 육체적으로 남성보다 유약하므로, 모든 직업에서 여성의 이행 능력은 남성의 그것보다 부족하다고 주장하였습니

다. 남성과 여성은 플라톤에 의하면 생물학적으로 다른 기능을 지니고 있으므로, 남자와 여자가 제각기 다른 일을 행해야 한다는 것입니다. 예컨대 평민계급에 속하는 남자는 재화를 창출하는 데 노력해야 하고, 평민계급에 속하는 여자는 아이 낳고 키우는 일에 몰두해야 한다고 기술하고 있습니다(Berneri: 38). 플라톤의 이러한 입장은 오랜 시간에 걸쳐, 즉 칸트와 헤겔의 시대에 이르기까지, 남성의 능동적 특성과 여성의 수동적 특성을 확정하도록 작용했습니다. 이러한 선입견이 남성과 여성에 대한 편견에 근거한 것이며, 모든 개별 남성과 여성에 적용될 수 없다는 점은 19세기 중엽부터 서서히 제기되기 시작했습니다.

14. 철학자가 다스리는 이상 국가, 동굴의 비유: 이상 국가의 실현을 위한 전제 조건으로서 필요한 것은 "철학자가 국가를 다스려야 한다"는 사실입니다. 지배자 양성을 위한 교육으로서 플라톤은 변증법(철학), 이념 이론(윤리학), 체육 그리고 음악 등을 필수 과목으로 정해 놓습니다. 지배자는 "좋음"에 관한 지식을 소유해야 하는데, 이러한 지식은 "앎(ἐπιστήμη)"과 "의견(δόξα)" 사이의 구분이 극복된 것입니다(김남두B: 43). 주어진 사실에 대한 이해는 하나의 견해에 대한 전제 조건입니다. 반대로 어떤 견해를 견지해야만 우리는 주어진 사실에 대해 더 큰 관심을 지닐 수 있습니다. 특히 일곱 번째 권에서는 유명한 국가 철학적인 비유로서 동굴의 이야기가 등장합니다. 동굴 속의 노예는 자신이 처한 부자유를 인식하지 못하고, 노예의 삶을 천부적으로 받아들입니다. 왜냐하면 그들은 너무 오래 그곳에서 머물렀으므로 과거의 동굴 밖의 삶을 기억해 내지 못하기 때문입니다. 지하 동굴에 수감된 죄수들은 사슬에 묶여 있어서 배후를 바라볼 수 없습니다. 등 뒤의 동굴 입구에는 횃불이 켜져 있고, 앞쪽에는 벽이 있습니다. 죄수들은 이 벽면을 통해서 그들의 그림자와 횃불 사이에 있는 사물들의 실루엣을 바라봅니다. 그 외의 어떠한 다른 사물들도

보이지 않습니다. 따라서 죄수들은 그림자를 마치 실재하는 사물로 착각합니다. 그들에게는 동굴이 자신의 현실이며, 우주의 전부에 해당합니다. 문제는 그들이 바깥의 밝은 자유의 공간을 알려고 하지 않는다는 사실입니다. 따라서 중요한 것은 노예들이 어떻게 자신의 착각을 인지할 수 있는가 하는 물음입니다. 우매함을 극복하고 보다 지혜롭게 변하기 위해서 인간은 어떻게 해서든 자신의 "맹목성"을 극복해야 합니다. 그렇게 해야만 인간은 노예의 상태를 극복하고, 마침내 "순수한 '선의 형체'의 투시(ίδεα τυ αγάθυ)"의 단계로 올라설 수 있습니다.

15. 네 가지 좋지 못한 정치 형태: 플라톤은 여덟 번째와 아홉 번째 권에서 네 가지 국가의 정체를 언급합니다. 즉, "금권제(Timokratie)," "과두제(Oligarchie)," "민주제(Demokratie)," "참주제(Tyrannis)" 등이 바로 그것들입니다. 금권제와 과두제는 모두 오늘날 관료주의의 특성으로 이해하면 족합니다. 금권제와 과두제는 재산의 평가에 근거해서 부유한 자들이 통치하고 가난한 자들이 지배당하는 정치의 방식입니다. 이러한 정체가 존속되면, 사람들은 지혜와 정의를 저버리고, 오로지 재화의 획득에만 전념하려고 할 것입니다. 왜냐하면 정치권력의 시금석은 오로지 돈에 의해 정해지기 때문입니다. 그렇게 되면 인간을 규정하는 것은 무위도식에 대한 열망과 악착스럽게 남의 재화를 강탈하려는 욕망이 될 것입니다. 뒤이어 나타나는 것은 "민주제"입니다. 민주제는 일반 사람들의 자유를 신뢰합니다. 나라 전체가 무제한의 언론의 자유로 채워지게 되면, 누구든 간에 자기의 뜻을 국가의 정책에 반영하려고 할 것입니다. 이로써 나타나는 것은 정부도 철칙도 기준도 없는 자유방임의 사회라고 합니다. (참고로 이러한 논리를 내세우면서 군주제를 옹호한 사람은 역사가 헤로도토스였습니다. 『역사』 제3권에 나타나는 헤로도토스의 과장된 주장은 당시 페르시아 왕궁의 정황 내지 시대적으로 특수한 상황에 기인하는 것입니다.) 마지

막으로 참주제의 가장 커다란 취약점은 모든 권력이 한 사람에게 집중되어 있다는 점입니다. 게다가 참주가 권력의 맛을 아는 순간, 마치 굶주린 동물처럼 피의 광란에 사로잡힌다고 합니다. 따라서 상기한 금권 내지 "과두제," "민주제" 그리고 "참주제"는 플라톤의 견해에 의하면 모두 조화로운 도덕 국가의 이상과는 거리가 멀다고 합니다.

16. "시인과 예술가는 국가의 규율을 어지럽히는 방해꾼들이다": 플라톤은 민주적인 정치체제 속에서 결코 정의가 자리할 수 없다고 단언합니다(Jens 13: 402). 심지어 민주주의의 형태라 하더라도 인간은 결코 행복을 누리지 못한다고 합니다. 왜냐하면 인민의 사고는 현자의 그것에 비해서 천하고 저열하기 때문이라고 합니다. 일반 대중은 플라톤에 의하면 진리보다는 개연성을, 합리적 결정보다는 감정적 결정을 추종한다는 것입니다. 국가는 인민을 더욱 훌륭하게 교육시켜야 하기 때문에, 『국가』와 『법(Nomoi)』은 교육을 위한 세부적 구상을 담고 있습니다(Pauly 9: 1104). 마지막 열 번째 장에서 플라톤은 시인과 예술가를 비판합니다. 이들은 국가의 규율을 어지럽히는 체제 파괴적인 방해꾼들이므로 국가로부터 배제되어야 마땅하다고 합니다(플라톤: 607b-608b). 플라톤의 이러한 주장은 나중에 시인과 예술가에 대한 탄압의 논거로 활용되었습니다. 바로 이 점 때문에 플라톤의 『국가』는 오랜 기간에 걸쳐서 예술 이론가들에 의해서 비판당했습니다. 플라톤은 마지막으로 정의를 찬양하고, 죽음 이후의 영혼의 삶에 관한 신화의 언급으로 자신의 대화를 끝맺습니다.

17. 신화를 다루는 작가는 저열하고 체제 파괴적인가?: 플라톤은 다음과 같이 자신의 견해를 피력합니다. "예술과 포에지는 어떤 저열한 존재론적 위상을 지니고 있다." 왜냐하면 그것들은 이념들이 모사된 상(구체적인 세계)에 대한 모사 상만을 표출시키기 때문이라고 합니다. 따라서 예

술은 플라톤에 의하면 오로지 간접적으로 아름다움의 이념에 참여할 뿐입니다. 오로지 현실의 현상을 모방하는 "미메시스(Μμησις)"로서의 예술은 궁극적으로 저열할 수밖에 없다는 것이지요. 플라톤의 모방은 제3권에서는 배우들의 "대역" 내지 "흉내"의 의미로 사용되지만, 제10권에서는 모방의 예술은 포괄적으로 실체성 내지 진실이 결여된 예술 전체를 지칭합니다(서승원: 66). 예술은 열정을 표현함으로써 오로지 예술 수용자의 마음속에 어떤 열정만을 끓어오르게 한다는 것입니다. 예컨대 호메로스는 현혹과 기만으로 가득 찬 신의 이야기를 남발함으로써 부정하고 탐욕적인 행동 양상을 부추긴다고 합니다. 상기한 두 가지 예술적 특성으로써 플라톤은 "작가는 인간을 허황된 망상에 사로잡히게 만들고 기만하게 하는 자"라고 규정했습니다. 여기서 우리는 플라톤의 예술적 입장이 문학의 기능 가운데 하나인 향유가 아니라 문학의 도덕성에서 출발하고 있음을 간파할 수 있습니다. 문학작품이란 플라톤에 의하면 국가의 시스템을 안정시키는 데 도움을 줄 때에 한해서만 존속될 수 있다는 것입니다. 그렇지 않을 경우, 시인은 국가에서 모조리 추방되어야 마땅하다고 합니다.

18. 계층을 전제로 한 평등사상: 플라톤의 작품은 겉으로 보기에는 평등한 국가의 모범을 제시하는 것처럼 보입니다. 그러나 그가 제시했던 평등은 처음부터 철저하게 구분되는 세 개의 계층을 전제로 한 사상입니다. 인간은 자신의 계층 내에서 평등할 수 있을 뿐, 다른 계층과는 결코 평등하지 않은, 이른바 상하 구도를 지니고 있습니다. 플라톤의 『국가』에서 계급은 세습되기 때문에 어떠한 경우에도 신분 상승은 이루어질 수 없습니다. 노예제도 또한 천부적인 것이며 당연한 것으로 받아들여지고 있습니다. 물론 계층과 신분의 차이는 고대에선 천부적인 것으로 이해되었지만, 플라톤이 계층 구분의 사회를 처음부터 용인하고 이를 구상

한 데에는 나름대로 이유가 있었습니다. 그것은 다름 아니라 노동의 효과를 극대화하기 위함이었습니다. 많은 사람들이 일하지 아니하고 상부 지향적인 태도를 취하게 되면, 사회적 생산력은 극대화될 수 없다는 게 플라톤의 생각이었습니다. 비록 플라톤은 『국가』의 모든 사람들이 서로 형제자매로 여기면서 생활할 것을 강조하지만(플라톤: 415a), 그럼에도 불구하고 계층을 용인하는 사회는 인간의 불평등을 당연시한다는 점에서 정의로운 제도라고 말할 수 없습니다. 플라톤은 처음부터 계층 차이에 입각한 사고를 고수하였습니다. 마치 송충이가 솔잎을 뜯으며 살아가듯이, 개개인이 각자 주어진 본분에 맞게 "자신에게 속하는(suum cuique)" 예속물로 살아가게 되면, 정의로움은 저절로 실천된다고 플라톤은 확신하였습니다.

19. 고대에서는 계층과 신분이 천부적인 것으로 이해되었다: 나중에 아리스토텔레스 역시 다른 계층 사람들 사이의 평등을 처음부터 무시하였습니다. 이는 플라톤의 계층 간의 불평등에 관한 사고에서 유래하는 게 아니라, 고대 그리스 사람들의 세계관 자체에서 비롯하는 보편적 사항이라고 말하는 게 타당할 것입니다. 나아가 플라톤은 신체가 튼튼하지 못한 영아를 살해해야 한다고 주장했는데, 이러한 견해 역시 고대인들의 국가 중심적인 보편적 사고와 관련됩니다. 고대 그리스 사람들은 사랑과 성에 대해서 관대했습니다. 그들은 이를테면 결혼 제도를 수정하거나 파기하는 일 그리고 동성연애의 합법화 등에 대해서도 유연한 태도를 취했습니다. 그러나 계층과 신분에 있어서는 처음부터 어떠한 사항도 용납하지 않았습니다. 그리스인들에게 신분이란 하늘로부터 점지된 확고부동한 철칙으로 간주되었습니다. 가령 아리스토파네스는 「여성 민회(Ekklēsiázusai)」라는 작품에서 남녀가 평등하게 살아갈 수 있음을 설파했지만, 그 역시 유독 노예 계급과 신분제도에 관해서는 용납하지 않는

자세를 취했습니다. 이를 고려한다면, "그리스의 유토피아에서는 결혼제도, 사유재산제도의 폐지가 노예제도와 신분제도의 폐지보다 훨씬 용이했다"라는 멈퍼드의 주장은 충분히 설득력을 지닙니다(Mumford: 31).

20. 『국가』는 향락과 즐거움이 배제된 국가의 모델이다: 고대사회의 계급, 계층, 바르나, 카스트 등으로 표현되는 수직적 계층 구도의 인간관계가 천부적인 것으로 이해되었다면(김유동: 168), 근대사회에서 나타난, 경제적 소유에 바탕을 둔 수직적 지배 질서의 구조는 인위적 사회관계 속에서 형성된 것입니다. 이를 고려한다면, 고대사회의 사람들은 이른바 신에 의해 정해진, 계층적 수직 구조를 처음부터 당연시하였습니다. 그렇지만 이는 플라톤의 『국가』가 유토피아 사상의 모범적 문헌으로서 적합하지 않다는 논거로 충분하지 않습니다. 플라톤의 문헌이 유토피아 사상을 담은 효시의 문헌으로 적당하지 않은 까닭은 무엇보다도 플라톤의 국가의 상이 시대와 장소를 초월한 이념적 범례이기 때문입니다. 그것은 주어진 구체적 현실이라는 토대에서 도출해 낸 국가의 상 내지 사회의 상이 아닙니다. 유토피아의 사회상 내지 사회 유토피아는 주어진 현실적 경험에서 파생된 상으로서 이후의 현실에서 실현될 수 있는, 그렇다고 반드시 실현된다고 단정할 수 없는 경험의 상으로 정의 내릴 수 있습니다. 플라톤의 『국가』는 삶의 즐거움, 웃음, 사랑 그리고 음악과 예술을 철저하게 금기시하는 철인에 의해서 다스려지고 있습니다. 이로써 드러나는 것은 플라톤이 군사주의 내지 인종주의의 특성을 부각시킨다는 사실입니다. 여기서 우리는 국가를 다스리는 철인이 얼마나 냉혹한 극기를 드러내는가 하는 점을 간파할 수 있습니다.

21. 초시대적 범례로서의 국가의 상: 앞에서 필자는 플라톤의 『국가』가 두 가지 이유에서 최초의 문헌학적인 유토피아 모델이 아니라고 말했습

니다. 그 하나는 철저한 계층적 차이를 우선적으로 고려한 평등 국가의 상이기 때문이며, 다른 하나는 시간과 장소를 고려하지 않는 초시대적인 모범적 범례로서의 상이기 때문입니다. 후자의 경우, 그것은 역사적으로 증명되지 않은 상이지요. 이는 플라톤이 『국가』의 집필 시에 아틀란티스에 관한 전설을 상정했다는 점에서 분명히 드러납니다. 아틀란티스 사람들은 포세이돈을 모시는 불경스러운 민족으로서 대서양 저편에 국가를 건설하여, 지중해의 이집트를 비롯하여 수많은 국가를 무력으로 집어삼켰습니다. 놀라운 것은 아틀란티스가 대서양에 위치하는 국가일 뿐 아니라, 동방의 페르시아 내지 소아시아의 국가를 지칭하기도 한다는 사실입니다. 아틀란티스는 당시에 존재했던 구체적인 특정 국가가 아니라, 플라톤의 이상 국가를 위협할 수 있는 외부의 가상적인 국가로 간주되었다는 사실입니다. 따라서 아틀란티스의 상은 구체적인 현실에서 도출해낸 경험적인 국가의 상이라기보다는, 주어진 시대와 장소와는 무관한, 사변적으로 떠올린 가상적인 국가의 상에 불과합니다. 바로 그렇기에 플라톤의 이상 국가 역시 아테네와 직접적으로 관련된다고 말할 수는 없습니다.

22. **소피스트들의 이유 있는 반론:** 플라톤은 국가의 모델과 관련하여 당시의 소피스트들을 신랄하게 공격하였습니다. 대부분의 소피스트들은 주로 그리스인들의 위기가 자유의 부재에 있다고 여겼습니다. 황금시대에는 사람들이 완전한 자유와 완전한 평등을 만끽하며 살았는데, 인간의 정치적인 제도가 인위적으로 만들어진 다음부터 문제가 발생했다고 합니다. 소피스트들의 견해에 의하면, 인위적 제도가 만들어진 다음에 자연법에 기초한 원래의 자유와 평등이 사라지고 말았다는 것입니다. 소피스트의 추종자들은 현재의 사회 상태가 비참해진 까닭은 완전한 자유와 평등이 자리하던 자연 상태가 인위적인 제도에 의해서 파괴되었기

때문이라고 합니다. 이를테면 노모스는 엘리스 출신의 히피아스에 의하면 처음부터 임의성과 오류의 가능성을 내재하고 있으므로, 보편타당성을 지니지 못하며, 새로운 기준으로 대치되어야 한다고 주장했습니다(이한규: 26). 알키다마스(Alkidamas), 뤼코프론(Lykophron) 등은 이러한 입장에 동조하면서, 사회의 모든 인위적 제도를 철폐하자고 주장하였습니다(Flasher: 52). 이들은 노예제도를 지극히 저주스러운 것이라 판단했습니다. 왜냐하면 노예제도는 인간의 본성에 근거하는 게 아니라, 정의롭지 못한 사항을 하나의 법적 미덕으로 규정하고 있기 때문입니다.

23. 소피스트들의 국가 이기주의에 대한 비판: 소피스트들은 철학사적으로 상당히 많은 비난을 감수했지만, 다음과 같은 놀라운 사고를 피력하기도 하였습니다. 예컨대 국가 이기주의에 대한 비판이 그것입니다. 그들은 작은 도시국가들 사이의 이기주의적이며 폐쇄적인 벽이 허물어져야 한다고 주장하였습니다. 대신에 건설되어야 하는 것은 거대한, 범세계적인 노동의 공동체라는 것이었습니다. 소피스트들의 견해에 의하면, 조국에 대한 사랑은 그 자체 좋은 것이지만, 때로는 인간의 정신을 편협하게 만들고 작은 도시국가들끼리 서로 싸우게 만든다고 합니다. 따라서 현재 주어진 도시국가들은 지옥의 하데스로부터 결코 멀리 떨어져 있지 않다고 했습니다(Rocker: 163). 이러한 사해동포주의적인 사고는 견유학파에게 계승되었습니다. 가령 디오게네스는 국가의 체제가 궁극적으로 사물의 자연 질서에 위배된다고 주장합니다. 따라서 국가를 세밀하게 구획하고 계급 차이를 용인하는 처사는 견유학파 사람들에게는 어떠한 경우에도 용납될 수 없는 것이라고 합니다. 소피스트인 안티폰(Antiphon)은 "인간은 그리스인이든 야만인이든 간에 천부적으로 동일한 특성을 지닌다"고 설파했습니다(Diels: 87B44-87B71).

24. 권위주의와 계층 질서를 고수하는 플라톤의 관료주의적 국가 모델:
플라톤은 만인의 자유와 평등을 중시하지 않습니다. 그는 외부로부터의
도덕적 강요를 중요하게 생각합니다. 인간은 플라톤에 의하면 평등하
지 못한 존재입니다. 천민과 야만인은 귀인 내지 문명인인 그리스 사람
들과 구별되어야 한다고 합니다. 천민과 야만인을 통제하기 위해서 필요
한 것은 플라톤에 의하면 엄격한 법과 권위주의 그리고 변함없이 제 기
능을 수행하는 제도적인 기관들입니다. 바로 이러한 사고의 바탕 하에서
계층 사회로서의 국가의 모델이 탄생하였습니다. 플라톤의 국가 모델은
신분 차이를 바탕으로 하여 수직 구도로 축조되어 있습니다. 그것은 냉
혹한 극기주의에 바탕을 두고 있어서, 어떠한 축제도, 어떠한 예술적 화
려함과 즐거운 유희도 용납하지 않고 있습니다. 플라톤 역시 소피스트
들과 스토아 사상가들과 마찬가지로 인간의 제도가 자연의 법칙과 조화
를 이루어야 한다고 생각하였습니다. 그렇지만 그에게 자연이란 몇몇 엘
리트를 지배자로 군림하게 하고, 나머지 사람들을 피지배자로 살아가게
하는 무엇입니다. 마치 병든 사람이 — 잘 살든 못 살든 간에 — 병원의
문 앞에서 기다려야 하듯이, 모든 피지배자들은 지배자의 문 앞에서 어
떤 처분만 기다려야 한다고 합니다.

25. 처음부터 신분과 계층 차이를 확정한 플라톤의 견해: 플라톤은 이
른바 개별 인간이 주인이어야 한다는 개인의 주권을 용인하지 않았으
며, 지배계급의 주권이 우선적으로 필요하다고 역설하였습니다. 그렇기
에 플라톤의 『정치가』에도 언급되지만, 시민들에게는 통치술에 관한 지
식이 차단되어 있었습니다(손윤락: 110). 국가는 인민의 의지에 의해 이리
저리 이끌릴 게 아니라, 확고한 체제 하에서 내적인 단일성을 표방해야
한다고 합니다. 그렇게 해야만 국가는 도덕적이고 지적인 정책을 탁월하
게 펴 나갈 수 있다는 것입니다. 플라톤은 신분과 계층을 처음부터 확정

시키고, 이를 세습하게 만듭니다. 이상 국가의 지배자 내지 파수꾼(군인)은 태어난 이후에 자신의 직분 내지 직업이 정해지는 게 아니라, 지배하는 능력을 천부적으로 이어받은 채 태어납니다. 이들은 훌륭한 가문, 좋은 체력 그리고 놀라운 정신력을 지니고 있으며, 차제에 훌륭한 교육을 받게 된다고 합니다.

26. 플라톤의 이상: 플라톤은 철인(哲人) 통치를 꿈꾸었습니다. 실제로 그는 자신의 이상 국가를 실현하기 위하여 시칠리아섬에 있는 시라쿠사로 떠나야 한다는 것을 하나의 사명으로 생각했습니다. 세 번에 걸친 그의 시라쿠사 여행은 솔론과 아리스토텔레스의 저작으로 추정되는 문헌 「아테네 사람들의 국가법(Αθήναιον πολιτεία)」에 기록되어 있습니다. 그 밖에도 헤로도토스는 『역사』 제3장 80–83절에서 플라톤의 정치적 편력을 기술하고 있습니다. 아리스토파네스는 공유제에 관한 희극 「풍요로움(Pluto)」(BC. 408/388)에서 플라톤의 『국가』를 암시하며 국유재산 제도 그리고 생업의 공용화 등에 관해서 언급한 바 있습니다. 고대 그리스의 건축가이자 도시 계획자인 히포다모스는 과연 어떠한 방식으로 국가 공동체를 가장 효과적으로 축조할 수 있을까 하는 문제에 골몰하였습니다. 그리하여 그는 페리클레스와 함께 그리스 남단의 피레우스와 남부 이탈리아의 식민지 투리오이의 건축물을 축조하는 작업에 직접 가담하였습니다. 여기서 히포다모스는 플라톤이 설계한 국가의 시스템을 건축학적으로 완성하려고 했습니다. 상기한 내용을 고려한다면, 플라톤의 『국가』는 고대 시기에도 상당히 커다란 영향을 끼친 게 분명합니다.

27. 플라톤의 『국가』가 후세에 끼친 영향: 플라톤의 『국가』는 비록 관념 속에서 축조되기는 하였지만, 가장 바람직한 국가 설계에 관한 모범적인 범례를 담고 있습니다. 플라톤은 실제 삶에서 최소한의 바람직한 국가상

을 현실적으로 적용하려고 애를 썼습니다. 플라톤의 입장은 플루타르코스의 『리쿠르고스의 삶』과 마찬가지로 이후의 세계에 어느 정도 영향력을 끼쳤습니다. 특히 우리는 다음과 같이 지적할 수 있습니다. 플라톤의 후기 작품 『정치가(Politikos)』와 「법령들(Nomoi)」 등도 『국가』에 묘사된 내용을 다양한 관점에서 실행하는 문제를 다루고 있습니다. 그의 후학들, 이를테면 아리스토텔레스, 폴리비오스 등도 플라톤이 언급한 국가의 설계와 구상에 관해서 연구하였습니다. 플라톤의 『국가』와 플루타르코스의 『리쿠르고스의 삶』은 고대 그리스인들의 강한 권위주의와 공동 소유를 추구하는 세계관을 반영하지만, 그들의 영향은 아리스토텔레스의 소시민주의적인 작은 개혁과 제논의 사해동포적인 자유주의의 영향으로 인하여 이후의 시대에는 그저 미약한 영향을 끼쳤을 뿐입니다. 그렇지만 플라톤의 『국가』에 관한 연구는 르네상스 이후부터 다시 활발하게 진척되었습니다. 키케로의 『국가론(De re publica)』과 「법 이론(De legibus)」, 플루타르코스의 『군주정치, 민주정치 그리고 과두정치(Περι μοναρχιας και δέμοκρατιας και ολιγαρχιας)』에서 플라톤의 『국가』를 자세히 인용하며, 이를 비판적으로 기술하고 있습니다.

플라톤의 작품은 먼 훗날 평등한 삶을 위한 좋은 지침서가 되었습니다. 가령 토마스 뮌처(Thomas Müntzer)는 16세기 초에 "모든 게 공유적이다(Omnia sint communia)"라는 말을 액면 그대로 잘못 받아들여서 농민전쟁의 슬로건으로 활용했습니다. 해석학적으로 엄밀히 고찰하자면, 이는 "하나의 창조적 오해"에 해당하는 것입니다. 왜냐하면 플라톤은 엄밀히 따지면 만인의 평등을 주장한 게 아니라, "동일한 계층 내에서의 평등"을 주장했기 때문입니다. 그런데도 뮌처는 플라톤의 책을 읽고 만인의 평등의 가능성을 깊이 숙고하였습니다. 플라톤의 발언은 후세에 약간 왜곡되기는 했지만, 그래도 평등사상의 어떤 긍정적 특성으로 왜곡되어 수용되었던 것입니다.

28.『국가』는 전체주의 모델인가?: 플라톤의『국가』를 가장 신랄하게 비판한 사람은 20세기 독일의 철학자 카를 포퍼였습니다. 그는 플라톤을 전체주의 국가의 기본 모델을 만들어 내고 널리 알린 인물이라고 했습니다. 특히 문제는 여러 가지 능력 내지 생물학적 원칙에 따라 인간 개개인의 우열을 가리는 사실에 있다고 합니다. 플라톤에게는 개개인의 존재가 중요한 게 아니라, 국가가 무엇보다도 우선하는 것이었습니다 (Popper: 72). 포퍼가 이렇게 주장한 데에는 이유가 있습니다. 스탈린주의와 파시즘의 횡포가 수백만의 사람들의 목숨을 앗아갔기 때문입니다. 그렇지만 플라톤이 국수주의 내지 인종주의를 표방함으로써 이득을 챙기려고 했다는 포퍼의 주장은 오로지 결과론에 입각한 비난일 수 있습니다(Saage: 49). 포퍼는 다음과 같이 주장했습니다. 즉, 국가를 거대한 범위에서 변혁시키는 것은 엄청난 재앙을 낳으므로, 인간의 생활환경을 조금씩 점차적으로 개선해 나가는 것이 바람직하다고 합니다(Otto: 27). 포퍼는 플라톤의『국가』에 나타난 역사주의, 창조의 근원으로서의 이데아론, 철인 독재의 관료주의로서 유토피아 사상을 처음부터 부정하였습니다.

참고 문헌

김남두A (1987): 플라톤과 유토피아, 실린 곳: 외국문학, 1987년 가을호, 열음사 162-181.

김남두B (2014): 플라톤의 정치 철학에서 정치적 지식인의 성격 (1) 국가 4-6권을 중심으로, 실린 곳: 서양고전학연구, 53, 25-45.

김유동 (2011): 충적세 문명. 1만년 인간 문화의 비교문화구조학적 성찰, 길.

서승원 (1992): 플라톤의 시와 예술에 대한 비판, 국가 제10권을 중심으로, 서양고전학연구, 6, 61-95.

블로흐, 에른스트 (2004): 희망의 원리 5권, 열린책들.

손윤락 (2018): 플라톤의 『정치가』에서 시민의 문제. 통치자의 지식과 시민의 지식을 중심으로, 실린 곳: 서양고전학연구, 제57권 2호, 91-113.

이한규 (2006): 히피아스의 노모스 ─ 퓌지스 안티테제에 대한 연구, 실린 곳: 철학, 제86집, 7-29.

플라톤 (2011): 국가, 조우현 역, 올제클래식스.

Berneri, Marie Louise (1982): Reise durch Utopia, Berlin.

Diels, Hermann (1957): Hermann Diels (hrsg.), Die Fragmente der Vorsokratiker, Berlin.

Doren, Alfred (1927): Wunschträume und Wunschzeit, Vorträge der Bibliothek Warburg, 25/1924, Leipzig, S. 165; auch in: A. Neusüss (hrsg.), a. a. O., 130f.

Flasher, Hellmut (1998): Grundriss der Geschichte der Philosophie, Bd. 2/1, Basel.

Jens (2001): Jens, Walter (hrsg.), Kindlers neues Literaturlexikon, 21 Bde., München.

Mumford Lewis (1922): The Story of Utopias. Ideal Commonwealth and Social Myths, New York. 한국어판: 루이스 멈퍼드 (2010), 박홍규 역, 유토피아 이야기, 텍스트.

Otto, Dirk (1994): Das utopische Staatsmodell von Platons Politeia aus der Sicht von Orwells Nineteen Eighty-Four. Ein Beitrag zur Bewertung des

Totalitarismusvorwurfs gegenüber Platon, Berlin.

Pauly (1999): Der neue Pauly, (hrsg.) Hubert Cancik u. a., 20 Bde., Stuttgart.

Popper, Karl (1962): The Open Society and It's Enemies, 2. Bd, Princeton.

Rocker, Rudolf (1970): Nationalismus und Kultur, Zürich.

Saage, Richard (2008): Utopieforschung, Bd. 1. An den Bruchstellen der Epochenwende von 1989, 2. erweiterte Aufl. Berlin.

5. 플루타르코스의 『리쿠르고스의 삶』

(100-104?)

1. 전설과 신화 사이에서 진실 찾기: 기원전 5세기경부터 스파르타는 경제적으로, 군사적으로 아테네와 경쟁하고 있었습니다. 플라톤이 아테네를 하나의 도시국가로 설정하고 바람직한 이상 국가를 설계하였다면, 스파르타를 이상적으로 서술한 사람은 플루타르코스(Plutarch: 45-125)였습니다. 플루타르코스에 의하면, 리쿠르고스는 실존 인물이 아니라고 합니다. 왜냐하면 신비로운 입법자의 출신, 여행지와 죽음 그리고 그가 제정한 법 규정 등에 있어서 여러 가지 의심스러운 면이 많이 발견되기 때문입니다. 그가 살았던 시간과 그의 업적을 고려할 때, 불일치점들이 많이 속출합니다. 이는 스파르타에 두 사람의 리쿠르고스가 살았기 때문입니다(Pauly 7: 579). 입법자 리쿠르고스 외에도 또 다른 리쿠르고스가 같은 시대에 살았다는 사실은 기원후 6세기에야 비로소 밝혀졌습니다. 플루타르코스가 리쿠르고스의 삶을 집필할 때 역사적 고증에 바탕을 두었는지, 자신의 상상력을 동원하여 지어냈는지는 여기서 중요하지 않습니다. 이보다 더 중요한 것은 그에 의해서 정해진 법과 여러 가지 제도가 이상 국가의 법에 얼마나 영향을 끼쳤는가 하는 물음입니다. 상기한 사항을 고려할 때, 우리는 리쿠르고스의 삶을 하나의 명징한 진리가

아니라, 추측 내지는 비유로 이해해야 할 것입니다.

2. 도시국가 스파르타의 다섯 가지 특징: 고대 국가인 스파르타의 법과 국가의 체계는 다음과 같은 여섯 가지 특징을 알려 줍니다. 첫째로 초기 도시국가의 법 체제와 실제 삶을 재구성하기란 힘들고 어렵습니다. 왜냐하면 지금까지 수많은 사람들이 스파르타 국가와 법에 관한 수많은 전설을 마구잡이로 지어내어, 실제 사실과 혼합시켰기 때문입니다. 둘째로 스파르타의 입법에는 다른 도시국가와는 구별되는 특징이 엿보입니다. 가령 스파르타 사람들은 이중 왕권 체제를 고수했다고 합니다. 즉, 두 명의 왕이 기원전 2세기까지 도시국가를 다스렸지요(Schutz: 58f.). 또한 스파르타에서는 다른 도시국가와는 달리 귀족 계층이 존재하지 않았습니다. 스파르타의 강건한 시민은 모두 귀족으로 간주되고 있었습니다. 또 한 가지 언급되어야 하는 사항은, 모든 법을 시행하는 기관은 다섯 명의 감독관, 즉 "에포로스(ἔφορος)"에 의해 다스려졌습니다. 이들은 게루지아(원로원)와 왕권을 견제한다는 점에서 오늘날의 헌법재판관과 유사한 역할을 수행했습니다. 예컨대 기원전 403년에 파우자니아스 왕은 세 명의 에포로스를 설득하여 이전과는 완전히 다른 군사 정책을 실행한 적이 있었습니다. 이로 미루어 우리는 스파르타의 중대사의 결정이 오로지 왕권에 의해서 수행되지 않았다는 사실을 알 수 있습니다(Kagan: 29).

셋째로 스파르타 초창기의 왕권은 매우 작은 범위에서 권력을 행사하고 있었습니다. 왕들은 오로지 예외적 비상사태에 자신의 무소불위의 권력을 휘둘렀지만, 평상시에는 다른 두 계층 사람들에게 권력을 위임하곤 하였습니다. 이를테면 "에포로스"와 게루지아의 현자들이 바로 그 두 계층입니다. 넷째로 스파르타의 인구는 다른 도시국가에 비해서 훨씬 적은 편이었습니다. 그렇기에 많은 스파르타 남자들은 많은 적과 대적하기 위하여 무예를 익히고 군사훈련에 몰두할 수밖에 없었습니다. 이로써 그들은 인접 주민들, 노예들 그리고 외국인들을 전적으로 신뢰하지 않았습니다. 다섯째 스파르타에서는 남녀 차별이 온존했으나, 어느 정도의 범위에서 여성은 권한을 보장 받았습니다.

3. **플루타르코스의 삶:** 플루타르코스는 로마제국의 번성기에 살았습니다. 그는 카이로네이아 출신으로서 동생 람프리아스와 티몬과 함께 그곳에서 성장하였습니다. 플루타르코스의 집안은 그곳의 상류층에 속했는데, 교육열이 비교적 높은 편이었습니다. 플루타르코스는 아버지, 아우토불로스보다는 할아버지인 람프리아스를 몹시 애호하였습니다. 그는 부모의 도움으로 견문을 익히기 위해서 자주 여행하였습니다. 주로 아테네에서 공부하면서, 에피쿠로스학파와 스토아학파 사이의 논쟁을 다룬 서적을 집필하기도 하였습니다. 공부를 마친 뒤에 플루타르코스는 고향으로 돌아왔습니다. 그는 기원후 70년에 결혼하여 카이로네이아에서 관직을 얻어 건설 부서의 관리로 활동했습니다. 기원후 95년에 플루타르코스는 델피에 있는 아폴론 신전의 사제가 되었습니다. 동시에 그는 카이로네이아에 학교를 건립하였습니다. 이곳의 주요 과목은 철학이었습니다. 이 학교에서는 플라톤의 윤리학, 정치학, 수학 그리고 음악과 천문학이 주요 과목으로 자리 잡게 됩니다.

플루타르코스는 자신의 대부분의 삶을 카이로네이아에서 보냈습니다. 그렇다고 그가 여행을 게을리한 것은 아니었습니다. 그리스의 여러 곳은 물론이며, 로마, 알렉산드리아 그리고 에페소스와 같은 소아시아 등지를 여행하였습니다. 플루타르코스는 로마의 많은 군중 앞에서 그리스어로 연설하였습니다. 그는 라틴어 또한 능숙하게 구사한 것으로 추측됩니다. 로마에서 그는 많은 친구들과 사귀게 됩니다. 친구는 그에게 플루타르코스라는 로마식 이름을 선물하였다고 합니다. 사람들은 그를 "역사의 아버지"라고 칭하지만, 정작 그는 역사가보다는 "전기 집필자"로 자신을 소개하였다고 합니다. 플루타르코스의 전집은 방대한 분량으로 12권으로 구성되어 있는데, 이처럼 방대한 책을 집필한 고대 작가는 이전에는 거의 출현하지 않았습니다.

4. **리쿠르고스, 스파르타의 입법자:** 『리쿠르고스의 삶』은 유토피아의 모델이 될 수 있는 충분한 조건을 갖추고 있지 않습니다. 왜냐하면 역사적 사실이 부분적으로 가상적 판타지에 바탕을 두고 있기 때문입니다. 플루타르코스는 역사적 사항을 완전무결하게 고증하지 못했습니다. 그렇기에 흐릿한 역사적 여백을 자신의 상상력으로 채워 넣었습니다. 그렇기에 『리쿠르고스의 삶』은 "판타지가 가미된 하나의 역사적 문헌"이라고 명명될 수 있습니다(Jens 13: 461). 플루타르코스에 의하면, 리쿠르고스는 기원전 9세기에 스파르타를 개혁하려던 정치가였습니다. 스파르타의 정치권력을 장악했을 때, 리쿠르고스는 이미 수년간 크레타, 소아시아, 이집트 등지를 여행한 다음이었습니다. 여행을 통해서 그는 다른 나라에서 활용되는 여러 가지 유형의 법과 제도를 학문적으로 익혔습니다. 특히 이집트 여행은 그에게 법 규정에 관한 지침을 얻는 데 커다란 도움을 주었습니다. 마치 의사가 병든 육체와 건강한 육체를 비교하듯이, 리쿠르고스 역시 다른 나라의 훌륭한 법령을 고려하면서, 스파르타의 무질서하고 잘못된 법 체제를 수정하려 했습니다. 예컨대 잘못된 법 가운데 한두 개만 수정하려고 하지 않고, 처음부터 끝까지 완전히 새로운 법을 탄생시키려고 하였습니다. 왜냐하면 그의 마음속에는 잘못된 법과 개혁법을 뒤섞어 짜깁기 식으로 시행할 생각은 추호도 없었기 때문입니다.

5. **쿠데타를 통한 권력 장악:** 리쿠르고스는 쿠데타로 권력을 장악하였습니다. 그는 델피의 신탁에 적힌 글귀를 가지고 와서, 그것을 "레트라

(Rhetra)"라고 명명합니다. 여기에는 다음과 같이 기록되었다고 합니다. "제우스와 아테네의 성스러운 국가를 건립하여, 부족과 공동체를 결성하라. 30명의 제후들과 현자들을 데리고 '게루지아(γέρυσια)'라고 하는 원로원을 만들어라. 인민들로 하여금 이따금 바비크라와 크나키온 사이에서 민회를 개최하도록 하라"(Plutarch: 6). 어느 날 새벽을 틈타서 리쿠르고스는 30명의 명망 높은 스파르타 시민들이 시장에 모이도록 조처합니다. 30명의 시민들은 리쿠르고스가 시키는 대로 무기를 거머쥐고 반대파를 급습한 다음에 왕궁으로 향합니다. 그들은 위협을 가하면서 왕으로부터 개혁에 대한 동의를 얻어냅니다. 이러한 조처를 통해서 리쿠르고스는 스파르타의 왕명으로 나라를 다스리는 권력자가 됩니다(Berneri: 40). 말년에 그는 민회에 참석하여, 자신이 돌아올 때까지 훌륭한 법을 준수하라고 사람들에게 전합니다. 또한 자신의 법이 올바른지를 신탁하였습니다. 신탁의 답변에 만족한 그는 스파르타로 되돌아가는 대신에 그곳에 머물면서 어느 날 곡기를 끊습니다. 스스로 목숨을 끊음으로써 자신의 법이 대대손손 전해질 것을 기원하였던 것입니다.

6. 게루지아(원로원), 정책 심의 기관: 리쿠르고스는 독재의 권력을 휘두르는 끔찍한 참주는 아니었습니다. 오히려 그 반대였습니다. 이를테면 그는 60세 이상의 현자들 28명으로 하여금 원로원을 구성하게 하였습니다. 리쿠르고스는 원로원과 군주가 함께 정치를 수행하는 제도를 창안했습니다. 원로원은 국가의 번영과 안녕을 위한 기관입니다. 원로원이 존재해야만 왕의 권한이 어느 정도 축소될 수 있다는 게 리쿠르고스의 판단이었습니다. 원로원은 민회의 지지를 받습니다. 당시에는 직접민주주의 방식이 가능했습니다. 모든 스파르타 사람들은 민회에 참석하여 자신의 견해를 직접 피력할 수 있었습니다. 참석자들은 발언권을 얻을 수 있지만, 안건에 대한 결정권을 지니지는 않습니다. 원로원이 인민들

의 의견을 수렴하여 하나의 정책을 만들면, 군주가 이를 동의하거나 반대할 수 있습니다(Thommen: 97). 리쿠르고스는 인민과 왕 사이에 수평적 관계가 성립하는 것을 중요하게 생각하였습니다. 그리하여 민회가 왕궁의 회의실이 아니라 실외에서 개최되도록 명령하였습니다. 만약 민회가 왕궁에서 개최되면, 회의 참여자는 조각상, 그림과 벽화 등에 신경을 쓰게 되고, 이로 인하여 안건과 관련되는 중요한 논의 대신에, 온갖 불필요한 발언과 의사 결정을 방해하는 잡다한 말들이 오가게 된다는 것이었습니다.

7. **원로원의 기능:** 원로원은 왕의 권한과 인민의 권한을 중재하는 역할을 담당합니다. 지금까지 법은 오로지 왕의 명령에 의하며 이현령비현령 식으로 적용되었습니다. 원로원은 왕의 권한을 일부 행사함으로써 한편으로는 왕권의 횡포 가능성을 사전에 차단하고, 다른 한편으로는 민주주의의 혼란을 예방할 수 있었습니다. 물론 여기서 말하는 민주주의의 개념은 현대적 의미의 그것과는 다릅니다. 요약하자면, 28명의 현자들로 구성되는 원로원은 왕권을 약화시키고, 왕과 인민 사이의 이해관계를 소통시키는 역할을 담당합니다. 놀라운 것은 리쿠르고스가 인민의 권익보다도 국가의 이익을 우선시하고 있다는 사항입니다. 인민의 견해는 리쿠르고스에 의하면 어리석은 백성들의 얄팍한 이해관계에서 비롯된 것이므로, 제후 내지 현자의 견해보다도 올바르지 못하다고 합니다. 그래서 리쿠르고스는 다음과 같은 견해를 제기합니다. "만약 인민이 잘못된 결정을 내리면, 현자들과 제후들은 이를 거절해야 한다. 그렇게 되면 인민의 잘못된 결정은 채택되지 않고 파기되어야 한다. 왜냐하면 그것은 국가의 안녕에 위배되는 결정이기 때문이다. 신께서 위탁한 올바른 견해를 인민이 함부로 뒤집을 수는 없는 일이다"(Swoboda: 49).

8. 스파르타 시민들을 위한 리쿠르고스의 토지 분배: 정책의 발의, 심의 그리고 이행에 관한 문제를 언급한 다음에, 리쿠르고스는 사회적 문제를 다룹니다. 가장 시급한 것은 시민들 사이의 빈부의 차이를 극복하는 일이었습니다. 이를 위해서 봉토를 공평하게 분배하는 게 시급했습니다. 자고로 사유재산은 사회 전체에 사악한 영향을 끼치는 법입니다. 부자들이 자신의 재산을 과도하게 지니게 되면 부패한 생활을 영위하게 될 테고, 그렇게 되면 국가의 안정에 악재로 작용한다고 리쿠르고스는 확신하였습니다. 만약 사람들이 서로 다른 크기의 토지를 지니고 있으면, 수확량 역시 차이가 날 것입니다. 이렇게 되면 시민들 사이에는 가진 자에 대한 질투심, 가진 자의 오만한 마음, 사기 그리고 속임수 등과 같은 범죄가 속출하리라는 것이었습니다. 바로 이러한 범죄를 차단시키기 위해서 리쿠르고스는 토지의 균등한 분배 정책을 실행하였습니다. 그렇다고 해서 만인이 공평하게 토지를 하사받은 것은 아니었습니다. 왜냐하면 리쿠르고스는 일부를 왕권 소유로 설정한 다음에 나머지 땅을 스파르타 시민들에게 나누어 주었기 때문입니다.

9. 천민과 노예들은 땅을 하사받지 못했다: 혹자는 리쿠르고스가 스파르타 전체 땅의 3분의 2를 시민들에게 나누어 주었다고 하고, 혹자는 절반의 땅을 시민들에게 분배했다고 합니다. 어쨌든 간에 스파르타에 거주하는 시민들만 이러한 혜택을 받았을 뿐, 천민, 노예 등은 한 조각의 토지도 소유할 수 없었습니다. 근대에 이르러 사회주의자들이 스파르타의 입법자, 리쿠르고스를 평등한 사회를 만든 선구자로 찬양했지만, 리쿠르고스는 결코 가진 것 없는 자, 노예, 수인(囚人)들의 옹호자가 아니었습니다. 노예, 수인 그리고 이와 유사한 신분을 지닌 하층민들은 처음부터 끝까지 스파르타의 법적 체제로부터 제외되어 있었습니다. 리쿠르고스는 부유한 시민과 가난한 시민의 경제적 수준을 평탄하게 만들어서 시

민들의 협동 정신을 고취시킨 다음에 국가의 힘을 강성하게 키우려고 했습니다. 그가 의도적으로 고대사회에 온존했던 계급과 계층 차이를 완전히 극복하려고 의도한 것은 아니었습니다. 그 역시 다른 고대인들과 마찬가지로 계층 내지 신분의 차이를 하늘로부터 물려받은 철칙으로 간주하고 있었습니다.

10. 금화와 은화의 철폐: 리쿠르고스의 세 번째 정책은 돈과 관련된 정책입니다. 리쿠르고스는 무엇보다도 돈의 가치를 하락시키는 데 초점을 두었습니다. 그런데 화폐 정책을 시행하는 데 있어서 그는 스파르타 사람들의 지지를 얻지 못했습니다. 이로써 채택된 것은 하나의 간접적 정책이었습니다. 그것은 다름 아니라 금화와 은화를 철폐하고, 대신에 철전을 도입하는 정책이었습니다. 그렇게 되자 사람들은 집 안에 돈을 보관할 생각을 버리고 돈이 유통되기 시작하였습니다. 그러자 사람들은 더 이상 다른 사람의 재산을 절도하거나 강탈하지 않게 됩니다. 뇌물 공여 역시 불필요하게 되었습니다. 스파르타, 즉 라케다이몬에서는 여러 범죄가 점차적으로 사라지게 되었던 것입니다. 다른 나라와의 무역 역시 중단되는 사태가 발생했습니다. 다른 나라 사람들은 스파르타 사람들이 금화나 은화가 아니라 철전을 사용하게 되자, 이를 비웃었습니다. 이로 인하여 외국 상인들은 스파르타 사람들과 사치품을 교역하지 않으려고 했습니다. 스파르타의 항구에는 더 이상 많은 상선이 입항하지 않았으며, 사치품 거래도 현저하게 줄어들게 됩니다. 사치품, 공예품은 서서히 사라지고, 꼭 필요한 것들, 이를테면 침대, 의자, 테이블, 소박한 그릇 등의 거래가 활성화됩니다. 이러한 현상은 일반인의 삶에 도움이 되는 것이었습니다.

11. 전쟁의 위협에서 벗어나기 위한 스파르타인들의 노력: 고대의 유토피

아는 대체로 근엄한 삶을 강조하고 있습니다. 스파르타 사람들은 특히 근엄한 생활 방식을 중시했습니다. 플라톤에 의하면, 시민의 미덕 가운데 가장 중요한 것은 유유자적함이라고 하였습니다. 아테네의 미덕이 유유자적함이라면, 스파르타의 미덕은 근엄함과 절제였습니다. 근엄한 생활 방식은 도덕적 이유 때문이 아니라, 당시 스파르타가 처한 현실적 상황에서 비롯한 덕목이었습니다. 스파르타는 지속적으로 다른 나라의 침략을 받았으므로, 언제나 전쟁을 염두에 두고 있었습니다. 한 나라가 언제나 전쟁의 위협에 처해 있다면, 그 나라는 살아남기 위해서 어쩔 수 없이 전시 체제를 고수하지 않을 수 없게 됩니다. 스파르타의 지도자는 시민들에게 땅을 공평하게 분배하고, 소득을 평등하게 나누어 주었습니다. 이는 전쟁 상태의 경제체제에서는 필연적인 정책이며, 공평하게 하사받은 시민들은 나라를 위해서 얼마든지 몸을 바칠 자세가 되어 있습니다. 따라서 동일한 재산 분배는 반드시 나라를 수호해야 한다는 공동체 의식을 배가시키는 수단이 되기도 합니다. 스파르타는 리쿠르고스의 이러한 정책을 통하여 자국민들의 불타는 애국심을 고취시킬 수 있었습니다.

12. 공동 식사의 세 가지 의미: 리쿠르고스는 사치 풍조를 근절하고, 부에 대한 탐욕을 근절하기 위한 세 번째 방안을 발표합니다. 그것은 공동 식사의 생활 방식입니다. 첫째로 이러한 생활 방식은 실제로 부에 대한 탐욕을 근절시키기에 충분했습니다. 스파르타의 모든 시민들은 공동으로 식사합니다. 따라서 비싼 식탁에서 동물을 잡아먹거나, 배고프다는 이유로 밤에 몰래 부엌으로 들어가서 단 음식을 즐기는 것은 금기로 되어 있습니다. 장시간 수면을 취하는 행위, 따뜻한 물에 목욕하는 일, 너무 많이 휴식을 취하는 행동 등은 사회적으로 지탄의 대상입니다. 그런데 이보다 중요한 것은 다음의 사항입니다. 즉, 리쿠르고스가 사람들로 하여금 공동 식사를 통해서 사적으로 부를 축적하지 못하게 했으며, 소

박한 삶을 영위하게 했다는 사실입니다. 축재(蓄財)란 테오프리스토스 (Theophrast)도 언급한 바 있지만, 마치 먹을 것을 모으는 "쥐"의 인색한 행동과 같다고 합니다(Fortenbaugh: 244). 둘째로 소박한 식사는 건강에 도움이 됩니다. 풍요로움은 사람을 나태하게 만들고 교만하게 만듭니다. 상다리 부러질 만한 기름진 식사는 오히려 육체를 병들게 만듭니다. 셋째로 공동 식사는 스파르타 시민들의 협동심과 단합에 커다란 도움으로 작용했습니다. 공동 식사는 약 15명씩 그룹을 지어서 행해집니다. 참여자는 일정한 양의 밀가루, 포도주, 치즈, 약간의 무화과, 혹은 돈을 각출해야 합니다. 주로 재산이 많은 사람들이 더 많은 음식을 제공하는데, 여기에는 별도의 규칙은 없습니다. 드문 일이기는 하지만, 사냥에 참가한 사람들이라든가 제사를 지낸 사람들은 일정 분량의 고기를 식탁에 올리기도 합니다. 공동 식사는 다음의 사항을 스파르타 시민들에게 가르쳐 주었습니다. 즉, 모든 재산은 "나의 것"이 아니라 "우리의 것"이라는 가르침 말입니다.

13. 스파르타인들의 사랑과 동침: 리쿠르고스는 아이들이 태어나자마자 교육 받는 것을 매우 중요하게 생각합니다. 결혼 역시 개인적 사안이라기보다는 국가의 관심사입니다. 그렇다고 해서 가정 내에서의 사랑이 무조건 애국심에 의해서 묵살되어야 한다고 여기지는 않습니다. 그렇지만 국가를 위한 결속력은 매우 중요하며 — 나중에 캄파넬라의 『태양의 나라』에서 그대로 드러나듯이 — 개별 남녀로 인하여 파괴되어서는 안 된다고 믿을 뿐입니다. 시민들 사이에서 빈부 차이가 감소하듯이, 남자들은 동성에 대한 질투심을 떨치는 것을 중요하게 생각합니다. 가령 스파르타의 남자들은 마치 오늘날의 에스키모인들처럼 가장 애호하는 친구에게 아내를 내주면서 동침을 권하기도 합니다. 반대로 친구의 아내가 젊고 매력적일 경우 동침하게 해 달라고 그 친구에게 부탁하기도 합니

다. 리쿠르구스는 일부일처제를 완전히 파기하지는 않았지만, 국가를 위해서 일부다처의 풍습을 한시적으로 수용했습니다(Saage: 28f). 이는 무엇보다도 강건한 자식을 얻기 위한 조처였습니다. 지적으로 그리고 육체적으로 훌륭한 아이들이 태어나면, 스파르타 사람들은 외부로부터 끊임없이 침략당하는 조국을 수호할 수 있다는 것입니다. 결혼한 남녀들은 동침 의사가 없을 경우에는 각방을 쓰면서 따로 취침합니다. 특히 남자들의 경우, 결혼한 다음에도 친구들과 어울리며 무술을 익히면서 살아갑니다.

14. 사랑의 삶에 있어서의 남성 중심주의: 남자들은 더 좋은 후사를 얻기 위해서 친구의 아내와 동침할 수 있지만, 여자들은 반드시 남편만을 섬겨야 하며, 남편이 원하는 대로 다른 남자와 살을 섞어야 합니다. 그렇게 하여 태어난 아기를 오로지 사랑과 희생정신으로 잘 교육시켜야 합니다. 이는 남존여비의 풍습을 반영한 것입니다. 왜냐하면 여성들은 자의에 의해서 남편 외의 다른 남자를 선택할 수 없기 때문입니다. 리쿠르고스가 정치적인 이유에서 정한 이러한 규칙은 결코 방종한 삶을 도모하기 위한 것은 아니었습니다. 그렇지만 이러한 풍습은 시간이 흐름에 따라 스파르타 여성들의 정조 의식을 흐릿하게 만들고, 사람들을 성적으로 방종하게 만듭니다. 헬레니즘 시기부터 그리스인들은 비로소 혼외정사를 끔찍한 악덕으로 규정하게 됩니다. 상기한 이유로 인하여 다음과 같은 여성 비하의 내용을 담은 계율은 마치 당연한 것으로 이해되었습니다. 예컨대 "여자는 공동체 내에서 침묵을 지켜야 한다(Αἱ γυναῖκες ἐνταῖς ἐκκλησίαις σιγάτωσαν)," "여성은 마치 담즙과 같다(Πᾶσα γυνὴ χόλος ἐστίν)" 등과 같은 저열한 속담도 상기한 맥락에서 이해될 수 있습니다. 남존여비의 사상은 특히 로마 시대에 더욱 강화되었습니다. 이를 고려한다면, 고대 로마와 고대 그리스의 삶은 역사학적으로 세분화되는 게 바람직합

니다.

15. 스파르타의 가부장주의와 군사적 정황: 스파르타의 사랑의 삶에 있
어서 남성 중심주의를 논할 때, 우리는 스파르타의 정치적, 군사적 정황
을 고려해야 할 것입니다. 주지하다시피 도시국가 스파르타는 내적으로
는 그리스의 다른 도시국가들과 대적하고 있었으며, 외적으로는 페르시
아와 같은 적의 침공을 대비해야만 하였습니다. 그렇기에 스파르타는 군
사력을 중요하게 생각할 수밖에 없었으며, 전사의 덕목은 격정과 기개
를 뜻하는 "튀모스(θυμος)"로 정착되었습니다(손병석: 293). 언젠가 아리
스토텔레스는, 리쿠르고스는 처음에 여성들을 더 나은 존재로 교육시키
려고 했지만 중도에 이러한 정책을 포기하였다고 말했습니다. 여기에는
여성을 거침없고 방종한 존재로 생각하는 아리스토텔레스의 남성 중심
적인 선입견이 담겨 있습니다. 그러나 플루타르코스는 여성이 거침없고
방종한 존재가 아니라고 주장합니다. 남자들이 전쟁터로 나가서 전투에
몰두하는 동안 여성들이 자신의 본분을 망각하고 여성 지배에 혈안이 되
어서는 안 된다고 리쿠르고스는 판단했습니다. 그렇기에 여성들도 군사
훈련을 받고 군대 조직에 배치되어 적과 싸울 것을 강조했습니다.

16. 몸을 강건하게 하기 위한 여성들의 나체 춤과 체조: 리쿠르고스는
여성들로 하여금 과감하게 나체로 춤을 추게 하는 조처를 내렸습니다.
그는 공공연하게 댄스 공연, 체조 훈련 등을 개최하게 하였습니다. 결혼
하지 않은 여자들은 벌거벗은 채 남자들 앞에서 체조하거나 춤을 추어
야 했습니다. 이는 한편으로는 모든 여성성 내지 여성의 부드럽고 유약
한 특성을 근절시키기 위함이었으며, 다른 한편으로는 젊은 남자들로
하여금 나체로 진행되는 여성들의 춤과 체조를 통해서 결혼에 대한 욕구
를 부추기기 위함이었습니다. 그렇다고 해서 이러한 행사가 성적 수치심

내지 음탕한 욕망을 자극해서는 안 된다고 못 박았습니다. 여성들의 나체 춤과 체조를 바라보면서 얼굴을 붉히는 젊은 사내들에게는 어떤 벌칙이 가해지곤 했습니다. 성욕을 드러내는 젊은이들은 나이 많은 사람들에게서 심한 모욕의 말을 감내해야 했으며, 추운 겨울에 벌거벗은 몸으로 노래를 부르면서 수십 킬로미터의 길을 행군하는 형벌을 달게 받아야 했습니다.

17. 스파르타인의 결혼 풍습: 스파르타에서 결혼 적령기는 20세에서 30세 사이라고 합니다. 신랑은 신부를 납치하는 방식으로 결혼을 거행합니다. 물론 신부는 육체적으로 그리고 심리적으로 결혼할 수 있는 상태에 처해야 합니다. 신랑이 신부를 납치해 오면, 하녀는 신부를 맞이합니다. 하녀는 신부의 머리를 깎고, 신부로 하여금 남자의 의복과 신발을 걸치게 합니다. 뒤이어 신부는 머리 위에 밀짚을 걸치고 혼자서 어둠 속에 우두커니 서 있습니다. 신랑은 친구들과 거나하게 식사를 마친 다음에 신부를 찾습니다. 이 경우 신랑은 술에 만취해서도 안 되고, 다른 잡념에 사로잡혀 있지 말아야 합니다. 그는 어둠 속에서 신랑을 기다리고 있는 신부를 발견합니다. 그러면 신랑은 신부를 안고 침대로 데리고 가서 첫날밤을 보냅니다. 신랑은 며칠간 신부와 함께 허니문을 즐긴 뒤에 육체를 단련하거나 일에 몰두하기 위해서 다시 남자 친구들에게 되돌아갑니다. 19세기 프랑스의 역사가, 퓌스텔 드 쿨랑주(Fustel de Coulanges)는 『고대 도시(La Cité antique)』(1864)에서 결혼식, 상속권 등과 같은 법적 사항과 남존여비의 특징을 강하게 피력하는데, 이는 역사적으로 후기 그리스 이후의 시대에 국한시켜 적용될 수 있는 사항입니다(쿨랑주: 60쪽 이하).

18. 결혼 생활: 신랑은 시간이 날 때마다 신부를 찾아가서 동침합니다.

신부는 언제나 남편을 맞이할 자세가 되어 있어야 합니다. 그미는 동침을 통해서 임신할 수 있는 몸 상태를 유지해야 합니다. 부부는 언제나 정결한 태도를 취해야 하며, 방종한 성관계를 통해 과도한 오르가슴을 느끼지 말아야 한다고 리쿠르고스는 경고합니다. 물론 신부가 드물게 신랑을 찾아올 경우도 있습니다. 이때 그미는 이웃 사람들이라든가 신랑의 친구들의 눈에 띄지 말아야 한다고 합니다. 아이를 낳은 여성들 가운데에도 밤중에 몰래 신랑을 찾아오는 여성들도 있습니다. 중요한 것은 신혼부부가 결혼한 다음에도 빈번하게 살을 섞지 못한다는 데 있습니다. 당국은 신랑신부로 하여금 간헐적으로 동침하게 함으로써, 그들로 하여금 성욕을 억제하게 합니다. 이는 나아가 여성들의 임신을 촉진시키는 계기로 작용하기도 합니다. 게다가 남자가 여성과 성관계하여 자주 사정하는 것은 체력적으로 도움이 되지 않습니다. 금욕은 남자의 육체를 더욱더 강건하게 만든다고 합니다.

19. 느슨한 일부일처제. 혼외정사도 법적으로 용납되고 있다: 스파르타 사람들은 결혼 제도를 통해서 일부일처제를 고수하지만, 혼외정사 또한 용인하면서 살아갑니다(Saage: 28). 그 이유는 두 가지로 요약됩니다. 첫째로 자식들은 부모의 소유물이 아니라 국가의 공동 자산이라는 것입니다. 둘째로 스파르타 사람들은 건강한 자식을 확보하는 일이야말로 무엇보다도 중요한 관건이라고 믿었습니다. 그렇기에 남자가 후사를 두기 위해서 여성을 선택하는 일은 남자의 절대적인 권한이라는 것입니다. 실제로 초기 스파르타의 체제 속에서 "일처다부제(Polyandrie)"가 부분적으로 행해진 것은 상기한 사항과 관련됩니다(최자영: 207). 리쿠르고스가 결혼 제도를 중시하면서 혼외정사를 용인하였다면, 플라톤은 일부일처라는 관습을 몹시 나쁘게 생각하였습니다. 일부일처제의 가정은 불화의 온상이라는 것입니다. 왜냐하면 가족의 끈끈한 결속력은 사람들로 하

여금 사유재산의 욕심을 강화시키고, 탐욕을 불러일으켜 사회적 불안을 가중시킨다는 것이었습니다. 바로 이러한 이유에서 플라톤은 지배계급과 군인 계급으로 하여금 성적으로 그리고 경제적으로 자유롭게 생활하게 하는 대신에, 이들을 위한 여성 공동체 내지 육아 공동체를 결성하게 하였습니다.

20. 자녀 출산과 건강한 아이를 위한 교육: 리쿠르고스는 결혼식의 과정을 세심하게 규정하였습니다. 그것은 마치 파트너를 선택하는 일에 비해서 더 중요한 국가의 사안이기 때문입니다. 그렇지만 스파르타 사람들은 파트너의 선택 시에 플라톤의 아테네 사람들에 비해 더욱 자유로웠습니다. 만약 자신과 맞지 않는 여자를 선택하였을 경우, 다른 여자를 택할 수 있는 기회가 주어집니다. 여자가 남자를 선택하는 경우는 거의 없습니다. 다른 한편, 여자는 태어난 아기를 양육할지 말아야 할지를 혼자서 결정할 수 없습니다. 아이가 태어나면, 사람들은 아기를 포도주 원액으로 씻깁니다. 간질을 앓거나 신체적으로 하자를 지닌 신생아는 포도주 원액에 담그면 사망한다는 속설 때문입니다. 건강한 아이는 포도주의 기운으로 피부가 더욱 튼튼해진다고 합니다. 여자는 아기를 민회로 데리고 갑니다. 민회에 모인 사람들은 아이의 몸 상태를 면밀하게 살핀 다음 아이를 죽일지, 살릴지를 결정합니다. 아이는 스파르타에서는 부모의 소유가 아닙니다. 갓 태어난 아기가 건강하면, 산모에게 아이의 양육을 맡깁니다. 그렇지만 갓 태어난 아기가 병약하거나 육체적으로 이상 징후를 드러내면, 민회 사람들은 타이게토스 산에 있는, "아포테타이(ἀποθέται)"라는 웅덩이에 아기를 내팽개쳐 죽여 버립니다. 왜냐하면 병든 아기는 국가에 부담이 되기 때문이라고 합니다. 이는 일견 매우 잔인한 처방처럼 보입니다. 그렇지만 스파르타 사람들은 그렇게 하는 것이 한 나라가 다른 나라에 정복당하여 모든 인간이 몰살당하는 것보다 낫

다고 믿습니다.

21. 영아 매매의 흔적: 고대 그리스에서 태어난 아이들은 국가의 안녕을 수호해 주는 보물처럼 취급되었습니다. 영아를 키우는 사람은 유모인데, 주로 라코니아 출신의 노예들입니다. 이들 가운데 일부는 유순한 아이들을 몰래 빼내어 인근 도시국가로 팔아넘기기도 합니다. 이러한 매매 사실이 발각되면, 유모들은 죽음을 각오해야 합니다. 사실 아테네인으로 알려진 알키비아데스의 유모는 아이크라라는 이름을 지니고 있었는데, 그미 역시 라코니아 출신이었습니다. 리쿠르고스는 어떠한 일이 있더라도 스파르타의 아이들을 영아 매매에 가담한 적이 있는 유모에게 맡겨서는 안 된다고 못 박았습니다.

22. 교육: 교육에서 가장 중요한 것은 신체 교육입니다. 독일의 인문계 학교는 "김나지움"으로 명명되는데, 이 단어는 "체조(Gymnastik)"와 관련됩니다. 그만큼 체육이 중요한 과목이었습니다. 고대 그리스의 김나지움 교육은 놀이 단계에서 전사 단계에 이르기까지 철저하게 수행되었습니다(딜타이: 91). 아이는 일곱 살이 되면 공동 육아 시설에 보내집니다. 아이들은 함께 공동으로 생활합니다. 탁월한 재능을 지닌 아이가 반장으로 선택받게 되며, 다른 아이들은 그의 말에 복종해야 합니다. 교사는 아이들의 용기를 부추기기 위하여 체력 단련을 시키고, 그들로 하여금 하나의 테마를 놓고 서로 말다툼을 벌이게 합니다. 그렇게 해야만 개별 아이들의 다양한 인성을 감지할 수 있으며, 아이들 역시 친구에 대한 우정과 선의의 경쟁심을 품을 수 있다고 합니다(Platon: 242). 교사는 일곱 살 된 사내아이들의 몸의 털을 깎이고, 맨발로 걸어 다니도록 조처합니다. 또한 아이들이 야밤에 야외에서 나체로 잠자게 합니다. 그들에게 주어진 것은 기껏해야 밀짚밖에 없습니다. 그렇게 해야만 그들은 나중에

건장한 군인이 되어 혹한에도 버텨 낼 수 있는 강인한 체력을 지닌다고 합니다. 아이들은 무술, 각종 경기를 통해서 자신의 무예를 상대방에게 자랑합니다. 이로써 사내아이들은 가장 용맹스럽고, 힘세며, 무력을 지닌 병사로서의 자질을 서서히 갖추게 됩니다.

23. 협동심 함양을 위한 조처 그리고 여성 교육: 아이들은 언제나 두세 명이 짝을 이루어 생활합니다. 소년은 자신보다 두세 살 나이 많은 소년을 대장으로 선택합니다. 이들은 언제나 함께 행동하며, 모든 것을 배우고 익힙니다. 일과가 끝나면, 소년은 마치 하인처럼 나이 많은 소년에게 봉사합니다. 그는 심부름과 잡일을 마다하지 않습니다. 나이 많은 소년이 20세가 되면, 두 사람은 연습 삼아 도둑질을 감행하기도 합니다. 어른들의 공동 식당에서 고기 조각이나 야채를 훔치려면 몹시 민첩하게 행동해야 합니다. 만약 붙잡히게 되면, 소년들은 채찍을 맞아야 합니다. 때로는 벌칙으로 하루나 이틀 끼니를 거르는 고통을 감내해야 합니다. 이모든 것은 협동심의 함양과 우정을 쌓기 위한 필요악의 과정입니다. 젊은이들은 나중에 국가를 위해서 헌신하는 것을 가장 커다란 미덕으로 여깁니다. 리쿠르고스는 여성 교육을 소홀히 하지 않았습니다. 여성이라고 해서 체력 단련을 소홀히 해서는 안 된다고 합니다. 여성들도 레슬링, 달리기, 창과 원반던지기 그리고 체조 등을 통해서 튼실한 육체를 가꾸어야 합니다. 그렇게 해야만 나중에 결혼하여 건강한 아이를 낳을 수있다고 합니다. 이렇듯 스파르타인들은 용맹하게 그리고 자신을 희생할 각오를 지닌 채 삶을 살아갑니다. 플루타르코스의 이러한 서술은 나중에 군사 유토피아의 모범이 되었습니다. 개개인은 스파르타라는 도시국가를 위해서 헌신하는 것을 자랑스럽게 생각합니다.

24. 스파르타의 장례식: 스파르타에서 가장 중시되는 것은 육아와 전사

의 교육이었습니다. 이러한 특성은 장례 절차에서도 그대로 드러니고 있습니다. 스파르타에서는 사람이 죽으면 도시 바깥 지역에 시체를 안장하고 비석을 세우는데, 통상적으로 죽은 자의 이름을 새기지는 않습니다. 그렇지만 여기에는 예외가 있습니다. 전쟁에서 장렬히 싸우다 전사한 용사와 아이를 낳다가 사망한 여성들이 바로 그들입니다. 장례식은 통상적으로 11일 동안 지속됩니다. 대부분의 그리스인들의 장례 기간이 한 달 정도 지속되는 것을 감안한다면, 스파르타의 장례 기일은 비교적 짧은 편입니다. 이는 시민들로 하여금 오랜 기간 비탄에 사로잡히게 하지 않으려는 조처로 이해됩니다.

25. 스파르타의 경제생활: 노예들은 주로 다른 나라에서 잡아들인 죄수, 자국의 죄수들로 구성되어 있었습니다. 스파르타에서의 노동은 대부분의 경우 이들의 몫입니다. 농사와 수공업을 영위하는 자 역시 노예들로 구성되어 있습니다. 그렇기에 스파르타의 시민들은 군사 훈련, 자기 수련, 무술 등을 가르치고 배우는 일 외에는 전혀 생업에 몰두하지 않습니다. 따라서 스파르타의 노예 수는 많을 수밖에 없었습니다. 노예들은 시민들을 위하여 집을 짓고, 의복을 제작하며, 농사를 짓고, 수공업을 영위하였습니다. 노예들 가운데에서도 가장 비천한 취급을 당하는 자들은 "다른 나라에서 끌려온 죄수들"이었습니다. 이들은 "헤일로타이(εἵλωται)"라고 명명되었는데, 주변인을 일컫는 "페리오이코이(περίοἴκοι)"보다도 더 천한 대접을 받았습니다(최자영: 200). 스파르타 사람들이 완전한 자유를 구가하면서 살았다면, 스파르타의 노예들은 가장 비참한 상태에서 굴종적 삶을 영위해야 했습니다. 가족끼리 땅을 하사 받아서 농사를 지으면, 노예들은 자신의 주인에게 대부분의 곡식을 제공하였고, 주인 밑에서 온갖 천한 일을 마다하지 않았습니다. 그들은 노예로서 매매 대상도 아니었고, 자유의 몸이 될 수도 없었습니다. 물론 여기에는 예외가 있습니다.

만약 전쟁에서 라케다이몬(스파르타)을 위해서 커다란 공을 세웠을 때, 자유인이 될 수 있었습니다.

26. 잔인한 스파르타 시민들: 노예들이 모든 경제생활을 담당하므로, 스파르타 시민들은 많은 여가 시간을 지니며, 토론과 무예 등을 통해서 친구들과 우정을 쌓는 데 진력합니다. 그런데 이곳 사람들은 군사 훈련 내지 무예 수련 시에 "헤일로타이"들을 대량으로 살해하기도 합니다. 이로 인하여 노예들은 군사 훈련 중에 수십 명씩 떼죽음을 당하기도 하였습니다. 바로 이 점이 스파르타인들의 잔인한 면을 그대로 보여 줍니다. 스파르타 남자들은 노예들에게 포도주를 강제로 퍼 먹여서 만취 상태로 만들기도 하였습니다. 뒤이어 그들은 술 취한 노예들을 아이들에게 데리고 가서, 음주가 얼마나 인간의 몸을 비틀거리게 만드는지 보여 주었습니다. 그들은 심심하면 노예들로 하여금 저열한 노래를 부르게 하고 춤을 추게 하였습니다. 이를 고려한다면, 그리스인들의 자유와 품위의 기상은 노예들의 희생에 대한 반대급부의 상이 아닐 수 없습니다. 나중에 수많은 혁명가와 휴머니스트들, 이를테면 해링턴, 마블리, 캄파넬라, 마라 등은 고대 스파르타인들의 삶의 방식을 오랫동안 칭송했는데, 이때 그들은 고대 그리스의 노예경제의 이러한 어두운 측면을 좌시한 감이 없지 않습니다.

27. 요약: 플루타르코스의 『리쿠르고스의 삶』은 엄밀히 말하면 사회 유토피아에 해당하는 범례가 될 수는 없습니다. 오히려 그것은 하나의 신화 유형으로 이해됩니다. 그 이유는 첫째로 리쿠르고스가 실존 인물인지 아닌지 불명확하기 때문이며, 둘째로 플루타르코스가 살았던 시대와 그의 시대적 관점이 명징하게 도출되지 않기 때문입니다. 플루타르코스가 기원후 2세기, 즉 자신의 시대의 문제를 간접적으로 드러내기 위해서

과거의 인물, 리쿠르고스를 추적한 것은 결코 아니었습니다. 플루타르코스는 현재의 문제점과 갈등을 해결하거나 공정하게 고찰하기 위해서 과거를 거슬러 올라간 게 아니라, 다만 역사가로서 과거 사실을 충실히 서술하려고 했을 뿐입니다. 『리쿠르고스의 삶』이 문학 유토피아에 포함될 수 없는 이유는 바로 그 때문입니다. "과거에 무슨 일이 발생했는가?" 하는 물음은 근본적으로 "지금 여기의 문제점과 유사한 범례 내지 해결책이 과거에 존재했는가?" 하는 물음과는 근본적으로 차원이 다릅니다. 이와 관련하여 우리는 다음의 사항을 예의 주시해야 할 것입니다. 즉, 플루타르코스가 서술한 리쿠르고스에 대한 문헌은 사실과 판타지 사이를 오가고 있다는 사항 말입니다. 그렇기에 우리는 『리쿠르고스의 삶』에서 가상 속의 진리 내지는 진리 속의 가상이라는 특성을 전제로 삼아야 할 것입니다.

참고 문헌

딜타이, 빌헬름 (2012): 고대 그리스와 로마의 교육, 손승남 역, 지만지.

손병석 (2013): 고대 희랍 로마의 분노론. 분노하는 인간 호모 이라쿤두스 연구, 바다.

최자영 (2007): 고대 그리스 법제사, 아카넷.

쿨랑주, 퓌스텔 드, 루마 드니 (2000): 고대 도시. 그리스 로마의 신앙법 제도에 대한 연구, 김응종 역, 아카넷.

Berneri (1982), Marie Luise: Reise durch Utopia, Berlin.

Fortenbaugh, William Wall (1984): Quellen zur Ethik Theophrasts, Amsterdam.

Jens (2001): Jens, Walter (hrsg.), Kindlers neues Literaturlexikon, 21 Bde., München.

Kagan, Donald (1989): The Outbreak of the Peloponnesian War, Cornell University Press.

Pauly (1999): Der neue Pauly, (hrsg.) Hubert Cancik u. a., Bd. 20, Stuttgart.

Platon (1984): Politeia, in: ders. Sämtliche Werke, (hrsg.) Walter F. Otto, Reinbek bei Hamburg.

Plutarch (2008): Die grossen Griechen und Römern, Frankfurt a. M..

Saage, Richard (2009): Utopische Profile. Bd. 1. Renaissance und Reformation, 2. Aufl. Münster.

Schutz, Raimund (2003): Athen und Sparta, (= Geschichte kompakt Antike), Darmstadt.

Swoboda (1972): Swoboda, Helmut (hrsg.): Der Traum vom besten Staat. Texte aus Utopien von Platon bis Morris, München

Thommen, Lukas (2003): Sparta. Verfassungs- und Sozialgeschichte einer griechischen Polis, Stuttgart.

6. 아리스토파네스의 「새들」

(BC. 414)

1. **갈망과 이상에 관한 고대인의 상:** 고대의 사상가 내지 극작가 가운데 유토피아의 사고를 부정한 사람은 더러 있었습니다. 가령 우리는 아리스토텔레스와 아리스토파네스를 예로 들 수 있습니다. 아리스토텔레스가 자신의 책 『정치학』에서 국가 중심적 체제를 비판하면서 국가 중심의 유토피아를 정면으로 공격했다면, 아리스토파네스는 유토피아에 관한 고대 그리스인들의 사고를 비아냥거렸습니다(Heyer: 31). 물론 그의 희극 「여성 민회」 내지는 「뤼시스트라테」라는 작품 역시 유토피아의 부분적인 이슈로서의 남녀평등의 이상을 반영하나, 극작품 「새들」만큼 황금시대라든가 더 나은 사회에 관한 갈망을 노골적으로 비난하지는 않았습니다. 고대사회에서는 여성운동과 남녀평등의 문제가 중요한 이슈로 부각되지는 않았습니다(Jens 1: 679). 왜냐하면 계층 차이는 고대인의 의식 속에서는 천부적으로 내려오는 당연한 무엇이기 때문입니다. 그렇다고 「새들」이 유토피아의 사고를 풍자하는 문학의 계열에서 완전히 벗어나는 것은 아닙니다. 작품은 기원전 414년에 공연되었는데, 아리스토파네스는 아테네 사람들이 시칠리아섬을 식민지로 삼으려는 제국주의적인 의도를 비아냥거리고 싶었습니다. 시칠리아는 이른바 "구름 뻐꾸기 집

(Νεφελοκοκκυγία)"으로 상징화되었는데, 이 단어는 뜬금없는 영역으로서 유토피아의 공상적 공간을 풍자하는 표현으로 널리 활용되었습니다. 새들이 사는 천국의 도시는 적개심, 폭력 그리고 탐욕 등이 활개를 치고 있다는 것입니다.

2. **아리스토파네스의 삶:** 아리스토파네스의 이력에 관해서는 별로 알려진 바 없습니다. 그저 전해 내려오는 그의 문헌이 역으로 아리스토파네스의 삶을 유추하게 해 줍니다. 극작가라는 직분은 역으로 "교사(διδα-σκαλος)"와 같은 의미를 지닙니다. 아리스토파네스는 기원전 450년에서 444년 사이에 아티카의 판디오니스 출신의 시민의 아들로 태어났습니다. 아리스토파네스가 성장하던 시기에 아테네를 통치한 사람은 페리클레스(Perikles)였는데, 처음에는 비교적 온건한 정책을 펴 나갔으므로, 아테네는 정치적으로나 문화적으로 융성할 수 있었으며, 군사적으로도 강성해졌습니다. 시간이 흐름에 따라서 아테네는 다른 도시국가를 침탈할 수 있는 힘을 갖게 되었는데, 이는 스파르타와의 갈등으로 이어집니다. 이로 인하여 기원전 431년에 두 도시국가 사이에 전쟁이 발발하였으며, 404년에 이르러 아테네의 패배로 끝나게 됩니다.

아리스토파네스는 체계적으로 극작가 수업을 받았다고 전해집니다. 처음에 그는 익명으로 세 편을 칼리스트라토스에서 공연하게 하였습니다. 기원전 427년에서 388년 사이에 무려 40편의 극작품을 완성하였는데, 오늘날 전해지는 완성본은 불과 11편에 불과합니다. 30여 편의 작품은 제목만 알려져 있으며, 1000개의 인용문이 오늘날 전해 내려옵니다. 그의 아들, 아라로스와 필리포스 역시 부친이 사망한 다음에 희극작가로서 활발하게 활동했다고 합니다. 아리스토파네스는 여러 번 정치적인 구설수에 올랐습니다. 이와 관련하여 하나의 에피소드를 빠뜨릴 수 없습니다. 아리스토파네스는 작품을 통하여 아테네의 정치가, 클레온(Kleon)

을 비아냥거린 바 있습니다. 클레온은 이를 괘씸하게 생각하여 두 번에 걸쳐 극작가를 법정에 고소하였습니다. 그의 작품은 아테네 도시국가와 인민 전체를 모독하고 있다는 것이었습니다. 클레온은 극작가를 고소하면서, 그의 시민권을 박탈하고 싶었습니다. 이때 아리스토파네스의 아버지가 로도스, 혹은 이집트 출신의 이방인이라는 점이 하나의 빌미로 작용했다고 합니다. 그러나 아리스토파네스는 두 번 모두 무혐의로 풀려났습니다. 그래서 그는 자신의 아들들에게 다음과 같이 말했다고 합니다. "극작가와 연출가는 가장 힘들고 까다로운 직업이다." 특히 아라로스는 아버지의 극작품을 무대에 올리면서 직접 배우로 연기하기도 했습니다. 작품, 「새들」은 아테네 전성기 시절의 자유로운 삶, 민주주의의 자기 확신 그리고 아테네 도시국가가 외부로부터 위협당하는 시대의 분위기 등을 반영하고 있습니다(이정린: 16). 작품들은 아테네의 사회 정치적 상황을 직접 풍자하는 게 많은데, 오늘날의 시각으로 고찰할 때, 이것은 참여 작가의 풍자문학으로 편입될 수 있습니다.

3. 아리스토파네스의 문학적 특징: 르네상스에 이르러, 여러 작품들 가운데 「새들」은 아리스토파네스의 성공을 거둔 대표작들 가운데 하나로 손꼽혔습니다. 왜냐하면 이 작품은 작품의 전개를 고려할 때 치밀하게 직조되어 있기 때문입니다. 사실 연극 공연의 성패는 사건의 진행 과정을 얼마나 생동감 넘치게 전개하는가에 달려 있습니다. 작품의 기본 주제는 동화적 모티프에 의해 정해진 것인데, "세상 바깥의 어떤 더 나은 세계를 찾으려는 노력"을 가리킵니다. 작품 속에는 아리스토파네스의 문학적 풍자가 그대로 용해되어 있습니다. 1. 환상을 불러일으키는 에로틱한 장면들, 2. (비록 은근하기는 하나) 날카로운 문장으로 이루어진 정치 비판, 3. 동료 작가들의 작품에 대한 패러디 내지는 풍자, 4 신화의 내용을 거칠게 비아냥거리는 태도 등이 그러한 특징입니다. 아리스토파네

스는 제국주의적 정책, 그리고 이에 동조하거나 선동하는 일련의 직업군과 신화의 내용을 신랄하게 비판하였습니다. 왜냐하면 일련의 식업인들과 신화 속에 등장하는 그리스의 신들 역시 권위주의적인 독재자에 의해서 조잡하게 활용되기 때문이라는 것입니다. 어쨌든 우리는 작품의 환상적인 내용을 통해서 아테네 민주정치의 문제점을 은밀하게 간파할 수 있습니다.

4. 아테네의 직접민주주의: 작품에 관해서 언급하기 전에 아테네의 상황과 개별 작품을 약술할 필요가 있을 것 같습니다. 주지하다시피 오늘날 잘 알려진 아테네의 민주주의의 토대는 하루아침에 생겨난 게 아닙니다. 법에 관한 중요한 개혁은 솔론, 클레이스테네스(Kleisthenes) 그리고 페리클레스 등에 의해서 서서히 정착되었습니다. 이를테면 솔론은 기원전 6세기 소작농과 대지주 사이의 갈등을 중개하면서 아테네의 법을 명문화하였습니다. 이때 행해진 법은 소작농들의 "부채 탕감(σεισάχθεια)"을 어떠한 방식으로 해결하는가 하는 문제에 초점이 맞추어져 있었습니다. 말하자면 "소유권의 원칙"에 입각한 "금권 정치"에 의해서 국가의 법이 정착된 것입니다. 기원전 510년 이후에 다시 귀족과 소작농 사이에 갈등이 발생하였는데, 이때 클레이스테네스는 귀족의 우선권을 파기하고 아테네 법을 제정하기 위한 민회를 개최하게 하였습니다. 이것이 직접민주주의의 시초라고 말할 수 있습니다. 그리하여 아테네 시민들은 자신의 재산을 군인 계급과 "부유한 농부(πεντακοσιομέδιμνος)"들과 합리적으로 나누어 가지게 되었습니다.

기원전 4세기에 아테네에서는 많은 시민들이 자유롭게 자신의 견해를 드러낼 수 있었습니다. 학교의 학생들도 극작품에 관해서 자신의 견해를 피력할 수 있었습니다. 아리스토파네스의 「새들」 역시 학교에서 토론의 대상으로 활용되었습니다. 아테네에서는 자유로운 토론이 가능할 정도로 민주주의의 생활 방식은 훌륭한 것이었습니다. 그렇지만 아테네의 민주주의는 내외적으로 취약점을 드러내고 있었습니다. 만약 시민들이 다수를 구성하게 되면, 소수인 농촌 사람들과 부자들보다 더 많은 권한을 행사할 수 있었습니다. 그렇게 되면 다원주의의 견해가 형성되어, 사회를 혼란 속으로 몰아갈 수도 있었습니다. 바로 이러한 까닭에 많은 철학자들은 아테네의 페리클레스가 채택한 민주주의의 방식을 무조건 올바른 것은 아니라고 판단하였습니다. 오늘날 사람들은 민주주의를 가장 바람직한 정치 형태라고 믿고 있지만, 과거의 학자들은 민주주의의 취약점을 지적하였습니다. 왜냐하면 민주주의는 견해를 분산시키고, 사회의 결속력을 약화시킬 정도로 혼란스럽다는 것입니다.

그런데 우리가 망각해서는 안 될 사항이 하나 있습니다. 즉, 고대의 민주제가 현대의 관료주의와 별반 다르지 않다는 게 바로 그것입니다. 기원전 5세기에 아테네에서는 약 25만 명의 인구가 살았습니다. 그 가운데 아테네 시민으로 인정받는 사람은 5만 정도의 성인 남자들이었습니다. 이들 가운데 30세 이상인 남자는 3분의 2에 불과했습니다. 따라서 약 2만에서 3만의 남자들만이 정치에 직접 참여할 수 있는 권한을 지니고 있었습니다. 아테네에는 약 10만 명의 노예가 살았으며, 나머지 사람들은 "이방인들(μέτοικος)"이었습니다. 이방인들은 한 달에 약 1드라크메의 세금을 납부해야 했는데, 이로써 국가의 보호를 받을 수 있었습니다. 나아가 이방인들은 토지를 소유할 수 없었으며, 주로 장사라든가 수공업에 종사하는 사람들이 많았습니다. 따라서 25만 명의 인구 가운데 민회에 참석할 수 있는 사람은 약 2만 명 내지 3만 명에 불과했습니다. 이를 고려한다면 아테네의 민주주의는 전체 인구의 10분의 1로 이루어진 엘리트에 의해서 영위된 셈입니다. 인구의 10분의 9에 해당하는 노예와 여자는 참정권이 원초적으로 배제되어 있었습니다. 요약하건대 아테네의 시민계급 남자들은 총 인구의 10분의 1에 불과했지만, 직접 정치에 참여하고 전사로서 "이방인들"을 이끌고 전쟁터로 나갈 수 있는 특권을 지니고 있었습니다.

"민회(ἐκκλησία)"에서 진행되는 아테네의 민주주의는 오늘날의 관점에서 고찰하면 그 자체 관료주의와 다를 바 없습니다. 왜냐하면 사회의 10분의 1이 모여서 민주적인 방식으로 정치를 행하기 때문입니다. 아테네 사람들은 국가의 가장 중요한 문제들을 투표로 결정하였습니다. 모든 시민은 약간의 돈을 납부하고 민회에 참석하여 자신의 견해를 내세울 수 있었습니다. 아테네는 직접민주주의를 표방함에도 불구하고, 언제나 귀족과 하층 시민 사이에는 잠재적 긴장감이 존재했습니다. (스파르타에서는 예외적으로 귀족계급이 아예 존재하지 않았으므로 이러한 갈등은 처음부터 원초적으로 배제되어 있었습니다.) 그러나 실제로 이러한 긴장감이 거대한 물리적 대립으로 비화하는 경우는 거의 드물었습니다. 왜냐하면 귀족과 시민들은 특히 외교정책에 있어서 대체로 같은 견해를 내세웠기 때문입니다.

5. **아리스토파네스의 개별 작품들:** 아리스토파네스의 작품 가운데 주제와 관련되는 작품 네 편만을 골라 언급하겠습니다. 첫째로 「뤼시스트라테(Lysistrate)」는 기원전 411년에 집필된 작품으로 전쟁의 허구성을 풍자하고 있습니다. 뤼시스트라세는 아테네 여성인데, 인근 지역인 스파르타의 여성들을 설득하여 무의미한 전쟁을 종식시키는 인물입니다. 그미는 다른 여성들과 함께 전쟁 지향적인 남편들과 더 이상 성관계를 맺지 않기로 약속합니다. 뤼시스트라세는 헬라스 전역에 전령을 보내어 젊은 여성들로 하여금 섹스 파업을 행하게 하고, 늙은 여성들로 하여금 아크로폴리스를 점령하여 그곳에 보관된 전쟁 자금을 빼앗도록 조처합니다. 이로써 여성들은 전쟁의 근원인 섹스와 돈을 차단시킴으로써, (적어도 문학작품 내에서는) 도시국가 사이의 전쟁을 종식시키는 데 성공을 거둡니

다. 둘째로 「테스모포리아 축제의 여인들(Thesmophoriazousai)」은 기원전 411년에 집필된 것으로 추정됩니다. 어떤 남자는 여성들만의 축제가 어떻게 진행되는지 너무 궁금하여, 여성으로 변장하여 축제에 참가합니다. 그런데 그가 바라본 것은 놀랍게도 대체로 남자 예술가들의 허풍과 위선이었습니다. 여기서 아리스토파네스는 에우리피데스의 문학을 은근히 풍자하고 있습니다. 셋째로 「개구리들(Batrachoi)」은 기원전 405년에 집필되었습니다. 작품의 주인공은 지하 세계로 내려간 디오니소스입니다. 디오니소스는 아이스킬로스와 에우리피데스의 극작품들의 우열을 가리는 처지에 처하게 됩니다. 지하의 개구리 소리에 혼란스러워하는 디오니소스는 결국 아이스킬로스를 선택하여 그를 지상으로 데리고 옵니다. 선택의 기준은 두 사람 가운데 누가 아테네 도시의 안녕에 도움이 되는가 하는 물음이었습니다. 넷째로 「여성 민회(Ekklesiazousai)」는 기원전 392년에 집필되었다고 추정되는데, 극작가는 사유재산제도를 문제시하고, 국가가 공유제의 토대 하에서 바로 정립되어야 한다고 주장하고 있습니다(Möllendorff: 60f). 특히 놀라운 것은 여성들과 자식들이 아테네 남자들의 공유물이 되어야 한다고 설파하고 있다는 점입니다. 사실, 당시 고대 도시국가에서 중요한 것은 국가의 안녕이었으며, 가족 구성원들의 사적 행복은 지엽적인 사항에 불과했습니다.

6. 황금시대에 대한 천민적 동경에 대한 비판: 또 한 가지 미리 알아 두어야 할 사항은 문학의 가상적 특성입니다. 작품 내용을 접하게 되면, 우리는 작품이 황당무계한 요소를 드러낸다고 느끼게 될 것입니다. 그래도 문학이기 때문에 황당무계한 내용은 어느 정도 용인될 수 있을 것입니다. 문학 외에 과연 어떠한 분야가 꿈, 가능성, 소망, 비현실적 특성, 갈망 등을 담고 있을까요? 그것은 아마도 음악, 미술, 조각과 같은 예술 분야일 것입니다. 예술 분야 가운데 특히 인문학 영역을 접목시켜서 "잠재

적 역동성의 존재(τὸ δυνάμει ὄν)," 즉 "가능성"을 다룰 수 있는 분야는 무엇보다도 문학입니다. 그래서 에른스트 블로흐는 문학 사체가 유토피아라고 일갈하지 않았는가요? 아리스토파네스는 문학의 이러한 고유한 기능을 부정하고 있습니다. 즉, 찬란한 황금시대를 꿈꾸는 가난한 사람들의 갈망 자체를 쓸모없는 것으로 부인하고 있으니까요. 이를 고려할 때, 우리는 오히려 아리스토파네스의 「새들」을 어떤 역사적, 비판적 시각에서 고찰해야 할 것입니다. 작품의 구성 내지 창작 방법에 있어서 이 작품은 탁월하지만, 작품의 주제에 있어서는 여러 가지 하자를 지닐 수 있다고 말입니다. 그렇지만, 나중에 다시 언급되겠지만, 작품은 이상 국가에 관한 당시 사람들의 놀라운 상을 있는 그대로 드러내고 있습니다.

7. 두 명의 등장인물: 작품은 총 다섯 장으로 구성되어 있습니다. 맨 처음에 두 사람의 아테네 남자가 등장합니다. 파이테타이로스와 에우엘피데스가 그들입니다. "파이테타이로스(Πειθεταίρος)"는 그리스어로 "허튼 소리를 지껄이는 자"라는 뜻이며, "에우엘피데스(Ευελπίδης)"는 그리스어로 "좋은 희망"이라는 의미를 지니고 있습니다. 두 사람은 고향에 대해 불만을 터뜨립니다. 왜냐하면 매일 주위에서 재판과 갈등이 빈번하게 발생하기 때문입니다. 아테네의 대부분의 사람들은 마치 더러운 똥과 같은 돈에 파묻혀 질식 직전에 처해 있는데, 두 사람은 차라리 조용히 살아가는 게 낫다고 확신합니다. 여기서 우리는 배금주의에 대한 극작가의 비판을 엿볼 수 있습니다. 그런데 엄밀히 따지면 파이테타이로스만이 돈을 철저하게 거부하려고 했습니다. 왜냐하면 에우엘피데스는 빚쟁이의 추적을 피하기 위해서 친구를 따라 나선 것이었습니다. 그들은 까마귀와 매가 이끄는 대로 어디론가 정처 없이 떠납니다. 맨 처음에 당도한 곳은 오디새의 집이었습니다. 두 사람은 오디새에게 어디가 조용하고 안온한 곳인지 묻고 싶었습니다. 원래 오디새는 "새"로 변신하기 전에는 테레우

스 왕으로서 판디온 왕의 사위였습니다. 그렇기에 그는 아테네의 풍습과 아테네 사람들의 관심사에 오래 전부터 친숙해 있었습니다. 게다가 오디새는 날개를 펴서 지상과 바다를 날아다니며, 수많은 아름다운 장소를 찾아다닌 바 있습니다.

8. 새로운 꿈나라: 파이테타이로스와 에우엘피데스는 오디새를 통해서 새 왕국의 왕을 알현합니다. 비데호프 왕이 등장합니다. 왕은 대화 도중에 신들과 인간의 권능으로 인하여 아무런 힘을 쓰지 못한다고 하소연합니다. 이 순간 파이테타이로스의 뇌리에 어떤 기발한 착상이 떠오릅니다. 그것은 다름 아니라 하늘 위에 하나의 이상적인 도시국가를 건설하는 것이었습니다. 자고로 새의 나라는 인간이 사는 지상과 신들이 사는 천상의 중간에 위치하는 영역입니다. 따라서 하늘에 새의 도시국가가 건설되면, 새들은 자신이 원하는 대로 인간 내지 신들의 권능을 어느 정도 차단할 수 있다고 합니다. 이를테면 낮에는 독수리가, 밤에는 부엉이가 활동하여, 신과 인간 사이의 모든 관계를 통제할 수 있다는 것이었습니다. 문제는 모든 통행을 차단시켜서 신들을 굶주리게 만드는 일이라고 합니다. 왜냐하면 새들은 지상에서 풍기는 희생양의 냄새를 사전에 차단시키거나 제물을 가로챌 수 있으며, 몇몇 인간에게 부여하는 신의 은총을 도중에 가로막을 수 있기 때문입니다. 그런 일을 행할 수 있다면, 그들은 신과 인간을 중개하는 우주의 집정관의 역할을 수행하는 셈일 것입니다. 중요한 것은 신들이 눈치 채지 못하게 새로운 도시국가를 하늘 위에 건립하는 일이라고 합니다. 왕은 파이테타이로스의 제안을 긍정적으로 받아들이면서, 이 문제를 의회에 상정합니다. 뻐꾸기 한 마리가 나타나 새 왕국의 의회를 소집합니다(Jens 1: 680).

9. 새들의 왕국의 지도자: 두 번째 장에서 모든 유형의 새들이 도착하여

비데호프 왕을 알현합니다. 왕은 이들에게 파이테타이로스의 제안을 분명하게 전합니다. 이때 합창단 대표는 왕에게 직언을 서슴지 않습니다. 새 왕국의 왕이 일개 인간의 조언에 부화뇌동해서는 안 된다는 것입니다. 새들은 파이테타이로스와 에우엘피데스를 처형하자고 위협합니다. 도시국가를 건설하자는 제안은 모든 새들을 잡아서 죽이려는 인간들의 계략이라는 것입니다. 왕은 흥분한 새들을 진정시키고, 일단 그의 제안에 귀를 기울여 보는 게 낫지 않겠는가 하고 새들을 설득합니다. 결국 새들은 왕의 제안을 받아들입니다. 파이테타이로스는 새들에게 다음과 같이 감언이설을 전합니다. 즉, "새들은 원래 현재의 신들보다 먼저 세상을 지배하고 있었으나, 신들에 의해서 자신의 고유한 권한을 박탈당했다"고 합니다. 그는 "제우스신이 권좌에서 물러나야만 과거 새들의 찬란한 왕국을 다시 복구해 낼 수 있다"고 속삭입니다. 만약 새들이 도시국가의 지평선 가까이에 둥근 방어막을 설치하면, 인간의 공격을 사전에 차단할 수 있다고 합니다. 또한 인간이 신들에게 바친 희생물을 낚아채면, 신들은 그들의 암브로시아를 마련할 방도를 상실하게 되리라는 것입니다. 제아무리 신이라고 하지만, 굶주리면 더 이상 자신의 힘을 발휘하지 못한다고 합니다. 파이테타이로스의 말을 끝까지 경청한 새들은 그의 제안에 감탄을 터뜨립니다.

10. 극작가의 패러디: 새 왕국에서 거주하려면, 누구나 날개를 필요로 합니다. 새의 왕국에서 날개가 없다는 것은 움직일 수 없다는 것을 의미합니다. "파라바제(parabase)," 즉 "합창 지휘자가 작가를 대신해 청중에게 직접 이야기하는 말"이 전해지는 동안(1-675행), 두 사람은 무대 뒤에서 자신의 몸에다가 날개를 붙이는 절차를 거칩니다. 다른 극작품에서는 주로 극작가가 "파라바제"를 통하여 직접 청중들에게 자신의 입장을 밝히고 있습니다만, 「새들」에서 나타나는 "파라바제"는 극적 사건을 서술

합니다. 작품이 진행되는 동안(676-800행), 극작가는 두 가지 사항을 관객에게 전합니다. 그 하나는 새의 관점에서 신의 계보학을 비아냥거리는 일이요, 다른 하나는 관객들로 하여금 가급적이면 빨리 날개를 마련하여 새의 나라로 망명하라고 촉구하는 일입니다. 이는 물론 신화와 신의 권능에 대한 극작가의 패러디로 이해될 수 있습니다. 제3장에서 새의 국가는 어느 정도 틀을 갖추게 됩니다. 두 영웅은 드디어 제각기 날개를 갖추게 되었으며, 새로운 나라 역시 고유의 이름을 달게 됩니다. 새로운 국가의 이름은 명실 공히 "구름"과 "뻐꾸기"를 합친 개념인 "구름 뻐꾸기 집(Νεφελοκοκκυγία)"에서 파생된 단어입니다. 이제 주인공의 놀라운 계획이 거의 실현될 것 같습니다. 파이테타이로스의 마음은 감격으로 벅차오릅니다. 이어지는 장면들은 여러 가지 에피소드로 이루어져 있는데, 새로운 환경이 동물들에게 실제로 어떠한 영향을 끼치는가를 다루고 있습니다(801-1765행).

11. 향락주의 인간에 대한 비판: 아리스토파네스는 "꿈나라"를 결코 긍정적으로 묘사하지는 않았습니다. 맨 처음 새 왕국으로 몰려든 자들은 놀면서 기식하려는 자, 질시하는 자 그리고 날개를 원하는 자들이었습니다. 사제, 시인, 예언자, 천문학자 메톤, 아테네의 사절, "법률을 팔아서 먹고사는 상인," 천박한 시를 쓰며 살아가는 무지렁이 철학자, 밀고자 등이 바로 그들이었습니다. 이들은 생업에 종사하지 않고 살아가는 사람들이었습니다. 그러나 이들 인간들은 도착 직후에 즉시 추방당합니다. 이로써 아리스토파네스는 다음의 사항을 은근히 강조하려 했습니다. 즉, 꿈나라는 일하지 않고 먹고 사는 향락주의 인간에게는 약간의 도움이 될지 모르지만, 도시국가 내에서 열심히 일하는 사람들에게는 조금도 유리하지 않다는 사항 말입니다. 신의 사절인 이리스 역시도 이와 비슷하게 문전박대당합니다. 그미는 인간들이 어째서 신들에게 제물을 바치지

않는지 알려고 이곳을 찾아왔던 것입니다. 이리스는 즉시 새 왕국에 관한 소식을 접하고, 이러한 새로운 사실을 올림포스 신들에게 전달합니다.

12. 국가의 건설: 제4장에서 도시국가가 건립됩니다. 왕은 국가의 건설에 참여한 모든 새들의 노고를 치하합니다. 이때 누군가 황급히 하나의 소식을 전합니다. 그것은 어떤 신이 구름 뻐꾸기 집으로 향하고 있다는 전갈이었습니다. 확인해 보니 그는 신들에 의해서 파견된 신 이리스였습니다. 이리스는 신들을 굶주리게 만드는 새 왕국에 대한 제우스의 강한 협박을 전달합니다. 파이테타이로스는 신들이 결국에는 굶주려서 새들 앞에 머리를 조아리게 되리라고 예언한 바 있었습니다. 다시 새 왕국에 하나의 소식이 전해집니다. 그것은 도시 아테네가 새 왕국에게 패배를 선언했다는 소식입니다. 아테네 사람들은 새떼에 저항하여 싸워 왔는데, 상당히 커다란 피해를 당했습니다. 새떼가 태양을 가리게 되자, 곡식 수확이 현저하게 나빠졌으며, 도시 전체가 새똥으로 인해 질식 상태에 처하게 된 것입니다.

13. 신들과 새들 사이의 회담: 제5장에서 프로메테우스가 사절단의 일원으로 등장합니다. 그는 굶주림에 시달리는 신들의 근황을 전합니다. 파이테타이로스는 헤라클레스에 의해서 절벽의 질곡으로부터 해방된 반신을 극진하게 영접합니다. 이때 프로메테우스는 다음과 같이 말합니다. 즉, 제우스가 올림포스에서 굶주림을 떨치기 위하여 사절단을 보내리라고 말합니다. 그의 이러한 말은 사실이었습니다. 조만간 "구름 뻐꾸기 집"에 사절단이 도착합니다. 이들 가운데에는 헤라클레스, 포세이돈 그리고 거칠게 생긴 야만의 신들이 있습니다. 그렇지만 새들은 제우스의 도전자, 프로메테우스로부터 회담을 유리하게 이끄는 방법을 미리 습득한 바 있었습니다. 게다가 헤라클레스는 상습적인 대식가였는데, 새들

은 융숭한 식사 대접으로 그의 배를 가득 채우게 합니다. 배부른 헤라클레스는 새 왕국에 유리한 결정을 내리도록 돕겠다고 새들에게 약속합니다. 말하자면, "구름 뻐꾸기 집"의 요리사들은 군침 돋게 만드는 음식 냄새를 풍겨, 헤라클레스로 하여금 모든 타협책을 받아들이도록 유도했던 것입니다.

14. 정책으로서 행해지는 결혼식: 등장인물, 프로메테우스는 사전에 파이테타이로스를 만나서, 비밀리에 다음과 같이 충고한 바 있었습니다. 회담을 유리하게 이끌려면, 하늘의 여왕 바실레이아를 다른 사내와 결혼시키는 게 급선무라는 것입니다. 파이테타이로스는 처음에는 반신반의하였지만, 프로메테우스의 제안이 멋지다고 생각합니다. 그는 바실레이아를 통해서 자신이 왕이 되리라는 것을 예견했던 것입니다. 파이테타이로스는 이른바 새 왕국의 반역도에 해당하는 12마리의 닭을 처형시킵니다. 그런데 놀라운 일이 발생합니다. 헤라클레스는 신들이 향긋한 냄새에 취해 스스로 굴복하게 만들고, 파이테타이로스와 천국의 여왕 사이의 혼인을 결정짓습니다. 결국 제우스는 파이테타이로스를 올림포스로 초대합니다. 천국의 여왕은 아름다운 자태를 드러내면서, 파이테타이로스의 마음을 사로잡습니다. 파이테타이로스는 그미의 아름다운 모습에 어쩔 줄 모르는데, 그 후에 천국의 여왕과 마침내 고대하던 "성스러운 결혼식"을 치릅니다. 그는 결혼식의 주인공으로 가마에 실려 신부의 방으로 들어갑니다. 이때 새 합창단은 축복의 노래를 부릅니다.

15. 극작가의 관료주의적 시각: 물론 우리는 아리스토파네스의 입장 가운데 한 가지를 문제 삼아야 할 것입니다. 그것은 다름 아니라 아리스토파네스가 추호도 천민들에 대해 동정심을 품지 않았다는 사실입니다. 황금시대에 관한 천민들의 기억은 아리스토파네스에 의하면 무척 위험한

것이라고 합니다. 천민들이 바라는 "억압과 강제 노동이 없는 국가"는 결코 바람직하지 않다는 것입니다. 진정한 자유란 아리스토파네스에 의하면 상다리가 부러질 정도로 차려진 식탁에서 즐기는 만찬이라든가, 폭음이나 만취가 결코 아니라는 것입니다. 쾌락주의에 대한 아리스토파네스의 비판은 어떤 현실적 관료주의자의 태도에서 유래한 것입니다. 작품의 한계성은 바로 여기서 치명적으로 노출되고 있습니다. 왜냐하면 아리스토파네스 역시 계급 차이로 인한 천민들의 고통을 조금도 이해하지 못하고, 사회의 엘리트로서 세계를 위에서 내려다보고 있기 때문입니다. 그렇지만 여기서 한 가지 분명히 짚고 넘어가야 할 게 있습니다. 그것은 아리스토파네스가 인접 섬나라들을 집어삼키려는 아테네인들의 식민지 쟁탈과 같은, 황당한 제국주의의 욕망을 비판하기 위해서 작품을 집필했다는 사실입니다. 다시 말해서, 아리스토파네스는 황금시대를 동경하는 천민들의 망상을 달갑지 않게 여겼을 뿐, 상류층 내지 귀족계급의 찬란한 향연이라든가 그들의 욕구를 비아냥거리려고 한 것은 결코 아니었습니다(Claeys: 22).

16. 부분적으로 언급되는 공유제 사회에 관한 가상적 유토피아: 아리스토파네스는 무엇보다도 신화 이야기와 고대인들의 공유제의 시각을 비판하려고 하였습니다. 원래 고대인들은 공유제를 다음과 같이 이해하였습니다. (1) 남자들은 여성들과 얼마든지 동침할 수 있으며, 여성들은 아이를 공동체 내에서 함께 키운다. (2) 공유제 사회의 사람들은 자발적 노동을 기꺼이 행하지만, 위로부터 하달되는 강제 노동을 증오하고 있다. (3) 공유제 사회에서는 만인이 향락적으로 살아간다. 아리스토파네스는 특히 세 번째 사항에 대해 동의할 수 없었습니다. 특히 시민이 아니라 천민들이 먹고 마시는 일을 반복한다면, 국가의 기강이 순식간에 해이해지고 사회적 질서가 무너지리라고 확신하였습니다. 시민 계층 사람들의 향

락은 용인될 수 있지만, 천민들의 질펀한 향락은 도저히 인정할 수 없다는 것이었습니다. 이 점에 있어서 아리스토파네스의 견해는 플라톤의 그것과 동일합니다(김진경: 410). 이미 언급했듯이, 플라톤은 철학자를 중요하게 생각했으며, 철인에 의해서 통치되는 국가를 설계했습니다. 이로써 국가는 근엄하고 엄격한 원칙과 이성에 근거한 자에 의해서 다스려져야 한다고 합니다. 바람직한 국가는 플라톤에 의하면 만인이 즐기는 향락의 삶, 웃음과 유희를 즐기는 생활 방식을 사전에 철저히 차단시키고 있습니다. 예컨대 시와 음악은 사람들을 방탕하게 만들기 때문에 배격의 대상이 되고 있습니다. 나아가 육체적 사랑 또한 국가의 질서를 어지럽힌다는 이유로 좋게 평가되지 않습니다.

17. 문학의 창조적 오해 속에 반영된 더 나은 유토피아: 아이러니하게도 아리스토파네스는 자신의 의도와는 달리 플라톤보다 더 훌륭한 공유제 국가 모델을 작품 속에 형상화시켰습니다. 이를테면 우리는 「여성 민회」에 등장하는 "프락사고라"의 발언을 예로 들 수 있습니다. 그미의 발언 속에는 찬란한 삶에 관한 가능성의 모델이 담겨 있습니다. 「여성 민회」에서 프락사고라는 자신의 남편, 브레피로스에게 여성들이 성취해 낼 수 있는 혁명의 가능성을 지적합니다. 그것은 다름 아니라 사유재산의 철폐, 남녀 차별의 철폐 그리고 다수를 위한 국가의 건설로 요약됩니다. 프락사고라의 유토피아는 단순한 사람들의 이상 사회로 이해될 수 있습니다. 프락사고라에 의하면, 아름다운 남녀는 오로지 아름다운 자식을 얻기 위해서 각자 해방된 삶을 살아야 한다는 것입니다. 만약 인간이 삶에서 즐거움을 누리지 못한다면, 그자는 결코 바람직한 인간형이 아니라는 것입니다. 이로써 프락사고라는 단순한 사람들의 향락의 공유제를 피력합니다. 향락의 공유제는 금욕으로 이룩될 수 없다고 합니다. 찬란한 음식이 차려진 식당, 보리빵, 아름다운 옷, 포도주, 장식을 위한 꽃 그리고

맛있는 생선 요리 등은 인간 삶을 더욱 풍요롭게 만든다고 합니다. 재미있는 것은 아리스토파네스가 비아냥거리기 위해서 묘사한 사항이 오히려 우리에게는 그럴듯한 하나의 유토피아 모델로 이해된다는 사실입니다. 이는 분명히 "창조적 오해"에 해당하는 사항입니다.

18. 요약: 아리스토파네스의 작품은 문학 유토피아의 모범이 아닙니다. 우리는 다만 이 작품을 통해서 황금시대에 관한 고대인들의 시각을 유추할 수 있습니다. 두 등장인물의 이름에서 유추되듯이, "좋은 희망"은 "허튼소리를 지껄이는 자"에 의해 인도되어 "지상에 없는 곳(οὐδὲ ποῦ γῆς)"으로 향하는 무엇이라고 합니다. 여기서 우리는 희망에 대한 작가의 비아냥거림을 읽을 수 있습니다. 작품 「새들」은 아테네 사람들의 시칠리아 정복을 패러디하기 위해서 집필된 것입니다. 이 와중에 작가는 황금시대에 관한 천민들의 갈망을 천박한 것으로 해명하고 있습니다. 어쨌든 아리스토파네스의 제국주의의 경향에 대한 패러디는 나중에 보편적 의미에서 아테네인들의 제국주의의 특권 의식 내지 선민의식으로 의미 변환을 이루게 됩니다. 이러한 의미 변환이 과연 아리스토파네스의 문학적 주제를 고려할 때 합당한가, 아닌가 하는 물음은 일차적으로 고대문학 연구가의 몫일 것입니다. 그런데 이러한 해석학적인 경향은 보편적 의미에서 유토피아의 사고에 대한 아리스토파네스의 비판으로 침소봉대되고 있습니다. 아리스토파네스는 처음부터 이상적 사고에 대해 전적으로 거부한 게 아니라, 찬란한 황금시대를 동경하는 하급 계층에 대해서 엄격한 권위적 입장을 취했던 것입니다. 따라서 우리는 다음과 같이 조심스럽게 주장할 수 있습니다. 즉, 아리스토파네스는 관료주의 엘리트의 시각에서 황금시대에 관한 천민들의 동경을 무가치한 것으로 일축하였지만, 더 나은 꿈에 관한 인간의 보편적 갈망 전체를 완전히 매도하지는 않았다고 말입니다.

19. 꽉 막힌 인간의 제국주의적 사고에 대한 비판: 아리스토파네스는 작품 「새들」을 통해서 그리스 신화를 비아냥거릴 뿐 아니라, 제국주의의 야심을 위해서 새들까지 이용하는 권력자들의 치밀한 술수를 비판하고 있습니다. 이를 위하여 아리스토파네스는 두 명의 시민, 파이테타이로스와 에우엘피데스를 부정적인 인물로 묘사하고 있습니다. 이들은 주어진 사회에서 자신의 견해를 굽히지도, 그렇다고 해서 양보하지도 않는 외골수의 인간입니다. 두 사람은 절대로 교화되지 않을 정도로 꽉 막힌 인간입니다. 두 사람은 올바른 판단 앞에서 승복할 줄 모르고, 그렇다고 해서 진지하게 자신의 견해를 회의할 줄도 모릅니다. 그렇기에 두 명의 시민은 "지금 그리고 여기"에서 모든 것을 끝장내지 않고, 머나먼 새의 영역으로 도피하여 자신의 영향력을 넓히려고 애씁니다. 이러한 유형은 현대의 극작품에서 출현하고 있습니다. 예컨대 우리는 베르톨트 브레히트(Bertolt Brecht)의 「억척 어멈과 그 자식들(Mutter Courage und ihre Kinder)」(1937)과 막스 프리쉬(Max Frisch)의 「비더만과 방화범(Biedermann und Brandstifter)」(1953)에서 이러한 유형을 재발견할 수 있습니다.

20. 작품의 영향: 작품 「새들」은 이미 언급했듯이 기발한 착상, 빈틈없는 작품 구성 등에서 희극에 대한 문학적 귀감으로 손색이 없습니다. 특히 한 가지 생략할 수 없는 것은 아리스토파네스의 탁월한 패러디입니다. 극작가는 아이스킬로스, 소포클레스 그리고 에우리피데스의 극작품을 상당히 인용하며, 이를 다른 현실적 맥락에다 적용하고 있습니다. 이는 청중의 흥미를 고취시키는 데 참으로 좋은 방법이었습니다. 호메로스, 소크라테스의 문장도 간간이 나타나며, (철학자 플라톤과 동명이인인) 희극 작가 플라톤, 소피스트인 프로디코스(Prodikos), 수사학자 고르기아스(Gorgias), 서정시인 시모니데스(Simonides)와 핀다로스(Pindar) 등

의 글들도 흥미로운 대사 속에 인용되고 있습니다. 어쩌면 아리스토파네스의 극작품은 그야말로 "문학의 문학"이 아닐 수 없습니다(Pauly 7: 116f). 사람들은 아리스토파네스를 반동주의자로 몰아세웠습니다. 왜냐하면 그는 소크라테스와 플라톤의 사상을 자주 비판했기 때문입니다. 사실, 아리스토파네스는 새로운 사상, 새로운 제도를 좋지 않게 여겼습니다. 그 이유는 그가 보수적 관료주의자였기 때문이 아니라, 새롭게 제기된 사상이 이전의 사상보다 더 낮지 않다고 여겼기 때문입니다. 기실 아리스토파네스는 최상의 사상과 최상의 제도를 처음부터 상정하거나 이를 찾으려고 애를 쓰지는 않았습니다. 그렇지만 그가 시민들의 향락주의 자체를 부인하고 비난한 적은 한 번도 없었습니다.

참고 문헌

김진경 (2014): 고대 그리스의 영광과 몰락, 안티코스.

아리스토파네스 (2010): 아리스토파네스 전집 2권, 천병희 역, 숲.

이정린 (2006): 아리스토파네스와 고대 그리스의 희극공연, 한국학술정보.

Aristophane (1986)s: Die Vögel, Stuttgart.

Claeys, Gregory (2011): Searching for Utopia. The Histoty of an Idea, London.

Herzog, Reinhart (1982): Überlegungen zur griechischen Utopie: Gattungs-geschichte vor dem Prototyp der Gattung?, in: Utopieforschung, hrsg. Wilhelm Vosskamp, Bd. 2, 1–20.

Heyer, Andreas (2009): Sozialutopien der Neuzeit. Bibliographisches Handbuch, Bd 2, Münster.

Jens (2001): Jens, Walter (hrsg.), Kindlers neues Literaturlexikon, 21 Bde. München.

Konstantin, David (1995): Greek Comedy and Ideology, Oxford University Press.

Möllendorff, Peter von (2002): Aristophanes, Hildesheim.

Pauly (1999): Holtermann, Martin: Aristophanes, in: Der neue Pauly, Supplemente Bd. 7, Stuttgart, 91–120.

7. 스토아 사상과 세계국가 유토피아

1. **내면과 우주의 조화:** 스토아 사상가들은 공유제의 사고를 완전히 무시하지는 않았습니다. 그러나 그들은 처음부터 노예제도와 사유재산제도를 자연적인 것으로 당연시하였으며, 전통적 가족제도를 파기하는 개혁적 사고를 적극적으로 실천하지 않았습니다. 그들의 관심사는 무엇보다도 인간의 내면과 우주의 조화로 향했기 때문입니다. 대부분의 스토아 사상가들은 인간의 내면 속의 이성의 힘에 의존하였으므로, 구체적인 사회 개혁에 소극적인 태도를 취했습니다. 그들은 대체로 지식인으로서 사회적으로 높은 계급에 속했으며, 귀족과 상류층 사람들과 친밀한 관계를 맺었습니다. 가령 스파르타쿠스는 후기 스토아 학자들에게 무장 폭동을 일으킨 사악한 노예의 한 명으로 각인되었을 뿐이었습니다. 스파르타쿠스는 노예 신분을 없애기 위하여 기원전 73년에 남부 이탈리아의 카푸아에서 폭동을 일으켰으며, 그 후 3년 동안 7만 명에 이르는 노예 반란군을 이끌고 로마 군단을 수차례 물리쳤습니다. 그러나 스토아 사상가들은 그가 어떠한 이유에서 반란을 일으켰는지에 관해 고심하지 않았습니다. 노예제도가 당연시되던 고대에 스파르타쿠스는 마치 탈주범처럼 질서의 파괴자로 인지되었을 뿐입니다. 그렇기에 사유재산제도, 노예제도 그리

고 가족제도 등에 관한 개혁은 그들의 관심 밖에 있었습니다.

2. 무위자연으로서의 유토피아 그리고 세계국가의 유토피아: 그럼에도 우리는 스토아 사상가들이 추구했던 이상으로서의, 자연으로서의 공동체 내지 세계국가에 관한 이념을 생략할 수 없습니다. 전자의 사고는 자연법의 토대로 자리 잡은 반면에, 후자의 사고는 국가의 유토피아가 폴리스의 차원을 넘어서 세계 전체로 확장되는 데 기여하였습니다(블로흐 2009: 52). 스토아 사상가들의 사고는 성장하는 로마가 추구하던 국가의 상과 평행을 이루고 있었는데, 우주와의 조화로움이라는 측면에서 지속적으로 추적해 나간 사고였습니다. 특히 유토피아와 관련하여 우리가 결코 망각해서는 안 될 사항이 있습니다. 그것은 비-국가주의 유토피아가 스토아학파의 첫 번째 수장인 키톤 출신의 제논에 의해서 비로소 처음으로 제기되었다는 사실입니다. 이것은 모든 인위적 요소를 제거하고 무위와 자연을 중시하는 사고로서, 먼 훗날 지방 분권의 관점에서 무정부주의 공동체를 추구하는 유토피아로 발전해 나갔습니다.

3. 헬레니즘 문화와 스토아 사상: 스토아 사상은 약 500년 동안 이어진 사상이므로 하나의 장으로 요약하기에는 무리가 따릅니다. 스토아학파를 대표하는 사상가만 하더라도 수십 명에 이르며, 개별 학자들의 견해 역시 특정한 범위 내에서 상당한 편차를 보이고 있기 때문입니다. 게다가 후기 사상가를 제외하면, 많은 스토아 학자들의 글은 오늘날 전해지지 않고 있습니다. 스토아 사상은 고대 그리스와 로마를 잇는 가교로서의 헬레니즘을 도외시하고는 생각될 수 없습니다. 그것은 기독교 이전의 사상적 체계라는 점에서 기독교 사상과는 처음부터 구분되지만, 이는 역설적으로 기독교 사상을 더욱 풍요롭게 만들었습니다. 당시에 알렉산더 대제(BC. 356-323)가 세계국가의 실현에 초석을 쌓았는데, 이는 헬레

니즘 시기(BC. 336-30)의 정신 사조의 전제 조건으로 작용했습니다. 원래 헬레니즘이라는 단어는 "그리스 문화(Ἑλληνισμός)"라는 의미를 지니고 있지만, "문화의 모방"(Droysen)의 관점에서 이해될 수 있습니다. 그것은 고대 그리스의 폴리스 형태의 도시국가 문화를 긍정적으로 답습하려는 의도에서 비롯된 개념입니다(Bichler: 196). 실제로 헬레니즘 문화의 무대가 그리스 지역이 아니라 이집트의 알렉산드리아로 이전되었음을 고려할 때, 우리는 헬레니즘이 지니고 있는 함의를 분명하게 파악할 수 있을 것입니다. 따라서 우리는 두 가지 측면에서 헬레니즘을 이해해야 할 것입니다. 그 하나는 고대와 중세의 사고와 구분되는 정신사적 독자성의 측면이며, 다른 하나는 고대와 헬레니즘 그리고 헬레니즘과 중세 사이의 가교로서의 사상적 사조로서 이해되는 측면입니다.

4. 헬레니즘 문화의 세 가지 조류 (1): 헬레니즘 시대에는 세 가지 사상적 조류가 혼재되어 있었습니다. 에피쿠로스의 사상, 절충주의의 사상 그리고 스토아학파의 사상이 그것들입니다. 세 가지 사상은 제각기 고유한 독립성을 표방하지 않고, 상호적으로 커다란 영향을 끼치고 있었습니다. 그렇기에 우리는 스토아 사상을 논할 때 세 가지의 사상적 조류를 모조리 다루지 않으면 안 될 것입니다. 첫째로 에피쿠로스는 경험과 느낌을 인식의 전제 조건으로 삼았습니다. 현세의 경험과 느낌을 강조하는 그의 입장은 현세의 자연을 중시하는 철학적 관점에서 비롯한 것입니다. 가령 에피쿠로스는 데모크리토스(Demokrit)의 원자론을 끝까지 추적하여, 이를 자신의 존재론의 근간으로 삼았습니다. 데모크리토스에 의하면, 세상의 최초의 물질은 나누어지지도, 파괴되지도 않는 무엇이라고 합니다. 이것은 우주 공간을 움직이는 수많은 원자와 동일합니다. 작은 원자들은 오로지 형체와 움직임에 의해서 구분됩니다. 인간의 영혼은 데모크리토스에 의하면 마치 불과 같은, 세밀하고 미끄러운 원자로 구성되

어 있는데, 생명의 형체와 물리적 형상 등은 불의 원자와 같은 움직임에 의해서 출현한다고 합니다(Bloch A: 93). 이와 관련하여 에피쿠로스는 인간의 영혼 역시 작은 원자로 이루어져 있다는 데모크리토스의 견해를 수용하였습니다. 그는 인간이 죽으면 영혼의 원자 역시 소멸하게 된다고 주장하였습니다. 그렇기에 에피쿠로스에게 저세상은 커다란 의미를 지니지 못했습니다.

5. **에피쿠로스:** 에피쿠로스는 윤리적 측면에서 향락주의자, 아리스티포스의 쾌락 이론을 수용하였습니다. 쾌락이 좋은 것은 무엇보다도 직관에 의해서 인지되기 때문입니다. 나아가 쾌락이란 어린아이와 동물에게서 나타나듯이 본능적으로 입증되는 무엇입니다. 그렇다고 해서 에피쿠로스가 아무런 조건 없이 방종과 폭음 그리고 향락을 추구한 것은 아니었습니다. 인간이 누릴 수 있는 가장 커다란 쾌락은 에피쿠로스에 의하면 지혜, 절제 그리고 미덕이라고 합니다. 그는 아무런 조건 없이 육체적 향락만을 추구한 것은 아니었습니다. 기쁨을 강조하는 사고는 동양 사상에서도 부분적으로 나타났습니다. 비근한 예로 공자는 낙이불음(樂而不淫) 하고 애이불상(哀而不傷) 하라고 말한 바 있습니다. 인간은 배움으로써 진리를 추구해야 하고, 타인에게 선을 베풀어야 하며, 자신의 욕구를 제어할 줄 알아야 한다는 것입니다(공자: 53). 여기서 제어의 개념은 쾌락과 도덕적 "특성(άρετή)"과 결부된 자족(自足)의 개념으로 이해될 수 있습니다. 진리, 선 그리고 제어라는 세 가지 능력이 결국에는 인간을 귀하고 소중한 존재로 만든다고 했습니다. 그럼에도 불구하고 에피쿠로스의 사상은 후세에 잘못 수용되어 오랜 기간에 걸쳐 방종을 정당화하는 사고로 비난의 대상이 되었습니다. 에피쿠로스의 사상이 스토아학파에 비해 후세에 지속적으로 영향을 끼치지 않은 까닭은 문헌의 유실 외에도 사상의 근본적 핵심이 조직적 체계에 의해 서술되지 않았기 때문입니다

(Long: 14, 42).

6. 헬레니즘 문화의 세 가지 조류 (2): 헬레니즘 시대의 두 번째 사상적 조류는 안티오코스와 필론으로 이어지는 절충주의 이론으로 요약될 수 있습니다. 절충주의란 — 관점과 의향의 측면을 고려하면 — "실천주의"라고 표현하는 게 더 합당할 것 같습니다. 그것은 고대의 사고와 현대의 사고를 모조리 중시하는 자세에서 태동하였습니다. 알렉산드리아의 학자들은 고대 그리스 사상을 처음부터 저버릴 수도 없었으며, 그렇다고 동시대의 스토아 사상과 에피쿠로스 사상을 배제할 수는 없었습니다. 그런데 절충주의는 사고의 근본적 토대를 고려할 때 어떤 회의주의의 관점과 묘하게 연결되어 있습니다. 절충주의 이론가들은 회의주의에 입각해서 진리 추구의 노력 대신에 선한 인간이 지니고 있는 덕목을 중시했습니다. 인간은 아무리 노력해도 완전무결한 진리를 찾을 수 없지만, 최소한 인간성에 관해서는 거의 완벽에 가까운 단계에 오르려고 노력해야 한다는 것입니다. 인간의 품성은 이들에 의하면 인간 삶의 행복을 위해 필수불가결한 것이라고 합니다. 물론 여기에는 육체적 내용 역시 포함됩니다.

7. 키케로와 퓌론: 절충주의의 계보를 잇는 대표적 학자로서 우리는 키케로, 엘리스 출신의 퓌론(Pyrrhon) 그리고 알렉산드리아의 필론(Philon)을 생략할 수 없습니다. 첫째로 키케로는 과거와 현재의 모든 사고를 절충하여, 그것을 학문적 토대로 받아들였습니다. 어쩌면 로마인들의 실천적 경향이 절충주의를 낳게 했는지 모릅니다. 절충주의 이론가들은 "행복이란 덕의 상태가 아니라, 인간 이성을 활용하는 데에서 나타난다"라고 주장하는 아리스토텔레스의 견해를 부분적으로 거부하였습니다. 왜냐하면 절충주의 이론가들은 인간의 이성을 전적으로 신뢰하지 않았기

때문입니다. 엘리스 출신의 퓌론은 자신의 사상적 토대를 회의주의에서 찾았습니다. 인식은 퓌론에 의하면 사고하는 인간의 의향에서 비롯된 것이므로 그 자체 단선적이고 일방적이라고 합니다. 인식의 정당성을 따지는 문제에 관여하는 것은 주어진 관습과 전통적 도덕이라는 것입니다. 그렇기에 철학자는 누구든 간에 일차적으로 일방적이고 부분적인 판단으로부터 거리감을 두어야 한다는 것입니다. 주어진 연구 대상이 가시적으로 검증되지 않을 경우 논리적인 적법성을 따지는 것 자체가 잘못이라는 것입니다. 퓌론의 불가지론은 특히 실증주의자들에게 환영을 받았습니다(Bloch B: 440f). 참고로 말씀드리건대, 퓌론의 회의주의가 현대에 이르러 경험 비판론을 표방하는 에른스트 마흐(Ernst Mach), 분석 언어 철학자 비트겐슈타인(Wittgenstein)에게서 철학적 논거로 활용되는 것은 결코 우연이 아닙니다.

8. 필론의 놀라운 문헌학적 공로: 알렉산드리아의 필론은 그리스 철학과 기독교 사상 사이의 조화를 추구한 학자입니다. 로고스는 필론에 의하면 "신의 아들"이라고 합니다. 로고스는 신과 동일하지 않고, 인간과 신의 매개자라는 것입니다. 이로써 그리스 철학에서 언급되던 로고스 이론은 필론에 의해서 마침내 기독교의 그리스도의 존재와 묘하게 연결되고 있습니다. 나아가 "모세오경(Pentateuch)"을 연구하여, 「창세기」에 도사린 문헌학적 오류를 예리하게 지적한 사람 역시 필론이었습니다. 창세기에는 내용상 서로 다른 두 개의 문장이 있습니다. 이를테면 하느님께서는 "당신의 형상대로 사람을 만들어 내셨다"(1장 7절). 그리고 "하나님께서 진흙을 빚어 사람을 만드시고 (…)"(2장 7절). 전자는 신인동형의 의미를 우리에게 전해 주는 반면에, 후자는 생명 창조의 단순한 방식을 우리에게 알려 주는 것처럼 들립니다. 그러나 이 두 문장이 뜻하는 바는 근본적으로 다릅니다. 게다가 성서의 내용은 순서를 고려할 때 서로 어긋

나 있습니다. 이러한 기이한 현상은 필론에 의하면 모세오경을 집필한 사제들이 서로 다른 문서를 바탕으로 짜깁기하였기 때문이라고 합니다 (Beltz: 23). 파피루스에 전해 내려온 문서는 여러 가지가 있는데, 창세기 1장 7절의 구절은 "엘로힘 문서"에서, 창세기 제2장 7절의 구절은 "야훼 문서"에서 따왔다는 게 필론의 주장이었습니다(블로흐 2009: 273f).

9. 헬레니즘 문화의 세 가지 조류 (3): 셋째로 스토아학파는 오랜 기간에 걸쳐 이어 온 사상으로서 상당히 많은 학자를 배출했습니다. 고대 그리스 시대에는 제논, 크리시포스, 클레안테스가 활동하였고(초기 스토아 사상), 초기 로마 시대에는 파나이티오스, 포세도니오스 등이 이 사상을 대변하였으며(중기 스토아 사상), 로마 후기의 시대에는 세네카, 에픽테토스 등이 스토아학파의 사상을 계승하였습니다(후기 스토아 사상). 이를 고려한다면, 스토아 사상은 기원전 300년부터 기원후 60년까지 약 4세기의 시기를 배경으로 하고 있습니다. 만약 우리가 로마 황제인 마르쿠스 아우렐리우스(Marc Aurel)의 사상을 포괄한다면, 스토아 사상은 기원전 3세기부터 기원후 2세기까지 약 오백 년에 걸쳐 이어져 내려왔다고 말할 수 있습니다. 초기 스토아 사상가들의 문헌은 안타깝게도 오늘날 단편적으로 전해 내려오고 있습니다(Long: 9). 그래서 우리는 스토아 사상의 근간이 되는 모티프가 어디서 유래하였는가 하는 문제에 대해 문헌학적으로 추적할 수는 없습니다. 분명한 것은 스토아의 사상이 견유학파와 헤라클레이토스의 사상과 밀접한 관련성을 지닌다는 사실입니다.

10. 초기 스토아 사상: 맨 처음 키톤 출신의 제논은 견유학파를 계승하여 헤라클레이토스의 로고스 설을 발전시켰습니다. 로마 시대에 들어와서는 제논의 사상에 플라톤 및 아리스토텔레스의 사상이 첨가되었으므로, 스토아학파의 사상은 작은 범위에서 확대되고 수정되었습니다. 특

히 나중에 세네카에 의해서 스토아학파의 사상은 논리학, 자연과학, 윤리학이라는 세 가지 학문으로 체계를 이루게 됩니다. 초기 스토아 사상가들은 우주의 근본을 로고스적인 불로 파악하였습니다. 여기에는 헤라클레이토스의 영향이 엿보입니다. 그런데 불은 증가하지도 않고 감소하지도 않으며, 생성되지도 소멸되지도 않는 신적 존재로 이해되었습니다. 여기서 언급되는 불이란 소크라테스 이전의 철학자, 아낙시만드로스(Anaximander)가 맨 처음 주장한 바 있는 무한자(아페이론, τὸ ἄπειρον)의 개념과 어느 정도 관련됩니다. 우주의 만물은 불, 물, 공기, 흙 등에 의해 혼합된 것인데, 물, 공기 그리고 흙 등은 우주의 근본인 로고스적인 불에 대하여 유기적인 관계를 맺는다고 합니다. 우주의 만물은 운명과 섭리에 의해서 물질적으로 규정되고 있습니다. 부언하건대, 우주와 인간은 우주의 필연성과 섭리에 의해 정해져 있는 결정론에 의해 지배당하며 존재합니다. 여기서 우리는 스토아 사상의 물질적 특성과 법칙적 일원성을 간파할 수 있습니다. 누스(nous), 영혼, 필연성, 섭리, 신 등은 마치 하나의 법칙처럼 로고스라는 일원적 존재로 집결되고 있습니다(Pauly 11: 1016).

11. 스토아 사상의 윤리학과 세계국가 유토피아에 국한시켜 논하기로 한다: 이미 언급했듯이, 스토아 사상의 특정한 관점은 사상가들 사이에도 약간의 편차를 보입니다. 가령 크리시포스와 포사이도니오스는 "열정(πάθη)"의 개념을 놓고 서로 다른 의견을 내세웠습니다. 물론 두 사람 모두 육체의 질병이 영혼의 나약함에서 비롯된 것이라고 믿었습니다(Pauly 10: 214). 모든 영혼의 에너지는 포사이도니오스에 의하면 자신의 고유한 성향을 지니고 있으며, 변화되고 사멸한다고 합니다. 이에 비하면 크리시포스는 영혼의 변화와 사멸을 무조건 용인하지는 않았습니다. 이를 고려할 때, 우리는 유토피아의 흐름이라는 주제를 고려하면서, 스토아 사상에 나타난 인간적 자세 및 윤리적 관점 그리고 세계국가 유토피아

에 국한시켜서 논하려고 합니다.

12. 스토아 사상에 나타난 부동심: 스토아 사상의 윤리학은 네 가지 사항으로 요약될 수 있습니다. 첫째로 스토아학파는 비록 다양한 사상을 확보했지만, 어떤 집중적이고 흔들리지 않는 무엇을 역사의 현상으로 제시하였습니다. 그것은 스토아 사상가들이 견지한 "부동심(ἀταραξία)"과 관련됩니다. 원래 부동심이라는 표현은 에피쿠로스에 의해서 처음으로 사용된 용어인데, 나중에 스토아학파 사람들이 자신의 도덕적 덕목을 반영하는 개념으로 차용한 것입니다. "부동심"은 어떠한 경우에도 마음의 평정을 잃지 않는 견고한 자세를 가리킵니다. 그런데 부동심 속에는 근본적으로 수수방관주의 내지 회의주의의 의혹이 묘하게 도사리고 있습니다. "부동심"은 어떤 특정한 문제에 하나의 견해를 표방하지 않고, 거리감을 취할 때 실천될 수 있다고 합니다. 다시 말해서, 그것은 "판단의 유보(ἐποχή)"를 통해서 얻어지거나, 부동심의 결과로 나타나는 방관의 자세로 이해됩니다. 다시 말해서, 어떤 문제에 하나의 판단을 내리지 않고 결정의 혼란스러움으로부터 거리감을 취할 때, 인간은 영혼의 휴지(休止)에 도달할 수 있다는 것입니다. 이렇듯 "부동심" 속에는 절충주의자 퓌론의 사상적 영향이 은밀히 배여 있습니다. 스토아학파 사람들은 부동심을 하나의 가르침으로서 후세의 사람들에게 전수하였습니다. 스토아의 부동심은 영혼의 휴식을 지칭하지만, 어떤 무엇에도 흔들리지 않는 강건한 자세를 가리킵니다. 이와 관련하여 우리는 호라티우스의 시구를 인용할 수 있습니다. "만약 세계가 파괴되어 몰락하더라도,/폐허는 결코 흔들리지 않는 자에 의해 지탱될 것이다(Si fractus illabatur orbis,/impavidum ferient ruinae)"(Horaz: Ⅲ, 3, 7). 이는 근대에 이르러 어떠한 억압에도 굴복하지 않는 의연한 인간형의 모범적 자세가 됩니다. 그리하여 부동심은 근대에 이르러 자연법사상의 토대로 작용하였습니다.

13. 순리 그리고 선의 추구: 둘째로 스토아 사상가들의 덕목은 순리 내지 삶의 선한 흐름으로 요약될 수 있습니다. 말하자면, 마음의 평정을 찾으려는 태도인데, 냉정과 평정심과 관계됩니다. 이러한 태도는 특히 후기 스토아 사상가들에게서 강하게 엿보이는 인간적 자세입니다. 마음의 평정은 "아파테이아(ἀπάθεια)," 즉 냉정의 자세이며, 에픽테토스의 견해에 의하면 내적인 평화, 즉 "에우스타테이아(εὐστάθεια)"와 관련됩니다. 인간은 세계영혼의 지배를 받기 때문에, 이러한 필연적 섭리를 받아들이고, 내적으로 자유로움과 즐거움을 누리기만 하면 족하다는 것입니다. "마음의 평정"을 취하고 "내적인 평화"를 누리기 위해서 필요한 것은 반드시 평화롭고 안온한 여건만은 아니었습니다. 힘들고 어려운 삶의 정황 역시 "에우스타테이아"를 추구하는 데 필요하다고 믿었습니다. "피할 수 없으면, 즐겨라"라는 말은 스토아 사상가들에게 아주 적합한 격언입니다. 예컨대 스토아학파의 세 번째 수장이었던 크리시포스(Chrysippos)는 유해 동물 또한 인간의 내적 평화를 추구하는 데 도움이 된다고 믿었습니다. 가령 맹수들은 인간의 힘을 단련하는 데 활용될 수 있고, 독사의 맹독은 때로는 치료약으로 쓰이며, 천정 위에서 찍찍거리는 쥐는 인간의 주의력을 실험하는 데 용이하며, 빈대는 인간으로 하여금 늦잠 자지 않도록 조처해 준다는 것입니다(Pohlenz: 100). 그렇다고 해서 스토아학파가 모든 것을 숙명으로 받아들이라고 주장하는 것은 아닙니다. 왜냐하면 사물의 가치는 크리시포스의 경우 인간의 도덕적 자세에 의존하며, 주어진 사실은 인간 자신의 의지에 합당하게 선택하는 게 중요하기 때문입니다(Hadot: 203).

14. 남성적 강인함과 기개: 셋째로 스토아 사상은 어떤 남성적 강인함을 견지하고 있습니다. 그렇기에 이러한 자세는 먼 훗날 근대 유럽에서 시민 주체로 하여금 권력 앞에서 의연한 자세를 취하게 하였으며, 루소,

흐로티위스(Grotius) 등과 같은 근대 학자들로 하여금 엄밀한 자연법사상을 추구하게 하였습니다. 이는 어떠한 억압이나 명령에 대해서도 허리를 굽히지 않는 기개 내지 의연함으로 요약될 수 있습니다. 스토아학파 사람들은 추상적으로 사고했음에도 불구하고 불편부당의 자세로 더 나은 삶을 위한 국가 체제를 추구할 수 있었습니다. 스토아 학자들의 남성적 강인함은 결국 로마 사회를 성숙하게 하였으며, 로마가 기독교에 의해서 몰락할 때에도 나름대로 커다란 영향력을 행사하였습니다. 넷째로 스토아의 윤리적 자세는 자신의 욕망에 대한 절제 내지 극기로 이어집니다. 인간의 자유를 방해하는 것은 내적으로 타오르는 소모적 열정이라고 합니다. 인간이 진정으로 자기 자신에게 자유로울 수 있으려면, 내면의 소모적 열정을 스스로 다스리고 이를 극복해 나가야 할 것입니다. 그렇지만 스토아 학자들이 추구하는 이러한 노력은 욕망을 무조건적으로 억제하라! 하는 전언과는 근본적으로 차원이 다릅니다. 흔히 스토아 사상가들의 생활관을 금욕과 연결시키는데, 여기서 말하는 욕망의 억제는 반드시 성적 차원으로 이해될 수는 없으며, 무조건 행해져야 하는 것도 아닙니다. 인간의 능력으로는 극복할 수 없는 열정의 경우, 이를 회피하거나 망각하는 것도 좋은 선택일 수 있다고 스토아 사상가들은 가르칠 뿐입니다.

15. 스토아 사상가의 네 가지 자세: 요약하건대, 스토아 사상가의 자세는 다음과 같은 네 가지 사항으로 정리될 수 있습니다. (1) 부동심(ἀταραξία), (2) 내적인 평화, 즉 "에우스타테이아(εὐστάθεια)," (3) "감정의 절제(ἀπάθεια)"를 통한 극기 내지 인내하는 행위, (4) 삶의 좋은 움직임, 순리(εὔρια)를 따르는 일. 이러한 네 가지 자세를 고려한다면, 우리는 스토아 사상이 어느 정도의 범위에서는 불교 사상과 근친하다는 것을 간파할 수 있습니다. 스토아 사상을 가장 쉽고도 명확하게 언급한 사람은 디오게네스 라에르

티오스(Diogenes Laertios)였습니다. 그는 다음과 같이 기술하였습니다. "스토아 학자들은 말한다. 세상의 모든 것은 세 가지 종류로 나누어진다. 좋은 것, 나쁜 것 그리고 좋지도 나쁘지도 않은 것이 바로 그것들이다. 이를테면 미덕, 영특함, 정의, 용기, 절제는 좋은 것이고, 이와 반대되는 것, 즉 악덕, 무지, 불의, 두려움, 낭비 등은 나쁜 것이다. 그런데 생명, 건강, 욕망, 아름다움, 강인함, 풍요로움, 명성이라든가, 죽음, 병, 고통, 추함, 약함, 가난 등은 좋지도 나쁘지도 않은 것들이다. 이것들은 인간의 선택에 따라 좋은 것이 되거나, 나쁜 것이 된다. 가령 풍요로움과 건강은 선하게, 혹은 악하게 활용될 수 있다. 선하게, 혹은 악하게 활용되는 것은 선함이 아니다. 따라서 풍요로움과 건강은 좋은 것에 해당하지 않는다"(Diogenes: 36f).

16. 스토아 사상가들의 세계국가의 상: 세계국가에 관한 갈망의 상은 유토피아의 역사에서 스토아 사상이 차지하는 특징입니다. 지금까지 인간의 꿈들은 소탈하고 규모가 작은 것들이었습니다. 고대의 사람들은 항상 폴리스를 염두에 두었으며, 도시국가의 범위 내에서 국가의 상을 설계하려 하였습니다. 예컨대 그리스 철학자들이 자그마한 모범적인 사회를 반영하고 있었으며, 어떤 공동체가 바람직하며, 어떻게 이루어질 수 있을 것인가 하는 문제를 제기한 것도 바로 그 때문입니다. 그럼에도 이러한 유토피아는 그리스의 도시국가의 시스템을 전적으로 개혁하지는 못했습니다. 그러나 스토아학파 사람들은 국가를 설계할 때 도시의 협소한 범위를 더 이상 용인하지 않았습니다. 어쩌면 그들의 뇌리에 비친 국가는 상업이 번창하던 도시 알렉산드리아와 알렉산더 대제가 정복한 먼 인도로까지 그 영역이 확장되고 있었던 것입니다. 거대한 로마제국을 염두에 두면서 이상적인 세계국가의 상을 추적한 사상가는 특히 파나이티오스였습니다(Pohlenz: 204f.). 바람직한 국가의 모습은 주어진 로마제

국과는 질적으로 다르지만, 양적으로는 유사한 상으로 스토아 사상가들에게 투시되었습니다.

17. 자연, 이성을 중시하는 무정부주의 국가에 관한 제논의 상: 일단 스토아 사상가 가운데 제논이 추구한 무정부주의 국가에 관한 상을 재론할 필요가 있습니다. 여기서 말하는 제논은 소크라테스 이전의 철학자로 분류되는 엘레아의 제논도 아니고, 이후 스토아학파의 4대 수장이 되는 타르소스 출신의 제논도 아닙니다. 그는 키톤 출신의 제논으로서 기원전 333년에 키톤에서 태어난 초기 스토아 사상가를 가리킵니다. 그의 문헌이 남아 있지 않아서 완전한 세계국가의 상을 재구성하기는 어렵습니다. 제논이 염두에 둔 국가의 상은 플라톤의 『국가』에 나타난 견해에서 멀리 벗어나 있지는 않습니다. 이를테면 그는 무소유를 강조하고, 가족 체제 대신에 여성 공동체를 언급하였습니다. 그리고 젊은이들을 공동으로 교육해야 한다고 설파하였습니다. 제논과 플라톤 사이의 다른 점은 "세계국가"의 상에서 드러납니다. 제논은 그리스인의 피를 절반만 물려받아서 그런지는 몰라도, 체질적으로나 사상적으로 고대 그리스인들의 도시국가의 상을 부인하고 싶었습니다(Freyer: 74f). 물론 여기서 말하는 "세계국가"라는 개념은 알렉산더 대왕이 정복한 나라와 직결되는 것은 아닙니다. 제논은 다만 추상적 차원에서의 거대한 세계를 의식했을 뿐, 결코 실제로 세계 전체를 장악한 알렉산더 대제의 국가를 염두에 두지 않았습니다. 오히려 제논의 사고는 무정부주의적 관점에서의 세계국가의 상과 연결되고 있습니다. 엄밀히 따지면, 세계국가의 상은 알렉산더 대제와 동시대에 살았던 제논, 클레안테스보다는, 한 세기 이후에 살았던 철학자들, 이를테면 크리시포스, 파나이티오스 그리고 바빌로니아 출신의 디오게네스 등에 의해서 더욱더 명징한 면모로 출현하였습니다.

18. 제논의 반국가주의, 자연과 이성의 법칙: 제논의 입장은 실재하는 국가를 거부하고 이와의 모든 정치적 관계를 단절한 채 살아간 견유학파 사람들의 그것과 유사합니다. 견유학파 사람들은 주어진 모든 법 규정을 무시하고, 자신을 "세계시민"으로 명명하였습니다. 마찬가지로 제논은 영원한 이성과 도덕의 법칙을 믿었습니다. 제논에 의하면, 개인은 우주의 일부라고 합니다. 국가는 인류 전체의 공동체이므로, 그 속에서 살아가는 자신은 스스로 자족하고 극기하면서 생활해야 한다는 것입니다. 세계국가 속에서 살아가는 인류는 제논에 의하면 실정법을 필요로 하지 않습니다. 인류는 마치 평화롭게 살아가는 동물의 무리처럼 함께 아우르면서 생활하면 족하다고 합니다. 최상의 국가는 법정을 필요로 하지 않는다고 합니다. 따라서 판사, 검사 그리고 변호사의 직업 역시 불필요합니다. 모든 교육은 이성과 자연의 법칙에 따르면 족하므로 학교가 필요하지 않다고 합니다. 신앙의 경우에도 마찬가지의 논리가 적용됩니다. 인류는 굳이 사제 계급과 사원을 별도로 설정하지 않아도 좋다는 것입니다. 국가의 질서는 자연의 질서이므로 인위적 법령 자체가 요청되지 않는다고 합니다. 따라서 그것은 처음부터 통합된 개념으로서의 자연과 이성 속에 편입되어 있습니다.

19. 하나의 당위성으로서 세계국가: 스토아학파는 세계국가를 하나의 사회 유토피아로 규정했지만, 그것을 구체적인 모델로 삼아서 구성적으로 설계하지는 않았습니다. 그렇기에 세계국가의 시스템이 구체적으로 어떻게 체계화될 수 있는가 하는 문제는 생략되어 있습니다. 우리는 스토아학파의 세계국가에 관한 상에서 국가의 모델 내지 시스템으로서의 어떤 구체적인 범례를 발견할 수 없습니다. 다만 스토아학파는 보편적 이상 사회를 꿈꿈으로써, 역사적 전환에서 어떤 결론을 도출해 내었습니다(Pohlenz: 205). 이 점에 있어서 스토아학파의 세계국가 유토피아

는 플라톤의 『국가』에서 묘사된 국가 유토피아의 상과는 근본적으로 다릅니다. 스토아 사상가들은 국가의 시스템을 구체적으로 조목조목 기술한 게 아니라, 세계국가의 가능성을 제시하면서, 막연한 자세로 역사의 전환을 이데올로기화 하고, 이를 이상화시켰습니다. 이는 기원전 300년에 제논이 설계한 상에서, 휴머니즘 국가로서의 "이상적 세계국가"의 상에서 분명하게 드러나고 있습니다. 특히 후자의 개념은 (나이 어린) 스키피오가 지배하던 사회에 살던 파나이티오스에 의해서 비로소 사용된 것입니다. 세계의 이성은 파나이티오스에 의하면 인간의 자연적 이성의 확장을 통해 실천될 수 있다고 합니다. 스토아 사상가들은 다만 전체적 입장에서 모든 것을 흐릿하게 개괄적으로 서술했을 뿐입니다. 세계국가는 얼마든지 존속 가능하며, 이를 포괄할 수 있는 국제적으로 유효한 사상적 관점이 유효하며 실천 가능하다는 원론을 제시하였습니다. 그렇기에 혹자가 스토아 사상 속에는 이상 국가에 관한 세부적 사항, 다시 말해서 각론이 결여되어 있다고 주장하는데, 이는 그 자체 타당합니다.

20. 스토아 사상의 변화 과정: 자고로 대부분의 사상은 시간이 흐를수록 체제 옹호적으로 변하는 법입니다. 스토아의 사상적 궤적이 포괄적이어서 일목요연하게 정리될 수 없는 까닭은, 이미 언급했듯이, 스토아의 사상이 400여 년 동안 지속되었기 때문입니다. 그렇기에 후기 스토아 학자들이 제논, 크리시포스 그리고 클레안테스 등의 사상에다가 어떤 체제 옹호적인 견해를 가미한 것은 자연스러운 귀결일지 모릅니다. 당시는 아우구스투스 황제가 원로원의 권력을 약화시키고, 왕정 체제를 굳건하게 다지기 시작한 시기였습니다. 그렇기에 세네카와 에픽테토스 등은 이전의 스토아 사상가들이 내세운 체제 파괴적인 입장을 상당 부분 축소시켰습니다. 그렇게 함으로써 그들은 심지어 아리스토텔레스와 같은 반이상주의자의 학설을 추종하며, 민주주의와 관료주의를 혼합한 정치적 이

상을 설파할 수 있었습니다(블로흐 2011: 51). 예컨대 에픽테토스는 노예 출신이었지만, 노예의 삶을 처음부터 당연한 것으로 받아들였으며, 주어진 계층 차이에 대해서 아예 관심을 기울이지 않았습니다. 그들은 위세 등등한 군주들에게 굴복당하여, 이상 국가의 이념을 우두머리에 대한 찬양과 동일시하였습니다. 이를테면 스토아 사상에 탐닉했던 디아도헨 출신의 왕, 안티고노스 고나타스는 맨 처음으로 왕국의 정치를 "민중들이 자발적으로 노예처럼 권력에 봉사하는 것을 영광으로 생각해야 한다"라고 말한 바 있습니다(Claudius Aelianus: 2, 20). 그렇지만 우리는 후기 스토아 사상이 사상적으로 초기의 사상으로부터 변질되었다고 주장할 수 없습니다. 왜냐하면 스토아 사상은 시간이 흐름에도 전체적인 사상적 토대 내지는 틀 자체를 고수했기 때문입니다.

21. **공동체 사상과 무위로서의 자연:** 인간을 위한 공동체는 우주적인 것을 그 기조로 하지만, 그것은 우주적인 것의 부분을 형성할 뿐입니다. 왜냐하면 "지구"란 스토아 학자인 클레안테스의 말에 의하면 "세계의 공동 소유의 아궁이"일 뿐이기 때문입니다. "클레안테스는 세계 자체가 신이라고 명명했다(ipsum mundum deum dicit)"(Cicero: 1, 14). 아궁이를 지배하는 것은 신과 인간을 결합시키는 "계획된 이성"이라고 합니다. 이는 모든 사람들에게 일원적인 삶의 법칙을 제공하며, 모든 이성적 인간들의 국제적인 공동체를 요구하고 있습니다. 세계의 공동 소유의 아궁이에 있는 우주적 이성은 스토아학파들이 거의 일관되게 추구한 목표였습니다. 물론 스토아의 유토피아 개념인 "세계 전체에 대한 믿음"은 스토아학파 이전에도 존재했습니다. 그것은 스토아학파에 의해서 채택되어 열광적으로 전파되었습니다. 어쨌든 우리는 한 가지 사항을 짚고 넘어가야 합니다. 즉, 스토아학파 사람들의 세계국가에 관한 이념 속에는 무위로서의 자연과 조화로서의 인간의 본성이라는 개념이 도사리고 있다는 사실

말입니다. 이는 제논에 의해서 제기된 사상으로서, 모든 인위적 제도를 거부하고 오로지 자연 속의 인간 삶을 갈구하는 사상을 가리킵니다. 스토아학파의 이러한 사상은 먼 훗날에 국가 없는 자연, 인위적인 제도를 거부하는 자연에 합당한 삶을 하나의 이상으로 간주하는, 이른바 비-국가주의의 유토피아로 이어지게 됩니다. 가령 우리는 — 본서에서 약술하겠지만 — 17세기 말에 출현한 페늘롱(Fenélon)의 베타케 공동체 유토피아, 푸아니(Foigny)의 비국가주의 공동체를 예로 들 수 있을 것 같습니다.

22. 세계주의 신앙: 따라서 우리는 세계 전체와 세계국가에 관한 스토아 사상가들의 주장이 전적으로 독창적인 것이라고 말할 수는 없습니다. 왜냐하면 원래 "세계주의 신앙"은 유대주의에 내재한 고대의 예언적 우주론으로부터 유래한 것이기 때문입니다. 고대의 예언적 우주론은 스토아학파 이전에 이미 온존하고 있었으며, 예언자들에 의해서 오래 전부터 전해 내려온 것입니다. 그것은 구세주를 갈구하는 메시아사상과 결부되어 있습니다. 이를테면 유대 민족은 기원전 597년부터 기원전 539년까지 바빌로니아로 끌려가서 노예로 살았습니다. 그들은 바빌로니아 유수의 기간에 그들의 고향을 애타게 그리워하였으며, 마치 모세처럼 자신들을 가나안 땅으로 이끌 구세주를 애타게 기다렸습니다(「시편」: 137). 이러한 구도적 기다림은 유대인들로 하여금 고대의 예언자들의 말씀을 떠올리면서 메시아사상 내지 천년왕국에 대한 믿음을 형성시키게 하였습니다. 스토아 사상가들이 수용한 것은 바로 이러한 예언적 우주론이었습니다.

23. 스토아 사상의 후세 영향: 스토아학파의 세계주의 신앙은 나중에 초기 기독교인들에게 지대한 영향을 미쳤습니다. 예컨대 다음과 같은 가

설은 상당히 설득력을 지니고 있습니다. 즉, 베드로와 달리 사도 바울이 내세운 세계시민주의는 스토아 사상의 영향 아래에서 더욱 강화되었다는 가설 말입니다. 베드로는 글을 잘 모르는 천민이었지만, 사도 바울은 유대인 학자 출신이었습니다. 그는 초창기에는 유대인의 율법을 충실하게 공부한 뒤, 천민 공동체인 기독교 교회를 처단하고 단죄하는 그룹에서 활약하였습니다. 쉽게 말하자면, 기이한 종교 단체, 이른바 사이비 단체에 속하는 교인들을 처벌하는 임무를 담당한 사람이 바로 젊은 사울이었던 것입니다. 그러나 사울은 나중에 다마스쿠스에서의 낙마(落馬) 사건을 계기로 바울로 개명하여 진심으로 그리스도를 섬기게 됩니다. 사도 바울의 편지에는 스토아 사상으로부터 영향을 받은 흔적이 자주 발견됩니다(사도행전 17장 22절 이하). 바울이 아테네 사람들에게 설파한 연설 가운데는 클레안테스와 아라토스의 인용문이 실려 있습니다.

24. 스토아 사상의 한계: 스토아 사상은 주어진 현실에서 하나의 구체적인 정책을 제시하지는 못했습니다. 가령 스토아 사상가들은 사유재산 제도의 철폐라든가, 전통적 가족제도의 폐지 등에 관해서는 둔감한 태도로 일관했습니다. 그들의 관심은 결코 노예제도로 향하지 않았습니다. 스토아 철학자들은 찬란한 황금시대가 사라진 이유를 인간이 판도라의 상자를 열었기 때문이라고 확신하였고, 나중에 기독교의 교부철학자들은 인간이 선악과를 따먹어서 천국에서 쫓겨났다고 믿었습니다. 바로 이러한 까닭에 황금시대 내지는 천국에서 횡행하던 공유제는 더 이상 존속될 수 없으며, 사유재산이라든가, 강제적 정부 그리고 신분의 차별을 더 이상 극복할 수 없게 되었다고 단언하였습니다. 사악한 인간들의 피비린내 나는 싸움을 막기 위해서는 소유를 명확히 규정하는 사유재산제도가 차라리 낫다는 것이었습니다. 사유재산제도는 스토아 철학자들과 교부철학자들에게는 그 자체 바람직하지 않지만, 인간이 사악해졌기 때문에

어쩔 수 없이 도입되어야 하는 차선책이었습니다. 따라서 사유재산제도는 인간이 타락한 결과이며, 동시에 더욱 끔찍한 파국을 미연에 차단시킬 수 있는 필요악으로서의 방책이라고 합니다. 이러한 사고는 르네상스 시기에 이르러 토머스 모어에 의해 완전히 전복됩니다. 그렇지만 우리는 스토아 사상이 만인의 자유와 평등을 하나의 자연법적 이상으로 설정했다는 사실을 잊어서는 안 될 것입니다. 비록 로마의 최초의 법이 채권자의 권익을 옹호하기 위한 수단으로 생겨났지만(블로흐 2011: 28), 거기에 처음으로 자연법적 이상이 기술되어 있는 까닭은 스토아 사상가들의 자유와 평등에 대한 신념에서 기인합니다.

참고 문헌

공자 (2011): 논어, 김형찬 역, 홍익출판사.

블로흐, 에른스트 (2009): 저항과 반역의 기독교, 박설호 역, 열린책들.

블로흐, 에른스트 (2011): 자연법과 인간의 존엄성, 박설호 역, 열린책들.

Beltz, Walter (1988): Gott und die Götter-Biblische Mythologie. 5. Aufl. Berlin und Weimar.

Bichler, Reinhold (2010): Johannes G. Droysen und der Epochenbegriff des Hellenismus, in: Robert Rollinger u. a(hrsg.), Historiographie-Ethnographie-Utopie: Gesammelte Schriften, Teil 3, Studien zur Wissenschafts- und Rezeptionsgeschichte, Wiesbaden, 195-203.

Bloch A (1985): Bloch, Ernst, Leipziger Vorlesungen zur Geschichte der Philosophie 1950-1956, Frankfurt a, M,.

Bloch B (1985): Bloch, Ernst, Das Materialismusproblem, seine Geschichte und Substanz, Frankfurt a. M..

Cicero, M. Tullius (1995): De natura Deorum, Lateinisch/ Deutch, Stuttgart.

Claudius Aelianuns (1839/1842): Werke, 9 Bde., Varia Historia, Stuttgart.

Diogenes Laertius (1807): Von dem Leben und den Meinungen berühmter Philosophen, 2 Bde. Wien.

Freyer, Hans (2000): Die politische Insel. Eine Geschichte der Utopie von Platon bis zur Gegenwart, Wien.

Hadot, Pierre (1996): Mark Aurel, in: Friedo Ricken (hrsg.), Philosophen der Antike, Bd. II, Stuttgart.

Horaz (1992): Oden, München.

Long (2000): Long, Arthur A. u. a(Hrsg.), Die hellenistischen Philosophen. Texte und Kommentare. Metzler, Stuttgart.

Pauly (1999): Der neue Pauly, (hrsg.) Hubert Cancik u. a., Bd 20, Stuttgart.

Pohlenz, Max (1992): Die Stoa. Geschichte einer Geistesbewegung, Stuttgart. 7. Aufl. Göttingen.

8. 이암불로스의 태양 국가와 헬레니즘 유토피아

1. 헬레니즘 문학에 나타난 이상 국가: 이 장에서 헬레니즘의 유토피아와 고대 유토피아의 몇 가지 특성들을 개관해 보기로 하겠습니다. 여기서 논의되는 문헌은 비국가주의의 대표적 범례로 이해되는 에우헤메로스의 『성스러운 비문』과 이암불로스의 「태양 국가」입니다. 특히 후자는 오늘날 기원전 1세기에 활동했던 시칠리아 출신의 디오도루스 시쿨루스(Diodorus Siculus)의 선집에 일부의 내용이 전해지고 있지만, 플라톤의 『국가』에 필적하는 작품으로 간주되었습니다. 이를 이해하려면, 우리는 헬레니즘 시대의 역사적 사건과 현실적 배경을 이해할 필요가 있습니다. 맨 처음 우리의 관심을 일깨우는 것은 알렉산더 대왕의 동방 정벌입니다. 사람들은 옛날의, 혹은 미래에 도래할 황금의 옛 시대뿐 아니라, 유럽에서 멀리 떨어진 곳을 찾아 나섰습니다. 황금시대라는 이상향은 어떤 공간적인 모습으로 부각되었으며, 멀리 위치한 기적의 나라로 의식화되었던 것입니다(Jones 165). 이에 결정적인 영향을 미친 것은 알렉산더 대왕의 동방 정벌로 인하여 대륙의 범위가 지리적으로 확장되었다는 사실입니다. 알렉산더 대왕의 장군, 니어스는 아라비아와 인도에 관한 기상천외한 이야기들을 고향 사람들에게 전했습니다. 니어스의 이야기들

은 오랜 기간 동안 세인들에 의해서 전해졌는데, 1500년 이후에 콜럼버스로 하여금 인도 정벌을 꿈꾸도록 만들 정도였습니다. 헬레니즘의 유토피아는 인도의 발견으로 인하여 강렬한 상으로 부각되었습니다. 이로써 국가 소설은 미지의 국가인 인도와 관련하여 어떤 지정학적인 장소를 확정짓게 됩니다.

2. 에우헤메로스의 성스러운 비문: 맨 처음 우리의 관심을 끄는 것은 에우헤메로스의 훌륭한 미완성 소설입니다. 그것은 기원전 300년경에 발표된 『성스러운 비문(Ιερά άναγραφή)』인데, "당대의" 현실을 소재로 한 최초의 유토피아 문헌입니다. 그러나 이 문헌은 오늘날 남아 있지 않으며, 디오도루스 시쿨루스의 문헌에 부분적으로 언급되고 있습니다. 에우헤메로스는 축복의 섬을 묘사한 호메로스의 뒤를 이어, 이상향을 하나의 섬으로 묘사하였습니다. 에우헤메로스는 고대 그리스의 철학자이며, 작가이자 신화 서술자였습니다. 그는 기원전 340년경에 시칠리아의 메사라에서 태어나, 기원전 260년경에 사망했다고 전해집니다. 기원전 300년경에 그는 주로 마케도니아 왕국에서 책사로 살았다고 합니다. 에우헤메로스는 여러 가지 전해 내려오는 문헌을 바탕으로 자신의 문학작품을 집필하였습니다. 소설은 어느 선원의 이야기를 결합시켜서 역설적으로 어떤 바람직한 사회상을 일목요연하게 묘사하고 있습니다. 에우헤메로스의 작품에서 한 남자는 "행운의 아라비아(Arabia felix)"로부터 인도양에 있는, 지금까지 감추어진 어떤 섬, "판차이아"로 항해합니다. 그곳은 세상 사람들에게 발견되지 않은 인도네시아의 작은 섬입니다.

3. 판차이아의 경제적 측면: 물론 이곳은 이암불로스의 「태양 국가」에 비하면 그렇게 천혜의 자연 조건을 갖추고 있지는 않습니다. 그렇기에 사람들은 열심히 땅을 경작해야 합니다. 그럼에도 불구하고 농사일

은 엄청나게 힘든 노동을 요구하는 것은 아닙니다. 왜냐하면 사람들은 공동으로 일하여 곡식과 열매를 수확하기 때문입니다. 게다가 수확물은 섬사람들에게 공정하게 분배됩니다. 수확의 여신, 데메터가 관장하는 땅의 모티프는 여기서 처음 언급되고 있습니다. 데메터는 생명체에게 탄생, 성장 그리고 수확을 기약해 주는 대지의 어머니와 같습니다. 주어진 토양은 사람들이 노동하지 않고 편안하게 살기에는 비옥하지 않으며, 자원 또한 충분하지 못합니다. 그렇기에 사람들이 생계를 위해서 육체노동과 수공업의 노동을 중시한 것은 당연한 귀결이었습니다. 다시 말해, 더 나은 생산력을 위해 사람들은 노동의 생산성을 강조할 수밖에 없었던 것입니다. 판차이아는 양적으로 그리고 질적으로 최상의 곡식을 수확한 10명의 농부들을 매년 선출하여, 그들에게 상을 내립니다. 이는 노동에 대한 장려 정책으로 시행되었습니다. 섬에 거주하는 사람들은 축복을 누리며 살아가는데, 이는 옛날 제우스가 지상에 살던 시대와 관련된 것입니다. 온화한 성직자들을 제외한다면, 왕국이나 정부는 세인의 관심을 끌지 못합니다. 정치체제는 오히려 불필요한 것처럼 느껴집니다. 제우스는 사람들에게 축복의 법칙을 가르쳤으므로, 상부로부터의 간섭은 불필요한 것이었습니다. 바로 이러한 이유로 인하여 비-국가주의 문학 유토피아는 에우헤메로스에게서 처음 등장한다고 해도 과언이 아닙니다.

4. 신들과 왕들의 권능에 관한 비유적 이야기: 에우헤메로스는 멀리 떨어진 섬의 사회 유토피아만 묘사한 게 아니라, 이것에다 제우스와 여러 신들에 관한 이야기를 가미했습니다. 소설의 주인공은 카산드로스 왕(BC. 305-297)의 부탁으로 여행을 떠납니다. 이 과정에서 그는 인도양의 군도 가운데 판차이아라는 거대한 섬에 도착합니다. 그곳에는 수많은 과일들이 저절로 자라고, 제우스를 모시는 신전이 섬 한복판에 자리하고 있습니다. 사원 내부에 위치한 비문은 다음의 사실을 전해 줍니다. 즉, 원래

올림포스의 신들은 인간들이었는데, 인류를 위해 전력투구한 결과로 신들로 격상되었다는 것입니다. 고대인들에게 신을 인간과 동등한 위치에 설정하는 것은 참으로 놀라운 시각이 아닐 수 없었습니다. 그러나 에우헤메로스는 신과 인간을 동등한 관계로 설정하고, 이를 묘사하였습니다.

5. 계층 사회로서의 판차이아: 작품의 나머지 부분에는 판차이아의 사회구조에 대한 기술이 할애되고 있습니다. 판차이아는 세 계급으로 나누어져 있습니다. 첫 번째 계급은 사제이자 수공업자이며, 두 번째 계급은 군인들로 구성되어 있으며, 세 번째 계급은 농부들로 이루어져 있습니다. 그들은 엄격한 공동생활을 영위하는데, 오로지 집과 정원만을 사유재산으로 인정받고 있습니다. 그 외의 모든 재산은 공동으로 관장합니다. 사제들이 수공업을 겸직하고 있는데, 이는 고대사회의 유토피아에서 거의 유례를 찾아보기 어려운 특징입니다. 왜냐하면 고대사회에서 모든 계급은 계층적으로 종속 관계를 맺고 있기 때문입니다. 가령 사제 및 수공업자 계급이 상층계급이라면, 군인 계급은 두 번째, 그리고 농부들은 세 번째 계급에 속합니다. 그 밖에 우리는 성스러운 비문에 관한 이야기를 빠뜨릴 수 없습니다. 어떤 사원에서 에우헤메로스는 자신의 책 제목이 그러하듯이 "성스러운 비문"를 발견했다고 주장합니다. 이것은 이 세상으로부터 차단되어 있는 판차이아 섬에 남아 있는 고대의 신들에 관한 이야기입니다. 우라노스, 크로노스, 제우스 그리고 레아 등은 옛날에 모두 나라를 다스리던 군주들이었으며, 오랜 시간이 흐른 뒤에 신으로 승격되었다는 것입니다. 이는 알렉산더, 그리고 알렉산더의 후계자들, 즉 "디아도헨(διάδοχοι)"들이 신으로 승격될지 모른다는 점을 암시하고 있습니다.

6. 계몽주의의 시각: 에우헤메로스의 이러한 주장은 전적으로 무신론

적 입장에서 유래한 것입니다. 신들은 선한 인간의 면모를 드러냅니다. 그들은 세계를 지배한다든가 천국을 다스리려는 의도를 지니지 않으며, 소문과 평판의 여신, 파마(Fama)에 의해 창조된 순진무구한 존재들이라고 합니다. 이러한 점에 있어서 에우헤메로스의 삶의 방식은 쾌락주의 학파의 생활관과 근접해 있으며, 에피쿠로스의 선구자이자 그리스 최초의 무신론자라고 말할 수 있는 키레네 출신의 테오도로스(Theodoros)와 비슷한 입장을 취하고 있습니다. 테오도로스는 에피쿠로스와 동시대에 살았던 철학자로서 기원전 300년경에 키레네학파를 거느렸습니다. 그는 최상의 쾌락을 추구하는 것을 행복으로 간주했는데, 이는 육체적이 아니라 영혼의 쾌락을 지칭한다는 점에서 에피쿠로스와 유사합니다. 테오도로스는 선과 정의보다도 더 중요한 것이 영혼의 쾌락이라고 판단했습니다(Diogenes Laertios: 2, 98).

7. 무신론의 세 가지 특성: 상기한 무신론적 세계관은 어떤 의미에서 세 가지의 흔적을 암시합니다. 그것은 한편으로는 신과 인간의 계층 구분을 약화시키는 평등의 흔적이며, 다른 한편으로는 왕권과 신권을 교묘히 합치시키려는 이데올로기의 흔적일 수 있습니다. 첫째로 왕들이 신으로 격상될 수 있다는 생각은 무신론적일 뿐 아니라, 신과 인간의 차이를 희석시킵니다. 이 점에 있어서 우리는 — 만약 권력에 대한 숭배의 관점을 제외한다면 — 평등을 추구하는 작가의 계몽주의의 세계관을 엿볼수 있습니다. 둘째로 왕이 신의 모습과 흡사하다는 것은 왕의 권위를 높이기 위함일 수 있습니다. 즉, 일반 사람들은 왕권과 신권이 동일하다는 가설을 은연중에 사실로 수용함으로써 왕의 권위에 경외감을 느끼게 됩니다. 셋째로 에우헤메로스의 문헌은 신들의 이야기가 — 적어도 고대 그리스에서는 — 절대적인 힘으로 활용되지 않았음을 반증해 주기에 충분합니다. 당시에 신의 권능은 실질적으로 인간의 제반 정치적, 경제적

권한으로 기능하지 않았으며, 그저 인간의 위대한 품격에 대한 비유로 활용되었을 뿐입니다. 이는 호메로스의 장편서사시, 『오디세이아』에 등장하는, 신과 다를 바 없는 고결한 인간에 대한 비유의 맥락에서 이해될 수 있습니다. 이 점을 고려할 때, 신의 권능은 오히려 기독교가 도래함으로써 한층 더 강화되었다고 말할 수 있습니다.

8. 축복의 섬, 판차이아: 판차이아라는 축복의 섬은 위대한 향락주의적 교훈 시인인 루크레티우스(Lukrez)의 작품, 『자연의 본성에 관하여(De rerum natura)』(BC. 50)에 실린 「감정의 차이」라는 시에서 "향을 풍기는 이승의 나라"로 묘사되어 있는데, 이는 결코 우연이 아닙니다(Lukrez: III, 327). 판차이아 섬에서는 행복이라는 이상과 종교적인 계몽이 통합되어 하나의 일원성을 이루고 있습니다. 지상의 독재자들과 특히 근엄한 복수와 징벌의 신들은 이미 몰락해 버리고 말았다고 합니다. 그럼에도 불구하고 판차이아에 있는 제우스 사원에는 문헌 하나가 남아 있는데, 거기에는 제우스를 비롯한 모든 신들이 옛날에 살았던 좋은 사람들로서 존경을 받았다고 기록되어 있습니다. 이들은 모권이 지배하던 온화한 시대의 인간들이었습니다. 그 당시에는 제우스가 인간의 신분을 지닌 채 농사를 지었다고 합니다. 에우헤메로스는 선량한 왕들이 신으로 화했다고 주장함으로써 사람들에게 어떤 영향을 끼치려 했을 뿐, 처음부터 어떤 국가를 의도한 것은 결코 아니었습니다.

9. 기술 정치로 영위되는 이상 공동체: 이상적인 섬 "판차이아"는 놀라운 경제적 특징을 드러내고 있습니다. 에우헤메로스는 플라톤과 마찬가지로 계층적 차이를 부정하지 않았습니다. 그런데 에우헤메로스가 도입한 계층 차이의 사회구조는 무엇보다도 경제적 측면을 고려한 것입니다. 이를테면 이곳 사람들은 경제적으로 결핍된 자산을 보충하기 위해서 사

회 전체가 재화를 재생산해 내는 것을 가장 중요하게 생각하였습니다. 가령 농부와 목자들은 공동체 전체에 영양을 공급하는 음식을 책임지고 있습니다. 군인 계급은 나라로부터 봉록을 받으면서, 외부에서 공격해 오는 적을 방어하는 일을 담당하고 있습니다. 사제 계급은 행정, 법적 사항 그리고 정치·경제의 거시적 문제를 관장하고 있습니다. 플라톤이 『국가』에서 "농업의 집단적 형태"를 중요하게 생각한 반면에, 에우헤메로스는 놀랍게도 첫 번째 계층에 해당하는 사제이자 수공업자들에게 어떤 특별한 권한을 부여하고 있습니다. 이로써 에우헤메로스는 플라톤이 별 볼일 없는 것으로 간주했던 노동 행위 자체를 가치 있는 무엇으로 판단하였습니다. 요약하건대, "판차이아"는 대부분의 고대 유토피아와는 달리 "신권정치(Theokratie)" 대신에, "기술 정치(Technokratie)"에 의해서 영위되는 이상적 공동체라고 말할 수 있습니다.

10. 이암불로스와 그의 국가: 헬레니즘 시대의 사람들은 오직 욕망과 풍요로움으로 가득 찬 꿈을 꾸었는데, 이는 실제와는 다른 국가상을 탄생시킨 바 있습니다. 가령 우리는 노동 없이 살아갈 수 있는 비옥한 자연을 예로 들 수 있습니다. 이는 이암불로스의 「태양 국가」에서 잘 나타납니다. 태양 섬의 사람들은 마치 공유제의 공동의 축제와 같은 찬란한 삶을 살아가고 있습니다. 이 나라는 철저히 민중적 축제와 같은 특성을 지녔으므로, 정치적인 시각에서 볼 때 과히 놀라운 사회상입니다. 이암불로스의 생애는 오늘날 정확하게 전해지지 않고 있습니다. 그가 언제 어디서 태어나서 어떻게 죽었는지 아무도 모릅니다. 확실한 것은 그가 소아시아 북서 지역의 아라비아 유목 민족 출신이라는 사실입니다. 이암불로스는 무역을 위해 여러 나라를 떠돌았는데, 호르무즈해협에서 에티오피아 출신의 해적들에게 체포, 구금당하게 됩니다. 확실한 것은 아니지만, 이암불로스가 제물로 쓸 물건을 슬쩍 밀수하려고 했다는 게 죄목이

었던 것 같습니다. 그래서 이암불로스는 머나먼 인도양의 섬으로 귀양을 떠나게 되었는데, 나중에 인도와 페르시아를 거쳐서 그리스로 되돌아왔다고 합니다. 그가 묘사한 섬은 오늘날 스리랑카라고 간주되지만, 모든 것은 오로지 작가의 상상에 의해서 기술되고 있으므로, "태양 국가"가 스리랑카와 직접적으로 관련된다는 것은 신빙성이 없습니다.

11. 자연민족에 관한 상, 축제의 이상 국가: 추측컨대 작품의 집필 계기는 민중적일 뿐 아니라, 마치 평등한 삶을 위한 폭동과 같은 강렬한 갈망으로 요약됩니다. 이는 아마도 헤로도토스, 에포로스(Ephoros), 테오폼포스(Theopomp) 그리고 헤카타이오스(Hekataios) 등이 막연하게 유추한 자연민족에 관한 상에서 파생된 것처럼 보입니다. 네 명의 역사가들은 고대 유럽과 소아시아와는 전혀 다른 자연민족이 어디선가 살아가고 있다고 그저 머릿속으로 추론했습니다. 자연민족은 사회 내의 어떠한 대립도 알지 못하고, 문화적 퇴폐를 체험하지 않았으며, 도덕적으로 표리부동하게 살아가지 않는다는 것이었습니다. 왜냐하면 자연민족은 자연 친화적인 삶을 추구하고, 삶에 필요한 최소한의 재화 외에는 다른 어떤 것에 대한 탐욕도 느끼지 않으며, 국가의 억압과 강요 없이 살아가기 때문이라고 합니다. 이암불로스 역시 자연민족에 대한 이러한 상을 역사적 문헌에서 접한 다음에 「태양 국가」를 집필한 게 틀림없습니다.

12. 향락과 축제로 이루어진 삶: 작품은 세 가지 독특한 특징을 보여 줍니다. 첫째로 이암불로스의 「태양 국가」는 향락과 축제로 이루어진 삶을 보여 줍니다. 그렇다고 작가가 작품 속에서 과도한 유희라든가 방종의 상을 드러내는 것은 아닙니다. 물론 지금까지 부분적으로 전해 내려오는 텍스트는 박력을 지니고 있으며, 축제의 즐거운 분위기를 담고 있습니다. 노예가 주인이 되고, 주인이 노예가 되는 가치 전도된 생활상 그

리고 함께 공동으로 일하며 즐거움을 느끼는 행위는 거의 수미일관적으로 묘사되고 있습니다(Hofmann-Loebl: 22). 그렇기에 이 국가 소설은 수백 년에 걸쳐 인간의 기억 속에서 떠나지 않았으며, 플라톤의 『국가』에 필적하는 작품으로 평가되었습니다. 이와 관련하여 「태양 국가」는, 캄파넬라의 『태양의 나라』처럼, 르네상스 이후의 유토피아에 대한 문헌에서 선구적 위치를 점하고 있습니다. 따라서 『태양의 나라(Civitas solis)』(1623)가 이암불로스의 작품 제목과 유사한 것은 우연이 아닙니다. 둘째로 사유재산이 철폐된 사회적 삶은 개개인의 사적인 탐욕을 앗아 가고, 국가의 화해와 행복을 기약하게 해 줍니다. 이는 그 자체 실제 사회에서 충분히 실천될 수 있는 사회 유토피아로서, 카를 만하임에 의해서 다루어진 실천적이고 구체적인 유토피아로 각인된 바 있습니다. 셋째로 이암불로스는 고착되고 경직된 국가 체제를 설계하지 않았습니다. 이와 관련하여 인간의 사회적 조건이 개개인의 삶과 의식을 변화시키고 있습니다(Braunert: 64f). 복잡한 법적 장치를 마련하지 않은 유연한 사회적 질서가 개개인의 인간 삶을 풍요롭게 만든다는 점에서 고대의 유토피아 가운데 가장 화려하고 찬란한 사회 유토피아의 상을 제시하고 있습니다.

13. 태양신 숭배와 공동의 삶: 이암불로스에게 있어서 공동생활은 에우헤메로스의 경우보다도 더 잘 이행되고 있으며, 경제적인 측면에서 사려 깊은 숙고 끝에 도출해 낸 것입니다. 그곳의 섬은 기후적으로 천혜의 조건을 갖추고 있습니다. 섬의 주민들은 자구적으로 표현하면 "갈라진 혀를 지니고 있어서," 두 개의 언어를 동시에 구사할 수 있습니다. 수천 배로 열매 맺는 놀라운 자연 식물에 관한 신화적인 이야기가 이 작품에 첨부되어 있습니다. 열대 기후의 특성은 「태양 국가」의 기후적인 조건에 의해서 그럴듯하게 묘사되어 있는데, 아직 개발되지 않은 경제적 생산력을 교묘히 보충해 주는 역할을 담당합니다. 헬레니즘 시대에는 아마도

부권 시대나 남성 위주의 시대와는 달리, 디오니소스와 태양신의 숭배가 커다란 영향을 끼쳤는지 모릅니다. 태양신 숭배 현상은 지중해 동쪽을 둘러싼 지역에서 이어졌는데, 블로흐는 고대 소아시아 사람들이 모든 계급적 차이를 축제나 도취에 의해서 디오니소스적으로 해방시키려고 했다고 주장하고 있습니다(블로흐: 994).

14. 태양 섬의 의식주: 태양 국가에서 살아가는 사람들은 주로 자그마한 관(管)을 가진 밀짚을 엮어서 의복을 만듭니다. 밀짚 한복판에는 부드러운 털이 송송 맺혀 있습니다. 그들은 밀짚을 잘라서 얼기설기 엮습니다. 이것들은 전복 껍질에서 나오는 즙액으로 단단하게 고정시킬 수 있습니다. 이러한 과정을 거치면 자주색의 치렁치렁한 옷이 만들어집니다. 사람들은 드물게 농사를 짓습니다. 왜냐하면 수많은 곡식과 열매들이 지천에 깔려 있어서 그것들을 그냥 채집하면 족하기 때문입니다. 태양 섬에서는 올리브나무와 포도나무 등이 많이 자랍니다. 그렇다고 해서 사람들이 곡식과 열매만 수확하고 채집하는 것은 아닙니다. 원주민들은 육류 또한 마다하지 않습니다. 육류의 경우, 사람들은 불을 지펴서 고기를 구워 먹거나 물에 넣고 끓여 먹기도 합니다. 원주민들에게는 특별한 요리 기술이 발전되어 있지 않습니다. 양념이나 향신료 역시 아직 개발되어 있지 않습니다. 원주민들은 생선류, 날짐승 또한 즐겨 구워 먹곤 합니다. 원주민들은 특히 거대한 뱀을 잡아서 구워 먹는데, 그들은 뱀 요리를 특별 음식으로 간주합니다.

15. 결혼 제도는 없다: 이암불로스는 적도 근처에 위치한 일곱 개의 섬을 배경으로 하여 자신의 국가를 문학적으로 설계하였습니다. 그곳에서는 사적인 소유권이 완전히 폐지됨으로써, 인간의 행복은 공유제에 기초하고 있습니다. 모든 사람들은 규칙적으로 돌아가면서 조금씩 노동

할 뿐입니다. 이곳에서는 결혼 제도가 없으며, 가족도 존재하지 않습니다. 존재하는 것은 남자들, 아이들 그리고 아기들을 함께 키우는 여성 공동체밖에 없습니다. "태양 국가의 사람들은 결혼이 무엇인지 전혀 알지 못한다. 그저 여성 공동체가 자리할 뿐이다. 모두가 영아들을 공동으로 키우며, 똑같이 그들을 사랑한다. 젖먹이 아이들은 여러 명의 유모에게서 젖을 먹고 자란다. 그래서 아이들은 누가 실제 자신의 친모인지 처음에는 정확히 알지 못한다. 바로 이러한 까닭에 여성 공동체 내에서는 질투 내지 공명심이 자리하지 않고, 내적 갈등도 존재하지 않는다. 모든 여성들이 조화로운 관계 속에서 아이를 키우면서 살아가고 있다"(Swoboda: 40).

16. 강인한 아이만 교육받을 수 있다: 모든 부족들은 제각기 거대한 새 한 마리를 숭상합니다. 새는 부족을 대표하는 성스러운 동물로서 이해되는데, 어디까지나 문학적으로 상상해 낸 전설의 날짐승이라고 생각하면 족할 것 같습니다. 사람들은 거대한 새가 어떤 놀라운 정신력을 지니고 있다고 굳게 믿습니다. 그렇기에 새는 청소년의 담력을 키우는 데 활용됩니다. 가령 사내아이들이 여섯 살 혹은 일곱 살이 되면, 새는 해당 아이를 등에 태우고 하늘 높이 비행합니다. 만약 아이가 창공에서 현기증을 느끼거나 극도의 두려움에 사로잡히면, 새는 그 아이를 낯선 곳에 버립니다. 아이가 부족으로 돌아올지 도중에 목숨을 잃을지의 문제는 아이의 몫이라고 합니다. 태양 섬에 거주하는 사람들은 이러한 방식으로 특히 사내아이들을 강건하게 키우려고 하였습니다.

17. 노예 내지 사유재산의 철폐, 만인의 노동: 이곳에서는 만인이 평등하며, 노예라고는 한 명도 없습니다. 말하자면, 플라톤이 묘사한 모든 종류의 세습적 계급이나 계급적 이상은 여기서 추호도 찾아볼 수 없습니다. 그렇다고 해서 태양 국가에서 만인이 무조건 절대적 평등을 누리고 살

아가지는 않습니다. 사람들은 경제적으로는 평등하게 살아가지만, 나이 차이에 따라 자신의 지위 내지 품계가 이미 정해져 있습니다. 물론 사람과 사람 사이의 지위가 다르다고 해서 무조건 불평등하다고 말할 수 있는 것은 아닙니다. 다만 동양의 장유유서(長幼有序)가 그러하듯이, 노인들이 그저 사회적으로 존경을 받을 뿐입니다. 그 대신에 태양 섬에서는 어느 누구나 예외 없이 똑같이 의무적으로 조금씩 노동해야 합니다. 만인의 노동은 고대에서나 그 후의 봉건사회에서 언제나 그치지 않고 출현했던 요구 사항이었습니다. 집이나 왕궁 그리고 가정에서조차도 분화된 경제 형태가 전혀 없다는 특성이야말로, 이암불로스의 작품에서 완성된 이상적 공동 사회의 상입니다(임성철: 153). 따라서 이암불로스의 「태양 국가」는 한마디로 고대사회가 낳은 가장 급진적이자 마지막의 비국가주의 유토피아라고 명명될 수 있습니다.

18. 축제의 삶과 신앙생활: 축제는 사람들 사이에 친밀한 관계를 맺게 해 주듯이, 노동의 의무를 더욱 고취시키고 즐거움을 가져다주는 역할을 담당합니다. 열대라는 자연 조건에 의해 노동의 양이 줄어들었으므로, 사람들은 힘들이지 않은 채 교대로 일하며, 에피쿠로스의 이상인 행복의 풍요로움을 누릴 수 있습니다(Jones: 164f). 적도에 있는 일곱 개의 섬들은 어두운 삶의 그림자라고는 찾아볼 수 없는 땅이며, 포도주의 나라인 셈입니다. 이곳에서는 사회적 모순을 모조리 용해시키는 디오니소스의 태양이 비치고 있을 뿐입니다. 태양은 정의로운 자들과 정의롭지 않은 자들 모두에게 공평하게 빛을 선사하고 있습니다. 그렇기에 태양은 마치 황금시대에 살았던, 자선을 베푸는 왕의 역할을 담당합니다. 원주민들은 태양 외에도 천체의 별들을 신으로 숭상합니다. 장례 절차 역시 고대인들의 경우와는 다릅니다. 누군가 사망하면, 썰물의 시기에 시신을 해변의 땅속에 깊이 묻습니다. 그 다음에 그 위에 모래를 덮습니다. 그렇

게 해야만 밀물이 들이닥치더라도 시신이 바닷물 위로 솟아오르지 않는 다는 것입니다. 한마디로 말해서, 태양 섬은 계층 차이를 용인하지 않고, 노예를 인정하지 않는 사람들이 향락을 최대치로 달성하면서 살아가는 이상적 공간이었습니다(임성철: 154)

19. 요약: 에우헤메로스의 『성스러운 비문』과 이암불로스의 「태양 국가」는 여러 가지 면에서 우리에게 유토피아의 역사에 관한 많은 사항을 알려 주는 문헌입니다. 고대 그리스와 헬레니즘 시대에 신화 내지 신들의 삶은 유일한 절대적 진리를 전해 주지는 않습니다. 에우헤메로스의 경우, 그리스의 신들은 태고 시대의 인간적 유형을 드러내고 있습니다. 후세 사람들은 신들의 행위에 대해 부분적으로 인정하고 있는데, 이는 태고 시대의 인간들에 대한 고마움과 그들의 공로를 인정하기 위함이었습니다. 이를 고려한다면, 에우헤메로스의 이야기는 신화 비판의 차원에서 이해될 수 있습니다. 그것은 고대인들이 신화의 구속성에서 벗어나서 인간적 능동성에 대해 서서히 눈을 뜨기 시작했다는 의미로 이해될 수 있습니다. 그 밖에 「태양 국가」는 이후의 문학 유토피아를 위한 고전적 범례와 같습니다. 이 작품은 후기 헬레니즘 시대에는 어떤 바람직한 국가에 관한 진지한 토론으로 이어지지는 못했습니다. 왜냐하면 이암불로스의 작품은 마치 루키아노스의 거짓 이야기처럼 막연한 동화 내지 흥미진진한 읽을거리로 동시대인에게 회자되었기 때문입니다. 그러나 르네상스 시대와 18세기에 이르러 푸아니와 캄파넬라 등은 이암불로스의 문헌이 바람직한 국가에 관한 논의에 있어서 얼마나 중요한지를 분명히 인지하고, 이러한 특성을 자신의 작품 속에 반영했습니다. 이를 고려할 때, 우리는 하나의 문학작품이 시대를 뛰어넘어서 먼 훗날 얼마나 지대한 영향을 끼치는지 짐작할 수 있습니다.

20. 고대 유토피아의 특징들 (1): 지금까지 우리는 에우헤메로스와 이암불로스의 문헌을 살펴보았습니다. 여기서는 고대의 유토피아 상의 유형이 엿보입니다. 물론 두 작품 외에도 찬란한 이상 국가는 고대의 작가들의 작품에서 자주 묘사되고 있습니다. 두 문헌과 관련하여 우리는 고대의 유토피아의 특성을 요약하려고 합니다. 첫째로 고대의 유토피아에 묘사되는 사람들은 동일한 신체 조건을 지니고 있으며, 유연하고 민첩하게 행동합니다. 이는 질병에 대한 고대인들의 태도와 관련됩니다. 고대인들은 질병에 걸리면, 빠르든 이르든 간에 사망한다고 굳게 믿었습니다. 그렇기에 고대 사람들은 병자를 국가에 손해를 입히는 그룹으로 구분하곤 하였습니다(Swoboda: 35).

둘째로 고대의 작품에서는 아름답고 완전한 육체가 자주 묘사되고 있습니다. 이는 아무래도 고대의 성의 금기 사항이 기독교가 영향을 끼쳤던 중세나 근대에 비해서 약했기 때문이라고 생각됩니다. 고대인들이 내세의 삶이 아니라 현세의 삶을 중시했기 때문에 육체성을 강조했는지도 모릅니다. 고대인들의 삶은 그리스도의 죽음과 내세를 기리는 중세 사람들의 태도와는 달리, 현재의 아름다운 삶과 현세의 행복과 향락 등을 중시하였습니다. 셋째로 고대의 유토피아에 등장하는 사람들은 대체로 150살까지 생명을 유지한다고 기록되어 있습니다. 그렇다고 해서 고대인들의 수명이 긴 것은 아니었습니다. 의학이 발달되지 않아서 그런지는 몰라도, 고대인들은 유독 육체적 질병을 몹시 두려워했습니다. 질병은 피도 눈물도 없는 죽음의 여신, 모이라가 펼치는 사망의 휘장으로 간주되었습니다. 오랜 삶과 영생에 대한 갈망이 그들로 하여금 150년 이상의 삶을 갈망하게 만든 것 같습니다. 실제로 고대인들은 더 이상 육체를 지탱할 수 없을 정도로 힘이 없을 경우, 마치 스콧 니어링(Scott Nearing)이 그러했듯이, 곡기를 끊고 세상을 떠나곤 하였습니다. 이는 질병에 대한 두려움, 그리고 건강과 영생을 갈구하는 인간의 갈망과 결부됩니다.

넷째로 고대의 유토피아 사람들은 처음부터 어떤 우생학적 조처를 취하여, 오로지 건강하고 영리한 아이들만 돌보고 교육시킵니다. 가령 신체적으로 불구인 아이가 태어나면, 공동체 사람들이 건강하게 자랄 수 없다는 데 동의할 경우 해당 아이를 우물에 빠뜨려 죽이거나, 목숨이 끊어지도록 방치합니다. 나아가 불치의 병에 걸린 사람은 스스로 목숨을 끊습니다(Colpe 43). 스스로 목숨을 끊지 못하는 경우, 주위 사람들은 "안락사(εὐθανασία)"의 시술을 빈번하게 활용하였습니다. 이는 고대인의 내세관에서 기인하는 것 같습니다. 고대 사람들은 병으로 고통스러운 삶을 이어 가느니 차라리 스스로 목숨을 끊는 게 나으며, 자살이 오히려 인간의 명예를 지키는 것이라고 믿었습니다. 그렇지만 여기에는 하나의 정설은 없습니다. 제논은 자살이 때로는 현명한 선택이라고 여겼지만, 테오도로스는 스스로 목숨을 끊는 짓을 나쁘다고 논한 바 있습니다. 여기서 우리는 다음의 사실을 염두에 둘 필요가 있습니다. 즉, 죽음 이후에 인간이 유황불 타오르는 지옥에서 끔찍한 고문의 형벌을 감수해야 한다는 믿음은 먼 훗날 기독교, 특히 루터의 사상에 의해 전파되었다는 사실 말입니다. 고대사회의 죽음의 세계는 암담하고 습기 찬 어두운 공간으로 이해되었습니다. 이 사실을 염두에 두면, 우리는 고대인들의 낙천적인 삶과 음습한 지하 명부의 내세관을 어느 정도 짐작할 수 있습니다.

다섯째로 고대의 유토피아는 온화하고 따뜻한 기후의 영향을 받고 있습니다. 고대인들이 노동 없는 축제의 삶을 갈구했기 때문입니다. 그렇다고 고대인들이 생산력의 증가에 관해 전혀 관심을 기울이지 않은 것은 아니었습니다. 그렇지만 생필품을 마련하기 위해서 노예들을 혹사시켜야 한다는 생각 외에는 어떠한 다른 기발한 착상도 떠올리지 못했습니다. 특히 폭정과 강제 노동이 없는 삶을 가상적으로 떠올린 사람들은 이름 없이 죽어 간 노예들이었습니다. 그들은 인간의 존엄성을 지니지 않은 존재였습니다. "노예는 '말을 알아듣는 도구(instrumentum vocale)'로서, '말을 반쯤 알아듣는 도구(instrumentum semivocale)'인 짐승과 '말을 못 알아듣는 도구(instrumentum mutuum)'인 무생물 기구와 구분될" 뿐이었습니다(Marx: 210f). 바로 이러한 까닭에 노예경제 시대의 사람들은 비옥한 땅, 많은 유실수가 자리하는 따뜻한 남방 세계를 갈망하곤 하였습니다. 여섯째 고대 유토피아의 사회적 구조는 혈연에 의한 부족 체제를 이루고 있으며, 지방자치의 특성을 지닙니다. 국가를 다스리는 자의 권한은 무척 약화되어 있으며, 씨족 공동체의 범위는 대체로 400명 이내로 제한되어 있습니다. 고대에도 국가 중심의 체제뿐 아니라, 국가의 시스템과 무관한 반국가주의의 공동체 체제가 존재했습니다. 그렇지만 국가든 공동체든 간에, 규모가 "도시(Polis)"의 범위를 넘어서지는 않았습니다. 도시국가의 규모에 관한 예는 기원전 5세기에 피타고라스가 남부 이탈리아에 축조한 도시국가 공동체에서 발견됩니다.

일곱째로 고대의 유토피아 공동체에는 학문, 특히 점성술이 발달되어 있습니다. 특히 메소포타미아 문명의 경우, 태양과 별에 대한 관측은 관개농업의 필수 조건으로 이해되었습니다. 그 밖에 인간의 운명과 우주의 질서는 행성과 항성의 움직임에 의해서 정해진다고 고대인들은 굳게 믿었습니다. 따라서 고대인들의 숙명론적 세계관은 점성술에 뿌리를 내리고 있습니다. 인간의 운명은 죽음의 신, 모이라에 의해서 정해지며, 설령 제우스신이라고 하더라도 인간의 운명을 바꾸어 놓을 수는 없었습니다 (Heyer: 83). 여덟째로 고대의 유토피아 공동체에는 결혼의 관습이 거의 나타나지 않습니다. 이는 고대사회의 다소 유연한 사랑의 삶의 패턴 때문인 것 같습니다. 일부일처제의 가정이 하나의 법칙으로 확정되지 않았으므로, 여성들은 그들이 원하면 얼마든지 무리를 지어서 살아가고, 아이들을 함께 키우고 보살핍니다. 사람들은 서로 결혼하여 살아가지만, 혼외정사를 금기시하지 않고, 이를 단죄하지도 않습니다. 그 이유는 두 가지로 설명됩니다. 첫째로 아이들은 부모의 소유가 아니라 국가 공동체의 소유입니다. 둘째로 건강한 아이를 낳는 일이 가장 중요하기 때문에, 남자들은 여자들을 소유할 수 있습니다. 건강한 아이를 출산하는 일이야말로 도시국가의 미래를 좌우하는 중차대한 과업이기 때문에, 국가 구성원 전체가 이를 위해서 서로 노력하고 협조해야 한다는 것이었습니다.

21. **고대사회의 자유분방한 사랑의 삶:** 가족은 고대 유토피아의 경우 국가의 가장 작은 규모의 체제로서 자신의 역할을 수행해야 합니다. 그렇기에 부부의 결속력은 어느 정도 필요하며, 이로 인해서 일부일처제가 효력을 발휘할 수 있다고 합니다. 이와 관련하여 플라톤은 그 외의 다른 논리를 전개합니다. 일부일처제는 국가의 존립 자체에 커다란 도움이 되지 못한다는 것입니다. 일부일처제의 가정에서는 근원적으로 갈등이 발생할 수밖에 없다고 합니다. 자식의 소유 문제를 놓고, 여자들끼리 그리고 남자들 사이에 끝없는 다툼이 발생한다는 것입니다(Platon 1984: 465a). 바로 이러한 이유에서 플라톤은 지배자와 파수꾼(군인 계급)의 경우에 한해서 일부다처제를 용인하고 있습니다. 고대의 자유로운 가족 체제는 기독교의 전파 이후에는 본연의 유연성을 상실하게 됩니다. 이미 언급했듯이, 고대에는 메소포타미아 지역에서 "성스러운 결혼식"의 풍습이 존재했습니다. 남녀의 성행위는 점성술에 의해서 해와 달의 만남, 즉 삭망으로 비유되고 있는데, 고대인들은 그것을 사랑의 삶에 대한 거룩한 상징으로 이해하였습니다. 그런데 기독교 신앙이 정착된 이후로 인간이 갈구해야 하는 대상은 "성스러운 짝짓기"가 아니라, "그리스도의 몸(corpus Christi)"이라는 것이었습니다. 이로써 일부일처제의 금욕적 생활이 하나의 관습으로 정착되었습니다.

22. **고대 유토피아의 특징들 (2):** 아홉째로 고대의 유토피아에서는 막강한 권력으로 폭정을 행사하는 왕은 오랫동안 권력을 유지할 수 없었

습니다. 공동체에서 가장 나이 많은 사람이 족장이 되는데, 족장은 공동체 사람들의 의견을 수렴하고, 이를 시행하는 권한만 지니고 있을 뿐입니다. 막강한 권력을 휘두르며 인민을 억압하는 참주들은 대부분의 경우 백성의 원성을 들어야 했으며, 단기간에 또 다른 참주에 의해 독살되거나 처형당하곤 했습니다. 이로써 독재와 폭정은 장기적으로는 나라를 다스리는 데 도움이 되지 않는 것으로 판명됩니다. 고대의 유토피아에서 권력자가 자신의 모습을 드러내지 않을 뿐 아니라 세인들에게 직접 의식되지 않는 까닭은 바로 그 때문이었습니다. 열 번째로 인간은 자연과의 조화 속에서 살아가고, 사치와 허영은 비난의 대상이 됩니다. 모든 사람들은 평등하며, 돌아가면서 조금씩 일합니다. 고대의 유토피아 사람들에게는 탐욕도, 불안도, 폭동을 일으키려는 열망도 존재하지 않습니다. 왜냐하면 재화는 그들에게 자연적으로 주어져 있었기 때문입니다.

참고 문헌

니어링, 스콧 (2000): 스콧 니어링 자서전, 김라합 역, 실천문학.

블로흐, 에른스트 (2004): 희망의 원리, 5권, 박설호 역, 열린책들.

임성철 (2011): 이암불로스의 "태양의 섬"에 나타난 유토피아 사상의 철학적 진실성 과 그 현대적 의미, 실린 곳: 철학연구, 43집, 고려대 철학연구소, 117-156.

Braunert, Horst (1980): Theorie, Ideologie und Utopie im griechisch-hellenistischen Denken, in: ders., Politik, Recht und Gesellschaft in der griechisch-römischen Antike, Gesammelte Aufsätze und Reden, Stuttgart, 49-65.

Colpe, Carsten (1995): Utopie und Atheismus in der Euhemeros-Tradition. In: Manfred Wacht (Hrsg.): Panchaia. Münster, 32-44.

Diogenes Laertios (2015): Leben und Meinungen berühmter Philosophen, Hamburg.

Heyer, Andreas (2009): Sozialutopien der Neuzeit. Bibliographisches Hand-buch, Bd. 2, Bibliographie der Quellen des utopischen Diskurses von der Antike bis zur Gegenwart, Münster.

Hofmann-Loebl, Iris (1992): Der Sonnenstaat des Iambulos, Hellenistische Romanutopie, oder Sozialreformisches Programm?, in: Geschichte Lernen 5, Velber bei Hannover, 20-23.

Jones, Howard (1989): The Epicurean Tradition, Routledge/London.

Lukrez (1960): De rerum natura, übers. von Klaus Binder, Frankfurt. a. M.

Marx, Karl (1962): Das Kapital, in: MEW., Bd. 23. Diez/Berlin.

Platon (1984): Politeia, in: Sämtliche Werke, Reinbek bei Hamburg.

Swoboda (1975): Swoboda, Helmut (hrsg.), Der Traum vom besten Staat. Texte aus Utopien von Platon bis Morris, München.

9. 키케로의 『국가론』

(BC. 54 – 51)

1. 귀족의 사고에 근거한 혼합정체 이론: 마르쿠스 툴리우스 키케로(BC. 106-43)의 『국가론(De re publica)』(BC 54-51)은 플라톤의 『국가』와 아리스토텔레스의 『정치학』을 계승한 국가 이론의 서적입니다. 놀라운 것은 키케로가 세 가지 정치 형태인 군주제, 과두제 그리고 민주제의 장단점을 지적하고, 하나의 절충적 견해를 도출해 낸다는 사실입니다. 키케로는 이성과 도덕을 중시하는 자세에서 자연법의 이상을 중시했지만, 본질적으로 사회의 상류층, 다시 말해 귀족의 세계관에서 벗어나지 못했습니다. 법과 세계를 대하는 그의 시각은 귀족의 인품과 도덕성에서 벗어나 있지 않았습니다(김용민: 22). 비록 그가 공화주의에서 정치적 이상을 발견하려고 했지만, 자신이 처한 고대적 수직구도의 계층적 세계관을 분명히 직시하지는 못했습니다(서영식: 361). 그 밖에 키케로의 문헌 가운데 여섯 번째 권에 속해 있는 「스키피오의 꿈(Somnium Scipionis)」은 주제와는 별개로 고대사회의 우주론에 관한 구체적인 범례를 보여 줍니다. 우리는 이러한 범례를 통하여 코페르니쿠스의 지동설이 출현할 때까지 천문학, 음악 그리고 지리학의 영역에서 유효했던 천구의 화음에 관한 기본적 세계관을 접할 수 있습니다.

2. 키케로의 문헌, 일부가 후세에 전해지다: 『국가론』은 『연설자에 관하여(De oratore)』와 『법 이론(De legibus)』과 마찬가지로 키케로가 정치적 일선에서 물러난 시기에 구상되었습니다. 원래 『국가론』은 여섯 권으로 기술되었는데, 오늘날에는 약 두 권 반 정도의 문헌만이 전해 내려오고 있습니다. 원래 키케로의 이 문헌은 오랫동안 유실된 것으로 알려져 있었습니다. 1819년에 이탈리아의 문헌학자 안젤로 마이(Angelo Mai)는 우연한 기회에 바티칸 도서관에서 기원전에 만들어진 양피지 뭉치를 발견했는데, 그것은 아우구스티누스가 성서의 「시편」 119 이하의 내용을 해석한 것이었습니다. 그런데 양피지의 배후에 놀랍게도 키케로의 『국가론』의 제1권, 제2권 그리고 제3권의 일부가 흐릿하게 기술되어 있는 게 아니겠습니까? 양피지들은 보비오 사원에서 바티칸으로 이전된 것들이었는데, 이른바 재활용 양피지에 해당하는 "이중으로 기록된 양피지(Palimpsest)"였습니다. 중세 시대에는 양 가죽이 무척 귀하였으므로, 사람들은 한 번 작성한 양피지의 원본을 긁어 내고, 그 위에 다른 내용을 덮어쓰곤 하였던 것입니다(키케로 2007: 27). 만약 이중으로 기록된 양피지가 발견되지 않았더라면, 우리는 오늘날 일부의 『국가론』조차도 접할 수 없었을 테고, 아우구스티누스, 락탄티우스 그리고 암브로시우스의 문헌을 통해서 책 내용의 일부 문장만을 접했을 것입니다. 『국가론』의 말미에 수록되었던 「스키피오의 꿈」은 기원후 4세기경에 별도의 판본으로 세상에 공개된 바 있습니다. 왜냐하면 로마의 철학자이자 문법학자인 암브로시우스 Th. 마크로비우스(Ambrosius Th. Macrobius)가 키케로의 글에 대한 해설서를 집필하여 간행했기 때문입니다.

3. 키케로의 삶: 키케로는 로마의 공화정 시대에서 왕정 시대로 변화되는 전환기에 살았습니다. 파란만장한 역정과 비극적 죽음은 어떻게 해서든 공화정의 체제가 지켜져야 한다는 신념에서 기인합니다. 키케로는

BC 106년에 로마 남부 아르피눔에서 태어났습니다. 유복한 환경 덕분에 키케로는 좋은 교육을 받았으며, 어려서부터 신동으로 알려졌습니다. BC 88년에 키케로는 플라톤주의자인 라리사 출신의 필론(Philon, BC. 159-84)을 만나게 됩니다. (여기서 말하는 필론은 알렉산드리아 출신의 필론과는 동명이인입니다.) 필론은 내란을 피해 로마로 온 아카데미 학원의 수장이었습니다. 이듬해에 필론이 사망했으므로 두 사람의 만남은 잠시였지만, 필론의 비판적 사유의 방식은 키케로에게 평생 영향을 끼쳤습니다. 키케로는 BC 63년에 집정관에 선출되었습니다. 기원전 58년에는 크라수스와 폼페이우스와 카이사르가 비밀 협약을 통하여 삼두 체제를 가동하게 됩니다. 이로 인하여 키케로의 정치적 입지는 서서히 흔들립니다. 세 유력자의 배후 조종으로 호민관이 된 사람은 다름 아니라 클로디우스였습니다. 키케로는 집정관 시절에 카탈리나 반란 사건의 주동자를 색출하여 사형선고를 내린 적이 있는데, 클로디우스는 이를 문제 삼아서 키케로를 로마에서 추방하였습니다. 그래서 키케로는 테살로니카로 망명해야 했습니다. 키케로의 중요한 문헌은 바로 테살로니카 망명 시절에 집필되었습니다.

기원전 57년에 키케로는 복권되어 다시 로마로 되돌아옵니다. 폼페이우스와 카이사르의 대결이 본격화되기 시작한 것은 바로 이때였습니다. 키케로는 공화정의 안정을 최우선 목표로 보고 두 사람이 화해하기를 바랐지만, 두 사람 가운데 어쩔 수 없이 폼페이우스를 선택해야 했습니다. 그러나 폼페이우스는 이집트에서 살해당합니다. 이로 인하여 내란이 종식되고 카이사르의 천하가 시작됩니다. 키케로는 카이사르를 돕지 않고 칩거하며 학문에만 몰두하였습니다. BC 44년에 카이사르가 브루투스에 의해 암살되었을 때, 키케로는 원로원 사람들과 함께 끔찍한 암살의 현장에 있었습니다. 키케로는 카이사르의 죽음으로 인하여 일시적으로 로마가 다시 공화제로 돌아올 수 있다는 희망을 품습니다. 권력 공백으로 로마에서는 혼란이 지속되었습니다. 이미 60대였던 키케로는 명성이 절정에 달해 있었습니다. 폼페이우스에서 카이사르에 이르는 막강한 정치가들이 차례로 죽어 나간 상황에서, 이제 남은 유일한 정치가는 키케로밖에 없었던 것입니다. 키케로는 옥타비아누스가 집정관에 당선되도록 도와주었습니다. 이는 공화제를 열망하는 마음에서 안토니우스를 견제해야 했기 때문입니다. 옥타비아누스는 키케로의 기대를 저버리고, BC 43년에 안토니우스와 레피두스와 함께 새로운 삼두정치의 시작을 알립니다. 키케로는 이러한 삼두정치의 희생양이 됩니다. "미덕에 대한 보상은 명예이다(Honos est praemium virtutis)"라고 일갈한 명예로운 철학자는 옥타비아누스가 보낸 군인에 의해 불명예스럽게 살해당합니다(Cicero 2008: 281).

4. 『국가론』의 구성과 틀: 키케로가 문헌 전체에서 무엇을 구상하려고 했는가를 파악하는 일은 어렵지 않습니다. 키케로는 『국가론』에서 자신의 동생인 퀸투스에게 어떤 유명한 대화에 관해 보고합니다. 구체적으로 말해, 플라톤과 마찬가지로 대화 방식으로 『국가론』을 집필했는데, 중요한 등장인물은 로마가 탄생시킨 불세출의 영웅이자 담대한 지성의 소유자인 "두 번째 스키피오"입니다. 두 번째 스키피오는 실제로 기원전 129년에 자신의 정원에서 3일간에 걸쳐 진행된 라틴 축제를 개최했는데, 이 축제를 계기로 친구들과 심도 있는 대화를 나눈 바 있습니다. 『국가론』은 바로 이 대화의 내용으로 이루어져 있습니다. 키케로의 문헌은 쉽게 말하자면, 제1권, 제3권 그리고 제5권의 서문을 제외한다면, 3일간 지속된 대화를 체계적으로 기술한 것입니다. 스키피오와 대화를 나눈 사람들은 스키피오 서클에 가담한 두 번째 스키피오의 친구들이었습니다.

5. 개괄적 요약, 『국가론』 제1권: 처음에 대화 참여자들은 기이한 자연현

상에 관해서 이야기하다가, 핵심적인 테마인 국가의 법에 관해서 차례대로 의견을 개진합니다. 과연 어떠한 법이 최상의 국가가 견지해야 할 법인가 하는 게 논제가 된 것입니다. 제1권에서 사람들은 국가가 형성되는 이유를 거론합니다. 흔히 말하기를 국가가 형성되는 까닭은 인간의 "나약함(imbecillitas)" 때문이라고 합니다. 그러나 이러한 주장은 키케로에 의하면 사실이 아니라고 합니다. 인간은 태어날 때부터 본능적으로 사회적 특성을 지니는데, 이는 서로 아우르며 "무리를 형성하려는 욕구(congregatio)"를 가리킨다고 합니다. 뒤이어 대화 참여자들은 국가 내지 공동체의 의미를 지니고 있는 "공공의 사안(res publica)"이 지니는 정의에 의거하여 공화국의 세 가지 형태의 정치체제를 거론합니다. 군주제, 과두제 그리고 민주제가 바로 그 세 가지 형태입니다. 스키피오는 최상의 국가 형태를 상기한 세 가지 정치체제를 혼합한 것이라고 판단합니다. 이는 로마의 역사를 고찰하면 쉽게 이해될 수 있다고 합니다.

6. 개괄적 요약, 『국가론』 제2권: 『국가론』의 제2권은 공화정을 기치로 한 로마의 법과 법 적용의 실제 과정 등을 서술하고 있습니다. 이로써 키케로는 어째서 군주제, 과두제 그리고 민주제가 혼합된 정부 형태가 가장 바람직한 것인지를 분명히 지적합니다. 키케로의 문헌은 역사적 제반 범례에서 하나의 보편적 특성을 끌어내고 있습니다. 완전한 국가는 보편적으로 과연 어떠한 전제 조건을 갖추고 있는가 하는 물음입니다. 대화 참여자, 루시우스 푸리우스 필루스는 "불의"에 관해 언급합니다. 언젠가 아테네 출신의 연설가 카르네아데스는 로마에 건너와서 이틀에 걸쳐 정의의 장단점에 관해서 연설하였습니다. 필루스는 카르네아데스의 이러한 발언에 확고부동함이 결여되어 있다고 말합니다. 이로써 그는 정의의 추상성과 정의가 때와 장소에 따라 상대화되어야 하는 이유를 해명합니다. 법과 정의는 필루스에 의하면 원래부터 주어진 게 아니기 때문에, 모

든 사람들이 언제나 동일한 법 규정을 사용하지 않는다고 말합니다. 뒤이어 라일리우스는 정의에 관해 보충 설명을 합니다. 마지막으로 스키피오는 다음과 같이 요약합니다. 정의는 국법의 토대가 되어야 한다는 것입니다. 정의가 결핍되면, 군주제의 경우에는 폭정이, 과두제의 경우에는 담합으로 인한 폭력이, 민주제의 경우에는 혼란과 무질서가 돌출한다는 것입니다.

7. 개괄적 요약, 『국가론』 제3권, 제4권: 제3권에서 대화 참여자들은 정의로움의 존재 가치가 어째서 좋은 면과 나쁜 면을 지니는지에 관해서 자신의 견해를 밝히고 있습니다. 이후의 내용은 이미 언급했듯이 오늘날 전해 내려오지 않습니다. 제4권은 개별적 사항들이 차례로 언급되고 있습니다. 스키피오는 로마의 계층 구분을 찬양합니다. 나아가 그는 그리스의 교육 방식을 비판합니다. 교육에 있어서 그리스 도시국가는 철저하지 못했고, 엄격하지도 못했다는 것입니다. 나아가 스키피오는 플라톤의 『국가』에 언급되는 재화의 공유 제도를 신랄하게 비난합니다. 공유제가 실시되면, 대중들은 자제력을 상실하고, 계층 차이가 사라지며, 여성들이 더 이상 정조를 지키지 않는다는 것입니다. 이로써 스키피오는 경제적 측면에서의 근검절약, 인간관계에 있어서의 상호 신뢰 그리고 남성들의 강인한 품성을 강조하고 있습니다. 또 한 가지 첨가해야 할 사항은 스키피오가 희극 작품들에 대해서 이의를 제기한다는 사실입니다. 희극 작품들은 고결한 인간을 조롱하고 비아냥거리므로 불필요하다는 것입니다. 교육과 도덕에 관한 입법의 여러 가지 예를 통해서 가장 문제로 부각되는 것은 어떻게 하면 정의를 가장 훌륭하게 실현하고 관철시키는가 하는 물음입니다.

8. 개괄적 요약, 『국가론』 제5권: 제5권에서 대화 참여자들은 국가를 가

장 훌륭하게 다스릴 수 있는 인간의 유형을 설파하고 있습니다. 마닐리우스는 판사와 법원을 칭송합니다. 판사들은 왕의 업무를 대신함으로써 국가 지도자의 과도한 업무를 경감시켜 준다는 것입니다. 국가의 수상은 법에 정통해야 하며, 명예욕과 양심을 고수해야 한다고 스키피오는 말합니다. 국가의 수상은 국민을 돕고, 그들에게 안전한 생활을 보장해 주어야 한다고 합니다. 뒤이어 스키피오는 판사의 판결에 관해서 언급합니다. 즉, 판사는 어떠한 경우에도 공정하게 판결하도록 애써야 한다는 것입니다. 누군가 돈으로, 혹은 말로써 판사의 판결에 개입해서는 절대로 안 된다고 합니다. 안타깝게도 제3권의 일부, 제4권 그리고 제5권은 유실되어 오늘날 전해 내려오지 않습니다. 이미 언급했듯이, 제6권은 "스키피오의 꿈"이라는 제목이 붙어 있습니다.

9. 군주제, 과두제 그리고 민주제, 그 특징과 장단점 (1): 작품의 내용 가운데 정치체제에 관해서 보다 상세하게 거론하도록 하겠습니다. 라일리우스는 대화 도중에 어떠한 형태의 국가가 최선의 상태인가 하고 묻습니다. 이때 스키피오는 다음과 같이 대답합니다. 정치체제는 1인 지배, 다수의 지배 그리고 만인의 지배 방식으로 나누어집니다. 그것은 군주제, 과두제 그리고 민주제로 명명될 수 있습니다. 첫 번째로 군주제는 때로는 참주제라고 일컫는데, 다음과 같은 장단점을 지닙니다. 왕이 선한 의도를 지니고 백성들에게 "자선(caritas)"을 베풀면, 군주국은 차제에 그야말로 바람직한 찬란한 "국가(regnum)"로 번영할 수 있습니다. 그런데 이와는 반대로 왕이 "오만(sperbia)"과 독선으로 자신의 무소불위의 권력을 마구잡이로 휘두르게 되면, 세상은 "독재(tyrannis)"로 인하여 엉망진창이 됩니다. 독재 체제에서 살아가는 백성들은 폭정으로 인하여 엄청난 고통에 휩싸일 수 있기 때문입니다. 두 번째로 과두제는 몇몇 사람들이 함께 펼치는 정책으로서 다음과 같은 장단점을 지닙니다. 즉, 몇몇

의 엘리트 정치가가 제각기 자신의 지혜를 짜내어서 중지를 모으게 되면, "영특함(consilium)"을 실천할 수 있습니다. 그렇게 되면 과두제의 나라는 단기간에 그야말로 최상의 "관료 국가(civita optimatum)"로 거듭날 수 있습니다. 그런데 몇몇 엘리트 정치가가 인민의 안녕과 행복을 처음부터 무시하고 자신의 이권을 위하여 "담합(factio)" 내지 소수에게 유리한 정책을 펴면서 이기적으로 행동하게 되면, 세상은 그야말로 인민들의 고통과 가난으로 황폐화될 수 있습니다. 요약하건대, 과두제는 독재보다도 더 끔찍한 "과두정치(oligarchie)"의 폐해를 출현시킬 수 있습니다.

세 번째로 민주제는 다음과 같은 장단점을 지닙니다. 민주주의가 실천되면, 일반 사람들은 생업과 사생활에 있어서 많은 자유를 얻게 됩니다. 그렇게 되면 일견 그야말로 찬란한 "인민 공동체(civitas popularis)"가 출범할 수 있겠지만, 만에 하나라도 잘못되어 민회에서 채택된 모든 정책이 어떤 일관된 정책이 아니라 자유방임에 의해서 수행되면, 모든 것은 "방종(licentia)" 내지 무정부적으로 실천되기 마련이라고 합니다. 그렇게 되면, 민주제에서 남는 것은 오로지 "무정부 국가(anarchie)"의 혼란밖에 없을 것이라고 합니다. 대부분의 고대 사상가들은 민주제의 해악을 많이 지적했는데, 이는 그들의 사고가 편협한 데에서 기인하기보다는, 오히려 계층과 신분을 천부적으로 이해하는 고대인들의 세계관 때문이라고 여겨집니다. 어쨌든 군주제, 과두제 그리고 민주제는 제각기 일장일단의 특성을 지니고 있으므로, 우리는 이들 가운데 장점을 선택하여 최상의 제도를 찾아낼 수밖에 없다고 키케로는 주장합니다.

10. 문제는 동의할 수 있는 법과 공동의 이익에 있다: 키케로는 두 번째 스키피오의 입을 빌려 다음과 같이 말합니다. 여기서 두 번째 스키피오의 견해는 스토아 사상가 파나이티오스의 그것과 일치합니다. "국가는 인민의 문제이다. 그러나 인민은 어떤 방식으로 하나의 뜻으로 모인

인간군이 아니라, 동의할 수 있는 법과 일치의 유용성의 공감에 근거하여 모인 인간군이다(Est igitur res publica res populi, populus autem non omnis hominum coetus quoquo modo congregatus, sed coetus multitudinis iuris consensu et utilitatis communione sociatus)"(Cicero 2013: 1, 39). 국가는 키케로에 의하면 말 그대로 "공공의 사안(res publica)"으로서, 결코 몇몇 남자들에 의해 좌우될 수 없다고 합니다. 왜냐하면 국가에 속해 있는 인민들은 결코 인위적으로 합쳐 놓은 대중들이 아니라, 의식적으로 하나로 뭉친 그룹이기 때문입니다. 그들은 이러한 공동체에서 "동의할 수 있는 법(iuris consensu)"과 "공동의 이익(utilitatis communione)"에 관한 동일한 생각을 고찰하고 있습니다. 바로 이러한 까닭에 인간의 사회적·정치적 삶을 규정하기 위해서는 법이 필요할 수밖에 없습니다.

11. 군주제, 과두제 그리고 민주제, 그 특징과 장단점 (2): 인민은 모두 동등한 권한을 지니고 있지는 않습니다. 왜냐하면 인민은 국가를 위해서 제각기 다른 능력을 발휘하기 때문입니다(Pohlenz: 205). 가령 역사가, 폴리비오스는 다음의 사항을 확인했습니다. 즉, 로마가 거대한 힘을 발휘하는 까닭은 국가의 모든 결정 권한이 선거권을 가진 인민뿐만 아니라, 원로원이라는 관료주의 단체에게 주어져 있기 때문이라는 것입니다. 이러한 사항과 관련하여 키케로가 중요하게 고찰한 것은 다음의 사항입니다. 즉, 세 가지 제도들의 장점을 선택하는 게 가장 좋은 방법이라고 말입니다. 따라서 군주제에서 "총독(consul)"의 제도를, 과두제에서 "원로원(senat)"의 제도를, 민주제에서 "민회(concilium)"의 제도를 선택하는 게 최선책이라고 합니다. 놀라운 것은 키케로가 아리스토텔레스의 견해를 교묘하게 반박하고 있다는 사실입니다. 아리스토텔레스는 과두제와 민주제를 절충하여 채택하는 것이 가장 바람직하다고 주장했는데, 키케로는 여기다가 군주제를 추가로 선택하고 있습니다.

12. 키케로에게 영향을 끼친 서적들: 키케로의 『국가론』에 영향을 끼친 서적들은 의외로 많습니다. 키케로는 고대의 문헌에 해박한 지식을 지니고 있었으며, 고대 지식인들의 정치관을 꿰뚫고 있었습니다. 이를테면 군주제, 과두제 그리고 민주제의 혼합형이 가장 바람직한 정치 형태라는 그의 주장은 전통적으로 전해 내려오는 견해입니다. 가령 아리스토텔레스는 『정치학』 제4권에서 정치의 형태를 참주제, 과두제 그리고 민주제 등으로 분류했습니다. 여기서 그는 참주제를 사악한 제도라고 평하면서, 과두제와 민주제의 혼합형을 가장 바람직한 정치 형태라고 지적한 바 있습니다. 또한 키케로가 참고한 책으로는 아리스토텔레스의 제자, 디카이아르코스(Dikaiarch)의 책 『세 도시의 대화(Τριπολιτικός)』가 있습니다. 이 책에서 디카이아르코스는 은사의 주장을 반박하면서, 세 가지 체제의 절충적 형태가 가장 바람직하다고 설파하고 있습니다(Wehri: 34). 그 밖에 키케로는 로마의 국가가 어떠한 과정을 거쳐서 거대한 제국으로 변화했는가 하는 문제를 논할 때 주로 폴리비오스(Polibios)의 문헌을 참고하였습니다.

여기서 우리는 아리스토텔레스의 『정치학』을 다시 한 번 언급하지 않을 수 없습니다. 왜냐하면 이 문헌은 키케로의 국가 이론에 대한 특징을 분명히 파악할 수 있게 하는 중요한 단서로 작용하기 때문입니다. 아리스토텔레스는 『정치학』에서 다음과 같은 세 가지 견해를 피력합니다. 첫째로 도시국가는 자연적으로 형성되었다고 합니다. 인간은 자신의 삶의 행복을 달성하기 위하여 필연적으로 국가의 형태를 필요로 했다는 것입니다. 둘째로 인간은 혼자서는 살아갈 수 없는 "정치적인 동물(ζῷον πολιτικόν)"이라고 합니다. 여기서 우리는 인간의 본성 속에 도사린 사회적 특성을 이해할 수 있습니다. 셋째로 국가는 개별적 인간보다 앞서 있다고 합니다. 여기서 "앞서 있다"는 것은 우선적이라는 의미를 지닙니다. 국가의 존재 가치가 개인의 존재 가치보다 월등히 앞서 있다는 말은 전체적, 보편적 체제로서의 도시국가가 개체로서의 개인보다 더 중요하다는 의미로 이해될 수 있습니다.

아리스토텔레스는 폴리비오스의 국가의 체제 순환론을 언급합니다. 국가의 체제, 즉 정치권력의 구도는 폴리비오스에 의하면 여섯 가지 형태로 순환한다고 합니다. 전제정치가 시작되면, 그것은 독재로 발전될 가능성이 높습니다. 독재를 종식시키는 것은 긍정적으로 뭉친 세 사람의 관료정치입니다. 관료정치가 시작되면, 그것은 "소수의 야합 정치 (Oligarchie)"로 발전될 가능성이 높습니다. 소수의 야합 정치를 종식시키는 것은 긍정적으로 채택된 민주정치입니다. 민주정치가 시작되면, 그것은 혼란이 가속화되는 "무질서의 민주정치(Ochlokratie)"로 발전될 가능성이 높습니다. "무질서의 민주정치"를 종식시키는 것은 한 사람이 지배하는 전제정치입니다. 정치체제는 폴리비오스에 의하면 이런 식으로 원을 그리면서 진행된다는 것입니다. 이것이 바로 아무런 모순 없이 이어진다는 폴리비오스의 "정체 순환론"입니다(허승일: 72). 문제는 아리스토텔레스가 "군주제," "관료제" 그리고 "민주제"라는 세 가지 정치 형태 가운데 관료제와 민주제의 혼합형을 가장 바람직한 정치 형태라고 규정했다는 사실입니다. 아리스토텔레스는 민주제를 바람직한 정치 형태로 파악하지 않았습니다. 가난한 자가 부자에 비해 권력을 더 많이 소유해서는 안 되는 까닭은 그들이 국가의 다수를 형성하고 있기 때문이라고 합니다. 다수가 권력을 차지하고 소수가 무력하게 되면, 이는 보편적 안녕에 도움이 되지 않는다는 게 아리스토텔레스의 지론이었습니다. 그런데 아리스토텔레스가 생각한 민주제는 오늘날의 민주주의 제도와 결코 동일하지 않습니다. 아리스토텔레스는 소유의 개념을 전제로 부자와 가난한 자를 규정했습니다. 부자가 많은 재화를 소유한 사람이라면, 가난한 자는 적은 재화를 소유한 사람입니다. 따라서 재화를 한 푼도 소유하지 않은 자는 민주제에 참여할 자격이 처음부터 박탈됩니다. 아리스토텔레스는 민주제를 가난한 시민과 부유한 시민의 제도라고 규정하면서, 무소유자, 이방인, 비-시민(노예) 등을 처음부터 배제시켰습니다. 명시적으로 언급되지 않지만, 아녀자 역시 고대사회에서는 정치적으로 참여할 수 없었다는 것을 전제로 한다면, 아리스토텔레스의 민주제 역시 만인의 정치적 참여와는 전혀 관련이 없습니다.

키케로는 『국가론』의 제3권에서 정치의 기준이 되는 정의에 관해 피력하는데, 여기서는 키레네 출신의 카르네아데스(Carneades)의 연설문의 일부 문장들이 부분적으로 인용되고 있습니다. 카르네아데스는 기원전 155년에 로마로 와서 이틀에 걸쳐서 정의로움의 장단점에 관해서 연설하였습니다. 로마의 젊은이들은 그의 기막힌 연설과 치밀한 논리에 혀를 내두르면서 열광하였다고 합니다. 그런데 그의 연설문은 전해 내려오지 않습니다. 후세에 키케로는 정의로움의 장점보다는, 오히려 정의로움의 단점에 관한 문장을 주로 채택하였습니다. 카르네아데스는 로마제국이 존재해야 하는 정당한 이유를 지적하기 위하여 정의로움의 단점을 부각시킨 바 있는데, 키케로는 역으로 로마제국에 대한 각종 법 규정들을 비판하기 위하여 카르네아데스가 지적한 정의로움의 단점을 재인용하였습니다. 이를 고려할 때, 우리는 다음의 사항을 추론할 수 있습니다. 즉, 키케로는 카르네아데스의 연설문의 문장들을 인위적으로 수정하여 채택했는지 모른다는 사항 말입니다.

13. (부설) 카르네아데스의 나무판에 관한 비유: 가령 카르네아데스의 나무판이 한 가지 예입니다. 키케로의 문헌 제3권은 완전히 전해 내려오지 않으므로, 이 이야기가 『국가론』 제3권의 마지막에 실려 있는지는 아무도 모릅니다. 이에 관한 이야기는 키케로의 『의무론(De officiis)』에 언급되어 있습니다. 배가 난파되어 두 사람의 남자가 물에 빠졌습니다. 목숨을 구할 수 있는 것은 유일하게 나무판 하나밖에 없습니다. 그러나 두

사람이 나무판을 잡으면, 두 사람은 물속으로 가라앉게 되는 형국입니다. 결국 한 사내는 생존을 위하여 다른 사내를 죽여야 합니다. 이 경우, 자신만 살아남으려고 다른 사내를 죽인 사람은 살인죄로 기소되어야 하는가, 아니면 비상사태로 인한 어쩔 수 없는 행위인가, 정의로움은 이 경우 과연 어디에 존재하는가.하는 물음이 논란의 대상이 됩니다. 이는 인간의 정의로운 행위에 관한 물음일 뿐 아니라, 유죄 무죄를 가리는 법적 유권해석에 관한 물음에 속합니다. 키케로는 다음과 같이 말합니다. 두 사내는 현명한 지혜의 소유자들입니다. 그들은 제각기 국가와 사회에 이득이 되는 사람이 살아남아야 한다고 판단합니다. 만약 두 사람 모두 국가와 사회에 꼭 필요한 사람이라면 어떻게 될까 하고 키케로는 묻습니다. 이 경우, 두 사람은 예컨대 가위바위보 게임을 통해서라도 무언가를 결정하려고 애를 쓰지, 결코 자신만이 살려고 상대방을 죽이지 않으리라는 것입니다(키케로 1997: 232).

14. 아리스토텔레스와 키케로, 키케로 사상의 한계: 아리스토텔레스는 과두제와 민주제의 혼합 형태를 최상의 정치 형태라고 규정했습니다. 그런데 어째서 키케로는 이를 거부하고 군주제, 과두제 그리고 민주제의 절충 형태를 내세웠을까요? 여기에는 플라톤의 영향이 지대합니다. 키케로는 "국가를 다스리는 수장은 현명하고 영특한 철학자이어야 한다"라는 플라톤의 말을 뼈 속 깊이 새기고 있었습니다. 키케로가 살던 시대는 과두제, 즉 세 사람의 권력자에 의한 정치 형태가 자리하고 있었습니다. 키케로는 진정한 형태의 과두제는 로마의 원로원으로 충분하게 반영된다고 확신하였습니다. 그러나 크라수스, 폼페이우스 그리고 카이사르의 삼두 체제는 원로원의 기능을 무너뜨리고, 백성의 안녕과 행복은커녕 오로지 권력 다툼을 가장 중요한 사안으로 이해하고 있었습니다. 당시 로마에서 삼두 체제는 실제 현실에서 어떠한 정책의 일관성도 드러내지 못

했습니다. 반복해서 말하지만, 키케로는 인민보다는 귀족에 더 큰 가치를 부여했습니다(김용민: 21쪽 이하). 그는 비록 공화국 사상에 의거하여 공동의 이익을 염두에 두었지만, 이러한 시각은 귀족의 인품과 도덕성에 근거하는 것이었습니다. 주어진 현실은 수직적 계층 사회로 구성되어 있었는데, 키케로가 선택한 대안은 추상적으로 투시한 공동의 이익이었습니다. 바로 여기에 키케로 사상의 한계가 도사리고 있습니다.

15. 「스키피오의 꿈」: 이제 『국가론』 제6권 가운데 9장에서 29장에 실려 있는 「스키피오의 꿈」을 살펴보겠습니다. 작품은 『국가론』의 제1권부터 제5권까지와 전혀 다른 내용을 담고 있는데, 우리는 여기서 고대 사람들의 우주론을 접할 수 있습니다. 두 번째 스키피오는 20년 전, 그러니까 기원전 149년에 겪었던 이야기를 들려주고 있습니다. 그때 그는 지금의 알제리에 있는 루미디아를 다스리는 마니시아 왕을 알현한 적이 있었습니다. 두 번째 스키피오는 그날 밤 늦게 꿈을 꾸었는데, 꿈속에서 양부인 첫 번째 스키피오가 출현하여 기이한 말을 전합니다. 즉, 두 번째 스키피오는 앞으로 약 3년 뒤에 카르타고를 쳐부수고 그곳을 다스릴 거라는 것입니다. 또한 에스파냐의 고대 도시인 누만티아를 정벌하고 에스파냐에서의 전쟁을 종식시키리라고 합니다. 첫 번째 스키피오는 우주에 관해서 말을 이어 나갑니다. 로마제국은 우주에 비하면 점 하나에 불과하다고 합니다. 일곱 개의 행성은 지구 주위를 회전하는데, 행성의 궤적은 제각기 다른 소리를 내면서 천구의 화음을 들려준다고 합니다. 그러나 인간은 이 소리를 경청할 수 없다고 합니다. 왜냐하면 인간의 귀는 우주의 빠른 회전 속도에서 나오는 음을 인지하지 못하기 때문입니다. 지구는 우주에 비해 너무나 경미하고, 다양한 기후로 분할되어 있습니다. 그렇기에 제아무리 영웅이라고 하더라도 인간의 명성은 무가치하다고 합니다. 스스로 움직이는 것만이 영원하기 때문에 움직임이 그치면 생명 또

한 사라진다고 합니다.

16. 첫 번째 스키피오가 고찰한 우주: 첫 번째 스키피오의 영혼은 죽은 뒤에 피타고라스의 천문학 이론에 따라 은하수에 있는 항성의 천구에서 거주하고 있습니다. 그는 우주를 내려다본 모습을 자신의 양자인 두 번째 스키피오에게 전합니다. 우주의 한복판에는 지구가 위치하고 있습니다. 지구는 원구라기보다는 원판 모형으로 비치고 있습니다. 지구 주위로 일곱 개의 행성들이 원을 그리며 돕니다. 맨 가장자리에는 원구 모양의 항성이 위치하고 있습니다. 첫 번째 스키피오가 거주하는 곳 역시 바로 이 항성이라고 합니다. 일곱 행성은 지구로부터 제각기 다른 거리에서 지구 주위를 회전하고 있습니다. 지구로부터 가까운 것부터 열거하면 다음과 같습니다. 달, 태양, 금성, 수성, 화성, 목성, 토성이 그것들입니다. 마크로비우스는 「스키피오의 꿈」의 주해서에서 이러한 배열을 이집트식이라고 명명하면서, 칼데아식의 배열을 다음과 같이 첨부하였습니다. 즉, 지구에서 가장 가까이 있는 행성은 달, 수성, 금성, 태양, 화성, 목성 그리고 토성이라고 합니다. 이러한 배열의 차이는 지구에서 관측한 각 행성의 이질적인 공전 주기에 기인하는 것입니다(Macrobius: 1, 19).

17. 천구의 화음, 천문학과 음악: 「스키피오의 꿈」에 배열된 지구중심설은 오늘날 거짓으로 밝혀졌습니다. 그렇지만 우리는 과거 사람들의 사고를 현대인의 관점에서 결과론적으로 모조리 팽개칠 수는 없습니다. 특히 우리가 염두에 두어야 할 사항은 천문학과 음악 사이의 관련성입니다. 가장 가장자리에서 행성들을 싸안고 있는 것은 원구인 항성인데, 이것은 서쪽에서 동쪽으로 자전하고 있습니다. 이에 반해서 일곱 행성은 원구와 반대편 방향으로 자전합니다. 피타고라스의 천문학 이론에 의하면, 행성들은 지구 주위를 공전하면서 거대한 굉음을 낸다고 합니다. 그

런데 인간은 어머니의 뱃속에 있을 때 그 소리를 들을 수 있을 뿐, 태어나면 이러한 음들을 듣지 못한다고 합니다. 왜냐하면 행성의 속도가 너무나 빨라서 인간의 귀가 이를 인지하지 못하기 때문이라는 것입니다. 상기한 방식으로 첫 번째 스키피오는 우주의 구조를 관망하며, 여기서 파생되는 천구의 화음을 전해 줍니다. 나중에 천구의 화음은 특히 음악과 천문학의 영역에서 많이 언급되었습니다. 예컨대 행성과 행성의 거리감은 옥타브 사이의 음으로 제각기 나누어졌으며, 이로써 천문학은 화성학의 기본 바탕으로 작용하게 됩니다(Jans: 142). 마크로비우스가 이해한 별들의 배열은 다음과 같이 연결됩니다. 1. 달, 2. 수성, 3. 금성, 4. 태양, 5. 화성, 6. 목성, 7. 토성. 여기서 한 옥타브의 음을 첨가하면 다음과 같습니다. 1. 도(달), 2. 레(수성), 3, 미(금성), 4. 파(태양), 5. 솔(화성), 6. 라(목성), 7. 시(토성).

18. 첫 번째 스키피오가 고찰한 지구: 스키피오는 지구를 하나의 원판으로 이해합니다. 원판에는 세 개의 둥근 원의 영역이 위치하는데, 이 영역이 바로 사람이 살아가는 공간이라고 합니다. 사람이 살지 않는 곳은 광활한 황야 아니면 넓은 대양으로 표기될 수 있습니다. 지구 위에는 점 하나가 있는데, 바로 이 점이 로마제국을 가리킨다는 것입니다. 지구에는 여러 종류의 사람들이 거주합니다. 북쪽에는 인간이, 서쪽에는 반-인간이, 남쪽에는 곁-인간이, 북쪽에는 인간과 반대되는 인간이 살아간다는 것입니다. 이들의 문화는 대양에 의해서 구분될 뿐 아니라, 기후의 영향을 받기도 합니다. 북쪽 사람들은 북풍의 영향을 받고, 동쪽 사람들은 떠오르는 태양의 영향을 받으며, 남쪽 사람들은 남풍의 영향을 받고, 서쪽 사람들은 지는 해의 영향을 받는다고 합니다. 지구에는 북극과 남극이 있는데, 이 두 영역은 거대한 혁대에 의해 묶여 있다고 합니다. 남쪽 사람은 북쪽의 인간을 알지 못하며, 북쪽에서 바라보면 남쪽 사람들은 거꾸로

걸어가는 것처럼 뒤집어 보인다고 합니다. 요약하건대 스키피오는 지구를 원판으로 고찰하였습니다. 나중에 이를 뒤집은 사람은 태양중심설을 주장한 니콜라우스 코페르니쿠스(Nikolaus Kopernikus)였습니다.

19. 『국가론』과 관련하여 「스키피오의 꿈」이 지니는 의미: 그렇다면 어떠한 이유에서 키케로는 자신의 책 『국가론』의 마지막 부분에 일견 사적으로 보이는 두 번째 스키피오의 꿈 이야기를 실었을까요? 스키피오가 꿈에서 고찰한 우주는 무엇이며, 이것이 국가를 다스리는 문제와 과연 무슨 상관이 있는 것일까요? 한마디로 말해서, 국가를 훌륭하게 다스리는 인간의 영혼은 천구에 머물면서 영생을 누린다는 것입니다. 키케로는 책의 서두에서 인간의 두 가지 유형의 삶을 언급하고 있습니다. 그 하나는 도덕적 완전성을 추구하는 삶이며, 다른 하나는 "향락(voluptas)" 내지 "무위(otium)"에 의해 소진되는 삶입니다. 키케로에 의하면, 공동체를 위해서는 후자의 삶보다는 전자의 삶이 더욱 중요하다고 합니다. 그렇기에 나라를 다스려야 하는 사람은 공동체를 위해서 자신을 철저하게 희생할 줄 아는 자여야 합니다. 나라를 훌륭하게 다스리고 사람들의 행복과 안녕을 도모한 정치가는 죽은 뒤에도 명예롭게 영생을 누린다는 게 키케로의 지론이었습니다. 이로써 키케로는 에피쿠로스의 향락을 추구하는 "명상적 삶(vita contemplativa)"보다는 국가를 위해서 자신을 희생하는 "행동하는 삶(vita activa)"을 더욱 중요한 것으로 강조하였습니다. 나중에 「스키피오의 꿈」은 예술적으로도 많이 형상화되었습니다. 르네상스의 천재 화가, 라파엘로는 회화를 통해서 어떠한 삶이 진정한 영웅의 행적인지를 명확하게 보여 주고 있으며, 모차르트 역시 1772년에 이에 관한 오페라, 〈스키피오의 꿈(Il sogno di Scipione)〉을 남겼습니다.

20. 플라톤과 키케로의 문헌: 플라톤과 키케로는 제각기 최상의 국가

에 관해서 모든 것을 대화체로 기술하고 있습니다. 그렇지만 두 작품에서 논의를 개진하는 톤은 서로 다릅니다. 가령 플라톤이 소크라테스와 글라우콘 사이의 문답이라든가 서로의 견해를 대비시킴으로써 보다 정확한 해답을 도출해 내려고 했다면, 키케로는 친구와 친구 사이의 격의 없는 대화로써 자신의 논의를 이끌어 나가고 있습니다. 키케로의 문헌은 선생과 제자 사이의 철학적 대화가 아니라, 정치가와 무인 사이의 논쟁을 부각시키고 있습니다. 플라톤이 국가에 관한 사항을 함께 언급하고 여러 가지 사항을 내세우면서 국가의 근본적 문제점을 해결하려고 시도했다면, 키케로는 최상의 국가에 관한 설계라든가 이에 도달하기 위한 분명하고도 구체적인 방향 설정을 담은 게 아니라, 마지막 장면에 이르러 "스키피오의 꿈"과 같은 기이한 신화적 내용을 담고 있습니다. 키케로가 스키피오의 꿈을 재구성한 까닭은 당시 그가 처했던 현실적 상황 속에서 자신이 얼마나 무력한가 하는 점은 은근히 드러내고 싶었기 때문인지 모릅니다(Jens 3: 1019). 실제로 첫 번째 스키피오는 자신의 양자에게 다음과 같이 말합니다. 로마제국은 우주의 차원에서 고찰하면 보일 듯 말 듯한 작은 점 하나에 불과하며, 인간의 명예 역시 결코 영원히 지속되지 않는다고 말입니다. 우리는 여기서 다음의 사항을 유추할 수 있습니다. 즉, 정치적 혼돈을 극복하기 위해서 필요한 것은 키케로에 의하면 한 인간의 개인적 노력이 아니라, 어떤 불세출의 영웅이 내려다보는 우주론적인 광대무변의 시각일 수 있다는 사항 말입니다.

참고 문헌

김용민 (2007): 키케로의 정치철학: 「국가에 관하여」와 「법률에 관하여」를 중심으로, 실린 곳: 한국 정치 연구 제16집 1, 서울대학교 한국정치학연구소, 1-33.

서영식 (2014): 키케로의 국가론과 자연법사상, 실린 곳: 동서철학연구, 73호, 349-371.

키케로 (1997): 키케로의 의무론. 그의 아들에게 보낸 편지, 허승일 역, 서광사.

키케로, 마르쿠스 툴리우스 (2007): 국가론, 김창성 역, 한길사.

허승일 (2008): 헬레니즘 시대의 스토아 사상과 현실 정치, 실린 곳: 서양고전학연구, 31권, 57-82.

Aristoteles (1998): Politik: Schriften zur Staatstheorie, Stuttgart.

Cicero (2009): Brutus (hrsg.) Heinz Gunermann, Reclam: Stuttgart

Cicero (2010): De re publica: Kommentar. Vollständige Ausgabe (Latein) Taschenbuch, Münster.

Cicero (2013): De re publica, Vom Staat, Lateinisch/Deutsch, Stuttgart.

Jans, Marcus (2007): Towards a History of the Origin and Developement of the Rule of the Octave, in: Towards Tonality. Aspects of Baroque Music Theory, Leuven University Press.

Jens (2001): Jens, Walter (hrsg.), Kindlers neues Literaturlexikon, 21 Bde, München.

Macrobius (1952): Commentary on the Dream of Scipio, New York.

Pohlenz, Max (1992): Die Stoa. Geschichte einer geistigen Bewegung, Göttingen.

Wehri Fritz (1967): Die Schule des Aristoteles: H.1 Dikaiarchos. Text und Kommentar. 2. Auflage. Schwabe, Basel

10. 기독교 사상 속에 도사린 유토피아

1. 혁명적 선취의 상으로서의 이웃 사랑을 실천하는 나라: 이 장은 에른
스트 블로흐가 파악한 기독교 사상 속에 도사린 유토피아를 제한적으로
논하려 합니다. 왜냐하면 기독교의 밖에서, 바꾸어 말해 무신론자의 입
장에서 기독교 속의 유토피아를 가장 명징하게 지적한 학자가 블로흐라
고 판단되기 때문입니다. 사실, 기독교 사상은 블로흐가 1910년대에 자
신의 연구 대상을 확장하면서 접하게 된 영역이었습니다. 예컨대 블로흐
는 마르크스가 생각한 자유의 나라에 관한 어떤 구체적인 범례를 원시
기독교 교회에서 발견했습니다. 여기서 중요한 것은 기독교의 종말론적
기능과 영향입니다. 미리 말씀드리건대, 예수 그리스도와 이웃 사랑을
실천하는 나라는 하나의 모델 내지 정태적 구도로 설계된 것은 아닙니
다. 오히려 그것은 기독교인들이 애타게 갈구하던 메시아에 대한 기대감
속에 남아 있는 혁명적 순간의 상으로 이해됩니다. 따라서 기독교 사상
에서 언급되는 이웃 사랑을 실천하는 나라는 블로흐에 의하면 사회 유
토피아가 아니라, 종말론의 모티프를 선취해 주는 무엇입니다. 요약하건
대, 블로흐는 빌헬름 바이틀링(Wilhelm Weitling)이 추구한 바 있는 기독
교 사상과 사회주의를 일원화시키려고 하지는 않았습니다(Schäfer: 19).

오히려 사회주의의 토대 하에서 기독교에 내재해 있는 사랑의 공산주의를 하나의 범례로 언급했을 뿐입니다.

2. 예언자들의 구세주에 대한 기다림과 예수의 삶과 죽음: 예언자들은 가나안의 신, 바알에서 유래하는 지배자 교회의 물질 만능주의를 증오하였습니다. 만약 해방의 정신이 다시 생기를 지니게 될 그날이 오면, 사람들은 야훼의 도움으로 사회주의의 풍요로움 속에서 찬란하게 살아가리라고 믿었습니다. 유대인들은 바로 이러한 식으로 천년왕국을 꿈꾸었습니다. 바로 이러한 기대감 속에서 예수 그리스도가 태어났습니다. 가장 고귀한 생명, 아기 예수는 추운 겨울날 말구유에서 탄생하였습니다. 그는 가난한 사람들에게 무엇과도 비할 수 없는 기쁨을 선사하고 복음을 전하였습니다. 이로 인하여 그는 로마의 총독으로부터 위험인물로 낙인 찍혀서, 가장 고통스러운 방법으로 십자가에 못 박혀, 33세의 나이에 처형당했습니다. 신학 연구에 의하면, 예수는 추측컨대 아우구스투스 황제의 통치 시기에 나사렛에서 태어났으며, 기원후 30년경에 사망한 것으로 추론하고 있습니다(타이센: 234, 242). 어쨌든 이 세상의 어떠한 종교 창시자도 예수처럼 찬란한 광채에 휘덮인 적이 없으며, 이처럼 극적인 최후를 맞이한 적도 아마 없을 것입니다. 예수라는 이름은 여호수아에서 유래한다는 점에서 "야훼"를 연상시킵니다. 그런데 예수라는 이름은 다른 한편으로는 히브리어로 "야샤," 즉 "구원" 내지 "조력자"의 의미를 지니고 있습니다. 예수가 탄생한 연도는 분명하지 않습니다. 대부분의 학자들은 역사적 예수가 기원전 2세기 내지 3세기에 활동했다고 전하고 있습니다.

3. 아직 이루어지지 않은 인간의 근본적 존재가 의인화되고 대상화된 이상으로 출현한 그리스도: 블로흐는 예수를 다음과 같이 이해합니다. 즉,

예수는 영생을 누리는 성부와는 다른 존재입니다. 그는 모든 권능을 지닌 채 인간의 삶과 죽음을 규정하는 전지전능한 분이 아닙니다. 예수 그리스도는 아직 이루어지지 않은 인간의 근본적 존재가 의인화되고 대상화된 이상으로 출현한 분입니다. 신의 엔텔레케이아는 어쩌면 어떤 인간의 내면에서 발견될 수 있습니다(Flasch: 32). 특히 에크하르트 선사 (Meister Eckhart)의 "신관(神觀)"에서 인간신의 보편적 양태를 발견할 수 있습니다. 에크하르트 선사는 성령의 정신이 신앙을 통해서 신자에게 신비적 결합으로 이전된다는 사실을 설파했습니다(이준섭: 112쪽 이하). 신은 정태적인 인물이 아니라 살아 움직이는 인간으로서, 이를테면 "하는님"(尹老彬)과 동일합니다. 그분은 잘게 쪼개진 "개인(Individuum)"이 아니라, 사람들을 함께 아우르게 하는 "큰 자아(Atman)"로 해석될 수 있습니다. 왜냐하면 그는 이웃 사랑을 설파하고, 타인의 불행을 자신의 불행으로 받아들일 것을 강조하기 때문입니다. 이상적 유토피아로서의 "하늘나라"의 핵심적 의미 역시 이와 관련됩니다.

4. 인간의 고향으로서의 하늘나라: 인간은 동서고금을 막론하고 고립된 존재로 살아가는 생명체가 아닙니다. 청년이 우뚝 서기 위해서는 사람 인(人), 구체적으로 말해 다른 사람에게 기대야 합니다. 인간은 태어난 직후부터 자신의 모든 능력을 발휘하지 못합니다. 부모의 보살핌과 오랜 기간 동안의 교육을 통하여 인간은 약 서른의 나이에 입신할 수 있습니다. 따라서 인간은 "지금 그리고 여기"에서 함께 아우르며 살아가는 생명체라고 정의 내릴 수 있습니다. 함께 아우르며 협동하며 살아가는 인간의 삶을 고려하면, 우리는 하늘나라의 의미를 현대적으로 달리 수용할 수 있습니다. 즉, 인간은 협동하고 도우며 살아가는 종말론적인 한 울타리, 즉 "한울나라"에서 어떤 마지막 고향을 찾을 수 있다고 말입니다. 블로흐 역시 죽은 뒤의 저세상이 아니라, 지금 이곳의 세상에서 하

늘나라의 의미를 발견하였습니다. 철학자, 윤노빈은 이러한 의미에 서로 아우르며 돕는 인간의 삶의 태도 내지 울력의 자세를 첨가하여 인간이 지향해야 할 유토피아를 "한울나라"로 명명하였습니다(윤노빈: 327). 특히 놀라운 것은 그리스도가 불사의 존재, 죽지 않는 신적 존재가 아니라, 인간으로서 신과 같은 지고의 의미를 가르쳐 준 분이라는 사실입니다. 그렇기에 우리는 그리스도를 인간신으로 격상시킬 수 있습니다.

5. 이웃 사랑이 실천되는 나라: 그리스도가 꿈꾼 세상은 이웃 사랑, 즉 박애가 실천되는 나라였습니다. 당시에도 부자는 가난한 자를 고통 속으로 몰아넣고, 로마의 권력자는 힘없고 돈 없는 사람을 착취하고 있었습니다. 그리스도는 빈부의 차이, 계급의 차이가 온존하는 세상을 올바른 세상이 아니라고 믿었습니다. 또한 그는 이러한 세상이 차제에는 반드시 변화되어야 한다고 믿었습니다. 예수 그리스도가 지금 여기에서의 현실 변화를 은근히 갈구한 것은 당연합니다. 기독교 신앙은 블로흐에 의하면 교인들이 소외당하지 않고 살아가는 나라를 전제로 합니다. 이러한 나라는 한마디로 이웃 사랑이 실천되는 나라입니다. 기독교인들은 제각기 미립자와 씨앗들로서, 조화로운 나라에서 살아갈 수 있는 새로운 "영겁의 시간(Äon)"을 갈구하는 존재들입니다. 개별적 존재는 모두 씨앗들로서 서로 아우르며 평등하게 살아갑니다. 그리스도는 사랑의 공산주의를 실천할 수 있는 평등한 나라를 방해하는 모든 것에 대해서 적대적 태도를 취했습니다. 예수의 묵시록의 신앙 역시 이러한 비판과 무관하지 않습니다. 그렇지만 예수는 인위적인 혁명을 시도하거나 직접적으로 희구하지는 않았습니다. 왜냐하면 주어진 세상은 돌발적으로 나타나는 어떤 끔찍한 파국에 의해서 몰락을 맞이하리라고 처음부터 확신했기 때문입니다. 기존하는 세계의 몰락은 그리스도의 눈에는 차제에 나타날 자연스러운 결과로 비쳤습니다. 블로흐가 예수 그리스도를 묵시록에 바

탕을 둔 "은폐된 신(Deus abscontitus)," 다시 말해서 "오메가의 인간신"으로 규정하는 까닭도 이와 관련됩니다.

6. 신의 나라는 지금 여기에 있다: 예수가 의미하는 신의 나라는 이웃 사랑을 실천하는 나라입니다. 이것은 가난한 이웃을 사랑해야 한다는 박애의 사상에 근거한 공동체의 나라로 이해될 수 있습니다. 기독교가 목표로 삼는 것은 블로흐에 의하면 결코 내면이나 내세가 아닙니다. 예수는 "신의 나라는 너희들의 마음 '속'에 있노라"고 말한 적은 한 번도 없었습니다. 그는 신의 나라가 "너희들과 함께 있노라" 하고 말하였습니다(「루카의 복음서」 17. 21). 더욱이 예수는 이 말을 바리새인들에게 전하였습니다. 그렇기에 신의 나라에 관한 인용문은 다음과 같이 해석될 수 있습니다. 즉, 신의 나라는 이미 예수를 추종하는 바리새인들과 함께 선택받은 공동체로 건립되어 있다고 말입니다. 따라서 블로흐는 "신의 나라"를 결코 보이지 않는 명상적인 곳이 아니라, 하나의 개혁적인 사회로 파악하고 있습니다.

7. 주어진 현실의 변화로서의 새로운 탄생: 예수는 "우리 신의 나라는 이 세상으로부터 동떨어져 있다"고 말한 적은 한 번도 없었습니다. 이러한 발언은 「요한의 복음서」 18장 36절에 실려 있는데, 요한에 의해서 조작된 것입니다. 요한이 그렇게 조작한 이유는 기독교인들이 로마의 법정에서 피해당하지 않게 하려고 의도했기 때문입니다. 예수는 로마의 총독, 빌라도 앞에서 비겁하게 저세상을 강조함으로써 자신의 사상을 수정하려 하지는 않았습니다. 예수가 자신의 목숨을 부지하기 위해서 현실과 무관한 하늘나라를 강조했더라면, 이는 그 당시 "이 세상"과 "저세상"이라는 말의 진정한 의미에 위배됩니다. 물론 신의 나라는 고대 오리엔트의 점성술적 · 종교적 사색에서 비롯된 개념입니다. 그렇지만 블로흐

는 신의 나라를 주어진 현실과 관련된다고 믿습니다. 이러한 믿음은 시대 구분을 통한 세계에 관한 이론에서 비롯한 것입니다. "이 세상"은 지금 여기에 존재하는 "현재의 시간"이며, "저세상"은 미래의 여기에 존재하는 시간과 같은 뜻을 지니고 있습니다. 따라서 두 개념은 지정학적으로 이곳, 저곳으로 대립되는 게 아니라, 실제 존재하는, "같은" 현장에서 시간적으로 이어지는 그러한 개념입니다(블로흐 2004: 1015).

8. **가난한 기독교인들의 독자적인 나라:** "저세상"은 인간이 바라는 지상이며, 그 위에 이상적 천국이 설정될 수 있습니다. 이는 이사야의 다음과 같은 발언과 주제 상으로 일치합니다. "그러므로 보라, 나는 어떤 새로운 하늘과 새로운 땅을 창조하리라. 사람들은 지난 세상을 더 이상 기억하려 하지도, 오랫동안 마음속에 품고 있지도 않을 것이다"(「이사야」 65. 17). 인간이 애타게 기리는 것은 죽고 난 뒤에 천사들이 노래하는 피안의 세상이 아니라, 바로 지상의 어떤 새로운 나라, 즉 지상의 기존 질서를 뛰어넘는 사랑의 나라일 뿐입니다. 그래서 블로흐는 원래의 초기 기독교의 공동체를 다른 나라로부터 둘러싸인 어떤 독자적인 나라라고 표현하였습니다. 그럼에도 "저세상"의 나라는 예수가 십자가에 못 박히고 난 뒤에 "평화를 가져다주는 내면의 세계" 내지 죽은 뒤의 "저세상"으로 해석되었습니다. 예수의 사후에는 아이러니하게도 수많은 노예들이 이미 기독교인이 되어 있었습니다. 당시의 지배계급은 기독교에 내재한 사랑의 공산주의를 가능하면 인간 내면을 가꾸는 신앙으로 그리고 내세의 영원한 행복을 갈구하는 신앙으로 왜곡 해석하였습니다. 이로써 그들은 일반 대중이 느끼는 혁명적 긴장감을 완화시키려고 하였습니다.

9. **자연스럽게 파국을 맞이할 이 세상의 나라:** 이 세상의 나라는 예수에 의하면 악마의 나라였습니다(「요한의 복음서」 8. 44). 그렇기에 예수는 이

세상을 계속 존속시켜야 한다고 한 번도 말하지 않았습니다. 그는 이 세상과 한 번도 불간섭의 계약을 맺지 않았습니다. 예수는 "나는 평화를 선사하기 위해서가 아니라, (정의의) 칼을 선사하려고 이곳에 왔노라"고 말했습니다(「마태오의 복음서」 10. 34). 그러나 예수는 처음부터 원칙적으로 무기를 거부하였습니다. 그런데 산상수훈에서 표명된 무기의 거부는 "은총을 빌 때마다 천국의 나라를 이룩하게 된다"는 주장과는 성질이 다릅니다(「마태오의 복음서」 5. 3-10). 예수가 처음부터 무기를 거부한 까닭은 블로흐의 견해에 의하면 그리스도가 거대한 혁명을 무시했기 때문이 아니라, 인위적인 "살상 행위가 불필요하다"고 믿었기 때문입니다(블로흐 2004: 1017). 예수 그리스도는 묵시록의 내용을 신봉하고 있었습니다. 무고한 자들에게 피해가 가지 않는 기존 사회의 거대한 전복은 필수적으로 나타난다고 굳게 믿고 있었습니다. 그는 조만간 자연과 우주가 하나의 끔찍한 파국을 맞게 됨으로써, 사회는 혁명적인 변화를 맞이하게 되리라고 굳게 믿었던 것입니다. 이러한 종말론적인 설교는 자신이 설파한 어떠한 윤리적인 말씀보다도 더 앞서는 중요한 사항입니다.

10. 우주의 파국은 도래할 것이다: 묵시록의 내용은 그리스도의 모든 윤리적 계명을 규정할 정도로 중요합니다. 예컨대 생각을 달리하는 사람들은 예수가 당한 것처럼, 그렇게 채찍질을 당하며 사원에서 쫓겨날 뿐 아니라, 온 국가와 사원이 끔찍한 파국에 의해서 순식간에 허물어지리라는 것이었습니다. 놀라운 묵시록의 전언을 담고 있는 「마르코의 복음서」 13장은 신약 가운데서도 가장 신빙성 있는 단원입니다. 만약 이 대목이 없었더라면, 산상수훈에 나타난 유토피아는 결코 정확하게 이해될 수 없었을 것입니다. 예수는 현재의 시간이 끝나고 있다고 보았으며, 조만간 우주의 파국이 도래하리라고 굳게 믿고 있었습니다. 언젠가 예수는 "왕에게 속하는 것을 왕에게 주고, 신에게 속하는 것을 신에게 주라"고

말한 적이 있습니다(「루카의 복음서」 제20장 25절). 이 말을 통해서 예수는 도래할 파국을 생각하며 국가에 대한 자신의 경멸감을 표명하였을 뿐, 사도 바울이 말한 국가와의 타협 의사를 표시한 것은 결코 아니라고 합니다.

11. **종말론의 의미**: 기독교는 블로흐에 의하면 태초의 진리로서의 알파가 아니라, 마지막 오메가로서의 종말론적 사고에 더 큰 의미를 부여합니다. 이는 그리스도가 데미우르고스의 세계 창조의 진리 내지 영원한 올바름으로서의 의미보다는 마지막 시점에 새롭게 탄생할, 또 다른 세계로서의 예루살렘에 더 큰 가치를 부여하기 때문입니다. 고대 그리스 신화에 등장하는 모이라 여신은 점성술의 숙명을 강조합니다. 그미는 인간의 운명이 처음부터 결정되어 있으며, 어떤 누구라도, 심지어는 올림포스의 신이라고 하더라도 운명을 거역할 수 없다고 못을 박습니다. 이에 반해 기독교의 유일신 야훼는 회개와 변화 가능성에 따라 인간에게 자신의 숙명을 비켜가게 조처하였습니다. 기독교는 참회를 통한 운명의 변화 가능성을 용인할 뿐 아니라, 인간의 능동적 삶의 변화를 인정하고 있습니다(블로흐 2004: 2776). 이로써 정당화되는 것은 창세기의 운명적 믿음이 아니라, 요한계시록의 묵시록의 역동적 변화에 관한 신앙이며 진리라고 합니다. 인간은 결국 상부의 높은 존재로서 군림하는 분의 뜻에 따라서 머리를 굽힐 게 아니라, 스스로 변화하면서 세계를 변화시킬 수 있는 성령의 가르침을 중요하게 생각해야 할 것입니다. 인간은 마지막의 순간에 세상에서 가장 중요한 무엇을 실천할 수 있으며, 또한 실천해 내야 한다는 것입니다. 그리스의 숙명론이 이른바 "재기억(Anamnesis)"이라는 "영혼의 원초적 지식으로서의" "알파/시작"의 원형 구조에 근거한다면(Platon: 75e), 기독교의 종말론은 개방된 "아직 아닌 존재(das Noch-nicht-Sein)"라는 "오메가/마지막"의 구도로 설명될 수 있습니다. 이것이야말로 묵시

록이 우리에게 시사하는 가장 극적인 전언이 아닐 수 없습니다.

12. 사도 바울의 그리스도 해석: 여기서 우리는 원시기독교의 강령이 사도 바울에 의해서 상당 부분 변화되었음을 분명히 직시해야 합니다. 타르소스 출신의 유대인, 사도 바울은 예수의 말씀을 약간 변화시켰습니다. 그는 생전에 예수를 만난 적이 한 번도 없었습니다. 학식을 지닌 유대인, 사울은 처음에는 기독교를 탄압하는 선봉장으로 활동하였습니다. 어느 날 다마스쿠스에서 낙마(落馬)한 다음에 그는 사울이라는 이름을 버리고 기독교인으로 거듭나게 됩니다. 이후 사도 바울은 기독교인들이 더 이상 박해당하지 않고 교회가 보존되도록 전심전력을 다했습니다. 문제는 기독교 사상에서 예수의 사회변혁의 이상이 사라지고, 무엇보다도 인간의 내면과 저세상만이 강조되었다는 사실입니다. 이는 블로흐에 의하면 사도 바울의 영향에서 비롯한다고 합니다. 바울은 예수의 십자가에서의 죽음을 인간의 죄를 사하기 위해서 신에게 지불한 대가라고 규정했습니다. 이로써 예수의 십자가 처형은 어떤 자발적이고 희생적인 죽음으로 탈바꿈되었습니다. 바울에 의하면, 예수는 무엇보다도 사랑의 마음에서 출현하였으며, 인간을 모든 죄로부터 구제하려고, **자청해서** 십자가에 못 박혔다는 것입니다. "예수는 십자가에 못 박히시는 최후를 맞았음에도 불구하고 메시아이다"라는 표현은 사도 바울에 의해서 다음과 같이 바뀌게 되었습니다. 즉, "예수는 무엇보다도 십자가에서 비참하게 최후를 마쳤기 때문에 메시아이다"라고 말입니다(블로흐 2009: 311).

13. 사도 바울의 빛과 생명: 사도 바울은 향유 바른 예수의 "빛과 생명(φῶς καὶ ζωή)"의 정신에 입각하여, 신자들에게 어떤 장소를 마련해 주었습니다. 즉, 경험적이지는 않지만, 사변적인 유형의 갈망의 신비주의 내지는 과거에 한 번도 존재하지 않았던 어떤 기쁨의 신비주의 등을 느낄

수 있는 장소 말입니다. 바울은 「고린토인들에게 보낸 첫째 편지」에서 다음과 같이 말했습니다. "만일 그리스도를 믿은 우리가 이 세상에만 희망을 걸고 있다면, 우리는 누구보다도 가련한 사람들일 것입니다. 그러나 그리스도께서는 죽은 자들 가운데 다시 살아나셔서 죽었다가 부활한 첫 사람이 되셨습니다. (…) 아담으로 말미암아 모든 사람들이 모두 죽는 것과 마찬가지로, 그리스도로 말미암아 모든 사람들이 살게 될 것입니다"(「고린토인들에게 보낸 첫째 편지」제15장 21-23절). 어쩌면 사도 바울의 이러한 말은 힘들게, 무거운 짐을 지며 살아가는 자들이 그들의 삶의 끔찍한 궁핍함을 떨치는 데 큰 도움을 주지는 못할 것입니다. 또한 그것은 아담이 오래 전에 지은 죄로 인하여 당해야 하는 인류의 고난을 떨치는 일과는 관계가 없을지 모릅니다. 그렇지만 바울의 말은 모든 인간 내면에 도사린, 아직 파악되지 않은 무엇을 예리하게 소환해 내고 있습니다. 이것은 죽음에 대한 두려움의 극복, 바로 그것입니다.

14. 그리스도의 희생적 죽음에 관한 바울의 견해: 사도 바울은 다음과 같이 주장했습니다. "그리스도는 우리를 위해서 스스로 저주가 되심으로써, 법칙의 저주로부터 우리를 구원하셨습니다." 그리고 "주님은 십자가, 부활 그리고 승천을 통해서 예수님을 하나의 주님 그리스도로 만드셨습니다." 따라서 "생명," "변모" 그리고 (제자들에게 나타난 바와 같은) "가르침"이라든가, (사제들의 정통 교리에서 나타난 바와 같은) 야훼 사상 속에 인간의 아들이라는 정신을 부여한 일 등은 더 이상 중요한 사항으로 부각되지 않게 됩니다. 그 대신에 중요한 내용으로 부각된 것은 다음과 같은 사항이었습니다. 즉, 구세주는 오로지 골고다의 십자가를 통해서 그리고 십자가에 의해서 세상에 태어났다는 사항 말입니다. 이로써 그리스도의 희생적 죽음에 관한 사도 바울의 사고는 아이러니하게도 십자가 자체를 정당한 것으로 파악하고 있습니다(블로흐 2009: 319). 나중에 루

터 역시 바울과 마찬가지로 십자가를 옹호하였습니다. 그리스도의 십자가는 현실의 변증법적인 변화를 추구하지 않고, 그저 주어진 기존 체제를 옹호할 뿐입니다. "고통, 고통, 십자가, 십자가는 기독교인의 일부이다." 루터는 이렇게 말하면서, 피지배 계층으로부터 완전히 등을 돌렸습니다.

15. 내면과 내세를 강조하는 기독교 사상의 변화: 사도 바울의 견해는 역사적 예수의 실질적인 삶과는 현격한 차이를 보여 줍니다. 예수 그리스도는 자의에 의해서 죽음을 맞이한 게 아니라, 로마의 총독 빌라도에 의해 가장 잔인하게 처형당했습니다. 로마 권력이 그의 목숨을 앗아갔던 것입니다. 그런데도 사도 바울은 이를 뒤집어, 그리스도께서 이 세상의 죄를 모조리 사하기 위해서 스스로 십자가를 선택함으로써 자발적 희생을 감내하였다고 주장했습니다. 바꾸어 말하면, 그리스도의 죽음은 사도 바울에 의해서 정의롭지 않은 세상의 모든 죄를 감내하려는 그리스도 자신의 내면적 의지로 이해되었습니다. 물론 그가 그리스도의 죽음과 부활을 묵시록의 맥락에서 이해한 것은 사실입니다. 그러나 사도 바울이 추구한 것은 그리스도의 죽음과 십자가의 의미였을 뿐, "세계의 변화"라는 구체적인 개혁은 아니었습니다. 사도 바울은 가난한 자의 행복이라든가 세계의 묵시록적 변화가 아니라, 오로지 영혼의 안식에만 커다란 의미를 부여했습니다(Pholenz: 403). 이로 인하여 예수의 현실 개혁적인 혁명 사상은 체제 옹호적으로 그리고 내세 중심적으로 돌변하고 말았습니다. 신학자 하르나크(Harnack)가 사도 바울의 사상을 "그리스도의 복음"이 아니라 "그리스도에 관한 복음"이라고 규정한 것은 바로 그 때문입니다(Harnack: 72).

16. 은총을 강조하는 프로테스탄트 기독교: 사도 바울의 편지는 그리스

도의 묵시록의 전언을 완전히 파기하는 권리대장전과 다를 바 없습니다 (Faber: 99). 사도 바울의 정치 신학에서 문제가 되는 것은 "법(Nomos)"이라는 개념에 대한 비판입니다. 여기서 문제가 되는 것은 로마제국이라는 세계 질서와 인간의 자세와 관련되는 논쟁입니다. 사도 바울은 유대인의 율법 대신에, 믿음을 통한 죽음에 대한 두려움의 극복 내지 은총을 강조하였습니다. 나중에 마르틴 루터는 무엇보다도 수미일관 신의 은총만을 강조하였습니다. 인간은 루터에 의하면 오로지 그리스도의 죽음과 부활에 대한 믿음을 통해서 신의 은총을 받을 수 있다고 합니다. 그렇기에 루터는 그리스도의 종말론 사상에 대해 어떠한 관심도 기울이지 않습니다. 심지어 "요한의 묵시록은 모든 도둑 대장들이 속임수를 부리는 포대기"라고 말한 사람은 바로 루터였습니다. 인간은 루터에 의하면 자신의 선한 행위를 통해서가 아니라, 오로지 신의 구원을 통해서 정당성을 획득한다는 것입니다. 이러한 구원은 신약 신학에 의하면 오로지 "신의 은총에 의해서(sola gratia)" 그리고 오로지 "믿음과 신앙에 의해서(sola fides)" 가능하다고 합니다. 사도 바울 역시 선과 악이라는 인간 행위에 중점을 두지 않고, 오로지 신의 은총과 인간의 신앙만을 강조했습니다. 그렇기에 "사도 바울은 기독교의 묵시록을 기독교의 영지주의로 변화시켰다"는 야콥 타우베스의 주장은 논리적 설득력을 지닙니다(Taubes: 67).

17. 부활의 새로운 의미: 부활이란 블로흐에 의하면 저세상에서 다시 태어나는 의미가 아니라, 지금 여기서 갱생의 삶을 살아간다는 것을 의미합니다. 갱생(更生), 다시 말해 새로운 삶을 살아간다는 의미는 무엇보다도 사회적 개혁과 관련됩니다. 왜냐하면 새로운 삶은 더 이상 가난과 강제 노동을 감내하면서 살아가지 않으리라는 종교인의 자유 의식에 근거하는 것이기 때문입니다. 물론 예수는 이러한 사회적 개혁을 아주 적극적으로 꿈꾸지는 않았습니다. 왜냐하면 언젠가 때가 되면 세상이 묵시

록에 기술된 것처럼 온통 전복되리라고 믿었기 때문입니다. 이웃 사랑을 실천하는 나라에 관한 꿈은 성서를 통해서 완전히 성취되지는 않습니다. 성서는 사회적 이상이 실제로 어떻게 이행되는가를 담고 있지는 않습니다. 그러나 성서는 야훼를 반대하는 자와 찬성하는 자 사이에 대두된 가장 격렬한 유토피아를 전하며, 이집트를 떠나는 이야기를, 축복의 나라를 열광적으로 우리에게 알려 주고 있습니다.

18. 그리스 사상과 기독교 사상의 근본적 차이: 마지막으로 한 가지 사항을 첨가하려고 합니다. 기독교의 세계관은 고대 그리스의 세계관과 함께 서양의 중요한 두 가지 사상적 조류입니다. 블로흐는 서양의 철학적 세계관을 두 가지로 구분해 왔습니다. 그 하나는 고대 그리스 사상 속에 도사린, 과거지향적이자 정태적인 사고이며, 다른 하나는 기독교 사상 속에 도사린, 미래지향적이자 역동적인 사고입니다. 전자는 플라톤에서 헤겔까지 이어지는 진리의 단순한 "재기억(άνάμνησις)"과 관련됩니다. 그것은 창세기와 "알파/시작"의 원형(圓形) 구조를 무엇보다도 중시합니다. 진리는 맨 처음에 예정되어 있으므로, 사람들은 이러한 진리를 재차 기억하면 족하다는 것입니다. 이러한 견해는 창세기와 태초의 무엇만을 귀히 여기는 숙명론적 정태주의에 바탕을 두고 있습니다. 절대적인 진리는 맨 처음에 존재하므로, 인간은 어느 누구도 이러한 숙명론적 원칙을 벗어날 수 없습니다. 바로 이러한 까닭에 인간이 추구하는 학문 행위와 죽음 역시 모이라 여신이 행하고 있는 "숙명(Άνάγκη)"의 철칙에 굴복하고 있습니다.

19. 역동성과 오메가의 묵시록: 기독교의 사상은 알파의 숙명과는 거리감을 드러냅니다. 기독교 사상은 — 태초의 알파를 중시하는 고대 그리스인들의 창세기의 세계관과는 달리 — 마지막 오메가의 역동적 변화를

갈구하고 그것을 중시하는 사고입니다. 기독교는 세계 창조 대신에, 미래에 발발하게 될 묵시록의 파국에 지대한 관심을 기울입니다. 기독교의 메시아사상이 처음이 아니라 마지막을 중요하게 생각하는 것도 그 때문이지요. 기독교 사상은 아직 개방된 "아직 아닌 존재"를 발견해 내려고 애를 쓰는데, 마지막을 중시한다는 점에서 역동성과 개방성을 간직합니다. 바로 이러한 까닭에 기독교 사상은 "오메가/마지막"의 구조로 설명될 수 있습니다. 예컨대 카산드라와 요나라는 인물을 비교해 보세요. 카산드라가 어떠한 경우에도 자신에게 주어진 숙명적 전언으로부터 벗어나지 못하는 반면에, 요나는 회개를 통하여 자신에게 주어진 운명의 방향키를 돌리며, 부분적이나마 세상의 가치 체계를 바꾸는 데 기여합니다. 요나는 큰 도시, 니느웨가 40일 후에 몰락하리라는 것을 전하러 그곳에 갔습니다. 그러나 그곳 사람들이 진심으로 뉘우치고 회개하자, 40일 후에도 재앙이 나타나지 않았습니다. 인간의 뉘우침과 반성은 야훼의 마음을 돌려놓았던 것입니다(「요나」 제42장 1절). 성서는 운명을 선택하는 데 있어서 인간의 도덕을 개입시키고 있습니다. 이로써 나타나는 것은 운명과는 반대되는 자발적 자유의 모습입니다. 바로 이 대목에서 블로흐는 기독교 사상 속에 내재해 있는 변화의 가능성과 역동성을 예리하게 고찰합니다. 기독교 신앙은 무조건적으로 숙명에 의존하지는 않습니다. 인간의 태도 여하에 따라 운명의 방향은 어떤 범위 내에서 얼마든지 바뀔 수 있습니다. 메시아가 재림하는 순간으로서의 "절호의 기회(Kairos)"를 생각해 보세요. 절호의 기회는 어떤 변화될 수 있는, 혹은 어떤 변화되어야 하는 미래를 전제로 하는 개념입니다.

20. 사랑의 공산주의로서의 기독교 사상: 상기한 사항과 관련하여 우리는 기독교 사상의 혁명적 특성을 지적할 수 있습니다. 기독교 이전의 원시종교를 예로 들어 봅시다. 이러한 종교는 권력과 전지전능한 신의 권

위를 강조하며, 신자들로 하여금 신의 말씀에 대한 절대적인 복종을 요구하였습니다. 이러한 요구는 종교의 이데올로기로서 신정 일치의 사회적 상태에서 나타난 강령과 동일했습니다. 물론 기독교 사상 역시 이러한 특성이 부분적으로 내재하지 않는 것은 아니지만, 기독교의 신앙이 운명의 방향을 변화시킨다는 점, 또한 그것이 인간신 사상의 미래지향적 오메가의 특성을 강조한다는 점은 종교사의 관점에서 고찰할 때 그 자체 놀라운 변화가 아닐 수 없습니다. 이는 신과 인간 사이의 수직 구조가 아니라, 신과 인간 사이의 수평 구조로의 전환으로 이해될 수 있습니다. 따라서 인간신 사상의 미래지향적 오메가의 특성은 동학사상에서 거론되는 "향벽설위(向壁設位)"라는 수직적 위계질서에서 "향아설위(向我設位)"라는 수평적 위계질서로 전복되는 믿음의 행위가 아닐 수 없습니다(길희성 외: 376). 혁명의 종교를 믿는 자는 거대한 권위로서의 신 앞에 큰절을 올리는 복종과 헌신의 종교관 대신에, 종교를 통해서 자아의 내면을 들여다보고 자아가 처해 있는 삶의 문제점을 개혁하려는 의지의 종교관을 내세울 수 있습니다. 이로써 기독교 사상은 수직적 차원에서 거대한 권위를 지닌 신적 존재에서 벗어나서, 수평적으로 평등한 인간신의 존재를 부각시킵니다. 이로써 상부의 권위로서의 신적 존재는 사라지고, 자아의 내면 내지 세계의 변화 등을 갈구하는 이상적인 믿음으로 거듭나게 됩니다. 아니나 다를까, 기독교 사상은 숙명과 복종을 강조하는 고대의 사상을 지양하고, 그 자리에 새로운 변화와 평등 관계 속에서의 사랑을 설정해 놓았습니다.

21. 인간신 사상: 블로흐는 에크하르트 선사의 신비주의에서 그리스도의 인간신 사상의 핵심을 발견합니다. 신은 에크하르트 선사에 의하면 인간과 세계의 가장 깊은 내면, 중앙 부분 그리고 가장 중심부, 바로 그곳에 거주하고 계십니다. 여기서도 우리는 이른바 종교의 인간화에 관한

루드비히 포이어바흐(Ludwig Feuerbach)의 테제와 유사한 내용을 발견할 수 있습니다. 가령 세계는 신으로 되돌아오고, 역으로 신은 인간이 사는 세계 속으로 되돌아옵니다. 신께서는 특히 인간들로 향해서 발길을 돌린다는 것입니다. 그렇게 되면 우리는 초월했다고 생각되는 신, 현존하고 계신다는 신께서 결국 인간의 마음속에서 찬란히 빛을 발하는 신비적 순간 속으로 완전히 해체되는 것을 감지할 수 있습니다. 여기서 말하는 찬란한 빛은 기존하는 인간이 아니라, 어떤 숨어 있는 인간의 내면에서 찬란히 퍼져 나간다고 합니다. "은폐된 인간(homo absconditus)"이라는 개념은 오래 전에 사용되던 용어인 "은폐된 신"과 일치되는 것입니다. 사람들은 우선 은폐된 인간의 내부로 파헤쳐 들어가야 한다고 말합니다. 그게 아니라면 지금까지의 모든 것들에 대해 부정적인 태도를 취하는 "은폐된 인간"의 영역을 향해 나아가야 한다는 것입니다. 이러한 입장을 통해서 우리는 다시금 플로티노스와 바실리데스(Basilides)와 같은 그노시스 학파 사람들이 내세우는 부정의 신학 이론에 근접하게 됩니다. 부정의 신학 이론에 의하면, 신은 사람들의 필요성을 충족시켜 주기에는 너무나 육중할 뿐입니다. 모든 카테고리는 흐릿하게 나타날 뿐입니다. 그래서 마치 무(無)와 같은, 깊이 감추어진 것을 밝혀낸다는 것은 결코 적절하지 않습니다. 신이 그곳에 계시듯이, 이곳에서는 인간이 심층부로 향하고 있습니다(Löhr: 336). 그래서 가장 존경할 만한 대상이 바로 인간입니다. 에크하르트 선사에 의하면, 인간 이상의 어떤 무엇을 생각할 수 있습니다.

블로흐에 의하면, 인간은 신이며, 신은 인간입니다. 이 사실이야말로 에크하르트 선사의 신비주의가 "함께 하는 깨달음" 내지 섬광의 중심점에서 찾아낸 평등의 공식입니다. 신은 블로흐에 의하면 현실에 아직 출현하지 않은 "임"입니다. 그분은 인간의 근본적 존재가 의인화되고 대상으로 화한 이상입니다. 따라서 신은 블로흐에 의하면 인간 영혼이 유토피아적으로 꿈꾸는 엔텔레케이아와 다름이 없습니다. 천국 역시 인간 영혼이 유토피아적으로 상상하고 있는 신의 세계에 대한 엔텔레케이아의 공간입니다(블로흐 2004: 2794). 우리는 앞에서 다음의 사항을 거론하였습니다. 즉, 에크하르트에게서 본질적인 것은 다름 아니라 인식이라고 말입니다. 물론 에크하르트 선사는 마리아와 마르타에 관한 강연에서 마치 고대의 소피스트처럼 기이한 방식을 사용하여, 마리아보다는 마르타를, 다시 말해서 관조의 삶보다는 행위의 삶을 더욱 찬양하였습니다. 도미니크 수도회에 속한 사람이라면, 마르타의 "행동적인 삶(vita activa)"보다는 마리아의 "명상적인 삶(vita contemplativa)"을 택해야 마땅했을 텐데 말입니다. 그럼에도 우리는 에크하르트 선사의 철학에서 인식의 우월성을 접할 수 있습니다. 이로써 우리는 다음의 공식을 역으로 생각할 수 있습니다. 신으로부터 우주를 거쳐 인간으로 향하는 공식은 인간으로부터 소우주 내지 대인간으로서의 아담 카드몬을 거쳐 인간신으로 향하는 공식으로 뒤바뀔 수 있습니다.

블로흐에 의하면, 예수는 영생을 누리며, 모든 권능을 지닌 채 인간의 삶과 죽음을 규정하는 전지전능한 상부의 존재가 아닙니다. 어쩌면 그분은 아직 이루어지지 않은 인간의 근본적 존재가 의인화되고 대상화된 이상으로 출현한 분입니다. 신의 엔텔레케이아는 어쩌면 어떤 인간의 내면에서 발견될 수 있습니다. 필자의 생각에 의하면, 특히 에크하르트 선사의 신관(神觀)에서 인간신의 보편적 양태를 발견할 수 있습니다. 신은 살아 움직이는 인간이며 "하는 님"(尹老彬)입니다 그분은 천지의 율려(律呂)와 일체가 된 "임신한 여인"일 수 있습니다. 다시 말해, 12율의 양율과 음려를 통칭하는 분입니다. 그것은 잘게 쪼개진 "개인(Individuum)"이 아니라, "큰 자아(Atman)"와 같습니다. 이와 관련하여 우리는 이러한 은폐된 형상 속에서 이상적 유토피아로서의 "하늘나라"의 어떤 핵심을 발견할 수 있을 것입니다. 어쩌면 "지금 그리고 여기"라는 종말론적인 한

울타리, 즉 "한울나라"에서 어떤 마지막 고향을 찾아야 하는 것은 당연히 인간의 몫이 아닐 수 없습니다. 그것은 차제에 인간신 사상으로 발전될 수밖에 없는 무엇입니다. 거대한 권능을 지닌 신의 존재가 무너진 현대에 기독교인이 의존해야 하는 것은 오로지 인간신의 상에 내재한 무신론적 저항의 자세일지 모릅니다. 우리는 반드시 은폐된 인간의 마지막 거주지인 고향을 찾아야 합니다. 이를 위해 인간은 마르크스가 말한 대로 "힘들게 살아가고, 무거운 짐을 진 채 생활하며, 경멸당하고 모욕당하는 존재로 취급받는 모든 현실적 상황을 구체적으로 무너뜨려야" 합니다(Marx: 385).

22. 블로흐와 해방신학, 그 관련성과 차이: 인간신에 대한 블로흐의 이해는 나중에 위르겐 몰트만에게 커다란 영향을 끼쳤습니다. 몰트만은 자신의 주저 『희망의 신학(Theologie der Hoffnung)』(1964)에서 세 가지 사항을 중시하였습니다(Moltmann: 255). 첫째로 신앙의 전제 조건이 되는 새로운 땅과 행복에 대한 약속은 인간과의 약속이 아니라, 신과의 약속이라고 합니다. 이 점에서 몰트만은 블로흐와는 달리 신학자의 고유한 입장을 제기하고 있습니다. 둘째로 그리스도의 부활이 중요한 까닭은 종말론 사상을 담지하며 희망과 새로운 미래를 위해서 필수적이기 때문이라고 합니다. 셋째로 신의 나라는 현세와 무관하지 않으므로, 현실 개혁이 매우 중요하다고 합니다. 특히 두 번째와 세 번째의 입장은 블로흐에게서 영향 받은 것으로서, 나중에 남미에서의 해방신학의 견해로 이어지게 됩니다. 그러나 무신론에 근거한 블로흐의 기독교 이해는 이른바 교회 중심적 신학 체계를 강조하는 일련의 신학적 입장과는 근본적으로 다릅니다. 왜냐하면 인간신의 면모는 마르크스가 갈구한 자유의 나라에서 구현될 수 있는 주체적 인간일 수 있기 때문입니다. 블로흐가 "신은 어째서 인간인가(Cur Deus homo)?"라는 발언을 통해서 무신론

의 관점에서 인간신의 가능성을 추적하였다면, 몰트만은 인간과 신 사이에 분명한 금을 그으면서, 야훼와 예수 그리스도의 권능을 가장 중요한 힘으로 인정하였습니다. 몰트만의 이러한 견해에 대해서 독일의 신학자, 카를 바르트, 카를 라너 그리고 한스 우르스 폰 발타자르(Hans Urs von Balthasar) 등은 동의하지 않고(Barth: 32), 교회를 전제로 하는 저세상의 영역을 철저히 고수하였습니다(Rahner: 140).

23. 사랑의 공산주의로서의 기독교 사상: 카를 카우츠키는 『기독교의 기원』에서 다음과 같이 주장하였습니다. 즉, 기독교는 노예제도를 폐지하기는커녕, 노예들을 주님의 종으로 복속시켰는데, 이는 기독교가 사랑의 공산주의를 실천하지 못한 단적인 증거라고 합니다(카우츠키: 485). 그런데 여기서 중요한 것은 기독교의 역사적 실천이 아니라, 원시기독교가 추구한 어떤 근본적인 기대 의향입니다. 카우츠키는 근시안적으로 역사적 결실만을 강조함으로써, 기독교가 추구하는, 목표로 향하는 기대 의향의 가치를 하락시키고 말았습니다. 자고로 지상의 천국으로서의 "하늘나라"로 향하는 방향은 인간의 최종적 갈망의 의향을 고려할 때 마르크스가 말하는 "자유의 나라"로 향하는 방향과 거의 평행합니다. 그래서 우리는 다음과 같이 주장할 수 있습니다. 즉, 올바른 기독교인들만이 거주하게 될 "한울나라"는 모든 것을 필요에 따라 생산해 내는, 이른바 계급 없는 사회에서 어떤 구체적인 해답을 얻게 된다고 말입니다. 예수가 추구하던 원시기독교의 "사랑의 공산주의"는 마르크스가 은밀하게 암시하던 "자유의 나라(Reich der Freiheit)"에 대한 동일한 본보기입니다(Preuss: 34). 마찬가지로 마르크스주의의 철학적 출발은 목표에 대한 의향을 고려할 때 이른바 해방신학이 추구하는 시작과 동일한 패러다임을 지닌다고 말입니다. 그것은 빌헬름 바이틀링의 사회주의 사상 내지 마르틴 부버가 추구하던 계급 없는 공동사회에 대한 설계와 결코

무관하지 않습니다.

24. 기독교의 하늘나라는 하나의 시스템으로 설계된 것은 아니다: 기독교의 이웃 사랑의 나라는 하나의 구도 내지 시스템으로 설계된 것은 아닙니다. 그러나 기독교 사상의 모티프는 그 의향을 고려할 때 시간적으로 태초(알파)가 아니라 최후(오메가)를, 공간적으로 시작의 영역이 아니라 마지막의 영역을 선취하게 해 줍니다. 이를테면 무언가 사회의 변혁을 꿈꾸는 기독교인들이 최후, 즉 오메가의 순간에 응집될 수 있는 혁명적 변화를 갈구하는 경우를 상정해 봅시다. 그러면 우리는 여기서 분명하게 종말론적인 요소를 도출해 낼 수 있습니다. 이것이 바로 에른스트 블로흐가 구명하려고 하는 기독교 사상 속의 유토피아의 성분이 아닐 수 없습니다. 이와 관련하여 기독교 사상의 유토피아는 이른바 국가 소설에서 나타난 사회 유토피아 시스템의 설계 대신에, 프롤레타리아의 혁명적 전복에 관한 열광의 상으로 얼마든지 전환될 수 있습니다. 이러한 열광의 상은, 비록 순간적이지만, 주어진 체제를 한꺼번에 전복시킬 수 있을 정도로 강렬한 것이 아닐 수 없습니다. 실제로 이러한 상은 먼 훗날에 러시아에서 노동자계급을 이끄는 붉은 영웅의 상 내지 영웅에 대한 기다림으로 확장되었습니다.

참고 문헌

길희성 외 (2001): 경전으로 본 세계종교, 전통문화연구회.

블로흐, 에른스트 (2004): 희망의 원리 5권, 열린책들.

블로흐, 에른스트 (2009): 저항과 반역의 기독교, 열린책들.

윤노빈 (2003): 신생철학, 개정 증보판, 학민사.

이준섭 (2011): 마이스터 에크하르트(Meister Eckhart)의 신비적 결합(unio mystica)에 관한 연구, 실린 곳: 신학리해, 제40집, 84-113.

타이센, 게르트 외 (2010): 역사적 예수, 다산글방.

카우츠키, 칼 (2011): 그리스도교의 기원, 이승무 역, 동연.

Barth, Karl (1946): Christengemeinde und Bürgergemeinde. Entwurf einer christologisch bestimmten demokratischen Staatstheorie, München.

Faber, Richard (2001): Abendländische Eschatologie ad Jacob Taubes, Könighausen.

Flasch, Kurt (2011): Meister Eckhart. Philosoph des Christentums. Beck, München.

Harnack, Adolf von (1980): Kleine Schriften zur Alten Kirche, hrsg., J. Dummer, 2 Bde, Leipzig.

Marx, Karl (1962): Zur Kritik der Hegelschen Philosophie, in: MEW. Bd. 1. Berlin.

Moltmann, Jürgen (1985): Theologie der Hoffnung, in: Johannes Bauer (hrsg.), Entwürfe der Theologie, Graz.

Platon (1911): Phaedo, edited by John Burnet, Oxford.

Pholenz, Max (1999): Die Stoa. Geschichte einer geistigen Bewegung, Göttingen.

Preuss, Walter (1946): Wilhelm Weitling. Der erste deutsche Sozialist. Alster Verlag, Wedel in Holstein.

Rahner, Karl (1972): Strukturwandel der Kirche als Aufgabe und Chance, Freiburg.

Röhr, Weinrich Alfred (1996): Basilides und seine Schule. Eine Studie zur

Theologie- und Kirchengeschichte des 2. Jahrhunderts, Tübingen.

Schäfer, Wolf (1985): Die unvertraute Moderne. Historische Umrisse einer anderen Natur und Sozialgeschichte. Frankfurt.

Taubes, Jacob (1991): Abendländische Eschatologie, 1947, ND München.

11. 아우구스티누스의 『신국론』

(413 - 426)

1. 기독교와 로마제국: 아우렐리우스 아우구스티누스(Aurelius Augustin, 354-430)와 그의 대표 저작물 『신국론(De civitas Dei)』을 살펴보려고 합니다. 아우구스티누스가 살았던 시기는 매우 어수선했습니다. 비록 기독교가 323년에 공인되었다 하더라도, 기독교 교회는 간신히 명맥을 이어 오고 있었습니다. 기원후 410년에는 이교도 민족인 "서고트"인들이 로마를 침공하였습니다. 비록 거대한 역사적 사건으로 기록되지는 않았지만, 전쟁은 로마를 상당 부분 황폐하게 만들었습니다. 이때 로마인들은 다음과 같이 생각했습니다. 사람들이 고대의 신들을 더 이상 숭배하지 않고 기독교 유일신을 신봉했기 때문에 찬란한 로마가 몰락의 길에 들어서게 되었다고 말입니다. 당시의 지식인들은 로마의 쇠망의 이유를 찾으려고 했는데, 상당수가 기독교에 책임이 있다고 주장하였습니다. 물론 로마제국의 내부적 취약성을 중시하는 이러한 입장은, 나중에 에드워드 기번(Edward Gibbon)이 『로마제국 쇠망사(The History of the Decline and Fall of the Roman Empire)』(1776-1798)에서 언급한 바 있듯이, 기독교가 로마제국을 쇠퇴하게 만든 결정적인 요인이라는 것입니다. 그렇지만 로마제국은 기독교의 영향 때문이라기보다는, 오히려 용병들의 반란

이라든가, 동로마제국과의 정치체제의 결별 그리고 게르만족의 침입 등으로 몰락의 길을 걸었습니다(Nippel: 25). 그 밖에 다른 이유도 있습니다. 막스 베버(Max Weber)는 로마가 몰락의 길을 걷게 된 결정적인 이유로서 정복 전쟁 이후 노예 계급이라는 값싼 노동력이 고갈된 것을 언급하였습니다(전성우: 324). 아우구스티누스가 『신국론』을 집필하게 된 까닭은 로마의 침체 현상이 기독교 때문이라는 견해를 근본적으로 일축하기 위해서였습니다.

2. **사도 바울과 영지주의 신앙:** 예수가 사망한 다음에 사도 바울은 기독교 교회를 견고하게 만들기 위하여 예수 그리스도의 원시기독교의 사상을 상당 부분 변화시켰습니다. 그는 기독교를 전파하기 위해서는, 주어진 권력과 타협할 필요성을 절감하였습니다. 교회가 살아남으려면 권력자와 부자들의 박해 내지 탄압을 피해야 했습니다. 그래서 바울은 예수의 사상을 액면 그대로 내세우지 않고, 약간 변화시킬 필요성을 느꼈습니다. 원래 예수 그리스도는 묵시록을 신봉하면서 자연의 어떤 대재앙에 의해 새로운 나라가 탄생하리라고 굳게 믿었습니다. 이러한 믿음은 주어진 사악한 현실에 대한 반대급부로 이해될 수 있습니다. 주어진 현실이 사악하게 된 까닭은 권력자가 불법을 자행하며, 부자들이 재화를 자신의 소유로 끌어 모았기 때문이었습니다. 이로 인하여 수많은 사람들이 폭정과 강제 노동에 시달리며 살게 된 것입니다. 예수는 거대한 파국이 도래하여 가치 전도된 세계가 몰락하리라고 예견하였습니다. 그러나 사도 바울은 예수 그리스도의 이러한 믿음을 그대로 계승할 수는 없었습니다. 만약 자신이 세계 전복에 관한 예수의 믿음을 고수하면, 이는 체제 파괴적인 반향을 불러일으킬 것이고, 권력자는 이를 결코 관대하게 받아들이지 않을 게 자명했기 때문입니다. 그래서 그는 기독교 사상의 방향을 약간 틀어서, 한편으로는 내세 중심으로, 다른 한편으로는 내면

중심으로 전환시켰습니다. 바울은 현재의 지배 구도의 전폭적인 변화 대신에 무엇보다도 인고의 정신과 참회를 강조하였습니다.

3. 사도 바울의 입장 변화와 영지주의: 중요한 것은 바울에 의하면 현세가 아니라 저세상이며, 외부 현실이 아니라 인간의 내면을 정화시키는 일이라는 것입니다. 이로써 원시기독교의 사상 속에 도사린 거역의 정신은 사라지고, 참회와 극기로서의 믿음이 중요한 것으로 부각되었습니다. 다시 말해, 그리스도에게 고통을 가한 당사자가 중요한 게 아니라, 고통을 감수하는 십자가에 박힌 채 세상의 죄를 스스로 끌어안는 예수의 태도가 더욱 중요한 것으로 수용된 것입니다. 그리스도가 십자가에 못 박힌 이래로 기독교의 복음을 따르던 자들은 바울의 입장을 거부하면서, 작은 종파를 구성하여 영지주의의 신앙을 추구했습니다. 그런데 정통 기독교는 약 3백 년 동안 이러한 영지주의의 경향을 이단으로 매도해 왔습니다. 당시의 기독교 종파는 유럽 사회와 알렉산드리아 등에서 확고한 토대를 완전히 다지지는 못했지만, 다양한 종파로 분화되어 나갔습니다. 영지주의 신앙은 20세기에 나그함마디에서 파피루스에 기록된 문서가 발굴됨으로써 새롭게 조명되기 시작합니다.

4. 아우구스티누스의 삶: 아우구스티누스는 기원후 354년 로마제국의 힘이 쇠락하기 시작할 무렵에 북아프리카의 타가스테에서 태어났습니다. 타가스테는 그가 활동한 히포 레기우스(Hippo Regius)에서 남쪽으로 100킬로미터 떨어진 지역인데, 현재는 알제리에 속하는 땅입니다. 당시는 콘스탄티누스 2세가 로마를 다스리고 있었는데, 기독교가 공인된 이후의 시기였습니다. 콘스탄티누스 2세는 기독교 종파 가운데 아리우스파를 더욱 좋게 생각하고 있었고, 이로 인하여 교회 사람들은 처절할 정도로 교리에 관한 논박을 벌이고 있었습니다. 당시 로마제국은 세력이

약화되어 인접 국가의 침략 위협을 받고 있었습니다. 아우구스티누스는 어린 시절부터 총명함을 드러내었으며, 아버지가 신봉하던 마니교에 침잠하기도 합니다. 그의 아버지는 죽기 직전에 기독교로 개종하였습니다. 아우구스티누스의 어머니는 기독교 집안 출신이었습니다. 아우구스티누스는 열정적이고 에너지가 충만한 사람이었습니다. 375년부터 그는 타가스테 지역의 변론술 교사가 되었습니다.

아우구스티누스는 종교적 문제로 가족들과 마찰을 겪습니다. 어머니에게 마니교로 개종하라고 요구한 게 갈등의 발단이었습니다. 이후에 아우구스티누스는 카르타고로 떠나 383년까지 그곳에서 변론술 교사로 일합니다. 385년에 그는 밀라노로 이사합니다. 바로 이 시기에 그의 관심사는 마니교를 벗어나 플로티노스(Plotin)의 신플라톤주의로 향하고 있었습니다. 당시에 아우구스티누스는 방탕하게 살았습니다. 카르타고에서 데리고 온 여자 사이에 자식이 한 명 있었습니다. 어머니가 밀라노로 찾아와서 아들의 결혼을 종용하자, 아우구스티누스는 카르타고 여자와 헤어지고 다른 여자와 다시 동거 생활에 들어갑니다. 그런데 어느 날 그에게 놀라운 계시의 순간이 찾아옵니다. 몇몇 사람들은 어느 순간 놀라울 정도로 기막힌 계시의 경험을 겪습니다. 아우구스티누스가 그러했습니다. 그가 어떻게 기독교로 개종하게 되었는가 하는 내용은 그의 『고백록(Confessiones)』에 자세히 실려 있습니다.

아우구스티누스는 386년에 밀라노에서 알리피우스와 함께 어느 친구의 집에 거주하고 있었습니다. 그는 혼자 정원을 거닐고 있다가, 지난날의 삶이 무의미하다는 것을 인지하면서 뽕나무 앞에서 눈물을 흘립니다. 이때 신이 나타나 "(성서를) 거머쥐고 읽어라(Tolle lege)"하고 외치는 소리를 듣습니다(Augustinus 1990: VIII 12, 29). 그것은 다름 아니라 「로마서」 제13장 13절의 말씀이었습니다. "먹고 마시고 취하며 음행과 방종에 빠지거나 분쟁과 시기를 일삼지 말고, 언제나 대낮으로 생각하고 단정하게 살아갑시다. 주 예수 그리스도로 온몸을 무장하십시오. 그리고 육체의 정욕을 충족시키려는 생각을 아예 하지 마십시오." 이 구절은 마치 사도 바울이 나타나 아우구스티누스 자신에게 어떤 메시지를 전하는 것 같았습니다. 지금까지 방탕하게 살아온 아우구스티누스 자신을 꾸짖는 것 같았습니다. 말씀은 조용하게 울려 퍼졌지만, 너무도 맹렬하게 아우구스티누스의 가슴을 칼로 도려내는 것 같았습니다. 이후로 그는 깊은 참회 끝에 기독교에 귀의하기로 결심하게 됩니다.

387년 부활절의 밤에 아우구스티누스는 아들, 아데오다투스와 함께 밀라노에서 기독교인으로 세례식을 올립니다. 그 후에 그는 가족과 친구들과 함께 북아프리카로 이주할 계획을 세웁니다. 당시 카르타고는 로마제국과 전쟁을 준비하고 있었으므로, 388년 말에야 비로소 그는 카르타고에 도착할 수 있었습니다. 도착 직후에 아우구스티누스는 여생을 기독교에 바치기로 결심하였습니다. 391년에 그는 히포로 떠나 그곳의 사원에 머물게 됩니다. 394년 아우구스티누스는 발레리우스로부터 주교직을 하사 받아서 죽을 때까지 사제로 일하였습니다. 그는 기도와 함께 청빈한 삶을 살아가면서 저술 작업에 열중하였습니다. 그의 관심사는 기독교의 사상에 첨예한 특성을 부여하는 일이었습니다. 그렇기에 아우구스티누스로서는 당시에 널리 퍼져 있던 마니교, 몬타우스, 도나투스, 펠라기우스 등의 사상의 근본을 비판하는 것은 당연한 일이었습니다.

5. 아우구스티누스의 개종의 의미: 아우구스티누스가 그리스도를 믿게 된 것은 철학적 사유에 있어서도 중대한 의미를 지닙니다. 삶에 있어서 가장 중요한 것은 선을 추구함으로써 느끼는 행복일 수 있습니다. 그런데 지상에서 얻을 수 있는 선하고 좋은 것들은 인간에게 완전무결한 행복을 마련해 주지 못합니다. 따라서 인간이 선택할 수 있는 유일하고도 진정한 선은 오로지 완전무결한 존재로서의 신에게 집중하는 노력을 통해

서 발견될 수 있습니다(헬트: 412). 지금까지 마니교는 악을 육체적인 것으로 못 박았습니다. 그러나 육체적인 것은 인간의 오관을 통해서 얼마든지 기쁨을 느끼게 해 줄 수도 있습니다. 따라서 인간의 육체성을 무작정 죄악으로 못 박을 수는 없습니다. 인간은 아우구스티누스에 의하면 자신의 힘으로 선과 악을 다스릴 수는 없다고 합니다. 그렇기에 인간은 어떤 완전한 선, 즉 신의 의지를 필요로 합니다. 완전한 선의 의지를 지닌 분은 예수 그리스도라고 합니다. 다시 말해서, 인간은 오로지 예수 그리스도의 도움을 통해서 가장 훌륭한 선을 차지할 수 있다는 것입니다.

6. 아우구스티누스에게 나타난 구원과 죄: 자고로 인간은 아우구스티누스의 견해에 의하면 제아무리 도덕적으로 엄격하게 산다고 해서 구원받지는 못합니다. 말년에 아우구스티누스는 이 문제를 놓고 기독교 인본주의를 표방하는 펠라기우스와 치열하게 논쟁을 벌인 바 있습니다. 펠라기우스는 영국에서 금욕적으로 살아감으로써 기독교 신앙을 실천하려고 했습니다. 그는 아우구스티누스와는 달리 진리를 찾으려는 인간의 자유로운 의지를 중시했는데, 이는 니사 출신의 그레고리우스(Gregor von Nyssa)의 가르침과 매우 유사합니다(남성현: 328). 그런데 도덕적으로 엄격한 삶을 영위하는 것보다도 더 중요한 것은 아우구스티누스에 의하면 신의 은총을 받는 일이라고 합니다. 인간은 혼자서 선과 악을 다스리거나 물리칠 수는 없습니다. 인간은 오로지 신의 도움, 즉 신의 은총을 통해서 선과 악으로부터 자유롭게 되고, 종국에 이르러서는 완전히 구원될 수 있다고 아우구스티누스는 믿었습니다. 오늘날의 시각에서 고찰할 때, 문제는 아우구스티누스의 죄의 개념에 있습니다. 아우구스티누스는 죄를 두 가지 사항으로 설명합니다. 그 하나는 신의 권위에 복종하지 않는 데에서 비롯하며, 다른 하나는 인간이 현세에서 성적 욕구를 떨치지 못하기 때문에 비롯한다는 것입니다(누스바움: III. 1009). 그런데 원

죄는 상호 연결되어 있는 개념입니다. 에덴동산에서의 인간의 성적 욕망은 『신국론』 제14장에 의하면 순수한 것이었습니다. 아담과 이브가 신에 대한 순종을 저버렸기 때문에 통제 불가능한 성욕을 지니게 된 것이라고 합니다(Wills: 135f). 아우구스티누스의 이러한 입장은 수직 구도와 성적 불평등의 특성을 지니고 있는데, 현대적 관점에서 하자를 드러내는 것은 사실입니다.

7. 『신국론』에 영향을 끼친 문헌들: 『신국론』은 총 22권으로 이루어진 방대한 책으로서 기원후 413년에서 426년 사이에 집필되었습니다. 22라는 숫자가 히브리어의 알파벳의 수와 일치한다는 점에서, 우리는 아우구스티누스의 사상에 끼친 유대주의의 영향을 읽을 수 있습니다. 『신국론』은 아우구스티누스가 말년의 시기에 오랜 시간 공을 들여서 완성한 그의 대표적 문헌입니다. 첫 번째의 10권은 기독교가 과연 로마의 황폐화에 얼마나 악영향을 끼쳤는가 하는 문제 그리고 다른 종교가 로마에 끼친 끔찍한 영향 등을 비판적으로 추적하고 있습니다. 여기서 문제가 되는 것은 이교도의 신학적 입장입니다. 키케로는 자신의 책 『국가론(De re publica)』의 제5장에서 국가의 이상을 정의 내린 바 있는데, 이 문헌에서 키케로는 스키피오를 빌려서 공화국은 "공공의 사안(res publica)," 즉 인민의 문제라고 주장하였습니다. 공화국은 이성을 지닌 다수의 개인으로 구성되어 있는데, 이들은 공동의 사랑이라는 객체에 해당하는 정신적 가치에 참여함으로써 하나가 된다고 합니다(Servier: 64).

8. (부설) 키케로의 국가에 관한 논의: 여기서 잠시 키케로의 『국가론』을 개관하는 게 좋을 듯합니다. 키케로는 플라톤처럼 어떤 이상 국가의 모범적 범례를 설계하려 하지는 않았습니다. 그는 하나의 가상적인 상으로서의 바람직한 국가를 연역적으로 묘사하지는 않았습니다. 대신에 키

케로는 로마 국가 자체를 하나의 이상으로 설정하였습니다. 따라서 그의 관심사는 로마 국가의 형성, 성장 그리고 로마의 건축과 로마의 문화 전체를 경험적으로 서술하는 작업으로 향하고 있습니다. 키케로는 군주제, 관료제 그리고 민주제를 차례로 논하면서, 이들의 절충적 혼합 형태를 최상의 지배 체제로 규정합니다. 가령 "왕의 지배(regnum)" 하에 다수의 "과두정치(oligarchie)"와 "인민 공동체(civitas popularis)"의 혼합적 정치 형태가 절충적 혼합 형태라고 명명될 수 있습니다. 키케로의 이러한 입장은 처음부터 추상적으로 바람직한 이상 국가를 설계하는 플라톤의 시도와는 전혀 다릅니다. 오히려 그것은 아리스토텔레스가 경험론적으로 추적한 최상의 국가의 건설 가능성에 관한 논의와 일맥상통하고 있습니다(Freyer: 71). 아리스토텔레스는 최상의 국가를 수립하는 일을 "인간 삶에서 선을 추구하는 도덕적 목표"와 동일시하려고 했습니다. 그것은 『정치학』 제7권과 8권에서 논의되는 사항으로서, 국가의 법이 어떠한 이유에서 가치를 지니고 있는가, 국가가 어떻게 부흥하고 쇠망하는가 하는 물음과 관련됩니다. 아리스토텔레스는 다음과 같은 결론에 도달합니다. 최상의 국가의 내적인 비밀은 다양한 법 규정 속에 담겨 있다고 합니다. 다양한 법 규정 속에 혼재되어 있는 참된 정수를 발견해 내려면, 사람들은 개별적인 법령들을 통폐합하고, 부족하고 잘못된 것들을 보완해야 한다는 것입니다. 요약하건대, 키케로의 『국가론』은 바람직한 최상의 국가에 관한 모범적 범례를 추상적으로 추적하는 글이 아니라, 로마 국가의 시스템에 관한 경험론적 서술에 국한된 것입니다. 바람직한 국가의 상에 관한 이후의 학자들의 입장은 플라톤의 모델이 아니라, 아리스토텔레스의 국가 모델에 기준을 두고 있습니다.

9. 정의로움과 국가의 존재: 아우구스티누스는 국가의 존립에 있어서 가장 중요한 사항으로 정의를 내세웁니다. "정의(Justitia)"는 철학적으로

정해진 도덕적 질서이며, "법(ius)"은 실제의 권력자가 활용하는 잣대입니다. 아우구스티누스는 정의가 없는 곳에서는 법 또한 존재하지 않는다고 말합니다. 지금까지의 로마의 역사는 불행한 사건의 연속으로 점철되었다고 합니다. 로마는 아우구스티누스에 의하면 이상 국가가 아니라고 합니다. 왜냐하면 로마제국에는 처음부터 정의로움이 자리하지 않았기 때문이라고 합니다. 로마제국은 마치 카인과 아벨의 신화처럼 로물루스의 형제 살인에 의해 건립된 나라라고 합니다. 기원전 4세기에 로물루스는 자신의 친동생인 레무스를 살해하고 나라를 세우게 되는데, 이 나라가 바로 로마였습니다.

10. 기독교의 평화주의와 로마제국의 변화: 아우구스티누스는 형제 사이의 피비린내 나는 살육전을 지상에 존재하는 나라들의 유형적인 특징이라고 단언합니다. 그런데 기독교가 도래한 뒤부터 로마에서의 전쟁과 살육 행위들은 현저하게 줄어들었습니다. 가령 아우구스티누스는 게르만족이 기독교를 신봉한 뒤부터 타민족을 더 이상 침공하지 않았다는 사실을 지적합니다. 마찬가지로 로마인들 역시 기독교가 합법적으로 용인된 이후로 과거와는 다른, 다소 평화적인 태도를 취하게 되었습니다. 이것이야말로 기독교의 고결한 힘이라고 합니다. 이 점을 고려하면 로마제국 몰락의 근본적인 원인은 아우구스티누스에 의하면 기독교 전파에 기인하는 게 아니라고 합니다. 로마제국은 하루아침에 무너진 게 아니라, 300년 동안 서서히 세력을 잃어 갔습니다. 비잔틴의 동로마제국이 존재했으므로, 로마제국의 순식간의 몰락을 언급하는 것 역시 무리입니다. 로마제국의 몰락은 1. 외부 민족의 잦은 침입, 2. 로마 인민들의 납중독 현상, 3. 로마제국 내의 권력 갈등, 4. 방만한 운영으로 인한 재정 파탄 등을 이유로 들 수 있습니다(Demandt: 595).

11. 로마제국에 대한 아우구스티누스의 모순적 입장: 아우구스티누스는 한 가지 사항을 강조합니다. 즉, 로마제국은 이교도의 신들과 이교도의 운명에 의해서 축조된 게 아니라, 기독교에 의해 어느 정도 훌륭한 국가로 거듭나게 되었다고 합니다. 이교도의 신들은 아무런 의미를 지니지 못하는 신적 존재라고 합니다. 그들은 지금까지 무지몽매한 사람들에 의해서 막연히 전지전능한 분으로 추앙되었을 뿐입니다. 이교도의 신들은 역사적으로 어떠한 실질적 영향을 끼치지 못했습니다. 설령 이교도의 신들이 실제 현실에 영향을 끼쳤다 하더라도, 이러한 영향들은 아무런 일관성 없는 신적 권능에 의해서 산만하게 흩어진 채 기이하게 대립하는 양상을 보여 주었습니다. 그렇지만 기독교는 로마제국의 근본적 토대를 완전히 바꾸어 놓았습니다. 가장 중요한 것은 전쟁 지향적인 로마인들을 어느 정도 평화적인 기독교인들로 바꾸어 놓았다는 사실입니다. 그런데 로마제국에 대한 아우구스티누스의 입장은 모순적 특성을 드러냅니다. 로마제국은 한편으로는 사악한 살육과 전쟁으로 광분하는 국가이지만, 다른 한편으로는 기독교 사상과 믿음으로 발전될 수 있는 국가라는 것입니다. 혹자는 이러한 견해를 로마 권력에 대한 아우구스티누스의 타협이라고 주장하기도 합니다. 분명한 것은 아우구스티누스가 로마제국을 "신의 국가"와 "지상의 국가"의 카테고리에 편입시키지 않았다는 사실입니다. 로마 국가는 오히려 이것들의 중간 형태인 "자연 국가"로 설명될 수 있습니다.

12. 아우구스티누스의 역사철학적 발전 단계: 아우구스티누스의 역사철학적 발전 단계에 의하면, 유년기는 아담으로부터 노아에 이르며, 소년기는 노아로부터 아브라함에, 청년기는 아브라함으로부터 다윗에, 성년기는 다윗의 성장으로부터 바빌로니아 유수 시기까지 이릅니다. 그리고 마지막 두 시기는 다윗의 마지막 생애로부터 예수의 탄생까지, 그때부터

최후의 심판의 날까지 가리키고 있습니다. 이러한 구분은 신의 나라와 그 붕괴의 역사에 입각한 것입니다. "지상의 국가"는 대홍수에 의해서 멸망하고, "신의 국가"는 노아와 그의 아들에 의해서 생명력을 이어 나가게 됩니다. 그러나 노아의 후손들에 이르러서는 사악한 국가의 저주가 새롭게 득세합니다. 헤브라이어를 사용하던 유대인들은 다시 왕이 타고 다니는 옥좌 중심으로 모이게 되었던 것입니다. "사제의 민족, 너희는 내게 성스러운 민족이어야 한다." 당시 다른 민족들은 악마적 죄악의 권력 국가들에 의해서 피해를 당하고 있었습니다. 이는 특히 아시리아 지역에서 극심하게 나타났습니다. "신의 국가"란 역사철학의 결론으로서 이해될 수 있으며, 범죄와 폭력을 일삼는 정치 국가에 대한 전면적인 비판인 셈입니다.

13. 악마의 나라에 대한 아우구스티누스의 비판: 기원후 4세기의 상황은 정치와 종교가 아직 동일시되지 않았습니다. 교회와 국가 사이의 관계는 그 당시에는 완전히 확립되지 않았습니다. 사람들은 권력자의 지배가 신의 국가와는 무관하다고 간주했습니다(블로흐: 1030). 아우구스티누스는 실제로 교회를 장악한 권력자들과 전적으로 대립하였습니다. 그는 처음에는 속으로 역겨웠지만, 겉으로는 로마를 찬양하는 등 영리한 태도를 취했습니다. 그러나 나중에 『신국론』을 집필할 때 아우구스티누스는 로마에 대한 증오심을 노골적으로 표명했습니다. 오직 예수, 바로 그만이 역사를 변화시킬 수 있기 때문에 "진정한 구원의 역사"만 있을 뿐, "세속적인 국가로 인한 구원의 역사"는 없다는 것입니다. 그렇다면 역사 속에 나타난 국가들은 단지 그리스도의 적들일 뿐입니다. 세속적인 국가들은 악마의 나라이며, 로마 역시 여기에 부분적으로 속합니다. 아우구스티누스의 책에 담겨 있는 이러한 사고는 국가와 타협한 사도 바울과는 달리 거의 혁명적입니다.

14. 자연신과 인간신: 아우구스티누스는『신국론』의 마지막 12장을 통하여 천국과 지상의 천국을 추적하고 있습니다. 그는 고대 신들에 관해서 서술하면서, 고대의 저술가, 마르쿠스 테렌티우스 바로(Marcus Terentius Varro, BC. 116-27)의 신관(神觀)을 인용합니다. 고대인들의 믿음은 바로에 의하면 호메로스의 "시적 신앙(religio fabulosa)," 국가의 "정치적 신앙(religio civilis)" 그리고 스토아학파 내지 에피쿠로스학파의 "자연적 신앙(religio naturalis)" 등으로 나누어진다고 합니다. 문제는 이러한 세 가지 신앙을 통해서 얻을 수 있는 게 무엇인가 하는 물음입니다. 시적 신앙은 인간의 갈망을 풍요롭게 하고, 정치적 신앙은 사회 전체의 안녕과 축복을 도모케 하며, 자연적 신앙은 자연과의 조화로운 삶을 추구하게 하는 것입니다. 이러한 세 가지 구분은 고대인들의 다양한 갈망을 그대로 반영한 것입니다.

15. 참된 존재자로서의 예수: 고대의 철학자 가운데에서 가장 순수한 "유신론(Theismus)"을 설파한 사람은 바로 플라톤이었습니다. 신적 존재야말로 인간에게 가장 심층적으로 영향을 끼치는 전지전능한 존재이며, 인간 영혼이 현세에서 방황하는 것도 그 때문이라고 합니다. 그렇지만 나중에 신플라톤주의자들은 인간 영혼이 신적 중개자를 필요로 한다는 점을 몹시 비난하였습니다. 그들은 심지어 플라톤조차도 사악한 영혼을 숭배한다고 단언하였습니다. 그들에 비해 아우구스티누스는 야훼를 숭배하면서도, 신의 중개자를 인정하였습니다. 가령 인간과 신 사이에 가교를 이을 수 있는 유일하고도 참된 중개자가 존재하는데, 그분이 바로 인간신, 예수 그리스도라는 것입니다. 그리스도는 아우구스티누스에 의하면 지상에 천국을 건설하는 일을 자신의 가장 훌륭한 과업으로 간주하였다는 것입니다.

16. 신의 국가와 악마의 국가: 그렇다면 신의 국가는 악마의 국가와 어떻게 다를까요? 이는 마지막 12권에 차례대로 개진되고 있습니다. 천사의 추락으로 인하여 신의 영역에는 어떤 균열이 생겨나기 시작합니다. 이로 인하여 신의 영역은 두 가지로 나누어집니다. 그 하나는 신의 국가이며, 다른 하나는 악마의 국가입니다. 신의 영역에 자리한 균열은 아우구스티누스에 의하면 아담과 이브 그리고 그들의 후예에 의해 복원되고, 신의 인민에 의해서 새롭게 재구성되어야 합니다. 이는 오로지 자연적으로 나타난 국가들, 즉 지상의 국가와 천상의 국가를 성스러운 영혼으로 가득 채워야 가능하다고 합니다. 아담과 이브가 천국에서 추방당한 뒤에 은총을 갈구하는 성자들의 공동체는 천사들과 함께 신의 국가를 형성하게 됩니다. "신의 국가(civitas Dei)"가 원래의 천국에 해당하는 것이라면, 악마의 국가는 "지상의 국가(civitas terrena)"에 해당합니다. 신의 국가가 신에 대한 사랑을 조직의 원칙으로 삼고 있다면, 세계국가는 이와는 반대로 자신에 대한 이기적 사랑을 강조하고 있습니다.

17. 군주는 강도와 다를 바 없다: 고대인들은 지상의 국가가 얼마나 사악한 탐욕에 집착하는가를 예리하게 간파하고 있었습니다. 키케로는 자신의 글 『국가론』에서 군주가 백성들의 재화를 마음대로 강탈한다는 점을 지적하였습니다. 이와 관련하여 아우구스티누스는 지상의 국가를 신랄하게 비판합니다. "정의로부터 완전히 등진 지상의 국가들이 과연 강도가 사는 거대한 동굴과 다를까(Remota igitur justitia quid sunt regna nisi magna latrocinia)?"(아우구스티누스: IV, 4). 아우구스티누스는 여기서 키케로의 문헌을 예로 들고 있습니다. 어느 해적은 알렉산더 대왕을 만나서 다음과 같이 말합니다. "나는 배 한 척 가지고 도둑질하므로 해적이라 불리지만, 당신은 큰 함대를 가지고 도둑질하므로 황제라고 불립니다." 말하자면 불법을 저지르며 작은 재물을 강탈하는 자가 해적이라면, 타

인의 거대한 재물을 합법적으로 빼돌리는 자가 바로 황제라는 것입니다. 큰 도둑에 해당하는 황제는 합법이라는 이유로 처벌받지 아니하고, 작은 도둑에 해당하는 해적은 불법이라는 이유로 철저하게 법의 심판을 받게 된다는 것입니다. 자고로 윗물이 맑아야, 아랫물도 맑다고 했습니다. 국가의 수장이 죄악을 일삼는다면, 백성들은 과연 무엇을 기준으로 하여 살아가야 할까요? 국가에 대한 아우구스티누스의 비판은 이처럼 신랄합니다.

18. 아우구스티누스의 사회 비판, 실정법의 토대, 신의 국가의 한계: 아우구스티누스의 비판은 정의를 내세움으로써 실정법의 기본적 토대와 묘하게 연결되고 있습니다. 지상의 국가에서는 불법이 활개를 치고 있으므로, 해적이든 황제든 상관없이 모두 도둑질을 자행한다는 것입니다. 주어진 국가의 법은 신의 뜻에 일치하는 것이 아닙니다. 왜냐하면 신의 국가에서는 정의로움이 법적 토대를 이루고 있다면, 지상의 국가에서는 권력자의 이권이 법적 기준이 되어 있기 때문입니다. 그렇기에 "정의가 실현되어, 세계는 결국 사멸되고 말리라(Fiat iustitia, et pereat mundus)"라는 속담이 생겨나게 되었고, 칸트 역시 이를 인용한 바 있습니다(Höffe: 54). 이와 관련하여 장 제비에는 다음과 같이 주장합니다. 즉, 아우구스티누스는 신의 국가를 근거로 하여 실정법의 기초 내지 토대를 축조했다고 말입니다(Servier: 64). 그런데 문제는 아우구스티누스가 갈구한 신의 국가의 상은 하나의 이상으로서 추상화되어 있다는 사실입니다. 마지막 시간에 이르게 되면 신의 국가와 지상의 국가는 완전히 서로 별개의 존재로 분할됩니다. 그렇게 되면 상기한 균열의 흔적은 교회와 국가의 가시적인 공동체에 두드러지게 구별된다고 합니다. 아우구스티누스의 이러한 주장은 중세가 끝날 때까지 계속 유효하였습니다. 사람들은 현실을 인위적으로 개선하려고 하지 않고, 다만 막연히 추상적으로 신

의 국가를 기대했습니다. 따라서 인간의 모든 노력은 한계가 있으며, 오로지 신의 뜻에 의해 처음부터 예정되어 있다는 게 중세의 통념이었습니다. 바로 이러한 까닭에 중세 시대는 유토피아의 역사에서 텅 빈 공간으로 남아 있습니다(Schulte Herbrüggen: 115).

19. 사도 바울과 달리 고찰한 신의 국가: 『신국론』의 근본적인 내용은 다음과 같습니다. 즉, 성스러움의 공동체는 인간의 기억 속에 오랫동안 머물다가 역사의 마지막에야 비로소 지상에 모습을 드러냅니다. 기존의 국가들이 그들에게 속하는 악마에게로 귀의하면, "신의 국가"는 그제야 현실 속에서 정착하기 시작합니다. "성스러운 사회적 삶(socialis vita sanctorum)"은 지상에서의 초월을 의미합니다. 물론 바울 역시 신의 국가를 추구하였습니다. 예수에서 바울에 이르는 기독교의 방향에서 특징적으로 나타나듯이, 사도 바울은 오직 초월적인 의미에서 천국을 현세와 무관한 저편에서 찾으려 하였습니다. 이에 반해 아우구스티누스는 새로운 지상에다 의미심장한 무엇을 다시 설정하였습니다. 이 점 때문에 아우구스티누스의 초월적 사고는 유토피아의 특성에 부합합니다. 왜냐하면 그것은 인간 역사의 창조적인 희망과 결속되어 있으며, 마주침, 위험 그리고 승리를 내포하기 때문입니다. 따라서 아우구스티누스의 "신의 국가"는 마치 위험하게 솟아난 날카로운 바위 조각같이 현실에 존재할 수 있는 무엇입니다. 그것은 기존의 역사가 종말을 고할 때 비로소 유토피아로서 존재합니다. 아우구스티누스는 신의 완전한 정태적 국가보다 한발 더 나아간 역동적 목표를 부여하였습니다.

20. 아우구스티누스의 시간 개념: 놀라운 것은 아우구스티누스의 시간관입니다. 그는 현세에 주어진 시간을 여섯 개의 시기로 나누고 있습니다. 마지막 여섯 번째의 시기가 바로 예수 그리스도가 태어난 시점으로

부터 최후의 심판 일까지의 기간을 가리킵니다. 그리스도의 출현이야말로 역사의 정점이며, 가장 중심이 되는 시점이라고 합니다. 오래 전부터 하나의 계시로 이해되어 온 내용은 예수에 의해서 비로소 유효성을 인정받게 되었습니다. 계시로 이어져 온 천년왕국의 이상은 그리스도의 탄생과 그의 행적으로 인하여 실제 현실에 출현하게 된 것입니다. 이러한 사항은 교회가 과연 어떻게 변해 나가는가 하는 물음과도 관련됩니다. 아우구스티누스는 구약성서인 「다니엘」을 하나의 예로 들고 있습니다. 로마제국의 몰락은 아우구스티누스에 의하면 마지막 거대 세계국가의 파멸에 대한 범례라고 합니다.

21. 로마제국의 위상: 그런데 우리는 한 가지 사항을 간과할 수 없습니다. 즉, 아우구스티누스가 모든 것을 철저한 구분에 의해서 신의 국가와 지상의 국가로 이원론적으로 대립시켰지만, 로마제국을 무조건 사악한 지상의 국가로 매도하지 않았다는 게 그 사항입니다. 가령 로마제국은 신의 국가와 지상의 국가 사이의 중간적 가치를 지닌 자연 국가의 체제라고 합니다. 그것은 원론적으로는 악마의 국가에 대한 대표적 표본이지만, 실제 현실에 있어서 세상에 어느 정도의 범위에서 평화를 마련해 주었다고 합니다. 이 점은 차제에 나타날 신의 국가에 상당한 도움이 되었다고 아우구스티누스는 말하고 있습니다. 이러한 관점을 고려할 때, 아우구스티누스는 로마제국이 어느 정도의 범위에서 법을 통한 유익한 정책을 펴 나갈 수 있으리라고 판단한 것 같습니다.

22. 중간 국가의 위상을 지닌 자연 국가로서의 로마제국: 그는 세계국가를 논하면서도 항상 "자연 국가"를 염두에 두었습니다. 자연 국가는 신의 국가와 지상의 국가 사이에 위치하는, 선과 악이 공존하는 국가 형태를 가리킵니다. 사악한 세계국가는 선한 기독교인들의 공동체에 의해서

"자연 국가"로 변모될 수 있다고 믿었던 것입니다(Jens 1: 867). 바로 이러한 까닭에 아우구스티누스는 로마제국을 무조건 배격하지 않는, 다소 모호한 태도를 취했던 것입니다. 기독교 교회는 신의 국가가 경험적으로 나타난 현상이라고 합니다. 말하자면, 기독교 교회 역시 신에 대해 적대적 자세를 취하는 세계국가의 경향을 표방할 수 있다고 합니다. 그렇기 때문에 실재하는 교회는 아우구스티누스에 의하면 세계국가보다는 더 나을 수 있으며, 신의 국가보다는 더 나쁠 수 있습니다. 콘스탄티누스 황제가 다스리는 로마제국은 — 비록 몇 가지 전제 조건 하에서 — "자연 국가"에 근접해 있다고 합니다. 마찬가지로 가시적으로 드러난 로마의 교회는 신의 교회와는 구분됩니다(성한용: 182). 이로써 아우구스티누스는 신의 국가가 로마제국과는 근본적으로 다르다는 점을 명확하게 규정한 셈입니다.

23. 빛과 어둠의 투쟁: 『신국론』은 역사 속의 어떤 역동적 의식이라는 의미에서의 역사의식을 최초로 담고 있습니다. 빛은 역사 속에서 어둠에 맞서서 완강하게 날뛰며 투쟁하고 있습니다. 이러한 투쟁 과정은 여러 다양한 행동을 통해서 앞으로 나아갑니다. 역사는 "지상의 국가(civitas terrena)"가 "신의 국가(civitas Dei)"로 교체되는 목표를 지니고 있습니다. 이와 관련하여 그리스도는 "지상의 국가"와 "신의 국가" 사이에서 하나의 전환점을 마련해 줄 분입니다. 아우구스티누스는 하나의 역사로서 준비된 이러한 전설적 이야기를 전적으로 신뢰하며, 성서에서 보고하고 있는 대로 역사가 아담, 노아, 모세 등으로 이어진다고 확신합니다. 그 다음에 아우구스티누스는 그리스 시대를 언급하고, 뒤이어 그리스도가 출현하여 "신의 국가"를 준비합니다.

24. 유토피아, 유예된 미래: 빛과 어둠 사이의 투쟁은 그 자체 모든 것

을 말해 주고 있습니다. 아우구스티누스는 마니교의 전투적 이원론을 하나의 방법론으로 도입하여, 선이 악에게, 기독교가 비기독교에게 승리를 구가하리라고 확신하였습니다. 그런데 역사에는 악한 자들이 성공하고 선한 자들이 패배하는 경우가 자주 속출합니다. 아우구스티누스의 논리에 의하면, 기독교인들이 주어진 현실에서 축복받고 승리를 구가해야 하는데, 현실적으로 그렇지 않은 경우가 발생하곤 합니다. 문제는 선택된 자들과 선택되지 않은 자들을 분명히 선별할 시간이 언제인지 불분명하다는 사실에 있습니다(코젤렉: 265쪽). 그렇기에 아우구스티누스의 이론은 역사 속에서 빠져나올 수 있는 구실을 내재하고 있습니다. 최후의 심판일이 아직 도래하지 않았다는 말은 유토피아의 실현이 시간적으로 여전히 미래에 설정되어 있다는 의미를 지닙니다. 아우구스티누스의 역사철학적 관점이 부분적으로 무책임하지만, 역사 속에서 여전히 유효성을 지니는 까닭은 바로 그 때문입니다. 인간은 구원 받을 미래에 관해 언제나 긴장하지만, 아직 그 날이 도래하지 않았다고 믿으면서, 현재의 패배를 도도하게 이어지는 사회적 변화의 흐름 속에서 나타나는 수많은 중지 상태 가운데 하나로 이해할 수 있습니다.

25. 그리스도의 빛: 그렇지만 그리스도는 지상에서 방랑하면서, 끝내는 그리스도의 빛으로 세계를 다스리게 됩니다. 마침내 역사의 종점이 도래합니다. 맨 처음에는 천국으로부터의 나락이 있고, 중간에는 그리스도의 출현이 형성되고 있으며, 역사의 마지막 날은 최후의 심판일이라고 합니다. 그곳에서는 양들(기독교인들)이 비로소 염소들(비기독교인들)로부터 선별되고, 빛은 어둠과 나누어지게 된다고 합니다. 그곳에서는 빛이 마침내 승리를 구가하게 되고, 어둠은 심연 속에서 휴식을 취하게 됩니다. 여기서 우리는 선악의 이원론 사상에 근거한 마니교의 흔적을 어느 정도 감지할 수 있습니다. 마니교는 아리만과 오르마츠드 사이의 피비린내 나

는 이원론적 대결에 관한 조로아스터교의 가르침으로부터 유래한 것입니다.

26. **완전한 숫자, 6:** 아우구스티누스는 수학의 영역에 등장하는 자연수에 대해 상징적 의미를 부여했습니다. 가령, 아라비아숫자인 1(μονο), 2(δι), 3(τρι), 4(τετρα)는 그 자체 점, 선, 넓이, 높이를 지칭합니다. 따라서 네 숫자는 실질적으로 자연의 공간을 가리킵니다. 점, 선, 넓이 그리고 높이는 삼차원의 공간을 말해 주고 있는데, 이는 제각기 "흙," "물," "공기" 그리고 "하늘"을 상징하고 있습니다(Horn: 405). 재미있는 것은 아우구스티누스가 "불" 대신에 "하늘"을 언급했다는 사실입니다. 이로써 그는 사원소 이론을 간접적으로 반박하고 있습니다. 뒤이어 출현하는 것은 "5(πεντα)"입니다. 이것은 창조주와 자연이 서로 조우하는 과도기적인 영역을 지칭할 수 있는데, 신의 능동적 행위와 변화될 수 있는 세상 사이의 관계를 말해 주고 있습니다. 아우구스티누스는 지상의 안식일을 "천국과 같은 현실을 기대하는 하나의 이상적 축제"로 간주하였습니다. 그렇기 때문에 일견 기존하며 완성된 것으로 보이는 "신의 국가"는 그 자체 유토피아의 특성을 내포하고 있습니다. 이와 관련하여 그리스도의 지배는 천국의 마지막 안식일로서 이해될 수 있습니다. 창세기의 일곱 번째 날은 아직도 개방되어 있으며, 아우구스티누스는 바로 여기에다 이상적 견해를 첨가시키고 있습니다. "우리 스스로가 바로 일곱 번째 날이 될 것이다(Dies septimus nos ipsi erimus)"(Augustinus 2007: 463). 아우구스티누스는 숫자 가운데 여섯 번째 숫자인 "6"을 조화로운 이상적 숫자로 생각하였습니다. 나중에 보에티우스는 기원후 6세기에 "6"이라는 숫자를 고대의 사고에서 유래하는 완전한 숫자로 다시 수용한 바 있습니다. "6"은 화합과 평화 그리고 휴식과 정지의 의미를 지니고 있습니다.

27. 마지막 날은 개방되어 있다: 아우구스티누스는 나아가 "7"의 숫자에 대해 어떤 새로운 의미를 부여하려 하였습니다. "6"이 기존의 세계의 완전성을 상징하는 개념이라면, "7"은 새로운 세계의 가능성을 암시해 주는 숫자입니다. 가령 "6"이 고대의 이교도가 판치던 고대사회의 질서였다면, "7"은 기독교의 정신으로 충일한 새로운 세계의 질서를 가리킬 수 있다는 것입니다. 이를테면 유대교의 안식일은 토요일이지만, 기독교의 안식일은 일요일이라는 사실 역시 6과 7과의 관련성으로 설명될 수 있습니다. 비유적으로 말해서 "6"이 조용히 노동에 임하면서 살아가는 평일이라면, "7"은 주님을 기리면서 이상을 꿈꾸는 축복의 휴일입니다. 그래, "7"은 아우구스티누스에게는 해방의 일요일, 변화 내지 전복의 일요일을 가리키는 숫자입니다. 이러한 주장은 그야말로 어떤 혁명적 초월의 사상을 담고 있습니다. 만약 인간의 마음속에서 더 나은 삶을 위한 갈망이 솟아오른다면, 혁명적 초월의 사고는 지속적으로 인간의 의지를 자극할 게 분명합니다.

참고 문헌

남성현 (2012): 아우구스티누스의 신국론, 실린 곳: 서양사연구, 113호, 325-356.

누스바움, 마샤 (2015): 감정의 격동, 제3권, 조형준 역, 새물결.

블로흐, 에른스트 (2004): 희망의 원리, 5권, 열린책들.

성한용 (1986): 어거스틴의 신국론에 나타난 두 도성에 대한 문제 연구, 신학과 세계, 제12집, 감리교신학대학교,

아우구스티누스 (1997): 신국론, 조호연 김종흡 역, 현대지성사.

전성우 (2017): 막스 베버의 고대 중세 연구. 고대 문명 몰락의 사회적 원인들, 나남.

코젤렉, 라인하르트 (1996): 비대칭의 대응 개념의 사적 정치적 의미론, 실린 곳: 라인하르트 코젤렉, 지나간 미래, 한철 역, 문학동네, 235-289.

헬트, 클라우스 (2007): 지중해 철학 기행, 이강서 역, 효형출판.

Aristoteles (2001): Politik. Hrsg. von Otfried Höffe, Reihe Klassiker auslegen, Berlin.

Augustinus (1990): Confessiones-Bekenntnisse, lateinisch-deutsch, 4. Aufl., Darmstadt.

Augustinus (2007): Vom Gottesstaat. Vollständige Ausgabe in einem Band. Buch 1 bis 10, Buch 11 bis 22..

Demandt, Alexander (1984): Der Fall Roms. Die Auflösung des römischen Reiches im Urteil der Nachwelt, München.

Freyer, Hans (2000): Die politische Insel. Eine Geschichte der Utopien von Platon bis zur Gegenwart, Wien.

Höffe, Otfried (2007): Gerechtigkeit. Eine philosophische Einführung, München.

Horn, Christoph (1994): Augustins Philosopie der Zahlen, in: Revue de Études Augustiennes 40, 389-415.

Jens (2001): Jens, Walter (hrsg.), Kindlers neues Literaturlexikon, 21 Bde, München.

Nippel, Wilfried (2006): Edward Gibbon, in: Lutz Rafhael (hrsg.), Klassiker der Geschichtswissenschaft. München.

Schulte Herbrüggen, Hubertus (1960): Utopie und Anti-Utopie, Von der

Strukturanalyse zur Strukturtypologie, Bochum.

Servier, Jean (1971): Der Traum von der großen Harmonie. Eine Geschichte der Utopie, München.

Wills, Garry (1999): Saint Augustine, Viking: New York

12. 조아키노의 제3의 제국

(1190)

1. **조아키노의 천년왕국설:** 중세의 이단적 사상가, 조아키노 다 피오레 (Joachim di Fiore, 1130-1202)는 오리기네스의 성서 독해의 세 가지 방법을 다른 각도에서 이해하여, 이를 역사철학에 대입하였습니다. 종말론에 입각한 천년왕국설의 이념은 조아키노에 의해서 처음으로 확립되었습니다. 그의 천년왕국설은 중세의 수많은 작은 기독교 종파에게 빛과 희망을 불어넣어 주었으며, 중세 말기에 평신도 운동과 기독교 신비주의 사상에 지대한 영향을 끼쳤습니다. 천년왕국의 사상에 입각하여 또 다른 세상을 갈망했다는 이유로 이단자로 몰려 처형당한 기독교인들은 참으로 많습니다. 이들의 순교는 오늘날에도 기독교 정신의 꽃으로 추앙받고 있습니다. 그런데 조아키노의 사상을 파악하려면 우리는 12세기부터 서서히 출현하는 인구 이동에 관한 역사적, 지리학적 전제 조건을 우선적으로 이해해야 할 것입니다. 십자군 전쟁, 도시의 형성 등으로 인한 장원 제도의 붕괴 내지는 인구의 이동 등을 예의 주시할 필요가 있습니다. 중세의 천년왕국설은 이렇듯 부자유의 라티푼디움을 떠난 민초들에 의해서 구전되었습니다. 특히 유럽 지역 가운데 벨기에, 네덜란드, 라인강변의 중남부 독일, 런던 그리고 보헤미아 지역에서는 많은 인구 이

동이 발생하였는데, 이 지역에서 퍼진 것이 바로 천년왕국설이었습니다 (Servier 74).

2. 조아키노의 삶: 조아키노의 삶과 사상을 접하게 되면, 우리는 천년왕국설의 배경과 그 목표를 감지할 수 있습니다. 조아키노는 1130년 이탈리아의 칼라브리아 지방의 칼리코에서 법률 서기의 아들로 태어났습니다. 아버지의 요구에 따라 그는 처음에는 하급 관리로 일했습니다. 그에게 주어진 직책은 코젠차의 법률 서기관이었습니다. 하지만 조아키노는 천성적으로 신앙심이 깊었으며, 사물의 본질을 꿰뚫는 깊은 사고에 침잠할 줄 알았습니다. 장래 문제로 인해 아버지와 여러 번에 걸쳐 의견 충돌이 발생하였고, 결국 아버지로부터 독립하게 됩니다. 조아키노는 1166년부터 1167년 사이에 예루살렘을 방문하였습니다. 그곳에서 그는 어떤 심리적 충격을 받았습니다. 그것은 예수 그리스도의 마지막 삶에 관한 것이었습니다. 조아키노가 받은 충격은 그의 미래의 삶을 결정할 만큼 강렬한 영향을 끼쳤습니다. 이탈리아로 돌아온 다음에 조아키노는 수년 동안 은둔자로서, 고행자로서의 삶을 살아갑니다. 뒤이어 그는 이탈리아의 코라초 지역의 루치 수도원으로 들어갑니다. 이탈리아 곳곳에서 수사로 활동하던 조아키노는 1171년 코라초에 있는 수도원에서 성직자로 생활하였으며, 1188년 교황으로부터 "신에 관한 해석의 연구"를 부탁 받아, 은둔하면서 명상과 집필에 전념합니다. 1192년 수도원으로 복귀한 조아키노는 이탈리아 남부 지방인 칼라브리아에 수도원을 창립하였고, 수도원장으로서의 직분을 다하다가 1202년에 사망하였습니다.

3. 오리게네스의 성서 독해의 세 가지 방법: 우리는 일단 오리게네스의 성서 독해의 세 가지 방법을 고찰할 필요가 있습니다. 왜냐하면 조아키노는 자신의 고유한 역사철학적 모티프를 오리게네스에서 발견했기 때

문입니다. 오리게네스는 기원후 3세기에 교회가 종교법을 통해 합법적으로 인정받기 전에 살았던 교부입니다. 그의 성서 독해 방법 속에는 헬레니즘의 그노시스의 세계관이 반영되어 있습니다. 그노시스 세계관에 의하면, 인간은 "육체(σῶμα)," "영혼(ψυχή)" 그리고 "정신(νοῦς)"으로 구분된다고 합니다. 성서 독해의 방법은 오리게네스의 이러한 세계관과 병행하여 세 가지 사항으로 나누어집니다. 첫째는 육체적인 방법이고, 둘째는 심리적인 방법이며, 셋째는 영혼적인 방법입니다. 첫째로 육체적인 방법은 "소재의 인간(Hyliker)"이 글을 읽는 방식입니다. 소재의 인간은 낱말의 자구적인 의미를 충실하게 추종합니다. 이는 글의 피상적 의미에 집착하는 태도로서, 그 자체 단순하고 짧은 생각을 떠올리게 합니다. 따라서 소재의 인간은 성서의 자구적인 의미 그 이상을 간파할 수 없습니다. 둘째로 심리적인 방법은 "심리적 인간(Psychiker)"이 성서를 읽는 방식입니다. 심리적 인간은 윤리적 암유의 방식으로 기독교 사상을 이해하며, 성서의 배후에 도사린, 어떤 심층적 차원에서의 도덕적인 의미를 찾으려고 애를 씁니다. 이로써 우리는 문장을 자구적으로 읽는 방식을 지양하고, 문장과 문장 사이의 감추어진 문맥을 파악하는 두 번째의 경지에 도달하게 됩니다. 이로써 그는 성서의 내용을 일차적으로 이해할 뿐아니라, 인물들에 대한 심리적 공감, 심지어 문맥 속에 나타난 역사적 맥락과 비교할 수 있습니다.

셋째로 정신적인 방법은 "영혼의 인간(Pneumatiker)"이 글을 읽는 방식입니다. 영혼의 인간은 독서를 통하여 성령의 내면을 터득하려고 애를 씁니다. 그는 글이나 문맥을 중시할 뿐 아니라, 무엇보다도 저자의 근본 의도를 영성적으로 추적하려고 노력합니다. 이러한 노력은 문장과 문맥을 넘어서는 것입니다. 영혼의 인간은 책 속에 감추어진 영원한 삶에 관한 복음의 의미를 총괄적으로 간파합니다. 영원한 삶에 관한 기쁨의 말씀의 의미를 심정적으로 수용하려는 태도야말로 영혼적인 방법에 해당하는 게 아닐 수 없습니다. 영혼의 인간은 오리게네스의 견해에 의하면 성서를 놀랍게도 영성적으로 그리고 상징적으로 읽어 낼 수 있습니다. 성령과 함께 살아가는 영혼의 인간은 성서의 자구적 의미를 포착하고, 성서 속에 내재한 교훈을 자신의 마음속 깊이 담을 수 있을 뿐 아니라, 성서의 내용을 자신의 삶과 일치시킬 수 있을 정도의 깊고도 심원한 감화를 받습니다. 비록 성령의 실현 행위가 아직 완성되지 않았는데도, 지금 살고 있는 세상에서 성서를 읽으면서 "성령"의 기운을 미리 포착할 수 있다는 것입니다.

따라서 성서의 세 번째 독해 방법은 다음과 같이 정리될 수 있습니다. "(성서에서) 내면의 성령의 정신을 읽도록 하라(Legens spiritu intus docente)." 진정한 기독교인은 성서의 말씀을 체화시켜서 자신의 몸과 마음속에 영성적으로 터득하는 분을 가리킵니다. 14세기에 조아키노 사상가로 활약한 코센차 출신인 텔레스포루스(Telesphorus Cosenza)는 오리게네스의 성서 독해를 다음과 같이 요약하였습니다. "오로지 언어의 구절만 듣는 자는 내면에 담긴 영혼의 말을 배우지 못할 것이다(Nemo audit verbum nisi spiritu intus docente)"(Otto: 188). 이 발언은 아우구스티누스의 고백록에 기록되어 있는 문장을 떠올리게 합니다. "만약 누군가 겉으로 판단되는 진리의 언어만을 듣는 자는 그리스도의 내면의 말씀을 듣지 못할 것이다"(Augustinus 1990: X, 6). 따라서 문제는 자구적으로 표현된 글이 아니라, 성서를 읽는 영혼들이 느끼는 영성적 교감이라는 것입니다.

4. (부설) 오리게네스의 켈수스 비판: 그 밖에 우리는 오리게네스와 관련하여 한 가지 사항을 덧붙일 수 있습니다. 즉, 오리게네스는 『켈수스를 논박함』에서 켈수스의 정치적 측면에서의 체념을 비판적으로 언급하고 세계국가에 관한 자신의 갈망을 피력하였습니다. 켈수스는 세계 평화를

위한 종말론적 믿음 내지 가능성을 인정하지 않았습니다. 모든 민족이 하나의 법, 이를테면 "만민법(ius gentium)"에 의해서 평화롭게 살아가는 것은 무척 바람직한 일이지만, 이는 켈수스에 의하면 정치적으로 도저히 실현될 수 없다고 합니다(코젤렉: 261). 그러나 오리게네스는 체념에 근거하는 이러한 불가항력의 자세를 다음과 같이 비판합니다. 분열된 현실적 상황 속에서 세계의 통일은 당연히 힘들고 어려운 과업이지만, 완전히 불가능한 것은 아니라고 말입니다(오리게네스: 229). 여기서 우리는 세계 평화에 기여하는 단일국가에 관한 오리게네스의 갈망을 읽을 수 있습니다.

5. 세 단계로서의 역사 (1): 조아키노는 오리게네스의 성서 독해의 세 가지 관점을 역사철학에 적용하였습니다. 바로 이 점이야말로 조아키노의 공로가 아닐 수 없습니다. 오리게네스의 성서 독해의 방법으로부터 도출해 나오는 것은 "역사의 세 가지 단계"의 발전 과정입니다. 조아키노의 가르침에 의하면 역사는 세 가지 단계가 있다고 합니다. 이 세 단계는 모두 신의 나라를 이룩하려고 하며, 이에 접근하려는 노력과 관련됩니다. 첫 번째 단계는 성부의 역사, 즉 야훼의 역사를 지칭합니다. 이것은 메시아가 출현하기 이전의 시대에 해당하는, 구약성서에 자세히 서술되고 있는 공포의 시기 내지는 의식된 법칙의 시기입니다. 두 번째 단계는 예수 그리스도의 역사, 다시 말해서 성자의 역사를 지칭합니다. 이것은 신약성서에 표현되고 있는 사랑의 시기 내지는 기독교 교회가 다스리는 시기입니다. 교회는 오랫동안 교회라는 체제를 유지하기 위하여 교황청을 만들었으며, 수사와 평신도를 계급적으로 구분해 왔습니다.

6. 마르키온: 여기서 우리는 조아키노에게 끼친 마르키온(Marcion)의 신학적 견해를 재확인할 수 있습니다. 실제로 마르키온은 자신의 많은

재산을 쾌척하면서 그리스도에 관한 문헌 집필을 위해서 백방으로 노력하면서 살았습니다. 역사의 두 단계와 관련하여 그는 구약의 시대와 신약의 시대를 철저하고도 극단적으로 대립시켰습니다. 전자가 끔찍한 죄악과 사악한 범죄의 기간이라면, 후자는 그리스도의 사랑과 인간이 구원을 받게 되는 기간이라는 것입니다. 마르키온은 "인간은 똥과 오줌 사이에서 태어났다(inter urinas et faeces homo nascitur)"라는 발언을 서슴없이 토로하였습니다. 다시 말해, 구약의 시대가 불의와 추악함 그리고 더러움을 척결하려던 시대라면, 신약의 시대는 그리스도에 의해서 정의로움과 사랑 그리고 순결이 출현한 시대라고 합니다.

7. 세 단계로서의 역사 (2): 앞으로 도래할 세 번째 단계는 성신, 즉 성령의 시대라고 합니다. 그것은 조아키노에 의하면 성령을 통해서 신의 찬란한 불빛을 얻게 될 시기를 지칭합니다. 이는 모든 사람이 군주나 교회 없는 신비로운 민주주의 체제 내에서 살아가는 세상 속에서 비로소 가능하다고 합니다. 새로운 시대는 조아키노에 의하면 만인이 평등하게 살아가는 시대입니다. 이러한 시대가 출현하게 되면, 사람들은 기독교의 제반 예식을 담당하는 사제를 더 이상 필요로 하지 않게 될 것입니다. 지금까지 사제들은 권위주의 체제로서의 교회, 위에서 아래로 내려다보며 자신의 가르침을 강권했다는 것이 조아키노의 지론이었습니다. 따라서 역사의 세 번째 단계는 아직 도래하지 않은 미래의 시기로서, 성령 내지 성신의 역사로 이해될 수 있습니다. 성령의 역사가 시작되면, 사제의 집단적 권위는 사라지게 되며, 진정한 기독교인이라면 누구든 간에 성스러운 마음으로 주님의 뜻을 직접 수용하게 되리라고 합니다. 여기에는 어느 누구의 중개도 필요 없으며, 어떠한 설교 문집도 필수적인 게 아니라고 합니다. 중요한 것은 주님과 주님을 믿는 신앙인 사이의 직접적인 영적 교감이라고 합니다.

8. (부설) 세 가지 복음에 대한 에크하르트 선사의 비유: 조아키노의 세 가지 복음은 당대와 후세에 지대한 영향을 끼쳤습니다. 세 가지 복음은 이를테면 신비주의 사상가, 에크하르트 선사(Meister Eckhart)의 비유를 통해서 이해될 수 있습니다. 가령 첫 번째 복음은 인간에게 "풀"을, 두 번째 복음은 인간에게 "이삭"을 전해 주었습니다. 그렇지만 세 번째 복음은 차제에 인간이 일용할 양식으로서의 "밀"을 가져다준다고 합니다 (Eckhart: 129). 첫 번째 복음은 고통당하는 가난한 사람들에게 생명 그 자체를 전했습니다. 그렇지만 풀은 그 자체 생명일 뿐, 인간에게 직접적인 영양이 되지는 못합니다. 두 번째 복음은 고통당하는 가난한 사람들에게 결실을 맺을 수 있는 이삭을 전해 줍니다. 이로써 우리는 믿음이라는 결실을 유추할 수 있습니다. 왜냐하면 이삭 속에는 어떤 열매의 가능성이 담겨 있기 때문입니다. 그런데 세 번째 복음은 고통당하는 가난한 민초들에게 생명의 영양인 밀을 전해 주리라고 합니다. 밀은 그 자체 영양이고, 생명을 이어 가게 하는 음식, 바로 그것입니다. 이로써 우리는 다음의 사항을 깨달을 수 있습니다. 즉, 성자는 성부의 정신을 구체화시키고, 성령은 다시금 성자의 정신을 더욱더 분명하게 표출하고 있다는 것 말입니다. 종말의 시간이 다가오면, 지배자와 부패한 고위 수사들은 더 이상 특권을 누릴 수 없으며, 일반 사람들은 더 이상 권력자와 사제들로부터 피해당하지 않고 살아갈 수 있다는 것입니다.

9. 세 번째 복음의 나라 (1): 상기한 놀라운 혁명적 발언은 『형체의 책 (Liber figurarum)』(1202)에서 다음과 같이 설명되고 있습니다. 성부가 지배하는 두려움의 시대로서의 구약성서의 시대가 사라지고, 성자가 베푸는 은총의 시대에 해당하는 신약성서의 시대가 지나가면, 반드시 새로운 시대가 출현하게 된다고 합니다. 과거(지배와 두려움의 시대)와 현재(완성된 정신과 사랑의 시대)가 자취를 감추게 되면, 미래에는 마지막 나라가 마

침내 모습을 드러낸다는 것입니다. 이러한 나라를 다스리는 존재는 이른 바 성령 내지 성신이라고 합니다. 조아키노는 역사 발전의 이러한 과정을 설명하면서, 이를 자신이 처한 시대에 대입하였습니다. 예컨대 그는 다음과 같이 진단하였습니다. 즉, 자신이 처한 시대에 "종말이 다가오고, 지배자와 부패한 수사들은 더 이상 특권을 누릴 수 없으며, 평신도들은 더 이상 피해당하면서 살아가지 않으리라"는 것입니다(Jens 8: 773). 조아키노의 발언은 중세에 수많은 이단 종파를 낳게 하였으며, 메시아에 대한 기다림을 강화시켰습니다.

10. 미래에 설정된 구원사의 출발점: 요약하건대 조아키노는 다음과 같이 주장합니다. 지금까지 기독교인들은 아직 한 번도 마지막 계시의 시간 속에서 살아보지 못했다고 합니다. 첫 번째는 성부의 시대(아브라함에서 그리스도까지의 시대)이고, 두 번째는 성자의 시대(그리스도부터 지금 현재까지)이며, 세 번째는 성령의 시대(언젠가 도래할 미래의 시대)라고 합니다. 놀라운 것은 조아키노가 구원의 역사의 시작을 현재가 아니라 미래의 시점에 설정했다는 사실입니다. 사람들은 1세기부터 12세기까지 그리스도 속에서 구원사의 어떤 유일한 전환점을 애타게 투시하였습니다. 즉, 역사의 종말은 그리스도에 의해서 비로소 시작된다고 말입니다. 그러나 조아키노는 이와는 다르게 생각하였습니다. 그리스도의 탄생은 이전 시대의 삶과 이후 시대의 삶을 서로 구별해 주는 하나의 전환점으로 이해된다고 말입니다. 그리스도에 의해서 시작되는 것은 역사의 종말이 아니라, 교회의 종말이라고 말입니다. 사람들은 조아키노의 사상을 통해서 다음과 같이 확신하게 되었습니다. 즉, 사람들은 언젠가는 교회 중심으로 이루어진 지금의 질서와는 전혀 다른 토대의 세상에서 반드시 자유롭고도 평등하게 살아가게 되리라는 확신 말입니다.

11. 세 번째 복음의 나라 (2): 조아키노는 자신의 글 「신구약성서의 조화에 관하여(De concordia utriusque testamenti)」에서 다음과 같이 세 번째 복음의 사상을 분명하게 밝힌 바 있습니다. "세상은 다음과 같이 세 가지 상황으로 분할될 수 있다. 첫째로 과거 사람들은 법의 지배 아래 있었으며, 둘째 현재 사람들은 은총의 지배 아래 머물고 있다. 그렇기에 셋째로 우리는 모든 게 극복된, 더욱더 증폭된 은총을 누리기를 기대한다. (…) 자아의 상태는 첫째, 지식 속에, 둘째, 참된 지혜 속에, 셋째, 지성의 충만함 속에 침잠해 있었노라"(블로흐 2004: 1035). 세 가지 특성 가운데 두 가지 사항, 즉 지식과 지혜는 이미 그 모습을 드러내었으나, 세 번째 사항, 즉 지성은 아직 나타나지 않고 있다는 것입니다. 지식은 야훼에 의해서, 지혜는 예수 그리스도에 의해서 명확한 의미를 드러내었는데, 지성은 아직 그렇지 않다고 합니다. 지성을 대변하는 분은 오로지 성령인데, 그분은 오직 어떤 절대적인 강림의 축제를 통해서만 기대할 수 있다는 것입니다. 세 번째 나라가 개벽하면, 권위적 위계질서는 사라지고, 모든 사람들은 완전한 자유와 평등을 구가하게 되리라고 합니다. 여기서 우리는 조아키노의 세 번째 복음의 의미를 어느 정도 깨달을 수 있습니다. 새로운 시대를 살아가는 기독교인들은 참회와 형벌을 강요하는 성부 그리고 십자가에 못 박혀 세상을 하직한 역사적 예수에게 더 이상 수동적인 기대감을 느낄 게 아니라, 오히려 복음의 말씀을 전하는 성령 내지 성신의 발언에 대해 더욱 열정적으로 귀 기울여야 한다는 것입니다. 참고로 말씀드리면, 조아키노는 "제3의 제국"에 관한 구체적 형상을 「요한계시록」 제21장에 언급되어 있는 새로운 예루살렘에서 찾으려고 했습니다.

12. 천년왕국과 최후의 심판: 세 번째 나라는 아이러니하게도 독일의 파시스트에 의해서 어처구니없는 제3제국이라는 용어로 사용된 바 있습니

다. 조아키노는 단 한 번도 "제3의 제국"을 명명하지 않았습니다. 그렇지만 그는 1190년 강림절을 기점으로 세 번째 성령의 시대가 출현하리라고 암시하였습니다. 언젠가는 선한 기독교인들이 다스리는 평등한 시대가 반드시 출현하리라는 것입니다. 그 시점은 아마 1260년이 되리라고 조아키노는 예견하였습니다. 이는 바로 천 년 후의 그리스도의 재탄생, 다시 말해서 재림을 뜻하는 것으로서, 그 자체 경천동지할 개벽이며, 놀라운 휴거의 사상이 아닐 수 없습니다. 그리스도 혹은 그리스도의 대리인인 성신 내지 성령이 재림하는 마지막 심판의 날이 도래하게 되면, 모든 것이 정의롭게 판결되리라고 합니다. 그리스도에 의해서 선택될 수 있는 사람들은 조아키노에 의하면 오로지 정의롭고 가난한 기독교인들이라고 합니다. 오로지 이들만이 훗날에 진정한 의미의 천국에서 살아가리라는 것입니다. 자유로운 정신이 지배하는 시대는 특권이나 죄악이 사라진 시대입니다.

13. 천년왕국의 의미: 천년왕국설은 엄밀히 고찰하면 유대주의에서 언급되던 메시아사상에서 비롯되는 것입니다. 구약의 예언서를 읽어 보면, 예언자들이 세상의 부정을 척결하기 위해서 얼마나 강렬하게 구세주를 부르짖었는가 하는 사항을 접할 수 있습니다. 기독교의 메시아사상 역시 유대주의의 전통 속에서 이어진 것입니다. 예루살렘은 기원후 70년에 티투스에 의해서 완전히 허물어졌습니다. 사람들은 이때부터 천국의 예루살렘을 갈구하기 시작하였습니다. 천년왕국이라고 해서 무조건 천년의 시점을 중요하게 생각한 것은 아니었습니다. 가령 기원후 2세기에 시리아어로 집필된 「바르나바 복음서(Barnabasevangelium)」를 예로 들 수 있습니다. 여기서 언급되는 「바르나바 복음서」는 신약성서의 위경으로 알려진 「바르나바의 편지」와는 다른 것입니다. 「바르나바 복음서」는 예수가 죽은 뒤 그와 근친했던 바르나바에 의해서 기술된 것으로서 기원후

478년에 발견되었습니다. 이 문헌은 323년 니케아 공의회에서 위경으로 규정된 것인데, 수많은 가필 정정으로 인하여 이슬람 문화의 흔적이 부분적으로 담겨 있습니다(Schirrmacher: 210f). 이에 비하면 「바르나바의 편지」는 기원후 70년에서 바르 코크바(Bar Kochba)의 폭동이 발발한 시점인 132년 사이에 발표된 것으로서, 기독교가 유대교와 구분되어야 하는 이유, 기독교인들이 어째서 일요일을 안식일로 맞이해야 하는가 하는 점들이 언급되고 있습니다. 이에 의하면 세계는 육천 년간 지속되리라고 합니다. 칠천 년이 되면 신의 아들이 출현하여 신을 경시하는 자들을 파멸시키고 죄인들을 법정에 세우게 되리라고 합니다. 신의 아들은 태양, 달 그리고 별들을 새롭게 창조하고, 약 천 년 동안 정의로운 자들과 함께 살아가리라는 것입니다. 이를 고려하면 천이라는 숫자는 수학적 의미가 아니라, 하나의 상징적 의미를 지닌다는 것을 우리는 알 수 있습니다.

천년왕국은 어딘가에 존재하는 게 아니라, 언젠가 때가 되면 바로 여기에서 하나의 사건으로 생겨나는 국가입니다. 찬란한 신앙의 나라는 지상에서 발견되는 게 아니라, 예언적인 기대감 속에서 돌출하는 무엇입니다(Freyer: 82f). 따라서 그것은 물질적 의미를 지니는 게 아니라, 일차적으로 인간의 의식을 가득 채우는 사고로서 출현합니다. 따라서 천년왕국설은 근대에 출현하는 시간 유토피아의 특성과 무관하지 않습니다. "천년왕국설(Chiliasmus)"은 그리스어의 "천년(χιλία)"이라는 단어에서 유래한 것인데, 신약성서의 「요한 계시록」 제20장으로 귀결됩니다. 천년이 지나면 세상에 진정한 평화가 도래하고, 모든 사물의 종말이 출현하게 되리라는 것입니다. 이 대목에서 우리는 기다림과 계시 그리고 휴거의 내용을 접할 수 있는데, 이는 기존의 현실에서 권력과 결탁한 교회 세력과의 근본적인 갈등을 의미합니다.

14. 계급이 사라진 세 번째 복음의 나라: 세 번째 복음의 사회에서는 더

이상 계급적 차이가 주어지지 않습니다. 이러한 사회에서는 사회적 계층도 없고, 수사 계급도 없으며, 권위를 내세우는 교회 체제도 존재하지 않습니다. 자유로운 정신이 지배하는 시대에는 특권이나 죄악이 없는 세계를 갈구하는 영적인 불빛이 활활 타올랐습니다. 새롭게 변화된 세상은 오로지 "하나의 구유, 하나의 목자(Unum ovile et unus pastor)"의 영향 하에 있습니다. 계급 차이가 없는 시대가 열리면, 인간의 육신도 마치 천국의 원래 상태처럼 순수하게 즐거움을 누리게 되리라고 합니다. 시적으로 표현하면, 마치 "영원한 겨울"처럼 "꽁꽁 얼어붙은 지구에도 오월이 찾아들어서" 종교적 부활의 열기로 가득 차게 되리라는 것입니다(블레이크: 88). 이러한 종교적 열기는 영국 시인, 윌리엄 블레이크(William Blake)의 시구에 문학적으로 반영되어 프랑스 혁명의 정신으로 이어졌으며, 먼 훗날 계몽주의의 시기에 이르러서는 어떤 독특한 휴머니즘 사상을 낳게 했습니다(블로흐 2009: 236). 가령 고트프리트 켈러(Gottfried Keller)의 소설 『초록의 하인리히(Der grüne Heinrich)』(1855/1879)의 두 명의 등장인물 포이어바흐와 안겔루스 실레지우스(Angelius Silesius)를 생각해 보세요(고규진 2: 491, 495). 켈러의 소설에서는 종교를 넘어서는 체제 비판의 정신 내지는 무신론의 사고가 대담하게 출현하고 있습니다. "피어나라, 얼어붙은 기독교여./5월이 가까이 와 있거늘/그대는 영원히 죽은 채로/지금 여기서 피어나지 않네"(Silesius: III, 90). 안겔루스 실레지우스는 시 작품에서 단순히 사육제를 치른 사람들의 부활절에 대한 기다림을 노래한 것은 아니었습니다. 그는 나아가 상부의 우상이라든가 외부적 자연에 대한 경배 등을 전적으로 타파하고, 오히려 인간의 아들로서의 어떤 새로운 신적 개념을 예리하게 투시하고 있습니다. 안겔루스 실레지우스를 인용함으로써 고트프리트 켈러는 인민 사이에 떠도는 메시아를 갈구하는 신비주의 신앙을 작품 속에 분명하게 반영하였으며, 루드비히 포이어바흐의 무신론의 사고를 과감하게 제기하기도 하였습니다.

15. 조아키노가 파악한 성령의 본질: 조아키노의 천년왕국설은 기독교 사상의 뿌리에서 비롯한 것은 아닙니다. 그것은 유대교의 메시아사상을 거쳐서, 페르시아의 조로아스터교와 마니교가 추구하던 성령의 가르침과 밀접한 관련성을 지니고 있습니다. 또한 조아키노의 천년왕국설은 「바르나바 복음서」에서 나타난 이슬람 사상의 흔적 역시 은근히 배여 있습니다. (이렇듯 유럽의 종교 사상의 흐름을 하나의 별개로 이해하여, 그것을 폐쇄적으로 천착하는 작업은 상당한 오류를 도출할 위험성을 지닙니다.) 원래 "성령"이란 고대 아테네 사람들의 그리스어 표현에 의하면 "파라클레토스(παράκλητος)"에서 유래한 것입니다. 파라클레토스는 법정과 관련되는 단어인데, 어쩌면 불교에서 언급되는 "보살"로 이해될 수 있습니다. 보살은 자신만의 해탈을 구하지 않고, 자신의 이로움(自利)과 타인의 이로움(利他)을 동시에 추구하는 자로서 성령과 접목될 수 있습니다. 도올 김용옥은 성령을 보혜사(保惠師)로 번역했습니다(김용옥: 108). 이 단어의 의미는 재판정 내지 변호사 앞에서 일하는 보좌인 내지 소송 보조인입니다. 『공동번역 성서』에서는 "협조자"라고 표현되고 있습니다. 이러한 표현은 루터 성서에서 차용된 것입니다. 마르틴 루터는 이 단어를 독일어로 "위로하는 자(Tröster)"로 번역했습니다. 이로써 성령의 존재는 어처구니없게도 프로테스탄트 교회의 목사로 곡해되어 알려지고 말았습니다.

　"위로하는 자"라는 표현은 성령이 수행하는 고유한 임무를 포괄하고 있지 않습니다. 성령은 나중에 다시 언급되겠지만 "피의 보복자(γοηλ)"를 지칭합니다. 그분은 위로하는 자가 아니라, 복수하는 소송인입니다. 다시 말해, 부정한 세상에서 정의로움을 위하여 부정과 죄악에 대해 이의를 제기하는 사람이 바로 "원고"로서의 성령입니다. 그게 아니라면 성령은 판관으로 이해될 수도 있습니다. 성령은 오로지 최후의 심판, 다시 말해 마지막의 재판을 통하여 모든 사항에 대해서 정의롭게 판결을 내리는 임무를 지니고 있습니다. 그분은 억울하게 죽음을 당한 사람들의 무죄를 입증하고 그들의 넋을 기릴 뿐 아니라, 죄악에 대한 진범을 가려 내어, 그에게 정당한 죗값을 선고하는 정의로운 판관과 같습니다. 그렇 기에 성령은 "피의 보복자," 다시 말해 "최후의 심판에 참석하여 정의로 운 판결을 요구하는 소송인"이라고 정의 내릴 수 있습니다. 이러한 표현 은 근본적으로 고찰할 때 언젠가 테르툴리아누스(Tertullian)가 "진리의 정신"이라고 해석한, 조로아스터교의 "보후 마나(Vohu Manah)"에 대한 사고와 결코 다르지 않습니다. 보후 마나는 고대 이란어에 의하면 "선 한 목표" 내지는 "선한 정신"이라는 어원을 지니는데, "신의 섬광(Ahura mazda)"과 함께 죄악을 척결하고 선을 확장시키는 존재입니다.

16. 조아키노의 사상적 영향: 조아키노의 천년왕국설에 근거한 종말 론 사상은 단테 알리기리에게 영향을 끼쳐서 그로 하여금 『신곡(Divina Commedia)』(1321)을 집필하게 하였습니다. 조아키노의 사상은 한편으 로는 중세의 이단 운동, 신비주의에 근거한 평신도 운동에, 다른 한편으 로는 근대의 계몽주의 사상에 지대한 영향을 끼쳤습니다. 그것은 폭정과 가난이 끊이지 않던 기나긴 중세와 르네상스 시대에 이어졌으며, 가난한 사람들의 마음속에 언젠가는 찬란한 신의 나라가 도래하리라는 휘황찬 란한 꿈을 심어 주었습니다. 이러한 운동은 "지금 그리고 여기"에서 찬 란한 지상의 천국을 건설할 수 있다는 희망을 전해 주었습니다. 더욱이 천년왕국을 신봉하는 사람들은 "빛의 나라"를 저세상으로부터, 다시 말 해 (내세에서 위안을 찾는) 피안의 세계로부터 역사 속으로 끌어들였으며, 실제의 현실에서 대단한 영향력을 끼쳤습니다. 비록 조아키노의 '빛의 나라'가 역사의 마지막 상태에서 비로소 출현하는 국가라고 하지만 말 입니다. 특히 우리가 중요하게 생각해야 할 사항은 성령을 중시하는 조 아키노의 혁명적 믿음입니다. 성령에 대한 기대감은 기독교인들로 하여 금 권력자(참주와 교황)로부터 등을 돌리도록 작용했습니다. 성당에 다니

지 않고, 집에서 향을 피우며 성령을 기다리는 종교적 생활 방식은 중세 이후에 평신도 운동 내지 기독교 신비주의 사상으로 발전했습니다. 거대한 권위를 내세우는 로마가톨릭교회의 권위주의에 대한 불신 그리고 혼자서 메시아를 기다리는 마음은 궁극적으로 조아키노의 천년왕국설의 영향이라고 말할 수 있습니다.

조아키노의 사상은 그 밖에 러시아 정교에 지대한 영향을 끼쳤습니다. 그 이유는 러시아 교회가 스콜라 학이라든가 러시아 정교의 최고 관청에 의해서 간섭당하지 않았기 때문입니다. 조아키노의 사상이 러시아 전역에 널리 퍼져서 동지애를 끓어오르게 하고 재림의 이론을 강화시킬 수 있는 이유 역시 그 때문일 것입니다. 이로써 러시아에서는 기독교적 낭만주의로서의 조아키노 사상이 찬란하게 만개하게 됩니다. 알렉산드르 블로크(Alexandre Blok)는 「열두 명의 행군」이라는 시를 썼는데, 여기에서는 혁명을 주도한 붉은 영웅으로서의 그리스도가 등장하고 있습니다. 이렇듯 조아키노의 사상은 기독교의 또 다른 사회적 원칙을 가르쳤는데, 그것은 "프롤레타리아를 결코 노예로 다루어서는 안 된다"는 것이었습니다(블로흐 2004: 1046). 예언자 아모스는 다음과 같이 토로하였습니다. "성당 사람들은 제단만 보석으로 치장하고 있는 반면에, 가난한 사람들은 쓰라린 배를 안고 굶주리고 있도다(Alters are trimmed, and the poor suffer the bitter pangs of hunger)." 이러한 탄식은 조아키노에게 연결되었으며, 결국 나중에는 뮌처의 농민 혁명으로 발전됩니다.

조아키노는 당시의 교회의 제반 정책을 은근히 비난하려고 했습니다. 12세기까지 교회는 정치적으로 권력자, 경제적으로 상류층의 입장만을 수용하여, 이를 기독교의 질서로 공언해 왔습니다. 그렇기에 가난하고 힘없는 백성들은 언제나 기독교의 강령을 수동적으로 따르는 존재로 전락해 왔던 것입니다. 특히 조아키노의 관심사는 고위 수사들이 품고 있는 당동벌이(黨同伐異)의 관점이었습니다. 교회 사람들은 한결같이 자신과 다른 인종, 자신과 이질적인 견해를 지닌 자들을 적으로 규정하며 처벌해 왔습니다. 가령 기독교 신앙은 어떠한 경우에도 유대인들에게 전파될 수 없다는 편견 내지는 몽니가 수천 년 동안 이어져 온 것을 생각해 보십시오, 이와 관련하여 해방신학자, 요한 밥티스트 메츠(Johann B. Metz)는 조아키노를 언급하면서 다음과 같이 주장한 바 있습니다. 즉, 두 번째 성자의 시대와 세 번째 성령의 시대 사이의 전환점은 바로 아우슈비츠의 대학살 사건이라는 것입니다. 이와 관련하여 다른 종교, 다른 인종에 대한 기독교의 편집적인 성향은 수정되어야 마땅하다는 게 메츠의 지론입니다(Metz: 123). 메츠에 의하면, 다음의 사항을 깨닫는 게 무척 중요하다고 합니다. 즉, 내 마음속에 담긴 영원한 아이로서의 성령이 우리의 호흡을 통해서 당신의 성스러운 영혼이 될 수 있으며, 당신의 성스러운 영혼이 우리의 호흡을 통해서 나의 성스러운 영혼이 될 수 있다는 것 말입니다. 메츠의 발언이 옳든 그르든 간에, 우리는 그의 주장에서 조아키노의 사상적 편린을 발견할 수 있습니다.

17. 이단으로 처형당한 종파 사람들은 기독교 정신의 꽃이다: 조아키노의 사상은 중세에 수많은 이단자들에게 찬란한 희망의 횃불을 비추어 주었습니다. 사람들은 가난과 폭정에 시달리면서 더 나은 삶을 열기 위한 새로운 믿음을 추구하기 위하여 작은 모임에 가담하곤 하였습니다. 이로써 결성된 것은 다양한 종파였습니다. 그러나 로마가톨릭교회는 이러한 종파들을 한결같이 이단으로 규정하고 그들을 박해하였습니다. 왜냐하면 이들의 모임은 주어진 질서를 의심하고, 위로부터의 간섭이 없는 새로운 방식의 질서를 추구했기 때문입니다. 이단자로 몰린 사람들은 어디론가 피신하면서도, 막다른 곳에 이르러 체제 파괴적인 자세로 격렬하게 저항할 수밖에 없었습니다. 이단자들의 비참한 최후로 인하여 기독교의 가장 귀중한 가치와 지조는 다시금 역사 속에서 분명하게 드러나게

되었습니다. 살을 에는 고문의 고통 그리고 벌겋게 달아오른 화형대의 불길은 설령 그들의 목숨을 앗아 간다고 하더라도 진정한 기독교의 믿음만은 꺾지 못했습니다. 그렇기에 에른스트 블로흐는 중세의 역사에서 속출한 이단자들의 삶과 그들의 순교를 기독교 사상사에서 결코 시들지 않을 찬란한 꽃이라고 표현하였습니다.

18. (부설) 체제 비판과 종교: 신앙의 깊이는 기존 권력의 박해를 통해서 정확하게 측정됩니다. 그 이유는 새로운 신앙이 주어진 현실의 상태를 용인하지 않는 체제 비판적인 자세에서 출발하기 때문입니다. 사람들은 주어진 현실의 고통을 극복하기 위하여 영성적 믿음이라는 공동의 의지를 표방하려고 했습니다. 그러나 이들의 영성 공동체는 당국의 권력에 의해서 무참하게 짓밟히고 맙니다. 이 경우 진리는 권력의 탄압에 의해서 은폐되고 맙니다. 논의에서 벗어나는 이야기입니다만, 진리에 대한 권력자의 탄압은 이조 시대에도 발생하였습니다. 함석헌의 말을 인용하자면, "중축이 부러진" 이조 시대에 그나마 고결한 지조의 처절한 불꽃을 보여 준 것이 바로 사육신의 처형과 그들의 비장한 죽음이라고 합니다. 한국인이라면 셰익스피어를 못 읽고 괴테를 몰라도 이것은 반드시 알아야 한다고 합니다(함석헌: 238, 264). 사육신은 살이 타들어 가는 고문의 고통을 견뎌 내었습니다. 그럼에도 자신의 충절을 꺾지 않고 자신의 기개를 지켜낸 사람들이 바로 사육신이었습니다. 마찬가지로 폭정과 가난으로 점철되던 서양의 중세 시대에 고결한 꽃으로 죽음을 맞이한 자들은 이단자들이었습니다. 화형대에서 몸이 타들어 가고 연기에 질식하면서도, 그리스도에 대한 자신의 믿음과 지조를 굽히지 않았습니다. "이단자(Ketzer)"는 "카타르모스(καθάρμός)," 다시 말해 "순화" 내지 "순결함"에서 파생된 종파와 다름이 없습니다. 이를 고려한다면, 이단의 종파는 종교적 진실을 찾으려는 순결한 종파와 동일합니다.

19. 기독교의 혁명성과 정의의 구현: 조아키노의 종말 개념은 "시간 유토피아 이전에 출현한 사고 형태"라고 정의 내릴 수 있습니다. 조아키노의 천년왕국의 종말론이 먼 훗날 프롤레타리아들에게 혁명적 폭발력으로 계승된 것은 결코 우연이 아닙니다. "지금 그리고 여기"에서 계급 없는 나라를 만들 수 있다는 프롤레타리아의 사회적 신념을 생각해 보세요. 실제로 조아키노가 추구한 종말론의 유토피아는 "어째서 모든 인간들은 마지막 시간에 정의의 심판을 받아야 하는가?" 하는 양심의 문제를 다루고 있습니다. 이러한 문제는 중세 때 기독교를 이해하던 신화적인 신앙의 표현과는 전적으로 무관합니다. 오히려 조아키노는 기독교의 혁명 정신을 내세가 아니라 현세에 구현하려고 한 사상가로서, 그러한 생각을 가르치고 전파하였습니다. 그는 신의 나라, 즉 공유제 사회를 위하여 우선 어떤 시간을 규정하였으며, 이곳으로 함께 나아가자고 외쳤습니다. 조아키노는 "아버지의 신학"을 두려움과 노예의 시대로 되돌려 보냈을 뿐 아니라, 그리스도의 공동체를 하나의 코뮌으로 해체시켰습니다. 실제로 조아키노만큼 보다 나은 현실 사회에 대한 기대감을 진지하게 생각한 신학자는 예전에는 없었습니다. 예수를 새로운 이 세상의 "시간" 속으로 받아들였을 뿐 아니라, 오랫동안 교회에서 허사로서 사용되던 "종말에 대한 기대감"에다가 참된 뜻을 불어넣어 준 이가 바로 조아키노였습니다.

참고 문헌

김용옥 (2007): 기독교 성서의 이해, 통나무.

고규진 (2009): 고트프리트 켈러, 초록의 하인리히, 고규진 역, 2권, 한길사.

블레이크, 윌리엄 (2010): 블레이크 시선, 서강목 역, 지만지.

블로흐, 에른스트 (2004): 희망의 원리, 5권, 열린책들.

블로흐, 에른스트 (2009): 저항과 반역의 기독교, 열린책들.

오리게네스 (2005): 켈수스를 논박함, 임걸 옮김, 새물결.

코젤렉, 하인하르트 (1996): 지나간 미래, 한철 역, 문학동네.

함석헌 (1996): 뜻으로 본 한국역사, 함석헌 전집 1, 한길사.

Augustinus (1990): Confessiones-Bekenntnisse, lateinisch-deutsch, 4. Aufl., Darmstadt

Bloch, Ernst (1985): Erbschaft dieser Zeit, Frankfurt a. M..

Freyer, Hans (2000): Die politische Insel, Eine Geschichte der Utopie von Platon bis zur Gegenwart, Königstein/Wien/Leipzig.

Jens (2001): Jens, Walter (hrsg.), Kindlers neues Literaturlexikon, 21 Bde, München.

Joachim de Fiore (1970): Das Zeitalter des Heiligen Geistes, Bietigheim.

Meister Eckhart (2014): Mystische Schriften, Göttingen.

Metz, Johann Baptist (1981): Ökumene in Auschwitz. Zum Verhätnis von Christen und Juden in Deutschland, in: Kogon, Eugen u.a. (Hrsg.), Gott nach Auschwitz. Dimension des Massenmords am jüdischen Volk, Freiburg/Basel/Wien, 121-144.

Otto, Rudolf (2004): Das Heilige: über das Irrationale in der Idee des Göttlichen und sein Verhältnis zum Rationalen, München.

Schirrmacher, Christine (1995): Wurde das wahre Evangelium Christi gefunden, in: Zeitschrift für Mission, Jg. XXI, H. 3, 210-212.

Servier, Jean (1971): Der Traum von der grossen Harmonie, Eine Geschichte der Utopie, München.

Silesius, Angelus (2010): Cherubinischer Wandersmann, Berlin.

13. 천년왕국의 사고와 유토피아

1. 유토피아 모델로서 『유토피아』, 유토피아 성분으로서 천년왕국설: 지금까지 사람들은 유토피아의 모델로서 모어의 『유토피아』를 언급하였습니다. 유토피아 연구에 의하면, 모어 이후에 출현한 일련의 국가 소설들이 유토피아의 모델로 설정되고 있습니다. 20세기 초의 아나키스트 구스타프 란다우어(Gustav Landauer)에 의하면, 천년왕국의 사고와 유토피아는 내용상으로는 서로 겹치고, 기능상으로는 동일하다고 주장한 바 있는데(Landauer: 63), 이는 유토피아와 천년왕국설 사이의 의향이 일치되기 때문입니다. 이러한 견해는 만하임과 블로흐 등에 의해서 재확인된 바 있습니다. 비유적으로 말하자면, 국가 소설에 나타난 유토피아의 모델이 유토피아 연구의 노른자위라면, 천년왕국 내지 종말론의 사고에 반영된 유토피아의 성분은 유토피아 연구의 흰자위인 셈입니다. 문제는 이 두 가지 사고의 공통성과 이질성을 명확하게 밝히는 작업입니다. 주지하다시피 유토피아의 사고는 최상의 사회 내지 좋지 못한 사회에 관한 합리적 설계를 담고 있는데, 여기에는 주어진 현실에 대한 간접적인 비판이라는 기능이 도사리고 있습니다. 여기서 중요한 것은 분명한 구도와 절제된 시스템에 대한 이성적 체계입니다. 이에 비하면 천년왕국의 사고

는 미래에 도래하게 될 찬란한 천국의 삶에 대한 신앙인들의 순간적이고 도 강렬한 의향을 반영합니다. 이 역시 주어진 현실을 간접적으로 비판 하지만, 그 배경에는 믿음과 종교가 토대를 이루고 있습니다. 천년왕국 의 사고는 더 나은 삶을 강렬하게 기대하고 열망한다는 점에서 현실 변 화를 위한 효모로 작용합니다. 이러한 의향은 신앙의 직관과 관련되는 데, 거의 모든 종교에서 나타나는 것입니다. 신에게 다가가서 신을 접촉 한 다음 신과 신비적으로 결합하여 하나가 되는 과정을 가리킵니다. 이 를 위해서는 마음의 정화가 필요하고, 깨달음이 필요하며, 뒤이어 신비 적 합일의 실천이 필연적으로 뒤를 잇고 있습니다.

2. 천년왕국의 사고, 그 개념과 기능: 일단 천년왕국의 사고에 관해서 살펴보기로 하겠습니다. 천년왕국의 사고는 종말에 관한 신앙에서 비 롯한 것입니다. 종말론은 "마지막 운명(τὰ ἔσχατα)"에서 유래하는 것입 니다. 기독교의 천년왕국설은 시기적 특징에 있어서 세 가지 구도로 설 명됩니다. 첫 번째는 "반-천년왕국설(A-Millenarismus)"입니다. 이는 칼 뱅을 비롯한 프로테스탄트 신학에서 널리 퍼져 있는 입장입니다. 예수 가 십자가에 못 박힌 이후 대충 천 년의 세월이 지나면 두 번째 구세주 가 출현하게 되는데, 바로 이 시점에 최후의 심판이 동시적으로 거행된 다고 합니다. 그 이후에 새로운 세상이 찬란하게 개벽된다는 것입니다 (Hoekema: 123). 이때 우리가 주의해야 하는 것은 "천년"이라는 시간이 수학적 개념이 아니라, 비교의 차원에서 이해되는 상징적인 개념이라는 사실입니다. 두 번째는 "포스트 천년왕국설(Post-Millenarismus)"입니다. 그리스도가 십자가에 못 박힌 이후 오랜 시간이 지난 뒤, 어느 시점을 기 준으로 하여 다시 천 년의 시간이 흐른 다음에 구세주가 탄생하는데, 바 로 이 시점에 세상의 모든 죄악을 심판한다고 합니다(Rushdoony: 880). 여기서 중요한 것은 천년의 시작이 그리스도의 사망 직후가 아니라, 오

랜 시간이 흐른 뒤의 시점이라는 사실입니다. 세 번째는 "이전 천년왕국설(Prä-Millenarismus)"을 가리킵니다. 그리스도가 십자가에 못 박히고 오랜 고통의 시간이 흐른 뒤에 어느 순간 두 번째 메시아가 탄생한다고 합니다. 바로 이 시점 이후 천 년의 시간이 흐른 다음에 최후의 심판일이 거행되고, 세상의 모든 질서가 바로 잡히게 되리라고 합니다(Lupo: 477). 여기서 중요한 것은 천년이 두 번째 메시아의 탄생 직후부터 시작된다는 사실입니다.

3. **종말론과 묵시록:** 요약하건대, 천년왕국의 사고는 유대교와 기독교의 종말론과 결부되어 최후의 심판으로서의 파국을 전제로 하는 무엇입니다. 다시 말해서, 최후의 심판일이 개최된 이후에 마지막 시점에 이르면, 새로운 세상이 개벽한다는 묵시록의 의미를 표방하고 있습니다. 그것은 새로운 세상이 출현하여 개별 인간과 전 세계가 새롭게 완성된다는 신학적 개념입니다. 묵시록은 어떤 환영, 꿈, 마지막 연설 그리고 예언 등을 통해서 도래할 세계의 종말을 거론하고 있습니다. 그런 한에서 계시록 내지 묵시록은 재앙과 몰락을 다루고 있는 것은 분명합니다. 사실 재앙이란 아낙시만드로스(Anaximandros)가 언급한 대로 만물이 소멸을 향해 나아가는 엔트로피의 마지막 상태입니다. 그렇지만 묵시록이 설령 세계의 몰락과 파국을 지적하고 있지만, 중요한 것은 몰락과 파국 이후의 삶에 관한 사람들의 시각입니다. 이것은 어쩌면 인식 이전의 사고에 해당할 수 있지만, 두 가지로 구분될 수 있습니다. 그 하나는 몰락 이후의 전망 없는 죽음의 상태, 다시 말해서 엔트로피의 마지막 상태를 가리키며, 다른 하나는 새로운 삶을 담보할 수 있는 선한 인간의 세상이 개벽하는 상태를 지칭하고 있습니다(복도훈 52). 묵시록이 몰락의 시점의 순간적 끔찍함을 지적하고 있다면, 종말론은 이것을 포함하는 미래의 다른 세계를 포괄하고 있습니다. 종말론 내지 천년왕국설이 벤야민식의

역사철학적 염세주의 내지는 재앙을 우선적으로 강조하는 게 아니라, 오히려 낙관적 미래를 담보해 주는 긍정적 특성을 드러내는 까닭은 바로 이 때문일 것입니다.

4. 진리는 발전되는 게 아니라, 처음부터 확정되어 있다: 천년왕국설의 신학적 토대에 관해서 살펴보기로 하겠습니다. 아우구스티누스에 의하면, 진리는 처음부터 정해져 있습니다. 이것은 신의 의지인데, 인간에 의한 완전한 인식은 불가능하다고 합니다. 그렇기에 그는 "인식하기 위하여 믿어라(Crede, ut intelligas)!"라고 주장합니다. 사실, 기독교 신앙에서는 이해되지 않는 대목이 참 많습니다. 신약성서에 나타나는 기적도 그러하고, 그리스도의 부활도 인간의 이성적 판단으로 납득할 수 없습니다. 기독교가 인식 대신에 믿음을 강조한 것은 기독교의 불가지론적 특성 때문인지 모를 일입니다. 테르툴리아누스는 다음과 같이 말했습니다. "그것이 비이성적이기 때문에 나는 믿는다(Credo, quia absurdum est)" (블로흐 2008: 59). 진리는 기독교에 의하면 인간에 의해서 완전무결하게 인식될 수 없는, 신의 뜻입니다. 이것은 확정된 무엇으로서의 암호이며, 동시에 불변하는 무엇이기도 합니다. 카를 뢰비트(Karl Löwith)도 언급한 바 있듯이, 아우구스티누스는 다음의 사항을 예리하게 지적하였습니다. 즉, 교회는 계속 이어져 내려오는 세계사의 단계 속에서 그리스도의 진리를 계속 발전시키는 것을 본연의 과업으로 여기지 않는다는 사항 말입니다(Löwith: 14). 오히려 교회는 처음부터 확정된 진리를 전파하고 "선포(κήρυγμα)"하는 것을 목적으로 삼고 있습니다. 왜냐하면 진리란 그 자체 변형되고 발전되는 무엇이 아니라, 처음부터 명백히 확정된 무엇이기 때문이라고 합니다.

5. 과거의 확정된 무엇을 추구하는 아우구스티누스 사상: 아우구스티누

스의 시각이 이러한 방식으로 과거지향적으로 향하고 있다는 것을 전제로 할 때, 우리는 그의 교리가 의향의 측면에서 유토피아와 반대된다는 것을 알 수 있습니다. 왜냐하면 인간은 신의 진리를 완전히 인식하지는 못하지만, 믿음을 전달하고 선포하는 것으로 족하기 때문이라고 합니다. 신의 뜻을 가급적이면 충분하게 인식하기 위해서는 무엇보다도 믿음이 중요하다고 합니다. 진리는 하나의 확정된 무엇이므로, 여러 가지 성분의 사고로 뒤섞이거나 혼탁해져서는 안 된다는 게 아우구스티누스의 지론이었습니다. 기독교 신앙은 한편으로는 영지주의(靈知主義) 신앙이라든가, 당시에 횡행하던 조로아스터교 내지 마니교뿐 아니라, 다른 한편으로 몬타우스, 도나투스, 펠라기우스 등의 기독교의 사상적 조류와 철저하게 구별되어야 한다는 것이었습니다. 아우구스티누스가 당시의 기독교의 사상적 조류를 철저히 검증하고, 조금이라도 수정주의의 요소가 도사리고 있을 경우 이를 철저히 배척하면서, 기독교의 순수성을 중시한 것도 바로 그 때문입니다. 중세 시대에는 아우구스티누스의 교리가 주도적으로 자리하였는데, 이는 시간이 흐름에 따라 정통 교회의 입장을 형성하게 됩니다. 상기한 사항을 고려한다면, 『신국론』에 개진된 아우구스티누스의 역사철학이 과거에 존재한 확정된 진리를 고수하는 특징을 강하게 드러내는 것은 당연합니다.

6. 숙명으로서의 가톨릭 사상: 물론 우리는 아우구스티누스의 완강한 태도와 사상을 시대와의 관련성 속에서 이해해야 할 것입니다. 기원후 4세기에는 기독교 신앙이 공인된 지 얼마 되지 않아서 아직 사회에 확고하게 뿌리를 내리지 못하던 시기였습니다. 그렇기에 신앙의 토대를 받쳐 주는 신학적 논거는 명징하고도 분명한 무엇으로 확정될 필요가 있었습니다. 아우구스티누스의 『신국론』 역시 이러한 맥락에서 존재 가치를 지닙니다. 그런데 문제는 그의 사상이 먼 훗날까지 하나의 독단론으로서

확정되어, 로마가톨릭교회의 신앙적인 범례의 토대가 되었다는 사실에 있습니다. 이로 인하여 이후에 태동한 기독교의 이질적 사상은 무조건 이단으로 못 박히게 되었습니다. 세계는 가톨릭 교리에 의하면 천국으로부터 나락한 죄인이 잠시 머무는 장소입니다. 따라서 인간이 살아가는 세계는 "눈물의 계곡"으로 설명되고 있습니다. 지상의 삶은 피조물인 인간이 필연적으로 거쳐야 하는 시기라고 합니다. 만약 인간 세계가 신의 중개 작업에 의해서 구원되기 전의 "탄식의 계곡" 내지 필연적으로 거쳐야 하는 "복마전(伏魔殿)"이라면, 지상에 하나의 천국을 건설하려는 인간의 노력은 마치 바벨탑의 건설과 같은 병적인 오만으로 이해될 수밖에 없을 것입니다.

7. 종말론 속의 개혁적 요소: 다른 관점에서 고찰할 때, 구약성서와 신약성서는 천년왕국과 종말론과 관련된 수많은 대목을 담고 있습니다. 「창세기」에서 「마태오의 복음서」, 「이사야」의 예언 등을 거쳐서 「요한계시록」에 이르기까지 수많은 대목들은 천년왕국의 기대감과 종말론의 상을 독자들에게 전해 주고 있습니다. 이러한 사항은 "진리란 그 자체 변형되고 발전되는 게 아니라, 처음부터 명백하게 확정되어 있는 무엇"이라는 아우구스티누스의 입장을 반박하기에 충분합니다. 이와 관련하여 우리는 다음과 같이 말할 수 있습니다. 즉, 중세에는 유토피아가 없었다고 말입니다. 왜냐하면 신의 정의는 천국에서 추방당함으로써 사라질 위기에 처해 있으나, 그 실체는 천국의 상 내부에 생동하고 있기 때문입니다. 따라서 더 나은 질서가 구성적으로 축조되는 것은 불가능하다고 합니다. 왜냐하면 그것은 신의 정의와는 다른 무엇으로 생각될 수 없기 때문이라고 합니다. 인간 삶의 의미는 신앙인의 관점에서 고찰할 때 현재뿐 아니라 영원 속에서 충만하게 되는 법입니다. 영원은 한마디로 초월의 장소입니다. 따라서 미래는 세계 속에 내재하는 무엇이 아니라, 세

계를 뛰어넘는 공간, 다시 말해서 저세상에 도사리고 있다고 합니다. 이를 고려할 때, 중세 기독교의 사고는 "지금 그리고 여기"에서 더 나은 삶 내지 지상의 천국을 건설하려는 인간의 시도가 덧없을 뿐 아니라, 잘못된 것이라고 단언합니다.

8. 천년왕국의 사고 속에 도사린 유토피아의 특성: 유토피아와 천년왕국의 사고의 엄격한 차이점은 오늘날에도 명확하게 밝혀져 있지는 않습니다. 그럼에도 일단 이념사의 구조 의식의 형태와 관련하여 고전적 유토피아의 개념과 천년왕국의 사고를 서로 비교하는 게 급선무일 것입니다. 왜냐하면 이러한 비교는 두 가지 사상의 출발점이 수 세기에 걸쳐 어떻게 작용했으며, 두 가지 사고가 영향의 역사의 측면에서 어떻게 구분되는가 하는 물음에 대한 해답을 흐릿하게나마 알려 주기 때문입니다. 우선 두 가지 사고의 유사성을 추적해 보기로 하겠습니다. 이는 네 가지 사항으로 설명될 수 있습니다. 첫째로 천국은 주어진 비참한 현실에 대한 반대급부의 상으로 이해될 수 있습니다. 비참한 현실에서 억압당하고 경멸당하며 살아가는 자는 찬란한 낙원을 갈구합니다. 이때 그의 뇌리에는 찬란한 천국이 저세상에 존재하는 게 아니라, 현세에서도 출현 가능할지 모른다는 사고가 스쳐 지나갑니다. 죄악이 없는, 천국과 같은 세상은 어쩌면 가능할지 모른다고 의식됩니다. 이를 위해서는 두 가지 조건이 선결되어야 합니다. 재화를 차지하려는 갈등이나 투쟁뿐 아니라, 성적 욕구로 인한 질투와 다툼 역시 지상에서 사라져야 한다는 게 두 가지 조건입니다. 창세기에 언급되는 에덴동산에서는 재화를 더 차지하려는 욕망이라든가, 성욕으로 인한 남녀 사이의 갈등은 존재하지 않았습니다. 상기한 이유로 인하여 지상의 천국에 관한 기대감이 출현할 수 있습니다.

둘째로 신의 완전성에 관한 범례는 천년왕국의 사고의 토대로 작용하고 있습니다. 인간 역시 신처럼 완전하게 되려는 의향을 지니고 있습니다. 이는「마태오의 복음서」제5장 48절에 거론되고 있는데, 스스로 완전하게 되려는 의향은 초기 기독교에서 신플라톤주의의 사상적 영향을 받은 것입니다. 성령의 정신을 내면에 체화하고, 이와 결부된 계시의 전달자가 되려는 자는 죽음으로부터 부활하여, 천국을 얻을 것이라고 합니다. 천국의 뱀은 아담과 이브에게 다음과 같이 말합니다. "선과 악을 인식하면, 너희는 신과 같게 되리라(Eritis sicut Deus, scientes bonum et malum)"(블로흐 2004: 2739). 이와 관련하여 노먼 콘(Norman Cohn)은 다음과 같이 말했습니다. 만일 자신의 마음속에 신성을 깨닫는 자는 자신의 내면에 천국을 소유하게 되리라고 합니다. 인간은 다만 자신의 고유한 신적 특성을 깨달으면 족하다고 합니다. 그렇게 되면 그는 자신이 영적 존재로서, 지상의 천국에서 거주하는 자로서 살아가게 될 것입니다. 대신에 자신의 신적 특성을 의식하지 못하는 것이야말로 유일한 원죄라고 합니다(Cohn: 162). 이로써 이상적 공동체는 새로운 인간의 창조와 함께 얼마든지 축조될 수 있다고 합니다. 만약 완전한 인간으로서의 새로운 인간으로 거듭나게 되면, 그는 기존하는 사회 내의 이기주의와 권력 추구의 특성을 완전히 저버리고, 그야말로 찬란한 평등 사회에서의 삶을 실천하게 된다고 합니다.

셋째로 천년왕국의 이념은 천국으로부터 추방된 인간의 이 세상의 삶과 구원된 자들의 순수한 저세상의 삶 사이의 어떤 중간의 단계를 구상합니다. 이 점에 있어서 그것은 유토피아의 특성을 내재하고 있습니다. 문제는 어떤 초월의 형태입니다. 이 경우 천상과 지상은 결코 화해할 수 없는 두 개의 영역이 아니라, 서로 연결되는 공간입니다. 아우구스티누스는 현세와 저세상을 철저히 구분하였고, 이 세상을 "눈물의 계곡"으로 규정하였습니다. 이는 나중에 가톨릭 독단론으로 정착되었으며, 이 세상과 저세상 사이를 철저히 구분하는 세계관을 태동시켰습니다. 그렇지만 천년왕국을 꿈꾸는 사람들은 천 년 후에 나타날 이승과 저승 사이의 나라를 기대하고 있습니다. 이러한 기대감은 새로운 천국과 새로운 지상의 관점에 의해서 생동하고 있습니다. 이러한 관점에 의하면, 아담이 천국으로부터 나락하기 이전에 에덴동산에서 완전한 삶을 살았듯이, 진정한 기독교인들은 미래에 영생의 희열을 느낄 수 있다는 것입니다. 한마디로 천년왕국의 사고는 미래에 도래할 지상의 천국, 정확하게 말하자면 천상과 지상 사이의 또 다른 중간 단계로서의 세상에 대한 기대감으로 요약될 수 있습니다.

넷째로 천년왕국의 사고와 유토피아는 인간의 자유와 평등을 중시한다는 공통점을 지닙니다. 앞 장에서 살펴보았듯이, 조아키노는 천년왕국에 관한 역사를 구상하면서, 역사의 발전 과정의 마지막에 도래할 제3의 제국의 성령의 시대를 예언한 바 있습니다. 그렇게 되면 체제로서의 교회도, 수사 계급도 인간 삶의 모범으로 간주되지 않을 것이라고 합니다. 중세에 체제로서의 교회와 수사 계급은 막강한 권한을 행사하여, 인간의 자유와 평등을 옥죄여 왔습니다. 그렇지만 르네상스 이후에 사람들은 신앙생활을 바탕으로 사치를 금지하고, 단순한 유니폼을 착용하며, 공동의 삶이라는 토대 하에서 육체적 노동을 중요하게 생각하며 살게 됩니다. 신시대의 유토피아는 중세 사원의 삶의 토대를 부인하고, 지상의 삶과 현세의 행복을 중시하게 됩니다. 천년왕국의 사고 속에 유토피아의 특성이 도사리고 있다면, 그것은 유토피아의 사고의 변형으로 이해될 수 있을까요? 그게 아니라면 유토피아의 사고가 천년왕국의 사고 내지 종말론의 변형일까요? 일단 우리는 두 가지 사고의 차이점을 구명하는 게 급선무일 것 같습니다.

9. 천년왕국의 사고와 유토피아 사이의 차이점: 성서에 묘사된 천국의 상은 주어진 현재의 비참한 현실과 정반대됩니다. 유토피아는 주어진 현실과는 다른, 어떤 더 나은 대안을 갈망하고 있습니다. 이 점을 고려하

면, 천년왕국의 사고는 현대적 유토피아의 갈망의 상을 미리 선취했다고 말할 수 있습니다. 그런데 모어의 유토피아는 하나의 분명한 장르 유형에 토대를 두고 있습니다. 유토피아라는 가상적 국가가 어떻게 형성되었는가를 다루면서 사람들은 국가의 시스템의 구조에 관해서 논의를 벌이고 있습니다. 이에 반해서 천국에 관한 메타포는 장르 내지 국가의 시스템 설계와는 무관한 하나의 완전한 상 자체입니다. 천국은 사람들의 입으로 전해 내려온 다양한 이야기에 바탕을 두고 있습니다. 이러한 이야기는 시대와 장소에 따라 변화되었으므로, 그 내용에 있어서 여러 가지 편차를 지닐 수밖에 없습니다. 그것은 흐릿하고 불명료한 특징을 떨칠 수 없습니다(Saage: 59). 천국의 상은 조직적으로 해명될 수 없으며, 이미 주어진 것에 대한 논리성을 갖추고 있지도 않습니다. 한마디로 우리는 유토피아에서 이상 국가에 관한 패러다임을 합리적으로 도출해 낼 수 있습니다. 이러한 패러다임은 가상적인 것으로서 논리적 법칙에 따라 체계화될 수 있는 무엇입니다. 이에 반해서 천국에 관한 이야기는 동화와 전설과 마찬가지로 신화의 특성을 지니고 있습니다. 천국의 이야기는 신의 변신으로부터 인식의 나무 내지 생명의 나무를 거쳐서 천국의 뱀 이야기로 이어지고 있습니다. 따라서 장르와 관련시켜 말하자면, 천국의 이야기는 "짜 맞추어 혼합시킨 이야기(mixtum compositum)"로 판명될 수 있습니다.

10. 정태적 상과 능동적 상: 천국은 태고 시대에 신앙인들이 꿈꾸던 상으로서 신과 함께 살아가게 될 장소를 가리킵니다. 그 장소는 인간이 자신의 운명을 스스로 개척해 나가는 현세의 장소가 아니라, 역사 이전 혹은 이후의 자연의 순수함을 가리킵니다. 천국의 장소는 신에 의해서 보존될 수 있는 장소입니다. 따라서 그곳은 처음부터 선험적으로 확정된 수동적이며 불변하는 상이 아닐 수 없습니다. 이에 반해 유토피아는 인

간의 노력에 의해서 성취되는 결과이지, 은총에 의한 초월적 행위의 결과가 아닙니다. 이를테면 모어의 『유토피아』의 경우, 가장 중요한 것은 사회적 삶의 궁핍함에 대한 근본적 원인을 캐내어 그것을 제거하는 일입니다. 천국의 이야기가 전지전능한 신의 의지와 관련된 하나의 정태적이며 수동적인 상이라면, 유토피아는 주어진 사회적 현실의 비참함을 수정해 나가려는 인간의 능동적 의지의 상이라고 말할 수 있습니다. 어쨌든 여기서 분명한 것은 갈망의 상이 가시적으로 구체화된 상으로 확정될 수는 없다는 사실입니다.

11. 체계적인 질서: 천년왕국을 열광적으로 갈구하는 자는 스스로 새로운 인간으로서 죄악을 척결하고 구원받은 자라고 확신합니다. 그렇기에 그들은 지상의 법이 더 이상 필요하지 않다고 믿습니다. 국가 체제와 소유권뿐 아니라, 결혼과 가족제도 등과 같은 모든 지상의 규범이 절대적인 것이 아니라고 생각합니다. 이 모든 생각은 원시기독교에서 떠올린 평등 공동체를 다시 건립하려는 목표를 지니고 있습니다. 이에 비해서 『유토피아』에서의 새로운 인간은 결코 선험적으로 완전하지 않습니다. 모어의 『유토피아』에서는 무엇보다도 제도가 가장 중요한 역할을 담당합니다. 국가, 경제, 가정, 교육 등의 제도는 인간이 이성적으로 살아갈 수 있도록 자극하고, 인간의 파괴적인 잠재성을 줄여 나가도록 노력하고 있습니다. 모어의 장소 유토피아에서는 사유재산제도가 없습니다. 그렇지만 천년왕국의 사고와는 달리 유토피아는 하나의 체계적인 질서를 고수합니다. 이러한 체계적인 질서는 정치 시스템에서 가부장적 가족제도까지 이르는 제반 영역을 포괄합니다.

12. 절대적 믿음에 대한 확신이냐, 종교적 관용이냐?: 천년왕국의 사고는 하나의 절대적 사고에 대한 확신에서 출발하지만, 유토피아의 사고

는 하나의 절대적 사고 내지 믿음 자체를 의심합니다. 천년왕국의 사고는 선험적으로 주어진 구원의 진리를 절대적인 것으로 확신합니다. 이에 비하면 유토피아의 사고는 절대적인 진리로서의 신관을 중요하게 생각하지 않고, 처음부터 이성적인 의심을 중요하게 여깁니다. 이를테면 천년왕국을 갈구하는 자는 구원의 역사를 고찰합니다. 이러한 구원의 역사는 하나의 과정으로 이해될 수 있습니다. 즉, 계시로서 체험된 현재로부터 구원된 인류의 미래로 비약하는 과정 말입니다. 만약 그리스도의 두 번째 강림, 최후의 심판 그리고 천국에 도달하는 일 등이 주어지지 않는다면, 천년왕국의 운동은 자신의 고유한 근원적 에너지를 사장시키고 말 것입니다. 이에 반해서 유토피아는 세속화된 이성의 수단으로 하나의 완전한 공동체를 구성하는 것을 목표로 삼습니다. 비록 유토피아의 사람들이 유일신의 종교를 신봉하고 있지만, 그들이 누리고 있는 내적인 평화는 폭넓게 퍼져 있는 관용적 자세에 바탕을 두고 있습니다. 『유토피아』의 인민들은 결코 "마지막 운명(Eschaton)"을 절대적인 사실로 받아들이거나 안티크리스트를 적으로 간주하지 않습니다. 그들은 자신의 직관을 이성적으로 증명하려고 애를 쓸 뿐이지, 결코 이질적인 견해를 지저분하게 치장하려 하지도 않습니다.

13. 시대 비판의 측면: 시대 비판의 측면에서 고찰할 때, 두 개의 사고는 어떤 분명한 차이점을 드러냅니다. 천년왕국의 사고는 현세의 참혹한 현실과 소외되지 않은 더 나은 삶이라는 이원론을 전제로 출발합니다. 여기서 강조되는 것은 계시의 패러다임입니다. 계시 속에는 어떤 불분명한 기이한 상 내지 모티프 등이 주도적으로 자리하고 있습니다. 중요한 것은 사고의 과정 내지 분석이 아니라, 비논리적으로 출현하는 상의 결합입니다. 천년왕국의 상으로 나타나는 것은 짐승, 산 그리고 구름 등인데, 이는 인민, 제국 그리고 왕에 대한 비유의 상입니다. 이러한 상의 배후에

는 신의 노여움에 대한 개인과 집단의 두려움이 은밀하게 도사리고 있습니다. 이에 비하면 유토피아는 주어진 현실에 대한 반대급부의 상으로 이해될 수 있습니다. 유토피아는 찬란한 만화경의 상이지만, 그 배후에는 폭정이라는 지배 메커니즘과 인간의 근본적 욕구가 박탈되는 주어진 현실에 대한 신랄한 비판이 도사리고 있습니다.

14. 시간 지평: 천년왕국의 사고는 지금까지 유럽 역사에서 나타나지 않은 시간적 지평 속에서 천년 이후의 "어떤 지상과 천국 사이의 중간 제국의 상"을 투시하려고 합니다. 고대인들은 인간의 역사를 하나의 순환 과정으로 이해했습니다. 이는 동일성의 영원한 회귀로 설명될 수 있습니다. 하나의 사건은 여러 가지 우여곡절을 겪은 다음에 원래의 사건으로 되돌아온다는 것입니다. 이로써 역사는 마치 뱀이 똬리를 틀듯이, 첫 번째 원인은 마지막 원인과 합치되어 하나의 원(圓)을 이룬다는 게 고대인의 역사관이었습니다. 이에 비하면 천년왕국의 사고는 최후의 심판일의 관점에서 주어진 세계를 해석합니다. 인간은 미래의 시점에 천국에 도달할 수 있다는 것입니다. 이에 반해서 유토피아의 사고는 발전의 연장선상에 위치하고 있지는 않습니다. 유토피아의 섬과 기존의 사회 상태는 동시적으로 존재합니다. 두 개의 서로 다른 현실은 모두 현재라는 시점에 뿌리를 내리고 있기 때문에, 유토피아의 틀은 미래에 투사된 어떤 이상적인 공동체의 상을 전혀 알지 못합니다. 만약 인간이 어느 범위에서 주어진 환경을 충분히 활용하고 주어진 현실을 이성적으로 구축해 낸다면, 주어진 세계가 얼마든지 긍정적으로 변화될 수 있습니다.

15. 시간 유토피아와 천년왕국의 사고: 르네상스 시대 그리고 16세기와 17세기에 출현한 공간 유토피아는 천년왕국에 관한 역사철학적 사고를 필요로 하지 않았습니다. 왜냐하면 공간 유토피아를 설계하는 데 있어서

미래에 출현할 이상 국가를 설정할 필요가 없었기 때문입니다. 공간 유토피아는 인간의 이성의 합리성을 바탕으로 바람직한 사회구조를 설계하면 그만이었고, 천년왕국의 사고는 신의 의지가 역사의 동인으로 이해될 수 있다고 믿으면 족했던 것입니다. 그런데 18세기에 이르러 시간 유토피아의 모델이 출현합니다. 이후의 장에서 언급하겠지만, 모렐리와 메르시에의 유토피아가 이에 합당한 예를 보여 주고 있습니다. 당시는 역사철학이 종말론의 사고와 결별한 뒤의 시기였습니다. 여기에는 18세기 이후로 이어져 온 서양의 계몽주의 사상이 커다란 역할을 담당하고 있습니다. 요약하건대, 천년왕국의 사고는 르네상스 시대의 공간 유토피아와는 관련성을 지니지 못했지만, "수동적 의미의 완전성(perfectio)"이 아니라, "능동적 의미로서의 완전성(perfectibilité)"을 갈구하는 시간 유토피아와 같은 의향을 지니게 됩니다. 왜냐하면 시간 유토피아는 더 나은 찬란한 사회를 미래에 설정하고 있기 때문입니다.

16. 칸트의 진보 개념: 임마누엘 칸트는 천년왕국의 사고를 두 가지 관점에서 비판하였습니다. 그는 천국의 예루살렘을 증축하려는 역사의 목표를 "윤리적 측면에서 투영된 신의 국가"에 대한 하나의 자세라고 규정하였습니다. 인간은 신의 국가에 관한 이상에 완전히 도달할 수 없으며, 그저 근접해 나갈 수 있습니다. 다른 한편, 칸트는 (미래의 어느 시점에 정의로운 인간이 조우할) 이상 국가에 대한 기대감이 오로지 주체의 주관성의 영역에 속한다고 주장하였습니다. 이로써 천년왕국에 대한 공동의 기대감, 즉 찬란한 미래에 대한 수많은 사람들의 공통적인 기대감은 본연의 날카로움을 상실하고 말았습니다. 이로써 칸트의 결론은 다음과 같습니다. 즉, 진보 이념의 형성과 그 과정은 창세기와 최후의 심판에 의해서 제한 당했던 제반 역사와는 근본적으로 다르다고 합니다. 이 두 가지 역사적 진행 과정은 정신사적 측면에서 고찰할 때 두 개의 서로 다른 사

상적 흐름으로 이해될 수 있다는 것입니다(Blumenberg: 60). 진보는 천년왕국의 역사적 구상과는 반대로 역사와 미래의 전체성에 관한 발언이며, 진보야말로 이론적으로 주어진 현실을 확장시키고, 이론적 방법론을 더욱 효과적으로 수행할 수 있는 하나의 경험적 토대를 전제로 한다는 것이었습니다. 이로써 칸트는 신학에 바탕을 둔 천년왕국의 사고 내지 종말론 대신에, 오로지 진보의 역사철학적 관점에 커다란 의미를 부여하려고 하였습니다. 어쨌든 우리는 진보에 관한 칸트의 역사철학적 입장을 통하여 천년왕국의 사고와 유토피아 사이에는 근접 불가능한 차이점이 도사리고 있음을 인식하게 됩니다.

17. 천년왕국설의 미래지향적 특성: 그렇다면 유토피아의 의향과 천년왕국설의 그것 사이에는 어떠한 차이점이 도사리고 있을까요? 두 가지 사고는 서로 연결될 수 없는 차이가 도사리고 있는데도 유토피아를 논하는 자리에서 빠짐없이 메시아의 기대감과 결부된 천년왕국설이 배제되지 않는 걸까요? 유토피아의 사고는 비록 고대의 문헌에서 간접적인 영향을 받기는 하였지만, 르네상스 시대에 그 초석이 다져졌습니다. 이에 비하면 천년왕국설은 기독교가 도래하기 전부터 유대주의의 사고에서 파생된 것이며, 이후에 끊임없이 새롭게 출현한 사상입니다. 이를테면 나중에 초기 기독교의 시대 및 로마가톨릭교회에 대항하는 중세의 수많은 이단 운동에서 드러난 바 있습니다. 이를 고려하면 천년왕국설의 흐름은, 비록 실제의 영향에 있어서 봉건주의 정치 시스템과 이를 지지하는 가톨릭교회를 신랄하게 비판하지만, 종교를 개혁하고 과거의 황금시대를 실현하려는 기대감을 반영하고 있습니다. 그렇기에 그것은 그 의향에 있어서 미래지향적 특성을 지니고 있습니다. 모어의 전통적 유토피아의 경우는 이와는 다릅니다. 더 나은 사회적 삶의 범례는, 16세기에 이르면, 다른 대륙의 이질적인 문화를 바탕으로 설계되고 있습니다. 이러한

상은 16세기 유럽의 참담한 현실에 대한 반대급부의 사회상으로 형상화되곤 하였습니다.

18. 서로 근접해 나가는 두 가지 사고: 천년왕국의 사고와 유토피아 사이의 유사성은 18세기 이후에 시간 유토피아의 출현으로 더욱 두드러집니다. 왜냐하면 더 나은 사회적 삶에 대한 기대감은 — 비록 천국과 같은 비현실적 판타지 속에서 바라본 것은 아니지만 — 미래의 바로 이곳에서 실현될 수 있다는 사고를 낳게 하였기 때문입니다. 19세기에 산업화로 인해 나타난 사회적 갈등은 결국 마르크스의 사상을 낳았고, 급기야는 계급투쟁과 노동의 해방을 추동하게 하였습니다. 이때 작용한 것은 합리적으로 모든 것을 설계하는 유토피아의 사고가 아니라, 천년왕국 내지 종말론적 사고였습니다. 가난한 프롤레타리아는 더 나은 미래의 삶을 응축된 순간 속에서 바라봄으로써 어떤 혁명적 사건을 촉발시켰습니다. 20세기 초 프롤레타리아들의 사회주의 혁명은 지상의 천국을 갈구하는 무산계급의 의향을 담고 있었기 때문에 성공을 거둘 수 있었습니다. 따라서 천년왕국 및 종말론의 사고는 사회주의 혁명이라는 열광주의와 연결되었다는 점에서 더 이상 진부한 개념으로 이해될 수 없으며, 천년왕국의 사고는 혁명의 촉진제로서 얼마든지 기능할 수 있습니다.

19. 공통성과 이질성을 파악하기 위한 세 가지 조건: 천년왕국의 사고와 유토피아의 내용에 있어서 공통성과 이질성에 관한 연구는 아직 완결되지 않았습니다. 이러한 연구를 위한 전제 조건으로서 선결되어야 하는 세 가지 조건이 존재합니다. 첫째로 우리는 두 개의 사상 속에서 "기독교 유토피아"라는 공감대를 발견해 낼 수 있습니다. 문학 유토피아 속에는 천년왕국의 이상이 부분적으로 언급되는 경우가 많습니다. "기독교 유토피아"라는 표현은 우리에게 전혀 생소하지 않습니다. 이를테면

가브리엘 푸아니는 남쪽의 지역을 언급하면서, 그곳이 젖과 꿀이 흐르는 나라라고 묘사하였습니다. 요한 고트프리트 슈나벨은 자신의 유토피아를 지상의 천국이라고 표현한 바 있습니다. 모어가 약 4년 동안 기독교의 사원에서 살았으며, 캄파넬라는 수사로서 오랜 삶을 영위한 것을 생각해 보십시오. 그렇기에 설령 르네상스 시대에 출현한 "장소 유토피아"라고 하더라도 천년왕국에 관한 기독교적 사고로부터 완전히 배제될 수는 없을 것입니다.

둘째로 이상적 유형의 측면에서 우리는 고대의 유토피아의 유형과 기독교의 천년왕국의 사고를 구분할 수 있을 것입니다. 고대의 유토피아의 유형은 하나의 가상적인 사회 구도의 틀 내지 합리적 구도를 설정하고 있다는 점에서 르네상스 이후에 나타난 장소 유토피아와 어느 정도의 일치성을 보여 주고 있습니다. 이에 반해서 천년왕국의 사고는 19세기 이후에 나타난 혁명적 종말론의 사고와 어느 정도 일치성을 드러내고 있습니다. 특히 우리가 중요하게 여겨야 할 사항은 다음과 같습니다. 즉, 혁명적 종말론의 사고는 지금 여기에서 지상의 천국을 실현한다는 점에서 무엇보다도 미래의 여기에서 찬란한 국가가 건설될 수 있다는 시간 유토피아의 출발점과 부합된다는 사항 말입니다. 셋째로 우리는 고대와 중세의 세계관을 비교하면서, 유토피아의 사고와 천년왕국의 사고를 적용할 수 있을 것입니다. 그렇지만 유토피아의 사고를 고대와 연결시키고, 천년왕국의 사고를 중세와 연결시켜 하나의 도식적인 틀을 만들어 내는 처사는 결국 어떤 작위적인 결론을 도출해 낼 위험성을 지니고 있습니다. 게다가 고대사회와 중세 사회를 서로 이질적인 것으로, 서로 별개의 특성으로 대립시킨다면, 우리는 여기서 파생되는 수많은 오류 내지 예외적 사항들을 학문적으로 그럴 듯하게 해명할 수 없을 것입니다. 역사와 문화는 우연이든 필연이든 간에 하루아침에 하나의 특성에서 이와 정반대되는 특성으로 뒤바뀌는 게 아니지 않습니까?

참고 문헌

복도훈 (2012): 묵시록의 네 기사, 하이브리드 총서 9, 자음과 모음.

블로흐, 에른스트 (2004): 희망의 원리, 5권, 열린책들.

블로흐, 에른스트 (2008): 서양 중세 르네상스 철학 강의, 열린책들.

Bloch, Ernst (1923): Geist der Utopie. Zweite Auffassung, Frankfurt a. M.

Blumenberg, Hans (1974): Säkularisierung und Selbstbehauptung. Frankfurt a. M.

Cohn, Norman (1961): Das Ringen um das Tausendjährige Reich. Revolutionärer Messianismus im Mittelalter und sein Fortleben in den modernen totalitären Bewegungen, Bern und München.

Hoekema, Anthony (1983): Die Sicht der Amillenarismus, in: Robert Clouse (hrsg.), Das tausendjährige Reich. Bedeutung und Wirklichkeit, Marburg.

Landauer, Gustav (1923): Die Revolution, Berlin.

Löwith, Karl (1957): Weltgeschichte und Heilsgeschehen. Die theologischen Voraussetzungen der Geschichtsphilosophie, Stuttgart.

Lupo, Michael Scott (2003): Millenarism, in: Peter Night (hrsg.), Conspiracy Theories in American History, Denver/London.

Rushdoony, R. John (1994): Systematic Theology, Vol. 2, Ross House Books, Vallecito.

Saage, Richard (2009): Utopische Profile, Bd. 1. Renaissance und Reformation, 2. korrigierte Aufl., Münster.

14. 뮌처가 실천한 천년왕국의 혁명

(1515)

1. 위대한 종교 개혁자, 라스카사스와 토마스 뮌처: 서양의 종교 개혁가 가운데 가장 위대한 사람으로 라스카사스(LasCasas)와 토마스 뮌처(Thomas Müntzer)가 손꼽힙니다. 그 이유는 라스카사스와 뮌처가 종교의 개혁과 정화 운동을 넘어서서, 주어진 현실의 비참한 상황을 개선하고 민초들의 삶의 질을 향상시키려고 노력했기 때문입니다. 라스카사스는 가톨릭 사제로서 신대륙에서 인디언 학살과 제국주의의 비리를 지적하고, 이에 대한 근본적인 해결책을 찾기 위해서 수없이 대서양을 횡단하였습니다(박설호: 24). 뮌처는 16세기에 독일 농민운동을 주도함으로써, 가난한 사람들에게 지상의 천국을 선물하려고 하였습니다. 두 사람은 힘없고 가난한 인민들에 대한 그리스도의 사랑을 전하고, 시대의 가장 끔찍한 모순을 고발하며 이를 시정하려고 고군분투했다는 점에서 루터와 칼뱅을 앞서기에 충분한 분들입니다. 더욱 놀라운 것은 라스카사스와 뮌처가 시대의 변화에 따라 자신을 변모시키고, 그들의 사상과 행동을 첨예하게 실천해 나갔다는 사실입니다. 게다가 그들은 자신이 옳다고 생각한 바를 끝까지 포기하지 않았으며, 이를 위해서 죽음의 위협조차도 개의치 않게 생각하였습니다. 이에 비하면 루터와 칼뱅은 신학을

연구하고 성서 해석에 몰두했으나, 굶주리며 살아가는 인민의 참혹한 현실을 변화시키기 위해서 적극적으로 노력하지도 않았으며, 자신을 희생하지도 않았습니다. 이는 아마도 그들이 하층민의 시각으로 세상을 고찰하지 않았기 때문으로 여겨집니다.

2. **토마스 뮌처의 사상적 깊이:** 조아키노 다 피오레에 의해서 설정된 천년왕국설의 혁명적 정신은 토마스 뮌처에 의해서 계승되었고, 독일 농민 혁명으로 실천되었습니다. 이는 자신의 사상을 수미일관된 행동으로 보여 주었다는 점에서, 루터의 체제 옹호적인 기회주의와는 차원을 달리합니다. 뮌처의 사상과 실질적인 운동은 먼 훗날 사회학자, 카를 만하임의 영향력 넘치는 책, 『이데올로기와 유토피아』에서 상세하게 언급된 바 있는데, 뮌처의 삶과 사상은 현대에 이르러 유토피아의 토론에서 쟁점으로 점화되기 시작하였습니다. 천년왕국설과 메시아사상은 어떠한 이유에서 프롤레타리아 혁명운동과 관계되는가, 더 나은 삶에 대한 갈망은 어떠한 측면에서 유토피아 모델 설정과 관련되는가, 천년왕국설에 내재한 유토피아의 요소가 국가 소설에 담겨 있는 유토피아 모델과 구분되는 까닭은 무엇인가 하는 일련의 물음을 생각해 보십시오(만하임: 289쪽 이하). 어쨌든 현대의 학자들은 만하임 이후에 뮌처를 종교적 유형의 혁명 운동의 대변인으로 격상시켰습니다. 그렇지만 모어 등과 같은 유토피아주의자들이 합리적으로 설계한 이상 국가의 상과 뮌처의 천년왕국설에 바탕을 둔 혁명 운동 사이에 어떤 간극이 자리하는 것은 사실입니다.

3. **뮌처의 강인하고 짧은 삶:** 뮌처는 학문을 통해서 인민을 계도하려는 인문주의자라기보다는, 깊은 신앙을 지닌 강직한 인물이었습니다. 이 점에 있어서 그는 14세기 영국의 종교 개혁자이자 급진 후스파의 정신적 지주였던 존 위클리프(John Wycliffe)와 15세기 영국의 농민 혁명가, 존

볼(John Ball)과 유사합니다. 그의 관심사는 학문적으로 뜨거운 논쟁이 아니라, 무엇보다도 실제 현실의 변화를 위한 천년왕국설에 입각한 종교적·사회적 혁명으로 향하고 있었습니다. 그렇기에 중요한 것은 뮌처의 마지막 7년 동안의 삶입니다. 이것은 6년 동안의 두 차례 잠행 시기 그리고 1년 동안의 두 차례 거사 시기로 나누어집니다(최재호: 105쪽 이하). 1518년부터 1522년까지가 첫 번째 잠행 시기이며, 1522년부터 1525년 4월까지가 두 번째 잠행 시기라고 말할 수 있습니다. 첫 번째 잠행 시기에 뮌처는 루터와 마찬가지로 기독교를 반대하는 자들을 외부의 적으로 이해하였습니다. 그러나 1525년에 뮌처는 로마가톨릭교회 그리고 루터와 같은 사이비 종교 개혁자들을 안티크리스트라고 규정합니다. 이들은 인민을 억압하고 착취하는 이율배반적인 존재라는 것입니다.

첫 번째 잠행 시기에 뮌처는 종교개혁 운동에 동참하였습니다. 처음에는 츠비카우에서, 나중에는 프라하와 튀링겐 지방의 소도시, 알트슈테트에서 프로테스탄트 설교자로 일했습니다. 1519년 뮌처는 마르틴 루터와 만난 게 틀림없습니다. 당시에 루터는 라이프치히 대학교에서 요한 에크와 신학 논쟁을 벌이고 있었는데, 이때 뮌처는 거기서 청강한 것 같아 보입니다. 뮌처는 처음에는 루터와 좋은 관계를 유지하였습니다. 1520년에 츠비카우에 있는 성 마리엔 교회의 설교자 자리를 얻게 되었으며, 뒤이어 카타리엔 교회의 목사직을 수락하게 된 것도 루터의 추천이 있었기에 가능하였습니다. 이 시기에 뮌처는 보헤미안 지역의 급진 후스파의 하나인 타보리트파와 인연을 맺게 됩니다. 타보리트파는 일체의 수사직을 용인하지 않고 신을 믿는 종파였습니다. 그러나 뮌처는 몇 년 후에 루터와 끝내 결별을 선언하고, "선택받은 자들의 동맹"을 결성하였습니다. 여기서 말하는 선택받은 자들의 동맹이란 가난하고 힘없는 사람들과 함께 하는 신앙 공동체를 가리킵니다.

뮌처는 직분, 재산, 나이 그리고 성별 등과 무관한 신앙인끼리의 만남을 무엇보다도 중시했습니다. "기독교인이 한 명만 있으면, 기독교인은 없다(Unus Christianus nullus Christianus)"라는 말을 수미일관 추종하였습니다(블로흐 2009: 399). 기독교 신앙은 같은 신도와의 만남과 집회를 중시하며, 교회라는 단체를 통해서 수행될 수밖에 없다는 것입니다. 그런데 루터와 뮌처의 믿음에는 근본적인 차이가 도사리고 있었습니다. 루터는 성서를 하느님의 말씀이 기록된 문헌으로 여기고 중시했습니다. 하느님의 말씀은 루터에 의하면 성서에 담겨 있을 뿐, 고위 수사들의 표리부동한 설교 속에 담겨 있지 않다는 것입니다. 이에 비하면 뮌처는 신앙인의 마음속에 태동하는 성령의 존재를 가장 중요하게 여겼습니다. 그는 「요한의 복음서」 제16장 13절 이하에 언급되어 있는 성령의 존재를 굳게 믿었습니다. 이러한 자세는 에크하르트 선사, 요한네스 타울러 등의 신비주의 사상과 슈바벤 경건주의 신앙과의 관련성 속에서 비롯된 것입니다.

1521년은 루터에게 끔찍한 시련의 해였습니다. 그는 종교개혁 선언으로 보름스 성당에서 심문을 당하면서 죽을 고비를 넘깁니다. 뮌처는 바로 이 시기에 「프라하 선언」을 발표하고, 종교개혁에 전력투구하기로 결심합니다. 16세기 얀 후스를 추종하는 사람들이 결성한 타보리트파는 겉으로는 로마가톨릭과 연결 고리를 완전히 끊지는 않았지만, 내적으로는 그리스도를 믿음으로써 지상에 평등한 천국을 건설하려 하였습니다. 두 번째 잠행 시기에 뮌처는 알트슈테트에 있는 요한니스 교회의 목사로 부임합니다. 이때 그는 창의력을 발휘하여 제법 많은 글을 집필합니다. 1524년에 이르러 주어진 여건은 정반대로 변화됩니다. 독일 남서부 슈틸링겐에서 농민들의 봉기가 시작된 것입니다. 뮌처는 1524년 7월 13일 제후들 앞에서 설교를 행합니다. 이것이 뮌처의 유명한 글, 「제후들을 위한 설교(Fürstenpredigt)」입니다. 그의 음성은 예언자 다니엘을 방불케 할 정도로 막강하고 명징한 것이었습니다. 행여나 제후들을 설득하면 그나마 일반 사람들의 현실적 삶의 질이 향상되리라고 여겼습니다. 그러나 이러한 견해는 나중에 어리석은 것으로 판명되고 맙니다. 원래 제후들은 백성들의 세금을 수령하여 자신의 부를 누리는 계급이라는 사실을 뒤늦게 깨달았던 것입니다. 권력자들은 기존의 종교 단체와 은밀히 야합하여 인민을 교묘하게 탄압한다는 것을 깨달은 시기가 바로 이때였습니다.

이때부터 6개월간 거사 준비의 시기가 시작됩니다. 뮌처는 1524년 8월 7일에 자신에게 다가오는 위험을 감지하고 튀링겐 지역의 뮐하우젠으로 도주합니다. 제후들과 종교 개혁자 마르틴 루터에게 기대할 것은 아무것도 없으며, 남은 것은 무장 봉기밖에 없다는 사실을 뼈저리게 깨달은 때가 바로 이 순간이었습니다. 뮌처는 11월에 루터의 종교개혁을 반박하는 팸플릿을 제작하고 이를 배포한 다음에 남쪽 슈바르츠발트로 향합니다. 1525년 2월에 뮐하우젠으로 되돌아온 뮌처는 튀링겐 지역의 농민전쟁에 앞장섭니다. 루터는 1525년 「살인과 강도짓을 저지르는 도둑떼 농부들에 반박하며(Wider die mörderlischen und räuberischen Rotten der Bauern)」라는 글을 발표합니다. 이 글은 지극히 체제 옹호적이자 반동주의로 무장한 글이었습니다. 1525년에 거사의 시기가 도래합니다. 그해 5월에 프랑켄하우젠에서 대대적인 전투가 발발합니다. 헤센의 제후 필립은 정규군을 풀어서 저항하는 농부들을 남김없이 도륙합니다. 5월 15일 뮌처는 정규군에 의해 체포되어, 헬드룽겐 요새에서 끔찍한 고문을 당합니다. 5월 17일 뮌처는 하인리히 파이퍼와 함께 뮐하우젠 광장에서 처형당합니다. 그의 수급과 몸통은 쇠창살에 꽂힌 채 광장에 오래도록 전시되었습니다.

4. 신비주의에 입각한 믿음: 뮌처의 사상은 신비주의의 토대 하에 형성되었는데, 나중에 네 가지 사항과 관련성을 맺게 되었습니다. 첫째는 심령주의 신앙이며, 둘째는 세례 운동이며, 셋째는 계시록에 대한 믿음이

고, 넷째는 사회혁명적 실천을 가리킵니다. 첫째로 믿음은 영혼의 심연 속에 도사린 하나의 사건으로 이해됩니다. 그것은 신과의 내밀한 조우를 전제로 합니다. 그것은 신이 인간의 영혼에게 내밀하게 전해 주는 말씀의 작용과 같습니다. 따라서 올바른 신앙이 형성되는가, 아닌가 하는 물음은 오로지 신에게 달려 있습니다. 인간의 영혼을 건드리는 신의 첫 번째 작용은 신에 대한 외경심입니다. 거기에는 오로지 성령만이 인간의 내밀한 영혼에 영향을 끼칠 수 있습니다. 이에 비하면 인간의 이기심이라든가 특정 인간에 대한 두려움은 신앙과는 거리가 먼 잡념일 뿐입니다. 주님의 정신을 체험하려는 영혼은 일단 자신의 마음속에서 일상사의 근심이라든가, 사적 욕망 등을 제거해야 할 것입니다. 이와 관련하여 뮌처는 "머무름(Langweyl)"과 "여유(Gelassenheit)"라는 태도를 도입합니다. 마음속의 잡념이 사라져야만 우리는 영혼의 텅 빈 상태에 도달할 수 있습니다. 한곳에 오래 머물면서 여유로움에 침잠하는 인간은 자신의 내면 깊은 곳에서 생동하는 신의 작용을 감지할 수 있습니다. 신의 작용을 느끼는 인간은 자신에게 가해지는 고통을 더 이상 두려워하지 않으며, 성령과 함께 살아갈 수 있다는 기쁨을 느끼게 됩니다. 이러한 과정을 통해서 출현하게 되는 것은 인간의 의지와 십자가에 못 박힌 그리스도의 의지 사이의 만남입니다. 이 만남이야말로 진정한 신앙이라고 말할 수 있습니다.

5. 성서에 대한 뮌처의 입장: 성서는 대체로 어떤 경험을 기록하고 있습니다. 그것은 빛으로 환해진 영혼이 생동하는 신과의 만남 속에서 획득한 경험입니다. 성서는 사람들로 하여금 이와 유사한 경험을 알려 주는 초대장과 같습니다. 이와 관련하여 뮌처는 다음과 같이 말합니다. 즉, 성서의 내용을 접함으로써 신앙인은 자신의 고유한 경험을 축적할 수 있다고 합니다. 요약하건대, 성서는 그 자체 "외부의 말씀(verbum externum)"

으로서, 개별적 인간의 마음속의 "내부의 말씀(verbum internum)"을 전달할 수 있는 수단으로 작용합니다. 그렇지만 내부의 말씀은 반드시 성서에 기록된 외부의 말씀을 필요로 하지는 않습니다. 다시 말해서, 인간은 성서 없이도 얼마든지 자신의 고유한 경험을 통해서 기독교인이 될 수 있다고 합니다. 따라서 성서는 뮌처에게는 신앙을 위해서 보조적인 역할을 담당하는 매개체에 불과합니다. 실제로 성서 속에는 "외부의 말씀" 없이 기독교 신앙을 선택한 자들의 이야기가 상당 부분 실려 있습니다. 바로 이러한 입장 때문에 뮌처는 루터와 근본적으로 다른 길을 걷게 됩니다.

6. **심령주의 신앙과 세례:** 뮌처는 글과 문헌을 중요한 무엇으로 생각하지 않았습니다. 뮌처는 다음과 같이 주장합니다. 식자들의 지식이 아니라, 진정한 믿음을 투시한 사람이야말로 구약과 신약의 정신을 올바르게 수용한 사람이라는 것입니다. 신을 두려워하는 예언자들이야말로 현세에 관여하는 신의 의지를 인지하고 인식할 뿐이라고 합니다. 바꾸어 말하면 신의 뜻을 투시한 예언자만이 신의 말씀을 전할 수 있을 뿐이라는 것입니다. (여기서 필자는 영지주의라는 단어를 의도적으로 사용하지 않으려고 합니다. 영지주의와 심령주의는 영혼을 인지하려고 노력한다는 점에서 동일하지만, 영지주의는 기원후에 그리스도의 영혼을 재발견하려는 하나의 종파의 차원에서 그노시스 학파로 이해될 있습니다. 이에 비하면 "심령주의Spiritualism"는 기독교 외에도 불교 등 다른 종교에서도 발견되는 사상으로서 다소 포괄적인 의미를 지닙니다.) 실제로 뮌처의 책에는 중세 신비주의의 영향이 자주 나타납니다. 그의 문헌을 연구하면, 우리는 뮌처가 14세기에 독일어로 간행된 신비주의 서적인 『독일 신학(Theologia deutsch)』과 요한네스 타울러(Johannes Tauler)의 서적을 탐독했다는 것을 간파할 수 있습니다.

7. 세례의 본질적 의미: 심령주의자로서 뮌처는 유아 세례를 거부하였습니다. 진정한 세례는 뮌처에 의하면 정신의 세례를 가리킵니다. 세례란 신앙을 수용하는 내면의 과정에 대한 외적 표시라고 합니다. 따라서 그것은 일단 신앙심을 지녀야 가능하다고 뮌처는 못 박고 있습니다. 정신의 세례를 수용하는 자는 신의 목소리를 듣고 신의 모습을 보아야 합니다. 그리스도는 세례의 예식이 개최되는 동안 세례 받는 자의 영혼의 깊은 심연 속에서 무언가를 들려주고 자신의 움직임의 모습을 보여 준다고 합니다. 그렇기에 세례는 뮌처에게는 인간 영혼 속에서 작용하는 신의 움직임과 신의 말씀에 대한 상징, 바로 그것이었습니다. 심령주의에 바탕을 둔 기독교 신앙은 영혼의 깨달음을 중시한다는 점에서, "종교란 한 개인이 자신의 고독과 상대하는 것"(화이트헤드)이라는 점에서, 불교에서 말하는 보살 신앙과 일맥상통하고 있습니다(길희성: 45). 정신적, 영성적 측면을 고려할 때, 영혼의 깨달음에 관한 뮌처의 언급은 불교의 구도적 수련을 연상시킵니다.

8. 계시록에 대한 뮌처의 입장: 성서의 계시록 가운데 뮌처는 「다니엘」과 「요한 계시록」을 높이 평가하였습니다. 이를테면 「요한 계시록」의 제17장 4절과 「루카의 복음서」 제18장 16절에는 자주색의 화려한 옷을 걸친 바빌로니아의 창녀가 등장합니다. 뮌처는 그미를 로마가톨릭교회의 사제로 비유하였습니다. 보석으로 치장한 창녀가 바로 부패한 로마가톨릭교회의 고위 수사들과 같다는 것입니다. 뮌처는 자신의 글, 「제후들을 위한 설교」에서 구약성서의 「다니엘」 제2장을 언급하고 있습니다. 여기서는 네 개의 거대한 제국이 등장하는데, 그것은 바빌로니아, 페르시아, 그리스 그리고 로마를 가리킵니다. 이와 관련하여 다섯 번째 제국은 뮌처 자신이 처한 국가라는 것입니다. 다섯 번째 제국은 여전히 철의 시대에 불과하다고 합니다. 왜냐하면 가난한 자들과 힘없는 자들이 지

금 이 순간에도 억압당하면서 억울하게 살아가기 때문이라고 합니다. 따라서 오늘날 절실하게 요청되는 것은 다니엘과 같은 예언자라고 합니다. 우리가 기대할 분은 이를테면 세례자 요한이라든가 엘리야와 같은 예언자라고 합니다. 만약 엘리야가 다시 세상에 출현하면, 그분은 신의 뜻에 합당하게 세계의 질서를 재정비하리라는 것입니다. 그렇게 되면 사악한 신을 모시는 거짓 수사들은 처벌되고, 교황 중심의 종교 권력자는 죽음을 면치 못하리라고 합니다.

9. 혁명의 신학: 뮌처는 계시록의 내용을 고찰하면서, 자신의 시대를 "신의 법정이 개최되기 시작하는 시간"으로 규정하였습니다. 인간에게 빵을 선사하는 밀은 잡초와 구분되어야 한다는 것입니다. "나는 평화가 아니라, 칼을 주려고 이곳에 왔다"(마태오의 복음서 10장 34절)는 그리스도의 말씀은 뮌처에 의하면 오늘날에도 유효하다고 합니다. 뮌처는 귀족과 제후들이 모여 있는 곳에서, 예수 그리스도는 마구간에서 태어났으며, 가난하고 억압당하는 사람들의 편에 서 있다고 말합니다. 화려한 외투를 걸치고 비단 의자에 앉아 있는 자들은 그리스도에게는 끔찍한 악한들이라는 것입니다. 기실 뮌처는 자신의 시대의 문제점을 분명하게 통찰하였습니다. 상기한 내용을 고려할 때, 그의 사회윤리학적인 관심사는 신비주의 신앙과의 밀접한 관련성 속에서 태동한 것입니다. 뮌처는 신에 대한 외경의 마음을 고취시켰을 뿐 아니라, 신을 공경하는 자들에게 그들을 위한 사회적 정의를 부르짖었습니다. 왜냐하면 성령이 주어진 현재에 자리하고 있는 모든 죄악을 용서하지 않기 때문이라고 했습니다.

10. 피의 보복자 내지 소송인으로서의 성령: 성령은 "피의 보복자(γοηλ)"로서 마지막의 날에 출현하는 분입니다. 그분은 조로아스터교에서 말하는 "보후마나"로서, 죄악을 척결하고 세상을 선으로 가득 차게 만드는

성스러운 영혼입니다. 마르틴 루터는 — 앞 장에서 언급했듯이 — "성령"을 "위안자(Tröster)"로 번역함으로써, 원래 성령이 지니고 있는 복수 내지 보복의 의미를 완전히 희석시키고 말았습니다. 루터는 라틴어를 마치 모국어처럼 능수능란하게 구사했지만, 그리스어를 잘 알지 못했습니다. 그는 성서를 번역할 때, "72인의 그리스 성서(Septuaginta)"를 직접 원전으로 대한 게 아니라, 에라스뮈스의 그리스 성서의 주해서와 당시에 전해 내려오던 "라틴어 번역서(Vulgata)"를 참고하였습니다. 1529년 루터는 학자들을 위하여 라틴어 성서의 수정판을 간행하기도 하였습니다. 성령은 인간의 영혼을 위로해 주고 달래 주는 존재가 아니라, 정의로움을 위하여 억울하게 고통당하고 핍박당하는 자들을 대신하여 복수를 감행하는 소송인입니다. 상기한 이유로 인하여 성령을 기다리는 마음은 가난한 사람들이 갈구하는 혁명의 기대감과 일맥상통하고 있습니다.

11. 프라하 선언: 상기한 내용이 맨 처음 담겨 있는 문헌은 뮌처의 「프라하 선언」입니다. 이 글은 문헌학의 측면에서 고찰하면 네 개의 버전으로 나누어집니다. 첫 번째 문헌은 1512년에 집필된 것으로 가장 짧습니다. 두 번째 문헌은 11월 29일이라는 날짜가 기록되어 있으며, 사제 계급 외에도 제후 계급에 대한 비판이 담겨 있습니다. 두 번째 문헌에는 "보헤미아의 과업과 결부된 저항"이라는 부제가 실려 있습니다. 세 번째 문헌은 문체상으로 가장 매끄럽게 기술된 것인데, 뮌처가 라틴어로 작성한 게 분명합니다. 그가 별도로 라틴어 문헌을 남긴 것은 무엇보다도 지식인 계층에게 자신의 뜻을 전하고 싶었기 때문입니다. 네 번째 문헌은 체코어로 번역된 「프라하 선언」(1521)입니다. 「프라하 선언」은 다음과 같은 내용으로 이루어져 있습니다. 하느님에 관한 진정한 인식은 살아 계시는 올바른 주님의 말씀을 듣고, 온갖 박해를 견뎌내는 자들에 의해서만 가능합니다. 오로지 이들만이 주님이 우리 속에 계신다는 것을

고백할 수 있습니다. 여기서 성령이 우리의 내면에 계신다는 말은 신비주의의 직관을 강조하는 자세와 관련되는데, 이는 신앙의 토대로 자리하는 주장입니다(길희성: 47쪽 이하). 이른바 식자들은 이를 정확히 이해하지 못하고, "오로지 성서에서 훔친 단순한 문자"를 퍼뜨릴 뿐입니다.

주님은 성령을 통해서 인간에게 이성을 열게 하였습니다. 성령이야말로 우리가 진정한 의미에서 하느님의 아들이라는 것을 보장해 준다고 합니다. 주님의 살아계신 말씀을 들으려는 자는 자신이 애타게 간구하는 바를 하느님 앞에서 내밀하게 고백해야 합니다. 그렇게 하면 주님은 자신이 우리 안에 계신다는 것을 겸허한 마음으로 전해 주실 것입니다. 이에 반해 사제와 성직자 들은 주님과의 직접적인 조우를 가로막습니다. 왜냐하면 그들은 신학을 통해서 우리가 성서의 속뜻을 들을 수 없도록 방해하기 때문입니다. 그들은 다음과 같이 주장합니다. 신은 절대로 개개인과 직접 대화를 나누지 않는다고 말입니다(Franz: 7). 나아가 제후와 영주들은 이러한 사제들의 영향력을 은근히 방조하고 있습니다. 사제들은 하느님의 진솔한 말씀을 그대로 전하지 않기 때문에 그들의 설교에는 경박한 허사만 자리하고 있을 뿐입니다. 중요한 것은 진정한 믿음을 통해서 성령이 우리의 내면에 자리할 수 있다는 것을 깨닫는 일이라고 합니다(Franz: 12ff.).

12. 루터의 변절과 그의 언어적 폭력: 루터는 고위층에 대항하여 싸우는 것을 거부했습니다. 1521년 보름스 성당에서 고초를 겪은 뒤에, 성서 번역에만 몰두하고 세상사에는 관여하려고 하지 않았습니다. 물론 루터가 보름스 성당에서 자신의 주장을 번복하고 권력에 굴복한 것은 아니었습니다. 그러나 당시에 체득한 죽음에 대한 위기의식은 이후 그의 정치적 행적에 지대한 영향을 끼칩니다. 이후에 보여 준 루터의 정치적 입장은 수구 반동주의에서 한 치도 벗어나지 않았습니다. 가령 루터가 독일

농민 혁명 당시에 그냥 가만히 있지 않고, 농부들의 폭동을 천민들과 강도떼의 폭력적인 난동이라고 규정했다는 사실을 생각해 보세요. 루터는 기득권 세력에 빌붙어서 체제 옹호적으로 처신한 셈입니다. 그의 짤막한 글, 「살인과 강도짓을 저지르는 도둑떼 농부들에 반박하며」를 읽으면, 우리는 그의 사고가 초기의 종교개혁의 정신으로부터 얼마나 멀어졌는지 충분히 짐작할 수 있습니다. 만약 그가 가난하고 배우지 못한 농민의 편에 섰더라면, 삶은 고달플 수 있었겠지만, 수천 명의 농부들이 그렇게 비참한 방식으로 몰살당하지는 않았을 것입니다. 그 밖에 루터는 수사로서의 계율을 깨뜨리고, 수녀인 카타리나 폰 보라와 결혼하여 자식 여섯을 낳았습니다. 그는 자신의 일기에다 "일주일에 두 번 성관계는 그미에게 그리고 나에게 나쁠 것 없다"고 기록하였습니다(Luther: 5). 그런데 문제는 루터가 오랫동안 반유대주의의 자세를 견지했다는 사실입니다. 유대인에 대한 극렬한 증오심은 말년에 남긴 그의 문헌, 「유대인들과 그들의 수많은 거짓말에 관하여(Von den Jüden und ihren Lügen)」(1543)에서 극에 달해 있습니다. 루터는 겉으로는 종교개혁을 부르짖었으나, 실제로는 교회 분파주의를 간접적으로 조장하였고, 유대인에 대한 인종차별을 은근히 유도하는 데 결정적으로 기여한 사람입니다.

13. 농민 혁명과 실패: 뮌처는 자신의 사상을 일관되게 실천하였습니다. 1521년의 「프라하 선언」 그리고 1524년의 「제후들을 위한 설교」 등을 읽으면, 우리는 뮌처가 어떠한 상황에서도 자신의 사고와 행동을 일치시키려고 부단히 노력했다는 사실을 재확인할 수 있습니다. 특히 「프라하 선언」에서 뮌처는 조만간 도래할 전환의 시대를 예견하였습니다. 그는 마치 구약성서의 예언자들처럼 격노하는 언어로써 최후의 심판이 도래하리라는 것을 사람들에게 알렸습니다. 그는 자기 자신을 신의 사도로 생각하였습니다. 뮌처는 일단 뮐하우젠을 자신의 근거지로 삼고,

이곳에서 1523년에서 1525년까지 농민 혁명을 실천하였습니다. 특히 남부 독일의 농민들은 뮌스터의 재세례파 사람들과 합세하였습니다. 1524년 가을에 뮌처는 남부 독일을 여행하며, 「거짓된 신앙을 낱낱이 밝힘(Ausgedrückte Entblößung des falschen Glaubens)」 그리고 루터의 입장에 반대하는 유명한 팸플릿 「분명한 원인을 지닌 수호의 연설」을 발표합니다. 1525년 2월부터 뮌처는 튀링겐 지역의 농민들을 집결시켜 투쟁을 선언합니다. 1525년 5월, 뮌처는 프랑켄하우젠에서 작센 공작과 필립이 이끄는 정규군과 싸우다가 체포됩니다. 고문당한 뒤에, 35세의 나이에 자신을 추종하던 친구이자 동지인 하인리히 파이퍼(Heinrich Pfeiffer)와 함께 뮌스터로 끌려가서, 장렬하게 형장의 이슬로 사라집니다. 임신한 그의 아내는 겁탈당한 뒤에 아이를 낳았는데, 지속되는 박해를 피하기 위해서 이름을 뮌첼로 바꾸었다고 합니다(Bloch: 122). 뮌처의 설교에 의하면, 천국은 저세상이 아니라 지상에 건설될 수 있습니다. 지상의 천국을 건설하는 일에 동참하지 않는 자는 스스로 자신의 삶을 시들게 할 것이며, 거대한 전복에 동참하는 자는 영원한 축복이 기다리고 있다고 했습니다.

14. 혁명의 실패 원인: 독일 농민 혁명의 실패는 혁명의 전략과 조직에 있어서 문제가 있었기 때문입니다. 뮐하우젠에서 뮌처는 재세례파 사람들과의 논의 과정에서 약간의 의견 대립을 빚습니다. 이러한 의견의 불일치는 북독의 권력자들에게 체포의 빌미를 제공하였고, 이는 치밀한 거사 계획을 세우지 못하도록 작용하였습니다. 뮌처는 취조 과정에서 혁명의 실패가 이를테면 기독교 정신이 약했기 때문이 아니라, 일부 농민들의 사리사욕 때문이라고 말했습니다. 시온의 나라를 건설하기 위해서 북독의 재세례파 사람들은 남독일 지역의 농부들과 힘을 결집시킬 필요가 있었습니다. 이를 위해서 뉘른베르크로 떠난 사람이 바로 뮌처의 동지인

하인리히 파이퍼였습니다. 그러나 파이퍼는 뉘른베르크에서 뮌처의 팸플릿을 간행하려는 계획을 성사시키지 못했고, 남독일로부터 추방당하게 됩니다. 농민 혁명에 가담한 사람들은 각자의 이해관계로 인하여 단결된 모습으로 전략을 짜지 못했고, 이는 결국 조직의 와해로 이어졌습니다. 뮌처는 뮐하우젠에서 농민들에게 귀금속과 현금에 집착하지 말고 혁명 운동에 매진할 것을 강하게 요구했으나, 일부 농민들은 뮌처의 말을 듣지 않았습니다. 그들은 당장 굶주림과 가난을 떨치기 위해서 눈앞의 재화에 집착하였고, 이로 인하여 뮌처의 계획은 차질을 빚게 되었고, 일사불란한 전략은 제대로 실천되지 못했습니다.

15. 계시에 대한 뮌처의 믿음: 뮌처의 혁명적 자세의 배후에는 어떤 계시에 대한 믿음이 도사리고 있었습니다. 뮌처는 선택받은 기독교인들의 공동체를 신뢰하였습니다. 이러한 공동체는 그리스도의 내적 언어를 신뢰하고 믿음으로써 지속적으로 발전되리라는 것이었습니다. 이러한 까닭에 그는 전통적 권위를 내세우는 가톨릭 신앙에 대해 격렬하게 저항하였습니다. 왜냐하면 전통적 교회와 성당은 계시가 이미 오래 전에 종결되었다고 믿으면서 권력과 결탁하고 있었기 때문입니다. 신의 정신은 뮌처의 견해에 의하면 오늘날 신앙인 개개인에게 직접 전달되고 있다고 합니다. 내적인 신앙의 불빛은 교회의 문헌학적인 권위에 가로막혀 마냥 은폐되고 차단되어 있다는 것입니다. 신의 계시는 성서를 연구하는 학자라든가 신학자들에게가 아니라 오히려 평신도에게 더욱더 분명하게 전달될 수 있다고 합니다. "신의 말씀은 심장, 두뇌, 피부, 머리카락, 뼈, 골수, 즙액 그리고 힘과 에너지를 관통하고 있는데, 우리의 어리석은, 마치 고환 주머니 같은 박사들과는 다른 사람들에 의해서 잘 알려지게 될 것입니다"(Müntzer: 47). 여기서 우리는 상류층뿐 아니라 체제 옹호적인 신학자들에 대한 뮌처의 노여움을 감지할 수 있습니다.

16. 사회의 죄악은 고위 수사 그리고 귀족과 제후 들에 의해서 나타난 것이다: 뮌처는 동시대인들이 끔찍한 죄악의 상태 속에 빠지게 된 근본적인 이유를 기존하는 사회구조에서 찾고 있습니다. 사회의 근본적 죄악은 군주에 의해서 비롯된다고 뮌처는 확신합니다. 왜냐하면 군주들은 뮌처의 견해에 의하면 "도둑, 강도 그리고 악덕 고리대금업자"와 다를 바 없기 때문이라고 합니다. 나아가 뮌처는 교회 사람들이 행하는 짓거리를 신랄하게 비난합니다. 교황은 뮌처에 의하면 주어진 현실에 관해서 아무것도 알지 못하는 부패한 체제의 총책임자라고 합니다. 그래서 교황은 "로마의 요강 덩어리"에 불과하다고 합니다. 나아가 수사와 주교들은 "배운 것을 자랑하는 어리석은 당나귀들"이라고 합니다. 뮌처는 사회의 고위 계층에 대한 비판에 있어서는 고전적 유토피아 사상가들과 입장을 같이 합니다. 고위 계층의 비리와 온갖 술수를 제거하면, 공화국과 유사한 신의 국가가 얼마든지 건립될 수 있다는 것입니다. 이러한 시대 비판은 가령 요한 에벌린 폰 귄츠부르크(Johann Eberlin von Günzburg)의 삐라, 「볼파리아(Wolfaria)」에서 자세히 언급되고 있습니다(Swoboda: 97). 에벌린은 남서부 독일의 비참한 현실 상황을 지적하고, 이를 카를 5세에게 보고하기 위해서 삐라를 작성하였습니다. 에벌린에 의하면, 어떠한 인간도 수사에게서 어떤 충고를 듣지 말아야 한다고 합니다. 결국 에벌린은 자신의 글로 인하여 1530년에 목숨을 내놓아야 했습니다.

17. 신의 의지와 토마스 뮌처: 혹자는 뮌처가 바람직한 사회의 상이 구체적으로 어떠해야 하는가 하는 물음에 관해서는 단 한 번도 명확하게 대답한 적이 없다고 비판합니다(Schölderle: 64). 어쩌면 뮌처는 바람직한 사회상을 긍정적으로 설계할 필요성을 느끼지 않았습니다. 왜냐하면 자신이 노력하지 않아도 신은 이미 구원을 위한 어떤 계획을 마련하고 계신다고 확신했기 때문입니다. 이는 세계의 거대한 파국이 도래하기 때문

에 인위적인 조처를 취하지 않은 묵시록의 신봉자, 예수 그리스도의 입장을 그대로 추종한 것입니다. 뮌처는 무력 투쟁을 감행하는 순간에도 동지들에게 다음과 같이 경고했습니다. 즉, 농부들의 혁명과 개혁을 위한 운동은 무엇보다도 정치적, 사회적 목표를 위해서 이행되어야 한다고 말입니다. 주어진 현실을 변화시키고 개혁시키는 것은 인간의 몫이며, 이를 마련해 준 분은 주님이라는 것입니다. 뮌처는 새로운 변화의 시대가 이미 종말론적으로 예정되어 있으며, 차제에 신의 예정된 의지에 의해서 실현되리라고 굳게 믿고 있었습니다.

뮌처가 처음부터 끝까지 신의 예정조화설을 맹신한 것은 아닙니다. 물론 거시적 차원에서 고찰할 때 시대는 반드시 바람직한 방향으로 이어지겠지만, 뮌처는 당대에 인간 삶의 평등이 이루어질지 확신하지는 못했습니다. 게다가 뮌처는 신의 과업과 인간의 과업을 분명히 구분할 줄 알았습니다. 바로 이러한 이유에서 자신이 할 수 있는 것은 오로지 사회 정치적인 측면의 일밖에 없다고 말했던 것입니다. 그렇다고 뮌처가 자신의 과업이 신의 뜻에 의해서 좌우된다고 믿지는 않았습니다. 뮌처는 신의 노예로서 신을 믿지 않는 사악한 인간과 싸우려고 했습니다. 마지막 전투에서 폭동을 일으킨 6,000명의 농부들은 관군의 무차별적인 공격으로 산산조각이 나고 말았습니다.

18. 뮌처의 신앙과 천년왕국설의 실천: 뮌처가 기대했던 새로운 질서는 유토피아의 모델에 의해서 구성적으로 축조된 것이 아니라, 신앙과 믿음에 근거한 것이었습니다. 뮌처는 중세 시대에 수많은 이단 종파의 사람들이 형장의 이슬로 사라진 것을 잘 알고 있습니다. 이단 종파의 사람들은 상류층 사람들과 결탁하여 기득권을 누리는 가톨릭교회에 대항하여, 가난한 자들과 정의로운 삶을 구현하려던 그리스도의 삶을 추종하였습니다. 이들의 종파는 권력자의 눈에는 체제 파괴적으로 비쳤습니다. 카

타르파, 보구빌파, 발덴저파 그리고 수많은 이름 없는 기독교 소수 종파의 우두머리들은 조아키노의 천년왕국설을 신봉하고 새로운 세상과 반드시 출현할 성령을 기다리면서 하루하루를 살아갔습니다. 이를테면 고트프리트 아르놀트(Gottfried Arnold, 1666-1714)는 다음과 같이 주장했습니다. 그리스도의 가르침은 관청과 규약 그리고 교회의 제반 규정에 의해서 전해질 게 아니라, 오로지 그리스도의 말씀과 성령의 원칙에 의해서 알려져야 한다는 것입니다(Arnold: 81). 그렇기에 뮌처는 루터보다도 더 훌륭하게 종교개혁을 이룩한 분이 아닐 수 없다는 것입니다(에버트: 268). 그들은 로마가톨릭교회의 질서를 따르지 않고, 자기들끼리 독자적으로 종파를 구성하여 살아가려고 했습니다. 이 자체가 가톨릭교회가 정한 규칙에 위배되는 것이었습니다. 한마디로 뮌처는 중세의 조아키노의 천년왕국설의 사상을 실천에 옮기려고 하다가 기득권과 마찰을 빚게 되어 결국 몰락하게 된 셈입니다. 이후로 독일에서 약 300년에 걸쳐 사회적 혁명의 발발은커녕 자그마한 사회적 전복의 조짐조차도 나타나지 않았습니다.

19. 재세례파와 토마스 뮌처의 농민 혁명에 대한 평가: 15세기 말부터 유럽의 가난한 사람들은 오랫동안 국가의 폭력과 이를 간접적으로 지지하는 교회 체제에 굴복하면서 살았습니다. 이들은 뮌처를 중심으로 인간답게 살아갈 수 있는 터전으로서 상호부조의 사회를 건설하고 싶었습니다. 이러한 계획은 종교 혁명의 운동으로 시작되었으며, 결국은 재세례파와 뮌처의 농민운동으로 발전되었습니다. 다시 말해서, 인간의 존엄성을 고수하면서 살아갈 수 있는 토대는 종교개혁 및 사회 개혁의 움직임으로 발전되었던 것입니다. 이는 더 나은 삶을 구현하여 인간답게 살아갈 수 있으리라는 기대감, 지상의 천국을 구현할 수 있다는 기대감으로 발전되었습니다. 나중에 카를 카우츠키는 자신의 책에서 농민 혁명을 종

교적 차원에 국한시키고 사회혁명 운동과는 별개로 평가했습니다. 엄밀히 따지면, 뮌처의 사상에서 정치성을 일탈시키는 것도 문제이지만, 그렇다고 해서 무조건 공유제의 이념을 사회주의 사상과 결합시키려고 하는 것도 문제일 것입니다. 어쨌든 독일 농민 혁명은 이데올로기로서의 "토피아(Topie)"를 개혁과 혁명을 불러일으킬 수 있는 자극제로서의 "유토피아(Utopie)"로 전환시킨 강력한 계기가 되었습니다.

20. 절대 권력, 실정법 그리고 민족주의: 실제로 독일 농민운동의 패배로 인하여, 근대국가는 자신의 세 가지 위용을 관철시킬 수 있었습니다. 그것은 다름 아니라 제후의 절대 권력, 절대적인 권한으로서의 실정법 그리고 민족주의를 가리킵니다(Landauer: 67). 이러한 세 가지 사항은 계층을 용인하는 국가의 체제를 공고히 하는 데 기여했고, 17세기 절대왕권을 더욱 강화시키게 합니다. 아이러니한 것은 막강한 종교 세력을 약화시키고, 초기 자본주의에 긍정적으로 자극을 가한 세력이 바로 황제의 권력이었습니다. 황제의 권력은 가톨릭 교황의 권한을 약화시키는 데 일조했다는 점을 감안한다면, 절대 권력, 절대적 권한으로서의 실정법 그리고 민족주의에서 파생되는 애국심 등은 당시의 현실적 정황을 고려할 때 무조건 타파의 대상으로 간주될 수는 없을 것 같습니다.

21. 뮌처의 영향: 그렇다고 뮌처의 혁명의 시도가 아무런 계획과 방법을 전제로 하지 않은 혁명과 개혁의 프로그램이라고 통째로 폄하될 수는 없을 것입니다. 왜냐하면 뮌처가 주도한 농민 혁명은 어떤 구원의 예언, 종말론적 기대감, 폭력적인 선교의 의지 등의 동인으로 출현한 거대한 사건이었기 때문입니다. 물론 뮌처는 평등 사회에 관한, 분명하고 명징한 유토피아 모델을 미리 설계하지는 못했습니다. 왜냐하면 그에게는 인간의 이성에 의해서 축조될 수 있는 모델을 설계할 겨를이 없었기

때문입니다. 뮌처에게 당장 시급한 것은 기존의 사악한 무엇을 척결하는 행위였지, 결코 한가한 자세로 편안하게 앉은 채 주어진 비참한 사회상과 반대되는 상상의 찬란한 사회 유토피아의 설계가 아니었습니다. 한 가지 분명한 것은 최소한 죄악을 척결하려는 뮌처의 의향은 공명정대한 신에 대한 굳은 믿음에 의해서 출현하였으며, 농민들의 혁명으로 때 이르게 실천되었다는 사실입니다.

뮌처의 사상과 실천은 나중에 "전근대사회에서 가난에 억눌린 민중들의 저항 운동과 혁명운동을 촉진하는" 강령으로 지속적으로 작용하게 됩니다(황대현: 101). 실제로 토마스 뮌처는 나중에 사회주의 혁명 운동 당시에 무산계급에게 선구적인 인물로 간주되었습니다. 억압과 강제 노동에 시달리는 무산계급의 갈망은 혁명적 전복의 촉진제로서 "지금 그리고 여기"에서 이룩될 수 있는 변화의 세상을 선취하는 식으로 이어졌습니다. 가령 "모든 게 공유적이다(Omnia sint communia)"라는 플라톤의 발언은 뮌처에 의해서 만인의 평등을 위한 슬로건으로 수용되었는데, 이는 그야말로 "창조적 오해"가 아닐 수 없습니다. 왜냐하면 플라톤은 처음부터 계층 차이를 인정하고 동일한 계층 사이의 평등을 주창했는데, 뮌처는 이를 뒤집어서 만인의 평등으로 잘못 수용했기 때문입니다.

참고 문헌

길희성 (2004): 보살 예수, 현암사.

박설호 (2008): 라스카사스의 혀를 빌려 고백하다, 울력.

블로흐, 에른스트 (2009): 저항과 반역의 기독교, 열린책들.

블로흐, 에른스트 (2012): 마르크스, 뮌처, 혹은 악마의 궁둥이, 박설호 편역, 울력.

에버트, 클라우스 (1994): 토마스 뮌처. 독일 농민 혁명가의 삶과 사상, 오희천 역, 한 국신학연구소.

최재호 (2004): 토마스 뮌처의 종말론, 실린 곳: 서양사론, 제83집, 93-124.

황대현 (2007): 혁명의 신학자, 토마스 뮌처, 실린 곳: 박상철 외, 꿈은 소멸하지 않는 다, 한겨레출판, 75-102.

Arnold, Gottfired (1740): Unparteiische Kirchen und Ketzer Historie. Vom Anfang des Neuen Testaments bis auf das Jahr Christi 1699, Schaffhausen.

Bloch, Ernst (1921): Thomas Münzer als Theologe der Revolution, München.

Franz (1976): Franz, Günter (hrsg.), Thomas Müntzer. Die Fürstenpredigt, Stuttgart.

Kautsky, Karl (2011): Der Ursprung des Christentums. Eine historische Untersuchung, Frankfurt a. M.

Landauer, Gustav (1923): Die Revolution, Frankfurt a. M..

Luther, Martin (1978): Vom ehelichen Leben und andere Schriften über die Ehe, (hrsg.) Dagmar Lorenz, Stuttgart.

Mannheim, Karl (1996): Ideologie und Utopie, Frankfurt a. M. (한국어판) 카를 만 하임 (2012): 이데올로기와 유토피아, 임석진 역, 김영사.

Müntzer, Thomas (1973): Schriften und Briefe; Frankfurt a. M..

Schölderle, Thomas (2012): Geschichte der Utopie, Stuttgart.

Swoboda (1975): Swoboda, Helmut (hrsg.), Der Traum vom besten Staat. Texte aus Utopien von Platon bis Morris, München.

Wehr, Gerhard (1972): Thomas Müntzer, Reinbek bei Hamburg.

15. 토머스 모어의 자유 유토피아

(1516)

1. 모어와 마키아벨리 그리고 에라스뮈스: 토머스 모어(Thomas Morus, 1477/78-1535)의 『유토피아』만큼 유럽 정신사에서 지속적으로 영향을 끼친 작품은 없을 것입니다. 작품은 문헌학적으로 국가 소설이라는 장르를 개척했을 뿐 아니라, 민주주의의 발전과 사회주의의 이상을 실현하는 데 놀라운 엔텔레케이아로 작용했습니다. 모어의 책은 국가에 관한 철학적 대화로 이루어져 있는데, 이 작품은 1516년에 에라스뮈스에 의해서 루뱅에서 처음으로 간행되었습니다. 이 작품의 제목은 다음과 같습니다. "가장 훌륭한 국가의 법과 새로운 섬 유토피아에 관하여 (De optimo republicae statu deque nova insula Utopia)." 16세기 유럽은 정신사적으로 고찰할 때 전환과 격동의 시기였습니다. 훌륭한 문헌들이 속출한 것도 바로 이 시기였습니다. 예컨대 마키아벨리는 『군주론(Il principe)』(1513)을 집필하였으며, 에라스뮈스는 당시의 카를 5세를 염두에 두면서 『기독교 제후의 교육(Institutio principis Christiani)』(1516)을 발표하였습니다. 에라스뮈스의 작품은 마키아벨리의 군주론과 정반대되는 관점에서 모든 것을 묘사하고 있습니다. 설령 군주의 속성이 마키아벨리가 주장한 대로 사악하고 교활한 것이라 하더라도, 기독교 제후는 에라

스뮈스에 의하면 사랑과 관용의 정신을 실천해야 한다는 것입니다.

  2. 모어는 어떻게 『유토피아』를 집필했는가?: 모어는 1478년 2월 7일 재판관의 아들로 런던에서 태어났습니다. 아버지, 존 모어는 대영제국의 최고재판관을 지낸 사람이었습니다. 모어는 캔터베리 출신의 대주교 존 모턴에게서 기초 학문을 배웠으며, 나중에 옥스퍼드 대학에서 법학을 공부하였습니다. 모어는 어린 시절부터 총명함을 드러내었습니다. 1504년에 대영제국의 의회 의원이 되었으며, 23세의 나이에 부설 대학에서 성 아우구스티누스의 『신국론』에 관해 강연할 정도였습니다. 특히 15세기 말에 당대의 석학, 로테르담 출신의 에라스뮈스와 교우한 것은 모어의 이력에서 빠뜨릴 수 없는 사항입니다. 나이 차이는 11살이나 났지만, 두 사람은 서로 학문적으로 소통하였습니다. 1499년 에라스뮈스는 불과 21세 청년의 명석함과 학문적 깊이에 감복하여 「어리석음의 찬양(Encomion Moriae)」(1515)을 써서 모어에게 헌정할 정도였습니다. 여기서 "어리석음(morio)"이란 모어의 성(姓)을 암시하는 표현입니다 (Baumstark: 22). 이에 대한 답례로 모어는 1516년에 에라스뮈스에게 완성된 『유토피아』 원고를 송부하였습니다. 이는 1515년에 에라스뮈스가 모어의 유토피아 제2권의 집필에 도움을 준 감사의 표시였습니다. 사실, 1515년에 모어는 플랑드르 지역에 머물렀는데, 이때 그는 에라스뮈스를 비롯한 많은 학자들과 더 나은 국가의 체제에 관하여 토론을 벌였습니다. 뒤이어 모어는 『유토피아』 제1권의 원고를 수정할 필요성을 느꼈습니다. 왜냐하면 그는 "철학자가 국가를 다스려야 마땅한가?" 하는 키케로의 물음에 대한 답변을 첨가해야 했기 때문입니다. 놀라운 것은 1516년 탈고 후 모어가 자신의 원고를 금고 깊숙이 감춰 두었다는 사실입니다. 모어는 아마도 구설수에 오르고 싶지 않았던 것 같습니다.

3. **모어의 죽음:** 모어는 대영제국의 수장의 직위까지 올랐으나, 당시의 국가 권력자가 휘두르는 철퇴를 맞아야 했습니다. 1530년에 헨리 8세는 가톨릭교회의 권력을 장악하고 국가의 모든 권한을 자신의 손아귀에 넣게 됩니다. 문제는 모어가 왕족의 결혼을 둘러싼, 어떤 치졸한 정치적 소용돌이에 휘말렸다는 사실입니다. 헨리 8세는 정부인 앤 불린(Anna Boleyn)과 결혼하기 위하여 에스파냐 출신의 아내, 카타리나와 이혼하려 했는데, 모어는 이에 대해 반대 의사를 표명합니다. 결국 모어는 사형선고를 받는데, 사형선고문에는 다음과 같이 기록되어 있습니다. "죄인의 몸에서 생식기를 절단하고, 배를 가른 다음에 내장을 꺼내어 불태우게 하라. 그 다음에 시체를 네 개로 토막 내어, 런던의 탑에 차례대로 걸어 놓고, 시체의 수급은 런던 다리에 걸어 두게 하라"(Schölderle: 20). 결국 위대한 사상가, 모어는 1535년에 권력자로부터 토사구팽의 형벌에 해당하는 부형(斧刑), 즉 도끼 처형을 당하게 됩니다. 실제로 모어는 나무 그루터기에 목을 내민 채, 망나니의 도끼 세례에 의해 목이 끊겨 나감으로써 세상을 하직하였습니다. 마지막으로 그가 남긴 말은 단 하나 "내 목은 짧으니 조심해서 자르게"였다고 합니다(박원순: 26). 헨리 8세는 교황이 자신의 재혼에 반대하자, 영국의 많은 사원과 수도원을 폐쇄시켰습니다. 이로써 6,251명의 수사와 1,561명의 수녀들은 거주지를 잃고 방랑하게 됩니다. 나중에 헨리 8세의 정부인 앤 불린 역시 왕으로부터 버림받은 뒤 목이 잘려 죽습니다.

4. **종교개혁이 아니라 사회 개혁을 위한 작품이다:** 모어는 『유토피아』에서 도덕과 정치가 어떻게 상호작용하며, 어떠한 목적으로 기능해야 하는지 설파하였습니다. 그는 이 책을 앤트워프에서 서기로 일하던 친구 페트루스 아에기디우스(Petrus Aegidius)에게 헌정한 바 있습니다. 참고로 페트루스 아에기디우스는 교회 개혁에 앞장섰던 철학자이자 추기경입니

다. 그는 "조하르(Zohar)"의 서적을 탐독하고 유대교의 신비주의를 기독교 사상으로 수용하려고 노력한 카발라 기독교인이었습니다. 모어의 작품은 처음부터 교육적 논문의 틀을 갖추고 있지는 않았으며, 수사학적으로 고찰하면 오히려 풍자 내지 신랄한 비판을 담고 있는 대화집이라고 할 수 있습니다. 이러한 풍자와 비판은 작가의 놀랍고도 독창적인 상상력에 의한 것이지요. 그런데도 몇몇 연구자들은 『유토피아』를 폄하하려고 했습니다. 나중에 하인리히 브록하우스(Heinrich Brockhaus)는 『유토피아』 제2권의 저자는 모어가 아니라 에라스뮈스라고 주장했습니다 (Brockhaus: 56). 브록하우스에 의하면, 모어는 마지막 순간까지 교회에 극기주의라는 가치를 부여하려고 했다는 것입니다. 이로써 저자가 개혁하려던 것은 국가가 아니라 교회라고 합니다. 이러한 논리로써 브록하우스는 공동의 삶을 추구하는 사회 유토피아를 인정하지 않고, 종교적 관용만을 강조하려 하였습니다.

5. 플라톤과 아우구스티누스의 문헌들: 작품 『유토피아』는 유토피아 연구에서 가장 중요한 문헌에 해당합니다. 물론 그 이전에 더 나은 국가에 관한 문헌이 없었던 것은 아닙니다. 그러나 이전의 것들은 주로 공상적 내용을 담고 있는 것들입니다. 가령 플라톤은 현재 미완성 단편으로 전해져 내려오는 작품 「크리티아스(Κριτίας)」에서 대서양의 전설적인 섬, 아틀란티스에 관해서 암시했는데, 이것은 이미 『국가』에서 다루어진 바 있습니다. 플라톤의 이러한 상상은 나중에 아우구스티누스의 『신국론』에서 기독교적으로 변형되어 있습니다. 아틀란티스에 대한 고대인들의 상상은 아우구스티누스에 의해서 성서의 종말론과 접목되어, 역사철학적 최후 공간에 관한 가상적인 상으로 이전되었습니다. 요약하자면, 『국가』의 현실은 플라톤 자신이 살았던 주어진 구체적인 현실을 우선적으로 고려한 게 아니라, 대서양의 전설적인 섬에 관한 판타지에 입각하여

묘사되고 있습니다. 이에 비하면 모어의 『유토피아』는 16세기 초 영국의 구체적 현실을 간접적으로 고려한 가상적 사회 유토피아라는 점에서 플라톤의 문헌과는 엄격하게 구별됩니다.

6. **"유토피아"와 "히틀로데우스"의 어원 속에 담긴 모순점**: 중요한 것은 대부분의 내용이 라파엘 히틀로데우스(Raphael Hythlodeus)에 의해서 서술된다는 사실입니다. 포르투갈 출신의 이 선원은 『유토피아』 맨 앞부분에서 "모어" 그리고 자일스와 대화를 나누고 있습니다. 이 선원의 이름이 바로 라파엘 히틀로데우스입니다. 그는 언젠가 아메리고 베스푸치(Amerigo Vespucci)의 여행을 동행하다가 5년 동안 유토피아라는 섬에 머무른 적이 있다고 했습니다. 실제로 모어는 1507년 아메리고 베스푸치의 여행기에 관해서 잘 알고 있었는데, 유토피아의 집필 시에 반영한 것이 분명합니다. 히틀로데우스는 앤트워프에서 우연히 "모어"와 자일스라는 등장인물을 만나 담소를 나누게 됩니다. 히틀로데우스는 네덜란드의 인문학자 피터르 힐리스(Pieter Gillis)일 가능성이 매우 높습니다 (Jens 11: 961). 포르투갈 선원의 이야기는 농담 반 진담 반으로 이루어져 있습니다. 그래서 우리는 그게 실제 사실인지, 아니면 어느 휴머니스트의 상상에서 비롯한 가설인지 분명하게 분간할 수 없습니다. 놀라운 것은 그의 이름 속에 어떤 의미가 감추어져 있다는 사실입니다. 즉, "라파엘"은 히브리어로 신의 구원을 지칭하는데, "구원을 알리는 자"로 간주됩니다. "히틀로데우스"는 한편으로는 지어낸 이야기를 재미있게 들려주는 "수다쟁이"라는 뜻을 지니지만, 다른 한편으로는 동시대의 재담가를 비아냥거리는 "현자" 내지는 "허튼소리를 지껄이는 자"의 뜻을 지니고 있습니다.

7. **유토피아의 어원**: "유토피아"는 어떤 모순을 담고 있는 단어로

서, 이 역시 중의적 의미를 드러냅니다. 그것은 한편으로는 "훌륭한 장소(eutopie)"라고 명명될 수 있다면, 다른 한편으로는 "없는 장소(ou topie)"를 가리킵니다. 유토피아는 지상에서 가장 훌륭한 장소를 상징할 수도 있지만, 이와는 정반대로 이 세상에서 가장 사악한 장소를 지칭할 수도 있습니다. 모어가 이러한 방식의 교묘한 표현을 사용한 것은 나름대로의 이유를 지닙니다. 모어는 세상 사람들로부터 비난당하고 싶지 않았으며, 구설수에 오르고 싶지 않았는지 모릅니다. 모어는 모순된 표현을 통해서 그리고 두 명의 서로 견해를 달리하는 등장인물을 작품 속에 등장시킴으로써 세상 사람들의 불필요한 오해를 사전에 차단시키려고 했습니다. 실제로 모어는 에라스뮈스에게 보내는 편지에서 유토피아는 "없는 곳(nusquama)"으로 표기될 수 있다고 말했습니다. 여담입니다만, 독일의 극작가이자 시인인 베르톨트 브레히트는 「진리를 기술하는 데 있어서의 다섯 가지의 어려움(Fünf Schwierigkeiten beim Schreiben der Wahrheit)」(1938)에서 모어의 이러한 처사를 권력으로부터 자신을 보호할 수 있는 "술수"라고 평가한 바 있습니다(Brecht: 74).

8. 모든 사회적 죄악은 사유재산제도에서 비롯한다 (1): 히틀로데우스는 "모어"와 대화를 나눕니다. 등장인물 "모어"는 추기경이자 대영제국의 수상인 존 모턴(John Morton, 1420-1500)입니다. 그는 현재 영국의 비참한 사회적 상황 및 기독교 사제들의 몰락에 관해서 노골적으로 비판하지는 않습니다. 그는 오히려 사회의 전폭적인 개혁 대신에 약간의 법 수정이라든가, 점진적인 개혁을 조심스럽게 제시하고 있습니다. 히틀로데우스는 이에 대해 전적으로 동의하지 않습니다. 엄격한 보복을 주장한 바 있는 드라콘(Δράκων)의 법 내지 사형 법은 더 이상 인민에게 범법 행위에 대한 위협 내지 경종으로 작용하지 않는다고 합니다. 국가는 사람들에게 극형으로 끔찍한 위협을 가할 게 아니라, 우선 사회의 끔찍한 정

황부터 먼저 개선해야 한다는 것입니다. 그렇게 되면 끔찍한 살인 사건의 수는 현저하게 줄어들게 되리라는 게 그의 지론입니다. 이러한 입장은 18세기에 사형 폐지를 주장한 이탈리아의 법학자, 세자레 베카리아(Cesare Beccaria), 자유주의에 입각하여 엄격한 법 적용을 반대한 안젤름 포이어바흐(Anselm Feuerbach) 등과 같은 자연법학자의 견해를 연상시킵니다. 요약하건대, 작품은 모턴(모어)과 히틀로데우스를 등장시켜서, 전자로 하여금 사회의 점진적인 개혁을, 후자로 하여금 사회제도의 근본적 변화를 요구하게 조처하고 있습니다.

9. 『유토피아』의 집필 계기: 16세기 영국에서 빈부 차이는 극도로 심화되었습니다. 특히 하층민의 경제적 상황이 극한에 도달했습니다. 중세의 장원은 붕괴되었지만, 재화는 여전히 사회의 상류층이 장악하고 있었습니다. 헨리 8세는 크고 작은 전쟁을 치르느라 국고를 낭비하였고, 물가는 폭등하게 됩니다. 통화 팽창으로 타격을 받은 사람들은 특히 농부들이었습니다. 지주들은 땅으로부터 재화를 창출하기 위하여 소작농들로 하여금 목축업을 권했습니다. 이로써 곡식 수확이 감소되었습니다. 지주들의 가혹한 임대로 인하여 수많은 소작농들이 하루아침에 거지가 되어 방랑하게 되었던 것입니다(이종숙: 184). 당시 영국의 귀족들과 교회 세력들은 많은 땅을 소유하고 있었습니다. 그들은 더 많은 수입을 올릴 목적으로 농촌 마을을 파괴하고 그곳에 양떼 목장을 세웠습니다. 오갈 데 없는 농부들은 방랑하다가, 목숨을 부지하기 위해서 도둑질을 하지 않으면 안 되었습니다. 하층민들은 빵을 훔쳐 먹거나, 군인 계급과 마찬가지로 무장 강도로 돌변할 수밖에 없었습니다. 많은 전직 농부들이 절도범으로 몰려 처형당하곤 하였습니다. 바로 이러한 영국의 상황이 모어로 하여금 『유토피아』를 집필하게 하였습니다(Claeys: 60).

10. 모든 사회적 죄악은 사유재산제도에서 비롯한다 (2): 히틀로데우스는 다음과 같이 말합니다. "사유권이 존재하는 곳에서는 모든 사물이 오로지 돈의 가치로 측정되기 때문에 정당하고 성공적인 정책을 펴 나가기란 거의 불가능합니다. 물론 여기에는 얼마든지 예외가 있을 수 있습니다. 가장 사악한 자들이 최상의 것을 소유하는 곳이라 하더라도 재화의 분배는 정의롭게 행해질 수 있습니다. 또한 모든 재화가 소수에게 주어지고 이러한 상황이 모든 사회적 관계를 형성하는 곳에서는, 인간은 때로는 행복할 수 있지만, 대부분의 경우 사악해지기 마련입니다. (…) 내가 생각하기에, 플라톤은 모든 재화를 무지막지하게 만인에게 동등하게 분배하려는 처사를 비판한 바 있으며, 이러한 법을 제정하는 자들을 신랄하게 비난한 바 있습니다. 이는 나름대로 이유를 지니며, 내가 보기에는 그다지 놀랄 만한 사실이 아닙니다"(Heinisch: 44). 중요한 것은 모든 재화의 동등한 분배가 바람직한가, 그른가 하는 문제가 아니라, 모든 갈등이 사유재산제도 자체에서 유래한다는 사실이라고 합니다. 모어는 개인 소유의 제한이라든가, 공적 매매의 금지 규정과 법령의 개정만으로는 사회의 불의와 부정이 근절되지 않는다고 굳게 믿었습니다. 불의와 부정을 모조리 척결하려면, 한편으로는 사유재산제도가 철폐되어야 하며, 다른 한편으로는 인간의 세 가지 악덕이 세상에서 사라져야 한다고 모어는 확신하였습니다.

11. 인간 삶의 세 가지 죄악, 나태, 탐욕, 자만: 인간 삶의 불평등은 어쩌면 사유재산제도에서 유래하는지 모릅니다. 모어는 이를 해결하기 위해서 사회적으로는 새로운 제도를 만들어야 하고, 개인적으로는 왜곡된 인간성이 수정되어야 한다고 주장합니다. 전자는 공유제의 시행을 가리키고, 후자는 다름 아니라, 나태함, 탐욕 그리고 자만의 수정을 가리킵니다 (김영한A: 53-56). 첫째는 게으름입니다. 나태한 자의 전형은 귀족과 그들

의 수하들입니다. 이들은 노동하지 않으려 하므로, 사회의 전체적 안녕과 풍요로움에 이득이 되지 못하는 사람입니다. 만약 귀족의 하수인들이 주인으로부터 쫓겨나면, 대부분의 경우 부랑자 내지 강도로 살아갑니다. 따라서 유토피아에서 사는 모든 사람들은 공히 하루에 여섯 시간 노동을 행할 필요가 있다는 게 모어의 생각이었습니다. 둘째는 탐욕입니다. 탐욕을 지닌 자의 전형은 대체로 많은 재화를 소유하고 있는 지주들입니다. 사적 소유권이 존속되는 한 이들은 재화를 남에게 빼앗기지 않으려고 발버둥치거나, 남의 재화를 빼앗으려고 발악합니다. 탐욕은 사람들로 하여금 서로 싸우게 하고 공정한 분배를 방해하는 악재로 작용합니다. 원래 탐욕은 반드시 더 가지려는 욕심에 국한되는 것만은 아니며, 결핍 내지 가난에 대한 두려움에서 기인하는 경우가 많습니다. 부자일수록 미래의 가난에 대해 전전긍긍하는 경우를 생각해 보십시오. 이렇듯 사유재산제도는 거지로 하여금 가난으로 고통스럽게 살아가게 만들고, 부자로 하여금 가난에 대한 두려움에 떨게 만든다고 합니다.

셋째는 자만입니다. 자만이란 자신이 타인보다 더 우월하고 더 낫다는 비자연적인 욕망과 관련됩니다. 자만은 쓸데없는 것을 소유하고 이를 과시하려는 허영으로 나타납니다. 자만에 가득 찬 사람의 전형은 군주들입니다. 그들은 일반 사람들의 피땀 어린 재화를 세금으로 착복하고, 과도한 명예욕으로 전쟁을 일으키곤 합니다. 자만심에 가득 찬 사람들은 군주만이 아닙니다. 부와 권력을 누리는 고위층 사람들의 사고방식이 바로 자신만만한 허영심으로 요약될 수 있습니다. 이러한 심리적 태도가 평등한 사회의 건설에 악재로 작용하는 것은 당연합니다. 모어는 사회의 정의와 인간의 행복을 실현하기 위해서 인간의 본성 속에 도사리고 있는 이러한 세 가지 악덕이 반드시 제거되어야 한다고 믿었습니다. 사유재산제도의 철폐 그리고 이와 관련된 제반 새로운 제도들은 바로 이 세 가지 악덕을 수정하기 위한 필연적 조처와 같습니다. 모어는 모든 사람의 내면에 도사린 세 가지 악덕이 제거되는 게 정의와 평등, 행복과 향유, 자연과 이성 그리고 법과 도덕이 공존하는 이상 국가를 건설할 수 있는 일차적 관건이라고 생각했습니다.

12. 히틀로데우스의 태도 속에 담긴 전략: 우리는 화자의 서술 방식에 주의를 기울일 필요가 있습니다. 히틀로데우스는 화자를 설득하려고도 하지 않고, 그렇다고 체념의 자세로 모든 것을 수수방관하지도 않습니다. 그는 형법의 실행과 관련하여 마치 플라톤처럼 철학자가 국가를 지배해야 한다고 주장합니다. 그렇지만 이는 국경 확장의 원칙, 그리고 국가의 재정과 내부 문제 때문에 관철되기 어렵습니다. 유토피아의 이웃에 해당하는 아코리아, 마카리아 그리고 폴릴레리트 국가의 사람들에 관한 비유는 정치적으로 그리고 종교적으로 참담한 상황에 처한 유럽의 국가들을 유추하게 합니다. 주어진 시대적 상황은 일반 사람들의 삶을 힘들게 만듭니다. 그럼에도 히틀로데우스는 모든 것을 패배적으로 체념하지도 않고, 그렇다고 해서 현실을 무시하며 이상주의의 태도로 무작정 달리 생각하는 자들을 강압적으로 설득하려 하지도 않습니다. 대신에 그는 인내심을 지닌 채 다른 사람들의 입장에서 모든 것을 차근차근 설명해 나갑니다.

13. 등장인물들의 서로 다른 견해: 히틀로데우스는 새로운 사회의 혁신적 내용인 사유재산제도의 철폐를 강조하는 데 반해서, 화자는 공유제의 도입이 사회를 개혁하기 위한 급진적인 안으로서 부작용이 많다고 반대합니다. 작품의 화자는 급진적인 정책보다는 점진적인 개혁안을 도입하여 사회를 서서히 변화시켜 나가야 한다고 주장합니다. 모어는 두 사람의 이질적인 견해를 작품에 도입함으로써 자신의 입장을 의도적으로 흐릿하게 만들었습니다. 바로 이러한 까닭에 모어의 『유토피아』는 후세 사

람들에게 각양각색의 해석의 가능성을 남겼습니다. 혹자는 모어의 문헌을 자유주의의 선언서로, 혹자는 종교개혁의 입문서로, 혹자는 아나키즘, 혹은 사회주의의 선구적 작품으로 수용하기도 하였습니다.

14. 인간 이성의 근본을 반영한 이상 국가: 유토피아라는 섬의 넓이는 약 320킬로미터에 달합니다. 섬은 사유제산제도가 철폐된 가상적인 국가로 설계되어 있습니다. 작품은 조아키노 다 피오레의『형체의 책(Liber figurarum)』에서 묘사된 바 있는 천년왕국의 미래 구상과 같은 추상적인 입장 내지 태도 등을 드러내지는 않습니다. 작품은 로저 베이컨이『거대한 작품(Opus majus)』(1267)에서 다룬 바 있는 놀라운 영혼의 울림 또한 독자에게 강권하지도 않습니다. 다만 가상적인 섬에서 살고 있는 사람들의 생활상을 조용한 어조로 서술하고 있을 뿐입니다.『유토피아』는 어떤 국가적 모델이 될 수 있는 구체적 역사의 현실을 세밀하게 다루고 있는데, 모든 것들은 "가상적 아이러니"와 "풍자"라는 거울상을 통해서 투영되고 있습니다. "유토피아"는 잃어버린 천국에 대한 기억으로서 떠올린, 이른바 황금시대라는 고대의 삶이 아닙니다. 오히려 모어는 어떤 의미심장한 계획으로 이루어진 도시국가에 관한 사항들을 미래지향적 관조의 자세로 차례대로 서술하고 있습니다.

15. 유토피아 국가의 체제와 국정 운영 방식: 유토피아는 잉글랜드와 웨일스를 합한 크기의 거대한 섬입니다. 여기에는 도합 54개의 도시가 있는데, 모두 정방형의 구조로 분할되어 있습니다. (54라는 수는 영국 귀족의 수와 일치한다는 점에서 흥미진진합니다.) 도시와 도시 사이의 거리는 약 25킬로미터인데, 이는 남미 원주민의 거주 형태와 일치합니다. 섬 국가는 가족 체제로 구성되어 있습니다. 서른 가구의 주민들은 해마다 "필라르크(Phylarch)"라고 명명되는 대표자를 뽑습니다. "필라르크"는 노동을

면제받지만, 이를 하나의 특권으로 내세우지 않습니다. 오히려 그들은 일반 사람들 앞에서 모범적으로 일함으로써 자진해서 노동의 의무를 반려하기도 합니다. "필라르크"들은 일 년에 한 번씩 모여서 20명의 "대족장"을 선출합니다. 대족장은 "프로토필라르크(Protophylarch)"라고 명명됩니다. 그뿐 아니라 20명으로 구성된 대족장들은 제반 도시에서 천거된 유능한 사람들 가운데에서 국가의 수상을 선출합니다. 국가의 수상이 된 자는 죽을 때까지 이 임무를 수행하게 됩니다. 국가의 수상은 종신직이며, 수상으로 선출된 사람은 대족장들과 함께 국정을 수행해 나갑니다. 그런데 놀라운 것은 국가의 수상 역시 잘못된 정치로 고발당할 경우, 다른 사람으로 교체될 수 있다는 사실입니다.

16. 노예제도는 존속되고 있다: 유토피아에서는 노예제도가 완전히 사라진 것은 아닙니다. 노예들은 네 가지 등급으로 구별됩니다. 첫째 등급에 해당하는 자는 타국의 전쟁 포로이며, 둘째 등급에 해당하는 자는 자국 내에서 큰 범죄를 저지른 사람들입니다. 셋째 등급에 해당하는 자는 타국의 사형수이며, 넷째 등급에 해당하는 자는 가난으로 인해서 유토피아로 입국한 외국의 난민들입니다. 첫째로 전쟁 포로는 원칙상으로는 노예로 삼을 수 없습니다. 다만 그들이 자진해서 폭동을 일으켰을 경우, 그들은 나중에 노예로 전락할 수 있습니다. 유토피아는 고립된 섬이기 때문에 전쟁이 자주 발생하지 않습니다. 그리고 타국으로부터 많은 사람들이 유입되지도 않습니다. 전쟁은 대체로 자국의 군인들과 용병 등으로 치러지기 때문에 노예의 수가 그렇게 많지 않습니다. 대부분의 노예들은 타국에서 사형선고를 받고 송치된 자들입니다. 자신의 죄를 씻고 양심적으로 살아가는 노예들은 유토피아 내에서 일반 자유인으로 복귀할 수도 있습니다. 이 점이야말로 신분이 세습되는 고대의 노예제도와 완전히 다른 사항이 아닐 수 없습니다. 게다가 노예의 자식은 다시금 노예 신분을 물

려받지 않습니다. 네 번째 경우인 외국에서 자원해서 이곳에 정착한 노예는 사슬에 묶인 채 일하지 않습니다. 네 번째 경우의 노예들은 사실 노예라고 말할 수 없습니다. 만약 이들이 스스로 원할 경우 언제라도 고향으로 되돌아갈 수 있습니다. 따라서 네 번째에 해당하는 노예 계급은 고정적인 신분도 아니고, 착취당하는 사람들도 아닙니다. 그들은 그저 다른 일반 사람들보다 하루에 더 많은 시간을 노동에 할애해야 할 뿐입니다.

17. 유토피아의 노예제도는 개선책으로서 형벌의 일환이었다: 노예제도는 사실 유토피아 사람들이 지향하는 평등의 원칙에 위배됩니다. 그런데도 모어는 노예제도를 존속시켰습니다. 이는 모어의 사려 깊은 교육지책으로 이해될 수 있습니다. 자국인들 가운데 노예 신분으로 전락하는 자들은 대체로 중범죄를 저지른 사람들이었습니다. 법을 어긴 사람들, 가령 노동의 의무를 준수하지 않은 자, 혼인 관계를 어지럽힌 자, 다른 극악한 범죄를 저지른 자는 노예로서의 부역 형벌을 받게 됩니다. 노예제도의 목적은 바로 이러한 형벌을 대신 처벌받게 하는 데 있습니다. 모어는 이상 사회가 도래한다고 해서 범죄가 완전히 근절되지 않으리라고 생각하였습니다. 만약 범죄에 대한 형벌이 노예의 노동으로 대체된다면, 어쩌면 범죄는 어느 정도 예방될 수 있으며, 이에 대한 형벌 또한 개선될 수 있을 것 같았습니다. 사실, 노동 가운데에는 일반적으로 불쾌감을 유발하는 일감, 가축의 도살, 쓰레기 청소, 분뇨 제거 등이 있습니다. 유토피아에서는 노예들이 이러한 일을 전담함으로써 그들의 형벌을 면하게 됩니다. 모어는 노예제도를 용인하는 대신에, 노예들이 억압과 착취에 시달리는 16세기 유럽인들보다도 더 편하게 살아간다고 묘사하였습니다.

18. 섬의 환경: 돌과 벽돌로 이루어진, 동일한 형태의 가옥들은 3층 높이로 축조되어 있는데, 거주지 뒤의 공간은 풍요로운 화원이 자리하고

있습니다. 사람들은 정원에서 꽃을 가꾸는 것을 매우 즐거합니다. 도로 는 넓게 닦여 있으며, 도시는 네 개의 구역으로 분할되어 있습니다. 그 구역에는 공공 저장소, 여러 가지 종류의 일터, 병원, 회의실 등이 위치하 고 있습니다. 중심 도시 "아마우로룸"은 안개 덮인 도시로서, 성벽으로 둘러싸여 있습니다. 모든 가족들은 10년에 한 번씩 가옥을 바꾸는데, 이 는 사유재산에 대한 집착을 떨치기 위함입니다. 필요한 물건은 공공 저 장소에서 개별적으로 가져갈 수 있습니다. 이곳 사람들은 약 30가구의 가족끼리 집단으로 공동 식사를 합니다. 독식은 이곳에서는 좋지 않은 습성으로 간주됩니다. 여자들은 노예들의 도움으로 음식을 장만하고, 남자들에게 식사를 제공합니다. 사람들은 식사 시에 음악을 듣고, 특히 저녁 식사가 끝난 뒤에는 유희를 즐기거나 책을 읽습니다.

19. 하루의 노동시간은 6시간으로 정해져 있다: 하루의 노동시간은 — 노예를 제외한다면 — 여섯 시간으로 제한되어 있습니다. 사람들은 1년 중에서 26일 동안 휴일을 즐기며, 오전에 세 시간, 오후에 세 시간 일합 니다. 당시 영국에서는 9월 중순부터 3월 중순까지 오전 6시부터 오후 9 시까지, 3월 중순부터 9월 중순까지는 동틀 무렵부터 저녁 8시까지 노 동하도록 되어 있었습니다(임철규: 290). 모어는 사회 구성원 모두가 공 히 여섯 시간 일할 것을 강조했습니다. 이는 세 가지 기본적 악덕 가운데 하나인 나태함을 근절시키려는 방편이었습니다. 인구의 1%에 해당하는 공무원들, 사제들 그리고 학자들만이 육체노동의 의무를 면제 받을 수 있습니다. 여자들은 양모나 아마로 옷감 짜는 일을 배우며, 남자들은 벽 돌공, 대장장이 그리고 철물공의 일을 습득합니다. 스포츠를 제외하면, 사람들은 수많은 게임 등으로 시간을 허비해서도 안 되고, 여행을 떠나 서도 곤란합니다. 남자와 여자는 서로 구분되도록 유니폼을 입어야 합 니다. 유토피아의 인구는 철저한 계획에 의해서 정해져야 합니다. 시골

에 거주하는 자들과 도시에 거주하는 자들은 2년에 한 번씩 교체되며, 주택 역시 약 10년에 한 번씩 제비뽑기를 통해서 교체됩니다. 왜냐하면 만인이 시골과 도시에 번갈아 거주하면서, 때로는 좋은 일, 때로는 싫은 일을 필수적으로 행해야 하기 때문입니다. 공직자는 대부분 선거에 의해서 선출되며, 그 임기는 1년으로 확정되어 있습니다. 특히 공동 식사와 거주지 교환 등으로 유토피아의 사람들은 물질적 측면에서 평등을 누리고 있습니다. 이는 의식주와 관계되는 생산, 소유 그리고 분배의 평등을 가리킵니다.

20. 경제적으로 무가치한 금은과 같은 귀금속: 금은과 같은 사치를 상징하는 물품은 경제적으로 무가치한 것으로 취급됩니다. 귀금속은 장식용으로 사용될 뿐, 거기에 어떤 귀한 재화의 가치가 부여되지 않습니다. 유토피아 사람들이 사용하는 그릇들은 값싼 것이지만, 예술적 취향을 느끼게 할 정도로 멋지게 만들어져 있습니다. 이에 비해 금과 은으로 만들어진 그릇들은 공동의 거실에 장식용으로 비치됩니다. 금은 제품들이 요강으로 사용되는 것도 금과 은의 가치를 약화시키기 위함입니다. 심지어 노예들이 발에 차고 있는 족쇄 중에도 귀금속으로 만들어진 것이 있습니다(Heinisch: 66). 그렇지만 금과 은이 예외적으로 완전히 재화로 활용되는 경우가 있습니다. 예컨대 외부 국가와의 물품 거래에 금과 은은 귀중하게 사용되기도 합니다. 외국과의 거래에 사용하는 경우를 제외한다면, 금과 은은 거의 무가치하다고 말할 수 있습니다.

21. 유토피아의 인구, 노동, 의료 및 복지 시설 그리고 학문: 유토피아 사람들은 정신적 조건의 평등한 삶 또한 실천합니다. 이는 교육, 학문 그리고 여가 생활에서의 평등을 가리킵니다. 사회 전체의 안녕과 행복을 위해서는 인구 문제가 선결되어야 할 것입니다. 인구가 적정 수준을 유지

해야 하는 데에는 나름대로 이유가 있습니다. 인구가 넘쳐 니면, 사람들이 필요 자원을 확보하는 데 어려움을 겪습니다. 그렇게 되면, 사람들은 근처의 섬에서 식민지를 건설하지 않으면 안 됩니다. 유토피아 사람들은 인접한 섬의 원주민들에게 경제적으로, 문화적으로 도움을 주어야 하고, 원주민이 저항할 경우 무력으로 이들을 다스려야 합니다. 모든 사람들은 중앙집권적 방식에 의해서 의복과 거주지를 무상으로 사용할 수 있습니다. 사람들은 제각기 노동에 참여함으로써 자신의 노동에 상응하는 재화를 획득하게 됩니다. 이러한 까닭에 돈은 사유재산과 마찬가지로 거의 불필요합니다. 사람들은 필요한 물품을 나라로부터 무상으로 얻고, 자신이 생산한, 제각기 다른 물품들을 무상으로 다른 사람들에게 공급합니다. 가령 화폐는 교환 수단으로 활용되고 있지만, 사람들은 더 많은 화폐를 얻으려고 혈안이 되어 있지 않습니다. 왜냐하면 사회제도 자체가 화폐의 축적을 용납하지 않을 만큼 공동체의 이익을 도모하기 때문입니다.

22. 화폐의 폐지, 가족제도의 용인 하에서의 공동 육아: 모어는 처음부터 두 가지 사항을 철저히 거부합니다. 그 하나는 오만불손이며, 다른 하나는 돈입니다. 오만불손함이 인간의 마음속에 사악함을 부추기는 근본적인 정서에 해당한다면, 돈은 악덕을 가져다주는 근원이라고 합니다. 오만불손함이 사람들을 자만하게 하고 나태하게 만든다면, 돈은 인간관계를 더욱 나쁘게 만듭니다. "다른 나라에서 매일 처형이 거행되는 데도 불구하고, 사기, 절도, 언쟁, 난동, 살인, 반역 그리고 독살 등이 그치지 않는 이유는 화폐가 존재하기 때문이다. 만약 화폐가 사라지면, 근심, 걱정, 번민, 고통 그리고 불면이 저절로 사라지리라는 것을 모두 알고 있다. 가난이라는 것도 따지고 보면 돈이 부족한 것이므로, 화폐가 사라지게 되면 가난 역시 자연스럽게 사라지게 될 것이다"(Heinisch: 39). 모어는 화폐의 폐지를 주장합니다. 화폐의 폐지는 순수한 경제적 목적뿐 아

니라, 인간의 세 가지 기본적 악덕 가운데 하나인 탐욕을 부추기지 않으려는 정책과 관계됩니다. 화폐경제의 사회에서 가장 중요한 것은 노동면제와 재화의 획득입니다. 그런데 유토피아 사람들은 여섯 시간을 의무적으로 일합니다. 이에 대한 대가는 화폐로 주어지는 것이 아니라, 공동의 삶에서 충족됩니다. 돈이 필요 없게 되므로, 사람들은 노동을 면제 받거나 재화의 획득을 위하여 서로 싸울 필요가 없습니다. 이로 인하여 사회 내에서는 적대적 경쟁이라든가 상대방에게 당하게 되리라는 불안 심리도 자연스럽게 사라집니다. 그 밖에 바람직한 국가는 처음부터 철저하게 인민의 건강을 도모해야 합니다. 이를 위해서 사람들은 공동 육아를 준수합니다. 사람들은 전통적 가족제도를 파기하지 않은 채 공동 육아의 정책을 도입하고 있습니다. 개개인이 아이를 키우고 훈육하는 것은 용납되지 않습니다.

23. 전통적 가족제도의 고수와 가장의 권위: 모어는 『유토피아』 제1권에서 사유재산제도의 철폐가 세 가지 난관을 불러일으킬 수 있다고 지적하였습니다. 첫째는 인간의 자발적 노동 욕구의 감소이고, 둘째는 이타심과 나태함을 조장하며, 셋째는 반란과 유혈 충돌의 출현 가능성입니다. 이러한 폐해를 사전에 차단하는 세부적 장치는 『유토피아』 제2권에 언급되어 있습니다. 모어가 가족제도를 용인한 것은 나름대로 이유가 있습니다. 가족제도의 파기로 인하여 사회 내부의 끈끈한 결속력과 공감대가 파괴되는 것은 곤란하다는 게 바로 그 이유였습니다. 이는 캄파넬라의 견해와 정면으로 대립됩니다. 『유토피아』의 가족은 사회, 정치, 군사의 측면에서 기본 단위입니다. 앞에서 언급했듯이, 30가구당 한 명의 "대표자(Phylarch)"가 선출되는데, 이들에 의해서 다시 선출된 200명의 족장이 모여 유토피아의 족장 회의를 관장합니다. 유토피아의 가족은 권위적이고 가부장적인 성격을 드러냅니다. 가장의 권위는 막강하며, 개

개인의 인접 지역의 여행권, 경범죄 처벌 권한을 지닙니다. 이로써 유토피아에서의 모든 생활은 가부장적 가족 질서에 의해서 영위됩니다.

24. 휴머니즘 사상과 교육: 만인은 교육의 혜택을 받으며, 거의 예외 없이 학문을 접할 수 있습니다. 여기서 우리는 이성의 힘을 신뢰하는 저자의 신념을 분명하게 읽을 수 있습니다. 모어는 당시 영국의 학교에서 바람직한 교육이 거의 괴사 직전에 처해 있다는 것을 예리하게 통찰하였습니다. 끔찍한 영국 교육의 시스템을 대폭 수정하기 위해서 필요한 것은 계몽, 즉 고대 그리스 사람들의 전인적 교양 교육이었습니다. 모어는 보편적인 학문 추구를 교육에서 필수 과정으로 이해하였습니다. 진정한 삶을 위해서는 금욕하는 수사 한 사람이 엄격하게 인간 삶을 질서잡고, 스파르타식의 교육을 추진해야 한다는 것이었습니다. 가장 높은 도덕적 원칙은 자연에 합당하고, 이성에 의해서 전개되는 삶이라고 합니다. 이러한 원칙을 지키며 살아가는 사람들은 사회의 미덕을 받아들이게 되고 진정한 의미의 개인과 사회의 행복을 맛보게 된다고 합니다. 여기서 말하는 최상의 원칙은 근본적으로 인간성과 도덕성 그리고 자발성을 가리킵니다. 근본적으로 선한 인간성, 도덕적 훌륭함 그리고 강제가 아니라 자발적으로 행하는 모든 행위 등은 교육에서 최상의 원칙이라고 합니다. 이러한 세 가지 특성은 하나로 통합될 수 있으며, 결코 자연종교의 제반 원칙과 대립되지 않는 것들입니다.

25. 종교적 관용 사상: 유토피아에서는 다양한 종교가 용인됩니다. 무신론은 허용되지 않지만, 다른 종교를 비방하거나 폄하하는 행위는 용납되지 않습니다. 인민들은 사제들을 선출합니다. 사제들 가운데에는 부분적으로 여성도 포함되어 있습니다. (그렇다고 해서 남녀평등이 구현되어 있는 것은 아닙니다.) 사제로 선출된 사람들은 예배뿐 아니라, 선생으로서

아이들을 가르치기도 합니다. 나아가 그들은 축제를 함께 치릅니다. 여기서 우리는 두 가지 사항을 지적할 수 있습니다. 첫째로 모어의 개인적 신앙과 『유토피아』에 묘사된 종교적 관용 사이에는 분명한 차이가 있습니다. 모어가 개인적으로 경건한 가톨릭 신자였다면, 히틀로데우스가 말하는 유토피아 섬의 종교는 "에라스뮈스 사상의 크리스천 인문주의"의 특징을 지닙니다(이화용: 236). 둘째로 모어가 가톨릭과 프로테스탄트뿐 아니라, 유대교와 이슬람교를 용인한 것은 시대를 앞선 진보적 견해라고 말할 수 있습니다. 당시 프로테스탄트 운동이 발발하여, 권력층은 새로운 종교 내지 새로운 종파에 대해서 매우 민감한 반응을 보였습니다. 이 것들은 권력자의 눈에는 체제 파괴적으로 비쳤습니다. 이를 고려할 때, 모어가 모제스 멘델스존(Moses Mendelssohn)의 종교적 계몽주의 사상이 출현하기 200년 전에 이미 종교적 관용 사상을 내세웠다는 사실은 그야 말로 놀랍습니다.

26. 성과 결혼, 법 그리고 처벌: 유토피아에서의 성도덕과 결혼의 법칙 은 약간 엄격합니다. 남자는 22세, 여자는 18세가 되면 결혼할 수 있습니다. 놀라운 것은 신랑과 신부 후보자들이 상대방의 알몸을 보고 난 뒤 에 결혼식을 올린다는 사실입니다. 혼전 성관계의 경험이 발각되면 남녀 모두 처벌 받으며, 나중에 결혼할 수 없음을 원칙으로 합니다. 만약 제후 가 이들을 사면해 줄 경우에 한하여 두 사람은 결혼할 수 있습니다. 일 부다처주의의 삶은 허용되지 않습니다. 남자들은 자신의 아내 이외의 연 인을 둘 수 없습니다. 그렇다고 해서 유토피아 사람들이 무조건 금욕을 미덕으로 내세우는 것은 아닙니다. 예컨대 수음 행위는 자연의 뜻을 거 스르는 좋지 못한 짓이라고 합니다. 모어에 의하면, 남자는 아내를, 여자 는 지아비를 자연스럽게 사랑하고 육체적으로 하나가 되어야 한다는 것 입니다. 또한 결혼은 불가피한 경우에 파기될 수 있습니다. 이혼한 사람

은 다른 파트너와 다시 한 번 결혼식을 치를 수 있습니다(Jens 11: 963). 가족은 16명 이상을 넘어설 수 없습니다. 정원 초과된 가족은 다른 가족에게 자식들을 넘겨주어야 합니다. 유토피아에서 살아가는 소수들(지배층의 수사들)은 금욕해야 하고, 일반 평민들은 성생활을 자유롭게 누릴 수 있습니다. 간통은 엄중하게 처벌받습니다. 간통을 저지른 남자와 여자는 노예로 전락합니다. 임의 부정으로 인하여 상처 입은 파트너는 파혼을 선언할 수 있습니다. 만약 간통이 확인되었음에도 불구하고 파트너가 간통을 저지른 남자(혹은 여자)를 사랑하며 계속 부부로서 살아가려고 한다면, 그자는 죄인과 함께 부역 의무를 행할 수 있습니다. 자신의 죄를 뉘우치고 반성하는 자에 대해서 제후는 당사자를 사면할 수 있습니다. 이러한 사면에도 불구하고 다시금 간통을 저지를 경우, 당사자는 사형을 면치 못합니다.

27. 사형 제도는 드물게 존속되고 있다: 지금까지의 법은 주로 권력과 금력의 소유자를 위해서 기능해 왔습니다. 가장 오래된 로마법이 누구보다도 채권자의 권익을 위해 마련되었다는 사실은 놀라운 게 아닙니다. 지금까지의 형법은 함무라비 법전에서 헤겔의 법철학에 이르기까지 "보복의 법(Ius talionis)"의 정당성을 강조해 왔습니다(블로흐 2011: 436). 역사적으로 수많은 민초들은 삶의 절박함으로 인해서 어쩔 수 없이 재화를 훔치고 살인을 저질렀으나, 이 경우에도 "눈에는 눈, 이에는 이"라는 함무라비 법전의 방식으로 엄중하게 처벌당하곤 하였습니다. 가령 16세기 영국에서 헨리 8세는 먹고 살기 힘이 들어 방랑하는 72,000명의 사람들을 체포하여 처형시켰습니다. 이러한 유형의 가혹한 처벌은 "어린이를 잘못 양육하여 죄를 저지르지 않을 수 없도록 만들어 놓고, 그의 본성을 타락시킨 다음에 가해지는 형벌"이 아닐 수 없습니다. 『유토피아』는 일반 사람들이 죄를 저지르지 않도록 죄악의 근원을 사전에 뿌리 뽑고 있

습니다. 그것은 사유재산제도의 철폐를 가리킵니다. 유토피아에서는 사형 제도가 거의 폐지된 것이나 다름 없습니다. 폭동을 일으키거나 참사회 바깥에서 모반을 일으키는 경우를 제외하면, 유토피아에서 살아가는 사람들은 거의 사형당하지 않습니다.

28. 형법에 관하여: 자살은 기독교의 세계관에 따라서 엄격한 금지 사항으로 규정되고 있습니다. 여기에는 예외가 있습니다. 가령 죽음에 직면한 환자의 경우 "안락사(Euthanasie)"를 위한 의사의 처방은 가능합니다. 모든 법적 내용은 간명하고도 짤막하게 이루어져 있습니다. 그렇기에 모든 사람들은 법 규정을 잘 숙지하고 있습니다. 유토피아 사람들은 세밀한 사항에 관한 법학자들의 유권해석을 거의 필요로 하지 않습니다. 사람들은 법과 여러 가지 규정 사항에 관해서 시시콜콜 골머리를 앓을 필요성을 느끼지 않습니다. 유토피아는 진보적인 사회 체제를 갖추고 있으므로 범법 행위가 거의 발생하지 않습니다. 그럼에도 불구하고 범죄가 발생하면, 국가는 범죄자에게 결코 사형을 선고하지 않고, 그가 노예가 되어 강제로 노동함으로써 자신의 죗값을 치르게 합니다.

29. 군대 조직: 유토피아 사람들은 평화를 추구하며, 어쩔 수 없을 경우에 한해서 무기를 사용합니다. 히틀로데우스는 유토피아 내에서의 군대 조직과 군사적 전략을 세밀하게 언급합니다. 종교적 신념과 믿음은 유토피아 사람들에게는 매우 중요합니다. 모어는 히틀로데우스의 입을 빌려, 유럽 사회 내의 교회 조직을 신랄하게 비판합니다. 유럽의 교회는 너무 독단적이라서 인간 삶을 구속하고 있다는 것입니다. 종교적 가르침은 이성에 합당하게 신의 핵심적 명제들로 축소되어야 합니다. 이를테면 창조신의 이념, 영혼의 불멸, 저세상에서의 은총과 처벌, 신이 주도하는 세계의 구상 등이 바로 그러한 핵심적 명제에 해당합니다. 사람들은 이

러한 핵심적 명제를 준수하면 충분하며, 그 외의 다른 어려 가지 교회의 세부적 요구 사항들을 지킬 필요는 없다는 것입니다. 여기서 우리는 모어가 원시기독교의 공유제의 삶의 방식을 고수하려고 한다는 사실을 알 수 있습니다.

30. 『유토피아』에 대한 다양한 해석: 첫째로 모어의 작품은 "보수적 가톨릭주의의 사고"라는 측면에서 이해되었습니다. 이러한 해석은 모어를 위대한 순교자로 인정함으로써 비롯된 것입니다. 모어의 작품은 때로는 가톨릭의 포괄적 개혁을 위한 성명서로 이해되었습니다(Surtz: 34). 모어는 경건한 신앙인이었지만, 무작정 가톨릭주의를 내세우지 않았습니다. 신앙과 종교 그리고 학문은 서로 관련되지만, 일단 별개의 영역으로 간주되어야 한다는 게 모어의 판단이었습니다. 이를테면 그는 — 에라스뮈스가 울리히 폰 후텐에게 보낸 편지에 의하면 — 순결한 남편이 되고 싶었을 뿐, 불결한 수사가 되려고 하지는 않았다고 합니다(Brockhaus: 106). 둘째로 모어의 작품은 "사회주의 내지 공산주의의 국가 설계"로 이해되었습니다(Kautsky: 159). 카를 카우츠키(Karl Kautsky)는 1888년에 『토머스 모어와 그의 유토피아(Thomas More and his Utopia)』를 발표하였습니다. 카우츠키는 모어의 사상을 초기 자본주의에서 나타난 병폐를 개선하기 위한 대안으로 이해하였습니다. 특히 히틀로데우스의 발언을 강조하면서 모어의 문헌이 사회주의의 본질을 이해했다고 주장합니다(Kreyssig: 21). 모어의 작품의 주제는 에른스트 블로흐에 의하면 현대 사회주의의 선구적 구상안으로 이해될 수 있습니다. 헤르만 온켄(Hermann Oncken)은 모어가 영국 제국주의의 금기 사항을 지적했다고 주장합니다(Oncken: 4). 세 번째는 모어의 사상의 근본이 자유주의에서 출발한다는 입장입니다(김영한B: 205). 분명한 것은 모어가 불필요한 오해를 피하기 위해서 두 인물을 등장시켜서 서로 상이한 견해를 피력했다는 사실

입니다. 어쩌면 라파엘 히틀로데우스가 이상적인 모어라면, 작중 화자는 현실적인 모어일 수 있습니다. 이와 관련하여 프리드리히 브리(Friedrich Brie)와 클라이브 스테이플스 루이스(Clive Staples Lewis) 등은 유토피아가 이상적 공동체가 아니라. 지적 유희 내지 아이러니를 드러낸 것이라고 주장하기도 합니다(Brie: 48; Staples Lewis: 168).

31. 작품의 영향: 블로흐는 『희망의 원리』에서 모어의 『유토피아』를 "사회적 자유를 최대한 반영한 위대한 작품"이라고 규정하였습니다. 왜냐하면 이곳에서 개개인은 비참한 삶을 사회적으로 강요당하지 않고, 인간으로서의 품위를 지닌 채 평등하게 살아갈 권한을 지니기 때문입니다. 모어의 작품이 "자유의 유토피아"라면, 캄파넬라의 작품 『태양의 나라』는 "질서의 유토피아"로 규정될 수 있다는 것입니다(블로흐 2004: 1062). 기실 모어의 작품에 묘사된 삶은 자유에 대한 만인의 축제와 다를 바 없습니다. 위대한 사상가 모어는 "성스럽고 현명한 국가의 법(sane ac sapienter institutos cives)"에다 자신의 정치적, 철학적, 종교적 휴머니즘의 정신을 반영하였습니다(Panno: 31). 그 속에는 자신이 살던 시대적 상황이 구체적이지만 간접적으로 반영되어 있습니다. 작품은 시대를 뛰어넘는 놀라운 갈망의 사회에 관한 모습을 생생하게 전해 줍니다. 그것은 후세인들이 인간다운 삶을 누리고 축복받기 위해서 과연 무엇을 추구해야 하는가 하는 물음과 관계됩니다. 모어는 자신의 작품이 어떤 정치적 전복을 위한 도구 내지 모반을 위한 팸플릿으로 활용되기를 원하지 않았습니다. 그렇지만 『유토피아』는 혁명가와 개혁 사상가들의 필독서로 작용했습니다. 예컨대 작품에 반영된, 공유제를 지향하는 삶은 멕시코에서 활동하던 에스파냐 출신의 주교, 주마라가에 의해서 신대륙에서 부분적으로 실천된 바 있었습니다. 이는 모어의 책이 이후의 세계에 얼마나 폭넓게 수용되었는가에 대한 단적인 예라고 말할 수 있습니다.

참고 문헌

김영한A (1989): 르네상스의 유토피아 사상, 탐구당.

김영한B (1989): 르네상스의 휴머니즘과 유토피아니즘, 탐구당.

모어, 토머스 (2007): 유토피아, 주경철 역, 을유문화사.

박원순 (1999): 내 목은 짧으니 조심해서 자르게, 한겨레신문사.

블로흐, 에른스트 (2004): 희망의 원리, 박설호 역, 5권, 열린책들.

블로흐, 에른스트 (2011): 자연법과 인간의 존엄성, 열린책들.

이종숙 (1987): 역사 속의 유토피아, 실린 곳: 외국문학 1987년 가을호, 열음사, 182-195.

이화용 (2012): 토머스 모어의 세계: 시대를 넘어선 16세기 사상가, 실린 곳: 인문학 연구, 계명대학교 인문과학연구소, 225-249.

임철규 (1994): 왜 유토피아인가?, 민음사.

Baumstark, Reinhold (1922): Thomas Morus, Freiburg.

Brecht, Bertolt (1997): Fünf Schwierigkeiten beim Schreiben der Wahrheit, Berliner und Frankfurter Ausgabe, Bd. 22, 74-89.

Brie (1936): Brie, Friedrich, Thomas Morus der Heitere, in: Englische Studien, Bd. 71, (1936/37), 46-50.

Brockhaus, Heinrich (1929): Die Utopia-Schrift des Thomas Morus, Leipzig u. Berlin.

Claeys, Gregory (2011): Searching for Utopia. The History of an Idea, London.

Davis, J. C(1981): Utopia and The Ideal Society. A Study of English Utopian Writing 1516-1700, Cambridge.

Heinisch (1960): Heinisch, Klaus J(hrsg.): Der utopische Staat, Rohwohlt.

Jens (2001): Jens, Walter (hrsg.), Kindlers neues Literaturlexikon, 21 Bde., München.

Kautsky, Karl (1927): Thomas More and his Utopia, London.

Kreyssig, Jenny (1988): Die Utopia des Thomas Morus. Studien zur Rezeptionsgeschichte und zum Bedeutungskontext, Frankfurt a. M.

Oncken, Hermann (1922): Die Utopia des Thomas Morus und das

Machtproblem in der Staatslehre, Heidelberg.

Panno, Giovanni (2017): Die Kulissen des Theaters: Zwischen historischer Erfahrung und Fiktion, in: Höffe, Otfried (hrsg.), Politische Utopien der Neuzeit, Berlin, 21–41.

Schölderle, Thomas (2012): Geschichte der Utopie, Wien.

Staples Lewis (1959): Staples Lewis, Clave, English Literature in Sixteenth Century Excluding Drama, Oxford.

Surtz Edward (1957): The Praise of Pleasure. Philosophy, Education and Communism in More's Utopia, Cambridge.

찾아보기

서양 유토피아의 흐름

제2권: 캄파넬라로부터 디드로까지 (르네상스 - 프랑스 혁명 이전)

2020년 2월 출간 예정

제4권: 불워 리턴으로부터 헉슬리까지 (19세기 중엽 – 20세기 중엽)

제5권: 오웰로부터 피어시까지 (20세기 중엽 – 현재)